역사에 사랑을 묻다

한국 문화와 사랑의 계보학

역사에 사랑을 묻다

한국 문화와 사랑의 계보학

서지영 지음

역사

'사랑'이라는 열정에 대하여

인식론적으로

'열정passion'은 '열렬한 애정을 불러일으키는 마음의 상태'를 의미하는 단어이다. 인간 본성의 한 부분인 열정은 이성reason과 대립하는 정념pathos, 희노애락喜怒哀樂의 감정emotion을 지칭한다. 성적 충동, 사랑, 욕망desire 등의 단어와도 연관되는 열정은 인간을 인간으로서 존재하게 하는 원천적 자질이다. 하지만, 육체와 감각을 통해 직접적으로 발현되는 열정은 동·서양의 지성사에서 '건전한 이성에 반하는 것'으로 간주되어 환영받지 못했다. 서양의 기독교 전통에서 열정은 인간의 '죄와 악의 현현顯現'으로 배척되기도 하였다. 미셸 메이에르Michel Meyer는 『열정의 레토릭 *Les passions ne sont plus ce qu'elles étaient*』(1998)에서 인간의 세 가지 열정, 다시 말해 자아, 세상, 타자를 향해 열려 있는 열정은 기독교적 패러다임 안에서 자기에 대한 교만, 세상(물질)에 대한 탐욕, 타인에 대한 권력욕 또는 음욕으로 간주되어 왔다고 말한 바 있다. 동양의 유교에서도 열정은 끊임없이 조절되고 극복되어야 할 주제였다. 공자가 말한 극기복례克己復禮, 즉 '나를 이기고 예禮로 돌아가라'는 구절은 인간을 욕망을 가진 불완전한 존재(己)로 바라보는 유교의 시선을 반영한다.

　이렇게 동서양의 문명 담론에서 '열정'은 늘 두려움과 의혹의 대상이었다. 하지만, 열정만큼 육체와 감각을 지닌 인간의 '살아 있음'을 온전하게 증명하는 키워드는 찾기 어려울 것이다. 인간의 우월성을 보증하는 이성에 의해 주변화되어 온 열정은 변화무쌍한 운명과 맞서며 생에 정직하게 대응하는 인간의 내밀한 얼굴을 드러낸다. 열정은 '대문자 인간'의 추상적 속성으로 일반화되지 않는 '소문자 인간들'의 구체적 삶이 생생하게 발현되는 장場이다. 또한, 열정이 구현되는 방식은 개인을 넘어 특정 민족이나 특정 시대, 특정 문화권에서 살았던 사람들의 특성을 드러내는 역사적 지표들이기도 하다.

사랑이라는 열정

　열정이 발현되는 형태의 하나로서 사랑은 시공을 초월하여 지속적으로 추구되는 인간의 보편적 욕망이다. 사랑은 성적 충동과 긴밀히 연계되지만, 성sexuality을 넘어서는 고유한 정신적 영역을 지니며 결혼이라는 사회제도와 결합하기도 하지만, 때로 그것과 분리된 채 독자적으로 존재하기도 한다. 이렇게 육체적이면서 정신적인, 자연적이면서 제도적이기도 한, '경계를 가로지르는 사랑'을 학문적인 언어로 분석하려는 시도는 원천적인 어려움에 봉착한다. 가장 문제가 되는 것은 사랑의 실체를 단정하고 이를 개념화하려는 본질론적인 태도일 것이다. 이는 다가갈수록 오히려 사랑으로부터 더 멀어지게 하는 오류를 낳는다. 그렇다면, 우리가 '사랑이라는 열정'에 접근할 수 있는 길은 무엇일까? 사랑에 비교적 안전하게 다가가는 방법 중에는 사랑에 대한 상상, 사랑에 대한 판타지를 살펴보는 우회로가 있다. 사랑의 판타지를 가장 풍성하게 담고 있는 자료 중의 하나가 문학이다. 문학은 각 시대마다의 고유한 삶의 서사와 결합하는 사랑의 풍경을 드러내고 있기 때문이다.

한편, 성, 사랑, 결혼을 통해 구현되는 열정에 관한 이슈는 생각보다 훨씬 더 많은 사회·역사적인 언어들로 둘러싸여 있다. 사랑의 역사는 인간의 육체와 정념을 관리하고 운용하는 특정 사회의 조건들과 분리되지 않기 때문이다. 사랑의 역사를 탐색하려면 물질적 토대, 각종 제도와 이념, 문화와 관행 등 당시 사회의 외피와 관련된 욕망의 흐름을 포착해야 한다. 또한, 열정을 끌어안는 각 시대의 조건과 방식에 따라 달라지는 사랑의 수사학과 공식에 주목할 필요가 있다. 역사에서 사랑이 '구성되는' 지점에 대한 사회학적 탐색은 '사랑'과 '사랑의 판타지' 사이의 거리를 좁히는 하나의 단서가 될 것이다.

한국 문화에서 사랑의 역사

한국 문화사에서 사랑의 열정은 제대로 주목받지 않은 미지의 영역이다. 사랑은 흔히 '사적인' 영역으로 치부되거나 '여성들의 일'로 폄하되어 왔으며, 진지한 사유나 학문적 논제의 대상으로 채택되지 않았다. 특히, 한국의 역사에서 열정, 사랑, 욕망, 성과 같은 주제가 독자적으로, 그리고 심도 있게 고민된 적은 거의 없다. 왜 그럴까? 이에 대한 의문은 본 저술이 기획된 시발점이자 본고가 풀고자 하는 화두이다.

인간의 내면 풍경에 큰 관심을 보이지 않았던 한국의 주류 역사에서 사랑의 열정은 침묵되거나 외면되어 왔다. 이를 세상 밖으로 끌어내기 위해서는 일차적으로 '유교'라는 거대한 산맥과 마주해야 한다. 유교는 인간의 본능적 욕망을 억압하는 이데올로기로 이해되고, 인류 문명의 역사를 '성적 억압의 역사'로 보았던 프로이트의 억압 가설의 동양적 유형으로 간주되는 것이 일반적이었다. 하지만, 미셸 푸코는 『성의 역사 *Histoire de la Sexualité*』(1976)에서 역사적으로 성은 결코 침묵한 적이 없으며 다만 다르게 말해졌을 뿐이라고 단언했다. 이러한 푸코의 주장은 욕망에 대한 유교의 '억압 가설'이 한국 문화의 심층에 다가가는 데 일차적 장애물은 아니었는지 자문하게 한다. 푸코의 발상은 규범과 욕망이 충돌하는 틈새로 빠져나와 윤리의 그물을 이탈하고 재현의 틀을 가로지르며 끊임없이 새로운 옷으로 갈아입는 열정의 형식들을 새로운 시선으로 바라보게 한다.

왜 사랑인가

사랑의 열정은 인간이 존재한다는 자기증명의 일환이자, 앞으로도 영원히 반복될 인문학의 주제이다. 역사적으로 볼 때 고대부터 사랑의 노래들이 불리어 왔지만, 사랑의 갈망은 늘 충족되지 않는 사랑의 결핍을 더 많이 드러내 왔다. 그런데 이제 사랑의 결핍은 익숙한 삶의 조건이 되고 있다. 자본의 위력과 이해타산의 원리가 인간의 마음을 지배하는 시대에 사랑을 이야기한다는 것은 마치 시대착오적인 고전을 소개하는 것처럼 머뭇거리는 일이 되었다. 하지만, 상대적 가치들이 경합하면서 기원을 의심하는 시대, 사랑의 결핍에 대한 가장 끔찍한 기억인 '프랑켄슈타인'들이 동화 속 가상이 아닌 현실에서 출몰하는 이 시대는 '사랑'이라는 근원적인basic 영역에 다시 눈을 돌리기를 요청한다.

이 책은 조선시대에서 근대초기까지 문학을 포함한 다양한 문화적 텍스트들에 재현된 성, 사랑, 결혼의 서사narrative를 분석하고 그 이면에 열정을 구성하는 당시의 시선을 추적하고자 한다. 시대마다 양산된 사랑의 판타지의 결정체라 할 수 있는 문학(소설)을 주된 자료로 삼으면서, 본고는 '사랑이 무엇인가'라는 질문보다는 '사랑이 어떻게 상상되고 재현되었는가'라는 질문을 통해 사랑의 역사성을 탐색하고자 한다. 알랭 드 보통Alain de Botton이 『왜 나는 너를 사랑하는가 *Essays in Love*』에서 말했듯이 '사랑없이 의심하는 것보다는, 틀려도 사랑하는' 모험을 선택하는 연인들을 통해 사랑은 온갖 회의주의와 불안한 역사를 뚫고 그 명맥을 유지해 왔다. 시간의 흐름에 따라 변화해 온 사랑의 형식과 의미를 추적하는 이 책이 궁극적으로 이 시대 열정의 현재를 탐문探問하는 대화의 장을 열게 되기를 염원한다. 역사를 통해 우리가 만나는 과거는 '오래된 나'의 모습을 말해주듯이, 인간 열정의 한 형식으로서의 사랑의 역사에 대한 탐색은 '지금 여기'의 사랑을 비추는 거울이라 믿는다.

문학과 역사를 가로지르는 이 책의 모험은 일일이 열거할 수 없는 문학연구자들의 선행 작업으로부터 많은 통찰과 도움을 얻었음을 밝히고 싶다. 특히, 부족한 전근대 부분 원고에 대해 진지하고 사려 깊은 충고를 해주신 고전소설 연구자 조혜란 선생님, 강상순 선생님, 늘 격려를 아끼지 않으시는 김경미 선생님께 깊은 감사를 드리고자 한다. 또한, 저술을 마무리할 수 있도록 환경을 마련해주신 이화여대 한국여성연구원에 감사의 마음을 전한다.

미처 감당할 수 없었던 오류와 빈 구멍들은 오롯이 필자의 한계로 돌려야 함이 마땅하나, 부디 본고의 한계가 한국 문화사의 새로운 상상력과 사유를 촉발하는 계기가 되기를 감히 희망해본다. 불가능할 것 같았던 탈고의 시간을 묵묵히 기다려주신 도서출판 이숲의 임왕준 사장님께 고마움을 전하며, 한결같은 사랑과 응원으로 힘을 주시는 가족들에게 이 책을 바친다.

2011년 8월 10일

저자 서지영

2부. 근대, 구성되는 사랑의 역사 

전근대 사랑의 서사

1. 유교와 풍류

조선시대 유교는 중세 사회의 질서를 유지하는 권력의 토대이자 인간의 욕망을 억압하는 금기의 기제로 여겨졌다. 충효열忠孝烈의 삼강三綱과 군신君臣, 부자父子, 부부夫婦, 형제兄弟, 장유長幼의 신분적·혈연적 질서 유지를 인간관계의 핵심(五倫)으로 파악하고, 이를 위해 인의예지신仁義禮知信과 같은 도덕적 실천 항목들을 제시하는 유교사상은 원천적으로 수직적 질서와 규범 속에 개인을 포섭하는 원리를 근간으로 한다. 특히, "인간의 호오好惡와 그로 인한 욕망을 규율하는 장치"로 정의되는 예禮는 일상의 미시적 층위에까지 스며든 전근대적 훈육기제라 할 수 있다.[1]

유교가 인간의 성적 욕망에 대해 금욕적인 태도를 보인다는 인식은 일반화되어 왔는데, 유교 경전을 통해 이에 대한 구체적인 증거들이 빈번히 제시되었다. 『논어論語』 「학이편學而篇」에서 "어진 이를 어질게 여기기를 색을 좋아하는 마음과 바꾸도록 하라."라고 종용하거나, 「계씨편季氏篇」에서 군자의 삼계三戒 중의 하나로 여색女色을 제시한 것은 성性에 대한 유교의 금욕적 태도를 반영하는 대표적인 기술들이다. 나아가, 공자가

'사무사思無邪'한 것으로 평했던『시경詩經』의 민간가요 가운데 30여 편의 남녀 애정시를 '음시淫詩'로 규정했던 주희(朱熹, 1130~1200)의 시각에서 엿볼 수 있듯이 주자학을 근간으로 했던 조선시대 유교는 '음란함'의 지표를 가시화함으로써 성에 대한 도덕주의적 태도를 더욱 강화했다.

하지만, 희로애락을 인간 성정性情의 자연스러운 발현으로 보는 유교는 인간의 욕망 그 자체를 죄악시했다고 볼 수는 없다. '재물을 좋아하고 색을 좋아하는 호화호색好貨好色은 인간의 보편적인 욕망이지만, 남의 욕구를 인정하지 않고 자기 것만 충족하려는 행위는 도덕적인 승인을 받을 수 없다.'고 본『맹자孟子』「양혜왕하편梁惠王下篇」의 구절은 인간의 욕망 자체보다는 자신의 욕망만을 충족하려는 태도를 문제시하고 있음에 주목할 만하다. 유가의 보편 주체는 '욕망하는 주체'인 동시에 '관계 속에서 윤리적 승인을 받아야 하는 주체'였다. 따라서 윤리에 어긋나지 않는 범위에서 인간의 욕망을 조절하고 발현하는 방식이 더욱 중요한 화두라 할 수 있다.[2] 이에 대한 해답은 동양 정신의 핵심이라 할 수 있는 중용中庸, 즉 '절도節度와 화和의 추구'라는 실천적 원리에서 제시된다. "희로애락이 발하지 않은 것이 중中이요, 발하여 절도에 맞는 것이 화和이다.(喜怒哀樂之未發 謂之中, 發而皆中節, 謂之和)"라는『중용』의 구절은 유교와 욕망의 관계망을 시사한다.

때와 상황에 맞추어 조절되는 균형으로서의 시중時中의 원리에 상응하여, 예禮는 규율의 외적 강제만이 아니라 그 이면에 인간이 자연의 질서를 따르고 내적 본성의 실현을 추구하는 길을 열어놓았다고 볼 수 있다.[3]『논어』「선진편先進篇」의 '과유불급過猶不及'이라는 어구는 중용의 도道

를 넘어서는 과도한 욕망의 추구를 경계하지만, 「팔일편八佾篇」에 나오는 '낙이불음樂而不淫 애이불상哀而不傷'과 같은 어구는 지나치지 않는 한에서의 즐거움(樂)과 슬픔(哀)을 인간의 자연적 본성으로 설정하고 있다. 이는 인간 욕망의 뿌리로서 감각과 열정, 육욕을 죄의 근원으로 보는 서구 중세 기독교의 금욕주의적 전통과 차이를 보인다.[4]

　　조선시대 유교적 예禮의 기제 안에서 욕망이 구현되는 양상을 보여주는 사례로 풍류風流를 들 수 있다. 풍류는 원래 문자적 의미로 '바람의 흐름'이라 하여 매인 바 없는 자유로운 정신, 탈속의 경지를 내포하는데, 이는 노장老莊과 도가사상道家思想을 기반으로 하는 동양의 철학, 예술, 취미 생활을 포괄하는 미학적 개념으로 사용되기도 한다.[5] 조선시대에 들어와 풍류는 지배계층의 교양과 문화 행위를 대표하는 용어로 정착한다. 이때 풍류는 자기 수양의 연장선에서 유자儒者들이 즐긴 시서화악詩書畫樂의 예술 취미나 사교, 여가 활동을 포함한다.

　　김홍도의 「포의풍류도」에 재현된 당시 양반들의 풍류는 유교의 예의 기제와 예술적·문화적 감각이 서로 충돌하지 않고 조화롭게 영위된 모습을 보여준다.

　　그런데 풍류는 양반 남성들이 수신修身의 방편으로 개인적 차원에서 즐겼던 문화 활동을 넘어서 기녀妓女를 동반한 악樂과 주연酒筵의 집단적 향유를 통해 구현되는 경우가 빈번하였다. 이러한 집단적 풍류 현장은 방탕, 관능, 호색 등의 용어들을 양산하기도 하였는데, 풍류남아, 풍류랑 등이 등장하는 용례에는 '성적 쾌락을 추구한다'는 의미가 함축되어 있다.

풍류는 유가儒家의 규범적 틀을 넘어서지 않는 선에서 양반 남성들의 예술과 사교 욕구와 더불어, 정념, 성적 욕망의 충족까지 포괄하는 문화적 기제였다. 양반 남성들의 공적, 사적 연회는 악가무樂歌舞의 향유는 물론이고, 가기歌妓, 금기琴妓 등 전문예인으로 동원된 기녀들과 사사로운 성애가 추구되는 유희의 장이기도 하였다. 전근대 신분제에서 지배층 남성들이 특권적으로 누렸던 풍류는 조선시대 열정이 구현되는 한 방식을 제시한다. 이는 유교의 예禮가 인간의 쾌락을 금지했다기보다 오히려 쾌락을 적절하게 배분하고 활용한 장치로 작동하였음을 보여주는 사례라 할 수 있다.[6]

포의풍류도布衣風流圖 (개인소장)
단원 김홍도(金弘道, 1745~?)가 오십 대 후반에 그린 작품. 중국에서 온 골동, 지필묵, 파초, 검, 술, 책, 생황에 둘러싸여 비파를 연주하는 선비의 모습을 담은 위 그림은 조선시대 유자(儒者)들이 사사로이 풍류를 즐기는 일상의 풍경을 보여준다.

상춘야흥賞春 野興 (간송미술관 소장)
신윤복(申潤福, 1758~?)의 『혜원풍속도첩(蕙園風俗圖帖)』에 포함된 이 그림은 진달래가 피기 시작한
봄날 어느 양반 집 후원에서 선비들이 기생과 악공 등 전문예인들을 동반하여 주연(酒宴)을 즐기는 풍류
모임을 묘사하였다.

한편, 조선시대 유교 안에서 욕망이 발현되는 실례를 보여주는 풍류
는 '풍류의 주체, 나아가 욕망의 주체는 누구였는가?'라는 질문을 제기한
다. 전근대 유교 안에서 상정된 보편적 주체, 즉 도덕적 주체이자 욕망의
주체는 양반 남성층에 한정된다. 또한, 유자들의 조화로운 성정의 발현과
문화의 향유를 가능하게 했던 풍류는 기녀와 같은 낮은 신분의 여성의 몸
을 매개로 이루어졌다. 풍류공간에서 기녀는 지배층 남성들에게 풍류를
진작시키고 공급하는 대상으로 동원되었던 것이다. 이는 조선시대 열정
의 문제가 신분과 젠더gender에 따라 상이한 형태로, 그리고 위계적인 방
식으로 운용되고 표출되었음을 말한다.

조선시대 유교 문화에서 성과 사랑의 문제는 원천적으로 공식 담론에서 다루어지지 않았다. 당시에는 일부일처와 이성애 규범이 사회 제도에 뿌리내리고 있었지만, 이는 종법宗法 질서의 주축이 되는 가家의 형성과 유지를 위해 요구된 것이었으며, 남녀 간의 사랑 자체는 유교 공식문화에서 칭송이나 갈망의 대상이 되지 않았다. 서구의 경우, 12세기 유럽의 상류사회에서 기사와 귀족 부인 사이의 궁정풍 사랑에서 시작되어 르네상스 시대 이후 본격화된 이성애에 대한 찬미는 연인으로서의 여성에 대한 숭배를 동반하게 되었지만, 조선시대에는 남녀 간의 사랑을 찬양하거나 여성 숭배를 재현한 흔적은 드물다.[7]

조선시대는 철저하게 양반 남성들이 주축이 되는 거대한 동성 결사체의 형태를 띠고 있었다. 도덕적·지적 주체로서 이상적 인간형인 군자君子, 정치·경제적 주체로서 사대부士大夫가 중핵이 되는 유교의 동성사회성homosociality의 원리에 따라 남녀가 모두 열정의 주체가 되는 이성애적 사랑에는 중요한 의미가 부여되지 않았던 것이다.

그렇다면, 과연 조선시대 문학(소설)에서 재현되는 열정의 형식들, 즉 성과 사랑, 혼인의 모티프들은 어떠한 형상으로 드러나며, 유교와 욕망, 예禮와 열정의 사회적 관계망을 어떠한 방식으로 엮어내고 있을까? 이제 당시의 윤리적 그물을 뚫고 발현된 에로스의 지형과 사랑의 계보를 그려 보기로 하자.

2. 동양적 사랑의 모본母本, 『시경詩經』

2-1. 군자의 좋은 배필은 요조숙녀(君子好逑 窈窕淑女)

전근대 동양에서 열정의 문제를 탐색하기 위해서는 유교 문명에서 감성의 역사적 기원이자 문화적 상상력의 원천이 되었던 『시경』에서 출발할 필요가 있다. 『시경』은 동양의 문화 전통에서 남녀 간의 사랑에 대한 원형적 이미지들을 담고 있는 자료이다. 유교 경전의 하나이자 중국에서 가장 오래된 시가집詩歌集인 『시경』은 305편의 아름다운 시로 구성되어 있다. 이 작품들은 BC 1100(서주 초기)~BC 600(춘추 중기)까지 약 500년 사이에 창작된 민간의 가요와 사대부 문인들의 작품, 왕실의 연회, 종묘 제사 등 각종 의례에 사용된 노래 가사들로 추정된다. 현재까지 전해져 오는 305편의 시는 공자가 교화의 목적에 맞게 다듬은 것이다. 그중에 남녀 간의 애정을 다룬 많은 시는 주자학을 집대성한 송나라 유학자 주희에 의해 남녀상열지사男女相悅之詞 또는 음풍淫風으로 판정되었다. 이러한 애정 시편들은 이미지와 비유가 지니는 심층적 함의들로 인해 해석상 논란이

야기되어 왔는데, 주로 사회·정치적 풍자의 의도가 있거나 윤리적 교화의 목적으로 지어진 것으로 알려졌다. 하지만, 이 시편들은 중국 고대인의 에로틱한 열정과 사랑, 혼인 풍속을 담고 있는 흥미로운 자료이기도 하다.[8]

　『시경』맨 앞에 수록된「주남편周南篇」의「관저關雎」는 남녀의 이상적 결합을 염원하는 동양적 사랑의 모형을 상징적으로 제시한다.

> 구욱구욱 물수리는 황하 섬 속에서 우는데
> 대장부의 좋은 배필君子好逑, 아리따운 고운 아가씨窈窕淑女 그리네.
> 올망졸망 마름풀을 이리저리 헤치며 뜯노라니,
> 아리따운 고운 아가씨, 자나깨나 그리웁네.
> 그리어도 얻지 못해 자나깨나 생각노니,
> 그리움은 가이없어, 밤새 이리 뒤척 저리 뒤척.
> 올망졸망 마름풀을 여기저기 가려 뜯노라니
> 아리따운 고운 아가씨와 금슬琴瑟 즐기며 함께하고 싶네.
> 올망졸망 마름풀을 여기저기 뜯노라니,
> 아리따운 고운 아가씨와 풍악鐘鼓 울리며 즐기고 싶네.

　위 시에서 젊은 남자는 강가에서 물수리의 울음소리를 들으면서 자신의 짝이 될 아리따운 아가씨를 그리워한다. 저구(雎鳩, 물수리)는 암수 구별을 뚜렷이 하며, 나면서부터 정해진 짝을 바꾸지 않고 언제나 함께 다니는 새로, 변하지 않는 사랑을 상징하는 객관적 상관물이다. 시에서 남자는 낮에 마름 풀을 뜯을 때나 밤에 잠을 잘 때나 밤낮없이 간절하게 자신의 연분을 그리워하면서 그녀와의 행복한 만남을 상상한다. 공자는 이 「관저」편을 보고 『논어』「팔일편八佾篇」에 "즐거우면서도 지나치지 않고(樂而不淫), 슬프면서도 상하지 않는다.(哀而不傷)"라는 문구를 남겼는데, 바로 여기서 과도한 열정의 분출을 경계했던 유교의 공식적 태도가 확인된다.

위 시에 등장하는 사랑의 주인공들은 좋은 집안 출신에 훌륭한 외모, 재주와 덕성을 겸비한 남녀이다. 또한, 이들은 '금슬琴瑟'과 풍악鐘鼓'이 상징하는 바, 혼인제도 속에서 부부간의 조화로운 관계와 행복을 염원하며 이를 위해 성혼成婚의 예를 갖추는 모범적 남녀이다. 군자와 요조숙녀는 이후 동양의 유교 문화권에서 이상적 연인의 아이콘이 된다. 시「관저」는 남녀 간의 애정이 궁극적으로 규범을 갖춘 혼인의 틀 안에서 완결된다는 동양 문화의 공식을 담고 있다.

『시경』에는 사랑과 혼인을 둘러싼 고대인의 생각과 관행이 오롯이 담겨 있다. 「소남편召南篇」의 「표유매摽有梅」는 여성으로 추정되는 화자가 짝을 찾고자 하는 염원을 매우 적극적으로 드러낸다.

매실 다 떨어지고 그 열매 일곱 개 남았네.
날 맞을 임자는 좋은 날 놓치지 말기를!
매실 다 떨어지고 그 열매 세 개 남았네.
날 맞을 임자는 이때를 놓치지 말기를!
매실 다 떨어져 대바구니에 주워 담았네.
날 맞을 임자는 말 난 이때를 놓치지 말기를!

위 시는 마치 적절한 때를 맞아 매실을 따듯이, 남녀의 혼인도 적절한 때를 놓치지 말아야 함을 역설하고 있다. 매실이 일곱 개 남았을 때, 세 개 남았을 때, 그리고 다 떨어졌을 때의 심리적 변화를 매개로 하여 혼기를 앞둔 여성의 조급해지는 마음을 표현한 위 시에서 '표유매', 즉 '매실 따기'는 이후 조선시대 소설에서 혼인에 대한 보편적 욕망을 상징하는 비유로서 자리 잡는다. 또한, 『시경』에는 중매를 기반으로 혼례의 제도적 기틀이 마련되던 당시의 정황을 드러낸 시들도 발견된다. 「빈풍豳風」의 「벌가伐柯」가 그 대표적인 사례이다.

도낏자루 베자면 어떻게 하지? 도끼 아니면 안 되는 거지.
장가들려면 어떻게 하지? 중매인 아니면 안 되는 거지.

나무 베어 도낏자루 만들려면, 그 본이 가까운 데 있는 것을.
내 님을 맞아 예禮를 갖추어 성혼하네.

위 시에서 '도끼'는 당시 혼인제도의 당위성을 함축하는 비유이다. 장작을 패려면 도끼가 필요하듯이 장가를 들려면 중매가 필수적이며, 이러한 절차를 거치지 않은 혼인은 예를 거스른 행위로 간주하였음을 암시한다.

일부일처제를 축으로 하는 중국 고대의 혼인제도는 군혼잡교群婚雜交가 성행했던 상고시대를 거쳐 주대(周代, BC 1046~BC 250)에 이르러 일반화되기 시작한다. 중국 전국시대(戰國時代, BC 403~BC 221)의 풍속을 반영하는 『맹

자』의 「등문공하편滕文公下篇」에는 "남자가 태어나면 부모는 아들에게 좋
은 배필이 있기를 원하고, 여자가 태어나면 부모는 딸이 좋은 남편을 찾
기를 바라니, 이러한 마음은 모든 부모에게 있다. 만일 부모의 명이나 중
매쟁이의 말을 기다리지 않고, 벽에 구멍을 뚫어 몰래 만나든가 담을 넘
어 도망을 간다면, 부모나 마을 사람들은 그들을 경멸할 것이다."라는 구
절이 있다. 매파의 중매를 통한 혼인을 '빙취혼騁娶婚' 또는 '매작혼媒妁婚'
이라고도 하며, 결혼 당사자의 의사보다는 부모의 명에 의해 독단적으로
이루어지는 혼인을 '포판혼包辦婚'이라고 하였는데, 약탈혼이나 매매혼
보다 발전된 형태라 할 수 있는 혼인제도인 중매혼의 성립은 고대 봉건사
회의 통치 질서를 유지하는 중요한 요소였다.[9]

그런데 『시경』에 수록된 많은 작품이 중매혼의 규범을 따르지 않고
혼전 남녀의 자유로운 사랑과 당사자의 의지에 따른 혼인에 대한 열망을
노래하고 있다는 점은 주목할 만하다. 남녀 간의 애정으로 맺어진 자발적
인 혼인에 대한 의지는 「정풍鄭風」의 「출기동문出其東門」에서도 잘 나타
난다.

> 동문을 나서니 여자들이 구름 같네.
> 비록 구름 같이 많다 하나, 나의 마음 둔 여자는 없네.
> 흰 옷에 파란 수건 쓴 여자만이 나를 즐겁게 해줄 것인데.
> 성문 밖을 나서니 여자들이 삘기(茶)같네.
> 비록 삘기처럼 많다 하나, 나의 마음 쏠리는 여자는 없네.
> 흰 옷에 꼭두서니 수건 쓴 여자만이 함께 즐길 만한데.

이 시는 한 여자만을 마음속에 간직한 남자의 목소리를 진솔하게 드러낸다. 정鄭나라 유흥지였던 동문 밖에 가면 아름다운 여인들이 띠꽃처럼 많이 있기는 하나, 자기 마음을 사로잡은 이는 단 한 사람, '흰 옷에 파란 수건 쓴 여자'뿐이라는 것이다. 또한, 이 시의 남성 화자는 중매인이 아무리 혼인을 권하고, 또 남들이 모두 장가가더라도, 자신은 벗처럼 뜻이 맞는 사람이나 적당한 시기가 오지 않으면 함부로 장가들지 않겠다는 의지를 드러낸다. 여기서 '뜻이 맞는 사람'과의 만남을 통해 '적당한 시기'에 결혼하겠다는 선언은 관습과 규율에 얽매이지 않고 자기 내면의 욕망을 따르겠다는, 사랑에 대한 적극적인 의지의 표명이라 할 수 있다.

　『시경』에는 「출기동문」에서처럼 끓어오르는 사랑의 열정을 표출하는 시편들이 넘쳐난다. 「정풍」의 「숙우전叔于田」은 사랑에 빠진 이의 주관적 시점에서 연인을 이상화하는 상황을 섬세하게 포착한 작품이다.

숙叔이 사냥 나가니 거리에 사는 사람이 없는 듯.
어찌 사는 사람이 없을까마는
숙처럼 정말 아름답고 어진 이가 없기 때문이라.
숙이 사냥 나가니 거리엔 술 마시는 사람이 없는 듯.
어찌 함께 술 마시는 이 없을까마는
숙처럼 정말 아름답고도 좋은 이가 없기 때문이라.
숙이 들에 나가니 거리에 말 탄 사람이 없는 듯.
어찌 말 탄 사람이 없을까마는
숙처럼 정말 아름답고도 늠름한 이가 없기 때문이라.

사랑에 빠진 여인의 눈에는 자기의 애인이 세상에서 가장 훌륭해 보이게 마련이다. 위 시의 화자의 눈에도 자신의 연인, 숙叔은 세상에서 가장 아름답고 어질며 늠름한 모습으로 비친다. 애인이 사냥에 나가 마을에 없다는 말을 듣는 순간, 온 마을이 텅 빈 듯한 허전함을 느끼는 화자는 연인의 존재를 통해 세계를 인식하는 낭만적 착시의 전형을 보인다. 이러한 주관적 착시현상은 세상의 사소한 것까지 연인과 결부하여 그 의미를 해석하는, 사랑의 편집증적 속성을 엿보인다.

이처럼 『시경』에 나오는 사랑의 시편들은 자유로운 교제를 통해 사랑을 나누는 남녀의 일상을 담고 있는데, 주희가 '남녀상열지사'로 부도덕의 낙인을 찍은 이 시편들의 '음란함'의 저변에는 중매혼 규범에 구속되기를 거부했던 고대 사람들의 일탈과 저항의 흔적들이 포착된다.

2-2. 혼인의 예禮와 사통私通

고대 중국에서는 이미 중매와 적절한 예물 교환의 절차를 통해 혼인이 성사되는 관습이 제도 속에 뿌리내리고 있었다. 중국 고대의 유가 경전에는 당시 혼인제도에 대한 언급들이 단편적으로 수록되어 있다. 『예기禮記』의 「혼의昏義」에서는 "남녀의 구별(男女有別)이 있는 뒤라야 부부의 의(夫婦有義)가 있게 되고, 부부의 의가 있은 뒤라야 부자의 친함(父子有親)이 있게 되며, 부자의 친함이 있은 뒤라야 군신의 바른 도(君臣有正)가 있게 된다."라고 하여 혼례를 예의 근본(禮之本)으로 삼았다. 또한, 예기 내칙에서는 "예禮를 갖추었으면 처妻가 되고 임의로 관계를 맺으면 첩妾이 된다."라고 하였다. 여기서 '예禮'란 혼인에 합당한 예로서 먼저 매파의 중매를 통하고 부모의 허락을 받는 절차를 거쳐 혼인에 이르게 됨을 말한다.[10] 중국 고대에 이미 '장창화미(張敞畵眉 : 남편이 아내의 눈썹을 그려준다)', '거안제미'(擧案齊眉 : 밥상을 눈 위로 받들어 올린다)', '부창부수(夫唱婦隨 : 남편이 주장하고 아내가 이를 따르다)', '항려정심(伉儷情深 : 부부의 깊은 정)' 등의 용어가 등장하였다. 이러한 어구들은 중매혼으로 맺어져 사랑과 공경을 나누는 부부의 이상적인 전범을 보여준다.

『시경』은 '군자와 요조숙녀의 만남이 결혼으로 어어지면서 나타나는 삶의 다양한 양태를 핍진逼眞하게 그려낸다. 「왕풍王風」의 「군자양양君子陽陽」은 이상적 부부의 상像과 부부가 된 남녀가 일상에서 나누는 즐거움을 노래한다.

즐거운 우리 님은 왼손에 생황 들고
오른손으로 나를 방으로 부르니 정말 즐겁네.
흥겨운 우리 님은 왼손에 새깃 들고
오른손으로 나를 춤자리로 부르니 정말 즐겁네.

이 시는 일터에서 돌아온 남편과 더불어 여가를 즐기는 아내를 통해 부부의 화락한 모습을 이상적으로 그리고 있다. 생황으로 연주하며 새깃을 들고 함께 춤추는 부부의 모습은 삶에서 풍류와 부부의 애정이 어우러지는 고대의 일상을 보여준다. 주희가 음풍淫風으로 분류했던 「정풍」의

「여왈계명女曰鷄鳴」 역시 고대 시기 부부의 형상을 환기한다.

> 아내가 말하기를 '닭이 우네요', 남편이 말하기를 '아직 어두운데'
> '일어나 밖을 좀 보세요', '샛별이 반짝이고 있으니
> 나가 돌아다니며 오리나 기러기 주살로 쏘아볼까.'
> '주살로 잡아오시면, 당신 위하여 안주를 만들지요.
> 안주 만들어 놓고 술 마시며 당신과 해로해야지요.
> 금琴과 슬瑟도 손닿는 데 있으니 모두 즐겁고 행복하지 않겠어요?'
> 당신이 오시는 것을 알면 여러 가지 패옥을 드리리다.
> 당신이 제 알뜰함을 알아주시면 온갖 패옥으로 문안드리리다.
> 당신이 저를 좋아하심을 알면 온갖 패옥으로 보답하리다.

부부의 애틋한 정을 노래하는 이 시는 오리나 기러기를 주살로 잡는 수렵으로 생활했던 당시 삶의 조건과 더불어 새벽부터 힘겹게 노동하고 돌아온 남편을 위해 술을 준비하고 안주를 만들며 일상의 즐거움과 행복을 느끼는 아내의 모습을 담고 있다. 또한, 이 시는 부부의 화락을 상징하는 금슬과 해로에 대한 꿈을 직접적으로 제시할 뿐 아니라, "당신이 저를 좋아하심을 알면 온갖 패옥으로 보답하리다"라는 3절의 구와 같이 사랑을 확인함으로써 부부 관계를 더욱 돈독히 하려는 여성의 적극적인 태도를 보여주기도 한다.

『시경』의 「군자양양」과 「여왈계명」 같은 시편들은 남녀 간의 사랑이 혼인의 예禮를 통해 조화를 이루는 이상적인 부부상을 그린다. 그런데

『시경』에는 부부(연인) 간의 갈등과 불화, 중매혼의 폐해 등을 암시하는 시편들 역시 찾아볼 수 있다. 「정풍」의 「산유부소山有扶蘇」는 실제 현실에서 남녀의 만남이 야기하는 실망과 좌절을 그리고 있다.

> 산에는 무궁화(扶蘇)가 있고
> 늪에는 연꽃(荷華)이 있는데
> 만나기 전에는 미남(子都)이라더니
> 만나보니 미친 못난 녀석(狂且)이네.
>
> 산에는 큰 소나무(橋松)가 있고
> 늪에는 하늘거리는 말여뀌(游龍)가 있는데
> 만나기 전에는 호남(子充)이라더니
> 만나보니 능구렁이 같은 녀석(狡童)이네.

위 시에서 여자는 꽃과 풀이 피어 있는 아름다운 자연과 대조적으로 자기가 만난 남자는 미남도 호남도 아닌, 미친 못난 녀석이자 능구렁이 같은 녀석에 지나지 않는다며 실망을 토로한다. 「모시서毛詩序」는 이 시를 춘추시대 정鄭나라 태자 홀忽을 풍자한 시라 하였고, 주자는 음란한 여자가 사통私通하는 자를 희롱하는 시로 규정하였지만, 중매를 통해 결혼한 남편이 실제로 못나고 교활한 남자임을 알고 자신의 처지를 탄식하는 여성의 목소리가 실감 나게 전해진다.

「위풍衛風」의 「맹氓」은 남녀가 일상에서 우연히 만나 사귀고 중매의

절차를 거쳐 혼인에 이르는 과정, 가난과 남편의 변절로 인한 갈등, 부부
관계가 파국에 이르는 과정 등이 매우 구체적으로 묘사되어 있다.

> 뽕나무 잎 시들어서 누렇게 떨어졌네.
> 나는 그대에게로 가서 삼년을 가난에 굶주렸지.
> 기수물(淇水)은 넘실넘실 수레 포장을 적셨었지.
> 여자로서 잘못이 없는데도 남자인 그대는 처음과 행동이 달라졌네.
> 남자란 믿을 수 없는 것, 마음이 이리저리 흔들리네.

위 대목은 남편의 변절 때문에 번민하는 여성을 그리고 있는데, 뽕나
무 잎이 시들어 떨어졌다는 표현은 사랑을 나누었던 시절의 열정이 사라
져버린 현재를 암시한다. 또한, 여성은 자신에게 아무 잘못도 없고 마음
이 변한 적도 없는데, 남자가 변심하여 태도가 달라졌음에 크게 상심하고
있다. 해로偕老하겠다던 군자와 요조숙녀의 꿈이 현실의 벽에 부딪혀 깨
어지는 혼인의 또 다른 풍경을 묘사한 이 시는 사랑의 유한함과 부부관계
의 균열이 낳는 고통과 슬픔을 생생하게 전하고 있다.

그런데 『시경』에서 더욱 주목되는 것은 남녀가 부모 몰래 만나 혼인
의 예禮를 거치지 않고 사랑을 속삭이거나, 혼외의 만남까지 포함하는 사
통私通의 형식들이 더욱 큰 비중을 차지하고 있다는 점이다. 사통을 다룬
시편들은 사랑에 빠진 이의 낭만적 열정, 사랑의 좌절로 인한 고통, 혼인
제도의 모순과 이면을 보여주는 등 생생한 삶의 현장을 묘사한다. 또한,
이러한 사랑의 장면들은 개인의 욕망이 사회적 규범과 충돌하는 현실을

가시화한다는 점에서 문제적이다.

『시경』의 애정시편에서, 혼인의 예를 벗어나는 자유로운 욕망의 회로를 보여주는 작품 가운데 「소남」의 「야유사균野有死麕」은 혼전에 사통하고 밀회하는 남녀를 그린 시의 전형을 보여준다.

> 들판에서 잡은 노루고기(死麕)를 흰 띠풀(白茅)로 싸다 주었네.
> 아가씨 봄을 그리워하기에 미남(吉士)이 유혹한거지.
>
> 숲의 잔 나무 베고, 들판에서 사슴 잡아 흰 띠풀로 싸가지고 가 보니 아가씨는 구슬 같데요.
>
> 가만가만 천천히, 내 행주치마(帨)는 건드리지 마세요.
> 삽살개(尨) 짖지 않게 해요!'

한 미남이 사랑을 갈망하는 아름다운 처녀를 유혹하여 둘은 정을 통한다. 여기서 사냥해서 잡은 노루나 사슴의 고기를 깨끗한 백모(띠풀)로 싸서, 애인에게 보내는 행위는 원시 수렵시대에 통용되던 유혹의 한 형식이었음을 짐작할 수 있다. 3절에서 여자는 남자에게 개가 짖어 동네 사람들이나 집안 식구들에게 들키지 않게 슬며시 내왕하여 자기를 살살 다뤄 달라고 한다. 이처럼 사랑에 빠진 여성의 직접적인 목소리는 중매쟁이와 부모의 눈을 피해 자유로운 사랑을 구가하던 고대의 연인들의 열정을 반영하고 있다.

남녀 간의 사통을 형상화한 시 가운데 「정풍」의 「장중자將仲子」는 남의 눈을 피해 사랑을 속삭이는 젊은 남녀의 밀회 과정을 더욱 생생하게 묘사하고 있다.

둘째 도련님(仲子), 우리 마을에 넘어 들어와

우리 집 산버들 꺾지 마세요.

어찌 나무가 아깝겠어요? 저의 부모님이 두려워서지요.

도련님도 그립기는 하지만 부모님의 말씀도

역시 두려워요.

둘째 도련님, 우리 집 담을 넘어와

우리 집 뽕나무 꺾지 마세요.

어찌 나무가 아깝겠어요? 저의 손윗분들이 두려워서지요.

도련님도 그립기는 하지만 손윗분들의 말씀도

역시 두려워요.

둘째 도련님, 우리 집 뜰 안으로 넘어와(無踰我園)

우리 집 박달나무 꺾지 말아요.(無折我樹檀)

어찌 나무가 아깝겠어요? 남의 말 많음이 두려워서지요.

도련님도 그립기는 하지만 남의 말 많음도

역시 두려워요.

위 시에는 사랑을 이루기 위해 위험을 무릅쓰고 담장을 넘는(유장 : 踰

牆) 남성과 사랑을 적극적으로 바라면서도 혹시 사람들에게 알려질까 두려워하는 여성의 심정이 잘 나타나 있다. '우리 마을 안의 산버들을 꺾고(절수기 : 折樹杞), 집 담장을 넘어와 뽕나무, 박달나무를 꺾는다(절수상 : 折樹桑, 절수단 : 折樹檀)'는 비유는 그 집의 처녀의 정조를 탐한다는 의미를 지닌다. 그런데 여기서 여성 화자가 연인을 향하는 태도는 흥미롭다. 연인에게 나무를 꺾지 말라는 연유는 나무가 아깝기 때문(즉, 사랑의 거절)이 아니라 부모님, 손윗분들, 남의 말 많음과 같은 언급이 시사하듯이 사통이 발각될까 두렵기 때문이다. 이처럼 부모의 통제, 사회적 규율 속에서도 은밀하게 이루어진 남녀 간의 만남과 열정을 통해 고대 사회의 사랑의 풍속을 가늠할 수 있다.

한편, 『시경』의 「소남」 편 「행로行露」는 혼인 전, 남녀 간의 밀회 행위가 당시 혼인제도와 부딪치면서 야기되는 갈등을 예시한다.

이슬 길(行露)이 촉촉하다지만 어찌 밤낮으로 찾아오진 않고, 길에 이슬이 많다 말하오?

누가 참새에 부리가 없다 했소? 그렇다면 어떻게 우리 지붕을 뚫었겠소?

누가 그대에게 집이 없다 했소? 그렇다면 어떻게 나를 옥獄으로 불러들였겠소?

비록 나를 옥獄으로 불러들인다 해도 당신 집안엔 부족한 게 있소.

누가 쥐에 이빨이 없다 했소? 그렇다면 어떻게 우리 담을 뚫었겠소?

누가 그대에게 집이 없다 했소? 그렇다면 어떻게 나를 송사訟事로 불러들였겠소?

비록 나를 송사로 불러들인다 해도 역시 나는 그대를 따르지 않겠소.

이 시는 여자가 예를 갖추지 않은 남자와의 청혼을 거절하는 내용을 담고 있다. 1절에서 화자는 길 위의 이슬(行露)을 핑계로 찾아오지도 않는, 즉 정성과 예의를 다하여 사랑을 구하지 않는 상대에 대한 불신을 토로한다. 2절에서 참새가 자기 집 지붕을 뚫었다거나 3절에서 쥐가 자기 집 담을 뚫었다는 말은 모두 혼인의 예를 갖추지 않은 채 여성에게 청혼하는 남성의 행위를 지칭한다. 여기서 '행로'는 밤에 몰래 이슬을 밟으며 여인의 집을 찾아가는 행위나 야합野合을 의미하는 기호로 통용된다.「용풍鄘風」의「상중桑中」역시 삼을 캐거나 보리를 베는 일상의 노동 현장에서 남녀의 밀회가 이루어지는 장면을 재현하는데, 1, 2절에서 "상중에서 나와 만나 상궁(上宮, 집 또는 누각의 이름)으로 나와 갔었는데"라는 표현은 남녀가 몰래 만나는 행위를 직접적으로 지시하고 있다. 이 역시「정풍」의「장중자」,「소남」의「행로」와 더불어 남녀 간의 사통을 노래한 시로서 후세에도 지속적으로 향유되었다.

중매인을 통하고, 부모가 결정하는 결혼은 근친결혼을 포함한 여러 종류의 원시적 형태의 결혼 관습을 모두 부정하고 개혁한다는 점에서 중요한 의의가 있었다. 부모가 결정하는 결혼은 고대에 일종의 개명된 풍습이자 진보의 상징이기도 하였다.[11] 하지만, 혼인제도가 점차 견고하게 구축되어 가는 과정은 '윤리'라는 명목하에 에로스를 통제하는 과정이자, 가부장적 질서와 공동체의 공리에 개인의 의지를 편입시키는 과정이기도 하였다.『시경』은 이미 고대부터 제도와 인간의 욕망 사이의 불협화음이 노출되기 시작하였음을 징후적으로 보여준다.

　중국의 풍속사가 유달림劉達臨은 중국 고대 애정시가에서 사통은 중요한 주제이며 청춘 남녀의 밀회와 혼외정사의 묘사가 부부 사랑을 묘사한 것보다 훨씬 많았는데, 그 이유는 고대 일부일처제가 대부분 며느리를 들여오거나 매매혼 등 본인의 의사와는 상관없이 부모가 정해준 혼인이어서 부부간에 애정이 없었고, 진정한 애정은 밀회나 사통에서만 생길 수 있었기 때문이라 하였다.[12] 명대 강영과姜盈科의 『설도소설雪濤小說』에 "아내는 첩만 못하고, 첩은 노비만 못하고, 노비는 기생만 못하고, 기생은 사통하는 것만 못하고, 사통하여 얻은 것은 사통하여 얻을 수 없는 것만 못하다."라는 구절이 있다.[13] 성, 사랑, 결혼의 삼각 구도에서 구현되는 열정의 역사는 규범이 제공하는 공리적 가치와 끊임없이 그것으로부터 일탈하려는 에로스의 욕망 사이의 협상과 충돌, 모반의 역사와 맞물리고 있었던 것이다.

3. 조선전기, 열정적 사랑 : 판타지의 공식

3-1. 이상적 연인들, 재자가인才子佳人의 사랑

동양의 유교 문화권에서 열정의 문제를 다루는 소설 작품들은 『시경』을 모태로 하는 다양한 판본들이라 할 수 있다. 주자학이 지배했던 조선시대 양반층 남성들의 에로스에 대한 내밀한 환상과 상상력의 원천이 바로 『시경』이었던 것이다. 조선시대 소설들은 『시경』에 나타난 사랑과 혼인에 관한 모티프와 시적 비유들을 문학의 관습적 약호로 차용했다. 조선시대 소설의 첫 장을 연 15세기 김시습[14]의 『금오신화金鰲新話』에도 『시경』의 흔적이 서사 전반에 산포되어 있다. 『금오신화』는 중국 당대唐代의 전기傳奇소설과 명대明代 소설 『전등신화剪燈新話』와 같은 중국 서사 장르의 영향을 받은 것으로 확인되는데, 전근대 동아시아 애정 서사는 엄밀하게 국가적 권역을 나눌 수 없는 공통의 상상력 속에서 배태되었음을 전제해야 할 것이다. 하지만, 『금오신화』는 전근대 동아시아에서 산출된 애정 서사의 원형적 모티프들이 작가 특유의 세계관, 15세기 조선 사회의

욕망의 회로와 결합하면서 독자성을 확보하는 지점을 제기한다.[15] 『금오
신화』의 「이생규장전李生窺牆傳」은 『시경』의 「관저」에 등장하는 군자와
요조숙녀의 만남이 '15세기 조선'이라는 역사적 시공간 속에서 어떻게
구현되는지를 보여준다.

> 풍류재자 이도령
> 요조숙녀 최낭자
> 그 재주 그 모습, 듣기만 해도
> 주린 창자를 배불리지요.[16]

여기서 풍류재자 이생은 재주가 있고 풍류를 아는 남성인데 한미한
양반 출신이다. 이에 반해, 여주인공 최랑은 문벌 귀족 출신에 재색을 겸
비한 여성으로 재현된다. 즉, 자태가 아리땁고 자수를 잘하며 시문도 뛰
어난 요조숙녀의 전형이다. 「만복사저포기萬福寺摴蒲記」에서도 남주인공
양생은 유학을 공부하는 서생으로 부모를 일찍 여의고 장가도 들지 못한
주변부 양반 남성이지만, 양생의 여인은 얼굴과 자태가 곱고 단정한, 선
녀 같은 모습의 귀한 가문 출신이다. 『금오신화』에서 주인공 남녀는 모
두 양반 계층이지만, 여성이 남성보다 우월한 집안 출신이고, 두 사람은
재주와 아름다움을 겸비한 재자가인이자 사랑에 절대적 가치를 부여하
는 적극적인 욕망의 주체로 묘사된다.

　『금오신화』에 등장하는 재자가인, 즉 '재주 있는 남자와 아름다운 여
자'의 사랑은 조선시대 애정 소설에서 하나의 전형으로 정착하는데, 이는

중국 소설에서 한 영역을 구축한 '재자가인 소설'의 장르 관습과 긴밀하게 연계된다. 당唐의 전기 소설 이후로 '재주 있는 남성, 외모가 아름다운 여성(낭재여모 : 郎才女貌)'은 사랑하는 남녀의 전형으로 자리 잡는다. 명明·청淸 대에 이르러 하나의 소설 유파로 범주화된 재자가인 소설에서 여성 인물 역시 미모 외에 재주를 필수적으로 갖추게 된다.[17] 이러한 남녀 주인공의 형상은 17세기까지 조선시대 애정 소설에서도 동일하게 발견된다. 16세기 말(1593) 권필(權韠, 1569~1612)이 썼다고 알려진 소설 『주생전周生傳』의 주인공 주생과 선화, 17세기 소설 『위경천전韋敬天傳』에서 위생과 소숙방 등은 동아시아 서사문학에서 형성된 재자가인의 관습적 유형을 따르고 있다.

그런데 조선시대 소설에 등장하는 재자가인의 형상은 작가의 취향, 소설의 유파, 시대적 흐름에 따라 다양하게 조합되고 변용되는 현상을 보이기도 한다. 『금오신화』의 경우, 미모를 겸비한 재녀才女들이 작품의 결말에 이르러 현세의 인간인 아닌 귀녀鬼女였음이 판명되는 당시 전기 소설의 영향 속에서 양산된 흔적을 보인다. 한편, 조선중기 이후의 소설에서 남성 인물은 여전히 재주와 학식이 뛰어나지만, 권력에서 소외된 양반층 풍류재자의 형상을 띠는 반면, 여주인공은 상층부 가문의 정형화된 인물형을 넘어서 비非양반층 여성의 유형으로 전이한다. 「주생전」에서 주생이 사대부 여성 선화를 만나기 전에 사랑한 여성은 기생 배도이다.

17세기의 또 다른 작품 「운영전雲英傳」에서 김진사는 전형적인 풍류재자이지만, 여주인공 운영은 궁에 갇힌 채 욕망을 통제해야 했던 궁녀 신분이다. 또한, 「영영전英英傳」이라고도 불리는 17세기 작품 「상사동기

想思洞記」에서 남주인공 김생은 용모가 준수하고 인품이 뛰어나며 진사에 급제한 풍류랑이고, 여주인공 영영은 자색이 뛰어나고 음률과 문자를 해독할 줄 하는 요조숙녀이다. 그러나 그녀의 신분은 '회산군 댁의 시녀', 즉 궁인이다. 그런가 하면,「최척전崔陟傳」에서 여주인공 옥영은 사족士族 출신이지만 가문이 영락하여 고향을 떠나 편모를 모시고 힘겹게 살아가는 사회 주변부 여성이다. 이러한 작품들에서 사랑의 여주인공은 요조숙녀의 조건, 즉 '미모와 재주를 겸비한 귀한 가문의 여성'이라는 전범에서 조금씩 벗어났음을 확인할 수 있다. 조선후기에 이르면「춘향전春香傳」이나「옥단춘전玉丹春傳」에서처럼 풍류재자 남성은 입신양명하는 양반이지만, 군자의 짝인 요조숙녀는 기녀 계층으로 전이되는 큰 변화를 보인다. 19세기 소설「절화기담折花奇談」,「포의교집布衣交集」에서 요조숙녀는 평민층 여종으로 설정된다. 이러한 재자가인의 변모, 특히 여성을 지칭하는 가인佳人의 다양한 형상화는 조선의 역사에서 구성되는 사랑의 다채로운 흐름을 보인다.

한편,『금오신화』에서 재자가인은 혼전의 자유로운 성애를 누리는 열정적인 연인이라는 점이 특징적이다.「이생규장전」에서 이생은 책을 끼고 학교에 가다가 어느 날 최랑의 담장 안을 넘겨다보고 최랑의 아름다운 모습에 반한다. 이를 눈치챈 최랑은 "길 가는 저 이는 어느 댁 서생이신지 / 푸른 깃에 너른 띠 버들 사이에 어른거리네. // 어떡하면 대청 안 제비가 되어 / 나지막히 주렴을 스치곤 담장 위로 비껴 넘으랴."라는 시를 지어, 먼저 이생에게 관심을 드러낸다. 이에 이생은 세 편의 시를 지어 최랑의 담 안으로 던져 넣는다.

무산巫山 열두 봉에 안개가 겹겹인데[18]

반쯤 드러난 뾰족 봉은 자색 빛 비췻빛 쌓였구나.

초양왕의 외로운 베개 꿈이 안쓰러워

선뜻 구름과 비 되어 양대로 내려오려니.

사마상여가 탁문군을 꾀려 할 때[19]

마음에 품은 정이 이미 흠씬 깊었도다.

단청 고운 담 머리의 요염한 도리 꽃

바람 따라 어디로 어지러이 떨어지나.

·좋은 인연이냐 궂은 인연이냐

부질없이 시름 앓아 하루가 일 년이네.

스물여덟 자 시로 중매로 이뤄졌으니

남교에서 어느 날 신선을 만나랴.

위 시에서 이생은 남녀 간의 정사情事와 부부의 정情을 함축하는 무산巫山 고사故事, 그리고 사마상여와 탁문군 고사를 인용하면서, 시를 매개로 하여 최랑과 인연 맺기를 시도하는 적극적인 행동을 취한다. 최랑 역시 이생의 시를 보고 나서 흔연히 기뻐하며 이생과의 만남을 준비한다.

첫 만남에 서로 반한 이들은 즉각적으로 육체적 관계를 맺는데, 소설 속 사족士族 여성들은 첫 만남에 주저 없이 사랑을 허락한다. 「이생규장전」에서 최랑에게 초대받은 이생은 그날 밤 최랑의 집 담장을 넘어 들어가 최랑과 시로 화답하며 주연酒宴을 즐긴다. 그런데 최랑과의 비밀스러운 관계가 누설될 것을 두려워하는 이생에 비해 오히려 최랑은 더 적극적인 사랑의 행위자로 묘사된다. "저는 애당초 그대의 아내가 되어 평생토록 키와 빗자루를 손에 드는 집안 허드렛일을 맡아 하면서 끝까지 환락을 맺으려 하였어요."라고 이생을 안심시키고 나서 그를 휘장과 금침으로 장식된 작은 방으로 인도하여 성애의 즐거움(情歡)을 누린다. 이후, 여러 날 이생과 은밀히 만나던 최랑의 행각이 부모에게 발각되자, 최랑은 과감하게 이생과 혼인하겠다고 선언하고 부모는 마지못해 중매인을 통해 혼례 절차를 밟게 된다.

육체적 쾌락을 전제로 하는 열정적 사랑과 이를 매개로 한 혼인의 성사, 그리고 여성 인물들의 적극적인 욕망의 표현은 『시경』에서 흔히 볼 수 있는 고대인의 사랑에 대한 태도와 행동의 패턴을 그대로 따르고 있다. 또한, 이러한 만남의 양식들은 당 전기 소설 이후 중국의 재자가인 소설의 관습적 모티프들이기도 하다. 하지만, 이미 고려시대부터 민간에 정착된 중매혼을 기반으로 하여, 중혼重婚을 금지하고 부녀의 개가改嫁를 금지하는 등 일부일처 혼인제가 강화된 조선 사회의 맥락에서 이러한 열정적 사랑의 모티프는 어느 정도의 역사적 현실성을 지니는 것일까?

조선시대 소설에 등장하는 재자가인의 사랑은 한미한 양반 출신 남성과 상층부 귀족 출신의 여성 사이에서 시작하여 조선후기에 이르면 입신양명한 양반 남성과 기녀 사이의 사랑으로 옮겨 간다. 그 이면에는 사랑을 통한 신분상승의 욕망이 남녀 모두에게, 그리고 다양한 계층에서 역동적으로 작동하고 있음을 확인할 수 있다. 유교 규범에 구애받지 않는, 성애에 바탕을 둔 남녀 간의 자유로운 만남과 결연에 대한 욕망은 조선시대 소설 전체를 관통하는 공통요소였다. 이러한 소설 속 사랑의 형상들은 역사적 실제라기보다는 허구적으로 재현된 판타지 형식에 가깝다. 즉, 당시 현실에서 실현되기 어려운 욕망의 대리충족 서사로 볼 수 있다는 것이다.

하지만, 사랑의 판타지 역시 특정 시대의 역사적 현실에서 온전히 분리될 수 없다. 문학에서 환상성은 궁극적으로 문화적 속박이 야기한 현실적 결핍을 보상하려는 특징을 지니므로 문학적 환상물을 생산한 사회적 맥락과 깊이 연관된다.[20] 법제적·일상적 층위에서 유교화가 점진적으로 확장되었던 조선시대에 성적 열정이 촉구한 만남과 혼인, 사랑을 통한 자기 구원의 판타지는 '소설'이라는 허구적 글쓰기 양식을 통해 지속적으로 발현되었다. 이는 유교적 훈육 기제와 관습적 혼인 규범, 현실의 결핍을 뚫고 나온 인간의 보편 욕망과 맞닥뜨리게 한다.

3-2. 사랑의 성립 조건 : '금기의 담장을 넘어라'

『금오신화』와 같은 조선시대 소설에 등장하는 연인들은 현실적 장애나 제도적 강압에도 욕망을 포기하지 않는 열정적인 사랑의 주인공들이다. 조선 전·중기 소설에서 로맨스의 전형은 군자와 요조숙녀, 혹은 재자가인이 서로 만나 사랑에 빠지고 종국적으로 혼인의 예禮를 갖추어 부부가 되는 것이었다. 여기서 남녀의 우연한 만남과 자발적인 성애는 제도적 규범보다는 인간의 자연적 본성과 욕망을 우선시한다. 조선시대 혼인은 중매혼이자 가문 간의 결합으로서 정략결혼에 가까웠으며, 혼전에 사랑을 구하는 것은 일종의 금기로서 『시경』이 만들어진 고대 시기보다 훨씬 더 비도덕적인 행위로 인지되었을 것이다. 하지만, 조선시대 소설에서는 『시경』에서 볼 수 있는 남녀의 자유로운 만남과 성애의 욕망, 혼인 규범을 위반하는 사통의 모티프가 애정 서사를 주도하는 역할을 한다.

『맹자』의 「등문공하편」에서 "남의 집 담을 넘어 서로 따르며 구멍을 뚫고 서로 엿보는 짓을 어떻게 군자가 할 수 있겠습니까?"라는 구절을 조선시대 남성들은 끊임없이 의식하면서도 사랑을 얻기 위해서라면 사회의 비난과 죽음의 위험까지도 무릅쓰며 벽에 구멍을 뚫어 엿보거나 담장을 넘는다. 여기서 벽이나 담장은 당시 사회가 설정한 남녀 간의 에로스에 대한 금기를 상징하는 비유이며, 벽에 구멍을 뚫거나 담장을 넘는 행위는 사회적 금기에 대한 위반이자 억압된 욕망의 세계로 진입하는 실존적 결단을 의미한다. 또한, 여성은 금기의 담장을 뛰어넘은 남성을 마치 기다렸다는 듯이 적극적으로 맞아들인다. 조선시대 전·중기 소설에서 남녀 주인공은 모두 금지의 강을 건너는, 두려움 없는 욕망의 주체로 재현된다.

이제 조선시대 소설들에서 전유되는 『시경』의 사통 모티프를 구체적으로 추적해보자. 15세기 『금오신화』의 「이생규장전」에서 '규장窺牆', 즉 여인이 사는 집 담장 안을 엿보는 행위는 『시경』의 「장중자」에서 '유장踰牆', 즉 연인의 집 담장을 넘는 행위와 동일한 기호이다. 16세기 말 소설 「주생전」과 17세기 소설 「위경천전」에도 사통을 상징하는 『시경』 「정풍」의 「장중자」와 「소남」의 「행로」의 구절들이 등장한다. 예를 들어 조위한(趙緯韓, 1567~1649)이 광해군 30년(1621)에 지은 작품으로 알려진 17세기 소설, 「최척전」에서 「소남」편의 「표유매」는 남녀 간의 인연을 맺는 시발점이 된다. 여주인공 옥영이 홀로 앉아서 시를 읊고 있는 최척을 향하여 갑자기 조그만 종이쪽지를 창틈으로 던지는데, 그 쪽지에는 「표유매」의 마지막 구, "매실 다 떨어져 대바구니에 주워 담았네. 날 맞을 임자는 말난 이때를 놓치지 말기를!"이라는 글이 적혀 있다.

이러한 남녀 주인공의 금기 위반은 당시 사회규범과의 극렬한 갈등관계 속에서 감행된다. 일차적으로 그들의 위험한 행위는 가족이나 주변 지인의 비난을 받는다. 「이생규장전」에서 이생의 부친은 "요사이는 저물녘에 집을 나가 새벽에 돌아오니 이게 어찌된 일이냐? 필시 경박한 놈의 짓을 하여, 남의 집 담장을 넘어가서 박달나무(檀香木)나 꺾고 다니는 것일 테지. (……) 만일 네놈이 만나는 그 아가씨가 지체 높은 집안의 딸이라면, 반드시 네 미친 짓 때문에 저쪽 가문을 더럽혀 남의 집에 누를 끼치게 될 것이야."라고 우려한다.[21] 이생의 부친은 아들의 사통을 알아채고 『시경』 「장중자」에서 '박달나무를 꺾는 행위(折樹檀)'에 대한 비유를 통해 직접적으로 비난한다. 또한, 「위경천전」에서 위생의 친구 장생은 다음과 같이 직접적으로 위생의 행동을 꾸짖는다.

지금 자네는 재상의 집 안을 몰래 엿보아 망령되게 사통하는 죄를 범하고 정신이 미혹되고도 깨닫지 못하여 망령된 행동을 멋대로 하고 있네. 상중桑中의 추악한 이야기는 끝내 숨기기가 어려우니, 비단 욕이 자네의 부친께 미칠 뿐 아니라 재앙이 고명한 자네의 가문 전체로 이어질 걸세. 그러니 어찌 경계할 일이 아니겠는가? 무릇 사람이 한번 생각을 그르치면 만사가 다 잘못되는 법일세."[22]

장생은 남녀의 밀회를 노래하는 『시경』의 「용풍」, 「상중」을 '추악한 이야기(醜說)'로 단정하고, 위생의 사통 행위가 그의 부친뿐 아니라 고명한 가문 전체에 큰 해악이 되리라고 충고한다.

한편, 소설의 주인공은 자신의 행위에 대해 스스로 자책하기도 한다. 「이생규장전」에서 최랑은 부모에게 이생과의 밀회를 들키자 다음과 같이 말한다.

남녀가 서로 사랑을 느낌은 인간의 정리로서 지극히 중대한 일이옵니다. 그러므로 매실이 떨어지기 전에 결혼의 좋은 시기를 잃지 말라는 말이 『시경』「주남」에 노래되었고, 장딴지에 먼저 느껴 경거망동한다면 흉하다는 말이 『주역』에 경계되어 있습니다. 저는 버들 같은 가냘픈 몸으로, 상락桑落을 노래한 시에서 뽕나무 잎 시들기 전에 시집갔어야 했는데, 뒤늦게 시집가서 버림받았던 일은 경계로 삼지 않고서, 길의 이슬에 옷을 적셔서 절개를 지키지 못하여 다른 사람의 비웃음을 받게 되었습니다. 새삼 덩굴이 다른 나무에 의지해서 살 듯이 벌써 창아娼兒 같은 짓을 하였으니, 죄가 이미 가득 넘쳐나고 수치가 가문에 미치고 말았습니다.[23]

여기서, 최랑은 『시경』「주남」의 「표유매」와 「위풍」의 「맹」, 「소남」

의 「행로」의 구절을 비유로 들어, 자신의 사통으로 인한 정절의 상실을 스스로 질책하고 가문을 수치스럽게 하였음을 탄식한다. 이렇게 최랑은 자신의 행위를 질책하지만, 그 이면에는 '남녀가 서로 사랑을 느끼는 것은 인간의 정리人情로서 지극히 중대한 일'이라는 굳건한 믿음이 깔려 있다. 『금오신화』의 「만복사저포기」에서도 양생의 구애에 기꺼이 응했던 한 귀녀鬼女는 다음과 같이 자신의 속내를 드러낸다.

저의 행동이 계율을 어겼다는 것은 저 스스로 알고 있어요. 어려서 『시경』, 『서경』 같은 경전을 읽었으므로, 예의가 무언지는 조금 알지요. 그러니 『시경』의 「건상」에서처럼, 정절을 지키지 않고, 여인이 남자에게 정담을 속삭이는 것이 겸연쩍은 일이고, 『시경』 「상서」에서 말하였듯이, 무례한 행동이 부끄러운 일이란 사실은 모르는 게 아니랍니다. 그러나 오랫동안 쑥덤불 속에 거처하여 들판에 버려져 있다가 보니, 애욕(風情)이 한번 일어나자 끝내 걷잡을 수 없었어요.[24]

어려서부터 『시경』이나 『서경書經』 등 유가의 경전을 읽어서, 여성으로서 지켜야 할 유교적 덕목을 알고 있음에도 정절의 계율을 지키지 못하였음을 인정하는 한편, 외로운 상황에서 애욕愛慾이 일어남을 통제할 수 없다고 자신의 욕망을 정당화하는 귀녀의 고백은 매우 직접적이다.

「주생전」에서 주생이 선화와의 밀회에 대해 "향을 훔치고 구슬을 도적질하는데(偸香盜璧) 어찌 겁이 나지 않겠소."라고 두려움을 토로하자, 선화는 다음과 같이 말한다.

낭군은 절단지기折檀之譏를 행하고, 저는 행로지욕行露之辱을 받을 것
입니다. 불행히도 하루아침에 우리의 애정행각이 드러나면, 친척들에게
는 용납되지 못할 것이요, 고을사람들에게는 천대를 받을 것이니, 비록 낭
군의 손을 잡고 백년해로하고자 한들 어찌 그것이 가능하겠습니까? 오늘
우리의 만남은 비유컨대 구름 속의 달이나 낙엽 속의 꽃과 같습니다. 설령
한 때의 즐거움을 얻었을지라도 오래갈 수 없을 것이니, 어찌하면 좋겠습
니까?[25]

투향도벽偸香盜璧, 즉 선화와 혼례를 치르지 않고 사통한 것에 주생이
자책감과 두려움을 느끼는 것과 마찬가지로, 선화 역시 『시경』의 「정풍」,
「장중자」를 들어 주생의 행위를 '남의 집 담장을 넘어가 그 집 처녀의 정
조를 빼앗는 죄(折檀之譏)'로 인식하고, 자신의 행위를 『시경』의 「소남」 편
「행로」에 근거하여 '길을 가다가 무례한 남자에게 능욕을 당한 것(行露之
辱)'이라 표현하면서, 혼례를 치르지도 않고 주생에게 몸을 바친 자신의
행위를 자책한다. 하지만, 이러한 자책의 심정과는 별개로 선화는 그날
밤 거울과 부채를 주생에게 사랑의 증표로 건네주며 이후 혼인할 것을 맹
세하고 주생과 밀회를 지속한다.

「위경천전」에서도 『시경』의 「장중자」에 근거하여 '담을 넘어 박달
나무를 꺾는 행위(踰墻折檀)', 즉 남녀의 밀회는 '호랑이의 꼬리나 봄날의
살얼음을 밟는 것만큼 위험'하며, '남의 담에 구멍을 뚫은 행위(鑽穴之誚)',
즉 남녀가 사사로이 야합野合한 사실이 세상에 알려지면 '신세를 망치는
재난'에 빠질 것이라는 기술이 나온다. 하지만 위생은 이러한 위험과 두

려움에도, ‘미친 듯한 욕정이 크게 일어나 여섯 마리의 말이 함께 달리듯 마음을 억누를 수가’ 없는 상태에 이르고, 결국 자신의 욕망을 충족시킨다.[26] 한편, 「위경천전」의 여주인공 소숙방은 위생과의 만남에 대해 자신은 본래 양반가문 출신으로 『시경』의 「정풍」 「진유溱洧」에서처럼 ‘남녀가 밀회를 즐기는 풍속(淑溱俟巷之風)’을 사모하지 않고, 오직 『시경』의 「주남」, 「관저」에서 ‘예禮를 갖추어 맺어진 부부(군자와 요조숙녀)의 즐거움(琴瑟鍾鼓之樂)’만 생각해 왔다고 고백한다. 하지만, 소숙방과 위생의 만남은 규범과 혼인의 예를 위반하는 사통의 전형이다. 흥미로운 점은 소숙방이 자신의 사통을 진실한 사랑의 행위로 옹호하고 의미화한다는 사실이다. 소숙방은 위생과의 사랑이 얼마나 깊고 절실한가를 근거로 삼아 위생을 하늘이 내려주신 배필로 생각하고 백년해로를 꿈꾼다.[27] 여기에는 사회적 비난의 여지가 있는, 사통으로 맺어진 자신의 일탈적 행위를 진실한 사랑으로 끌어올리고 혼인의 예를 따르는 군자와 요조숙녀의 만남으로 등치시키는 정당화 기제가 작동한다.

당시 소설에서 예를 벗어난 사랑에 대한 사회의 비난과 주인공들의 자책의 목소리는 실질적으로 사랑을 변호하고 욕망을 정당화하기 위한 서사적 전략으로 기능한다. 『시경』에 등장하는 사통의 비유들은 이러한 비난과 옹호의 서사, 양쪽 모두에 적극적으로 활용되면서 궁극적으로 열정의 옹호로 수렴되는 것이다. 조선전기와 중기 소설 가운데, 여성이 먼저 남성에게 구애의 편지를 보내어 결연結緣하는 계기를 마련하는 특이한 풍경을 보여주는 「최척전」에서 여주인공 옥영은 자신의 행위에 대해 다음과 같이 기술한다.

제가 비록 지식은 없으나, 원래 사족으로서 애초에 저자에서 노니는 무리가 아닌데, 어떻게 담벼락에 구멍을 뚫고 몰래 만날 마음을 가질 수 있겠습니까? 반드시 부모님께 아뢰어 마침내 예에 따라 혼례를 치른다면, 비록 먼저 사사로이 시를 던져 스스로 중매하는 추태를 범했으나 정절과 신의를 지키어 거안지경擧案之敬을 다하고자 합니다. 이미 사사로이 편지를 주고받아 그윽하고 바른 덕을 크게 잃어버리긴 했으나, 이제 간과 쓸개가 비추듯 서로의 마음을 잘 알게 되었으니, 다시는 함부로 편지를 보내지 않겠습니다. 이제부터는 반드시 중매를 두어 제가 행로行露했다는 비난을 받지 않도록 해주시길 간절히 바라오니, 잘 생각하시어 일을 꾀하십시오.[28]

옥영은 최척에게 보내는 편지에서 사대부 가문의 아녀자인 자신이 사통을 주도한 경위에 대해 '스스로 중매하는 추태'를 범했다고 고백한다. 그리고 비록 바른 덕을 크게 잃어버리긴 했으나, 이후로는 정절과 신의를 지켜 부부의 도리를 다하고 남편을 공경하리라고 맹세한다. 또한, 자신의 행위가 폭로되어 주변 사람들에게 '행로했다'는 비난을 받지 않도록 중매의 절차를 두어 혼례의 예를 다할 수 있게 해달라고 요청한다. 이처럼 조선 전·중기 소설에서 사랑은 대부분 당시 사회가 금기시한 혼인 이전의 사통 형식을 띠며, 이후 남녀 주인공은 사후적으로 혼인의 격식을 갖춤으로써 자신들의 통제되지 않은 열정을 현실에서 승인받으려 한다. 규범과 관습의 금기는 사랑을 더욱 애틋하고 절실하게 하는 동인動因으로 작동하며 오히려 열정의 승리를 보증하는 촉매 역할을 한다.

3-3. 낙이불음樂而不淫의 경계선

유교 이념이 일상 전반으로 확산되고 고착될수록 소설 속 사랑의 모험은 더욱 위태로워진다. 17세기 소설 「주생전」에서 주생은 기생 배도를 보기 위해 노승상 댁 안을 몰래 숨죽이고 엿보다가 우연히 아름다운 선화의 모습을 보고 반한다. 주생은 선화를 만날 구실을 만들어 노승상 댁에 머물다가, 몇 겹으로 된 담을 넘어 비로소 선화의 처소에 이른다. 주생은 "굽이진 기둥과 돌아드는 복도마다 주렴과 장막이 겹겹이 드리워진" 곳을 지나는데, 이는 규방 여성의 침소가 사회적 규율과 이념에 의해 보호되고 규제되었음을 상징적으로 나타낸다. 15세기 소설 「이생규장전」에서 이생이 최랑의 집 담 너머 정원을 우연히 엿보다가 최랑과 눈길을 주고받고, 그날 밤 부모의 거처와 떨어진 누각의 다락방에서 은밀한 만남을 즐긴 것에 비하면, 「주생전」에서 집안 깊숙이 내밀한 곳에 있는 선화의 규방은 여성의 정절 규범이 더욱 강화된 조선 사회의 분위기와 조응한다고 볼 수 있다. 하지만, 주생이 그러한 규범의 통제를 뚫고 선화의 방을 침입하다시피 들어갔을 때 선화는 주생을 거부하지 않고 받아들이며 동침을 허락한다. 이는 금기를 위반하는 위험한 사랑에 대한 판타지가 여전히 지속하고 있음을 보여준다.

에로틱한 충동을 느끼고 여성의 침소에 느닷없이 침입하는 남성 주인공의 모습은 17세기 작품인 「상사동기」와 「위경천전」에서도 유사하게 나타난다. 「상사동기」에서 김생은 길거리에서 우연히 만난 한 미인에게 반하여 무작정 그녀를 따라간다.

김생은 그녀를 바라보고 있다가 마음이 크게 흔들리어 스스로를 억제할 수가 없었다. 말채찍을 재촉해 달려가 곁눈으로 흘끗흘끗 바라보니, 고운 치아와 아름다운 얼굴이 참으로 국색이었다. 김생은 말을 빙빙 돌려 그 주위를 맴돌면서 때로는 앞서기도 하고 때로는 뒤를 좇으면서 정신을 가다듬고 그녀를 주시하였다. 그는 끝까지 그녀를 놓쳐서는 안 된다고 생각했다. 여자도 김생이 감정을 억제치 못함을 알아채고, 부끄러운 나머지 눈썹을 내리깐 채 감히 바라보지를 못했다. 여자가 점점 멀리 나아가자, 김생도 계속 그 뒤를 좇아갔다.[29]

궁녀 영영을 한 번 보고 그 모습을 잊지 못한 김생은 결국 갖은 시도 끝에 영영과의 만남을 성사시킨다. 그런데 첫 만남에서 김생은 영영에게 동침을 요구하며 '잠시의 즐김'을 권하고 영영이 거절하자 다음과 같이 유혹한다.

새와 같은 미물 가운데도 비익조比翼鳥가 있고, 본성이 무딘 나무 가운데도 연리지連理枝가 있소. 하물며 정욕이 모이는 곳은 사람과 사물이 어찌 다를 리가 있겠소? 봄바람에 꾼 호접은 독수공방을 특히 괴롭게 하고, 달밤에 두견이 우는 소리는 외로운 잠자리를 더욱 놀라게 하니, 어찌 두목지가 봄꽃 찾는 것을 늦추게 할 수 있겠소? (……) 아아, 나의 마음이 애석하고, 낭자의 무정함이 한스럽소. 살아서 무엇하겠소? 그대에 대한 사랑은 오로지 죽은 뒤에나 그칠 것이오!"[30]

부부의 의가 좋고 애정이 깊음을 상징하는 '비익조'와 뿌리가 다른 나뭇가지가 서로 엉켜 마치 한 나무처럼 자라는 현상을 가리키는 '연리지'에 비유하여 남녀 간의 정욕의 정당성을 주장하는 김생은 영영이 자신의 청을 거절하면 차라리 죽음을 택하겠다고 격렬하게 반응한다. 결국 '사랑의 즐거움'을 얻지 못한 채, 영영을 궁궐로 돌려보낸 김생은 이후 다시 영영과의 만남을 성취하기 위해 목숨을 걸고 궁궐로 찾아간다. 다음은 김생이 몰래 궁 안으로 들어가는 장면이다.

김생은 두려움에 떨면서 몸을 구부리고 살금살금 걸어가는데, 문안으로 들어갈 때는 깊은 연못을 굽어보는 듯 두려웠으며, 땅을 밟을 때는 엷은 빙판 위를 걷듯이 조심조심 걸었다. 매번 한 발을 옮길 때마다 아홉 번이나 넘어지고, 땀이 발뒤꿈치까지 흘러내려도 오히려 깨닫지 못하였다. 어쩔 수 없이 영영을 따라 굽은 계단을 오르고 회랑을 빙빙 돌아서 안으로 들어갔는데, 두세 번 문을 지나서야 커다란 안채에 도달하였다.[31]

영영에 대한 육체적 열정으로 가득 찬 김생은 위험을 무릅쓰고 궁 안으로 잠입해 들어간다. 그리고 영영을 보자마자 김생은 다시 동침을 요구한다. 이에 대해 영영은 "낭군은 어찌 저를 '뽕나무밭에서 노는 여자'처럼 대하십니까? 별도로 침실이 한 곳 있으니 그곳에서 좋은 밤을 편안히 보내는 것이 좋겠습니다."[32]라며 김생을 자신의 침소로 이끈다. 하지만, 영영의 이러한 대응은 김생의 요구를 거부하는 것이 아니라, 자신이 '남녀의 밀회를 즐기는 음란한 여자'로 세상에 발각되는 것을 피하기 위해 좀 더 안전한 곳에서 정을 통하려는 의도에서 비롯된 것이다.

「위경천전」도 이와 유사한 서사 구조를 보인다. 「위경천전」에서 위생은 아름다운 노랫소리와 웃음소리가 들리는 저택 안으로 몰래 들어갔다가, 선녀처럼 아름다운 한 미인을 보고 반한다. 위생은 그 미인을 보자마자 죽음을 각오하고서라도 끓어오르는 욕정을 풀고 싶은 마음이 생긴다. 하지만, 『시경』의 「정풍」, 「장중자」를 떠올리면서 "님이 그립기는 해도 다른 사람의 비난이 두려운지라" 스스로 자제한다. 그러나 몇 차례의 머뭇거림 끝에 '미친 듯한 욕정'은 더 이상 억누를 수 없는 상태가 되고, 위생은 몰래 창틈으로 엿본 후 여자의 침소로 침입한다. 위생의 침입에 깜짝 놀란 소숙방은 처음에는 거부하지만, 위생이 들어오게 된 곡절을 듣고 나자 위생을 순순히 받아들인다.

위생이 비록 끌어안아도 처녀는 부끄러워 눈썹을 지긋이 들어올리기는 했으나 눈길은 은근하였으며, 몸은 가벼운 버들개지처럼 가눌 수 없는 듯하였다. 위생은 봄 구름이 피어나듯 멈추지 않고 짙은 애무를 계속하다가 마음이 매우 흡족해진 뒤에야 끝내었다. 이불을 가지런히 하고 누우니, 원앙이 어우러진 침상 위에 꽃 그림자가 어른거렸다. 처녀가 기지개를 켜며 위생의 등을 어루만지다가 길게 탄식하며 말했다.[33]

위생과 관계를 맺고 나서 소숙방은 "인간 세상의 즐거움이 깊은 규방에까지 이르지 않더니, 제가 세상에 태어나 오늘에서야 비로소 보게 되었습니다."라고 탄식한다. 이러한 반응은 성적 욕망에 대한 옹호의 차원을 넘어 성애의 탐닉에 잇닿아 있다. 위생의 성적 열정을 기꺼이 수용하는 소숙방과 같은 인물은 일견 남성 작가의 성적 판타지가 가공한 여성 이미지일 수도 있다. 하지만, 이러한 여성 인물을 통한 욕망의 옹호는 규율로부터 더 큰 압박을 받았던 여성들의 목소리를 통해 현실의 결핍을 더욱 효과적으로 드러내고, 금지된 쾌락의 정당성을 확보하려는 판타지의 전략을 드러낸다.[34] 위경천과 소숙방은 사회적 비난이 주는 부담과 친구의 경고에도 아랑곳하지 않고, "좋은 밤은 괴로울 정도로 짧아 새벽빛이 닭 울기를 재촉하고 있습니다. 그대를 향한 꽃다운 나의 마음은 아직 흡족하지 않고 이별의 슬픔은 끝이 없을 것이니, 이 일을 어찌하리오?"[35]라며 애석해 할 정도로 열정적인 사랑지상주의를 추구한다. 이들은 이후에 혼인하지만, 전쟁 때문에 일시적으로 헤어지고 서로에 대한 그리움을 견디지 못하여 죽음에 이른다. 이 작품에서 남녀 간의 애정은 제도적 혼인 질서에 수렴되기보다는 일상적 질서와 생명을 위협할 정도의 과도한 추구의 대상으로 설정된다. 「위경천전」에서 에로스를 향한 강렬한 추구는 조선시대 소설이 아슬아슬하게 유지해 왔던 '낙이불음樂而不淫', '애이불상愛而不傷'이라는 열정의 최후 방어선을 넘어버리는 지경을 엿보인다.

3-4. 비극적 결말의 이면 : 사랑의 주변성과 초월성

조선 전·중기 재자가인들의 사랑은 현실적인 결핍, 즉 에로스의 욕망과 세속적 부귀에 대한 욕망을 동시적으로 충족하는 시나리오로 구성되

어 있지만, 실제로 행복한 결말에 이르는 경우는 드물다.[36]

『금오신화』의 작품들, 「주생전」, 「위경천전」, 「상사동기」 등의 소설에서 '사랑과 혼인의 이상적 결합'이라는 판타지는 균열을 일으키거나 종국적으로 좌절된다. 즉, 남녀 간의 애정이 혼인으로 이어지는 과정에서 부딪히는 난관, 혼인 이후의 갖가지 장애로 인한 남녀의 이별, 남녀 주인공이 병이나 죽음에 이르는 경우가 서사에서 중요한 비중을 차지한다.

중국 전기 소설의 영향권에 놓여 있었던 김시습의 『금오신화』에서 사랑의 결말은 비극적이며 기괴하다. 「이생규장전」에서 이생과 최랑은 혼인이 성사되어 사랑의 '붉은 줄'을 이어가지만, 전쟁이 일어나 최랑은 세상을 떠난다. 하지만, 이생은 이승에서의 애틋한 연분을 잊지 못해 다시 혼령의 모습으로 나타난 최랑과 3, 4년간 사랑을 지속한다. 한편, 「만복사저포기」에서 사랑은 원천적으로 남자 주인공의 환각 속에 이루어진다. 양생이 만나 사랑한 여인은 전쟁 통에 죽은 어느 귀족 딸의 혼령이었던 것이다. 이렇게 『금오신화』에서 남녀 간의 열정적인 사랑과 결연은 전쟁, 죽음 등 운명적인 장애 때문에 좌절되거나, 애초에 이승에서는 이루어질 수 없는 것, 또는 원천적으로 존재하지 않았던 허구로 드러난다.

『금오신화』에서 원귀와의 사랑이나 환각 속에서 이루어지는 사랑의 형식은 역설적으로 현실에서 사랑의 부재를 드러냄으로써 인간 욕망의 해소되지 않는 본질적 결핍을 환기한다. 중국 청화淸華대학 인문학원 교수 갈조광葛兆光은 중국의 문화 전통에서 시인이나 소설가들이 도교의 원귀 모티프를 빌려 자신의 이상적 사랑을 토로하는 까닭은 현실 생활에서 진지한 사랑이 결핍되어 있기 때문이며, 신선이나 귀신의 허황한 세계에서 완전한 아름다움으로 현실 생활에서의 결핍을 보상받고 현실 자체를 비판하기 위한 것이라 하였다.[37] 귀신과의 연애, 환상, 도술 등의 이야기로 가득한 명대의 『전등신화』가 그렇듯이, 이미 당나라 때부터 성행했던 이류異類와의 연애담은 당시의 유교적 질서에서 불가능했던 자유로운 사랑의 욕망을 분출하는 장치로 기능하였고, 이것은 조선시대 김시습의 『금오신화』에까지 그 맥이 이어진다.

그런데 『금오신화』는 중국 전기 소설의 관습을 따르면서도 김시습 개인의 독특한 세계관의 산물이기도 하다. 사랑에 절대적 가치를 부여하는 『금오신화』의 남자 주인공들은 물적 토대도, 사회적 권력도 없는 당시 사회의 주변인에 지나지 않는다. 「만복사저포기」에서 양생은 풍류와 법도를 알고 시문도 하는 총명한 요조숙녀를 배필로 얻기를 간절히 원하지만, 현실의 부와 권력 그리고 사랑과 결혼에서 소외된 주변적 인물이다. 이생과 양생이 체험하는 사랑의 좌절은 일차적으로 물적·사회적 토대가 미약한 남성과 양가良家 출신 여성 사이의 순수한 애정 결합이 당시 현실에서 얼마나 실현되기 어려웠는가를 시사한다. 하지만 여기서 더 주목할 점은 15세기라는 역사적 시·공간에서 에로스가 차지하는 위치이다.

『금오신화』에서 등장인물들의 사랑은 당시 다양한 가치 사이에서 밀려난 주변적인 가치로서 역사적 의미를 제기한다. 왜냐하면, 그들의 사랑은 현실의 다양한 가치 가운데 최종적으로 선택된 특별한 것이 아니라, 아무것도 가진 것 없는 주변인에게 남은 유일한 가치이기 때문이다. 이때 그들이 제기하는 사랑의 절대성은 역설적으로 현실에서 사랑의 주변성을 동시적으로 드러낸다. 문명화는 점진적으로 에로스를 소외시키는 과정과 궤를 같이한다고 볼 때 『금오신화』가 부여하는 사랑의 절대성은 역설적으로 속세俗世의 공리적인 가치에서 밀려난 에로스의 타자성에 대한 응시를 기반으로 한다고 볼 수 있다.

한편으로, 김시습의 작품들은 열정적인 사랑의 갈구가 원천적으로 현세에서 온전히 실현될 수 없는 욕망임을 말해준다. 그가 제시하는 사랑에 대한 우울한 전망, 사랑의 불가능성은 우리로 하여금 더욱 근원적인 질문을 던지게 한다. 「만복사저포기」의 명혼冥婚 모티프, 즉 이승에서 부재不在하는 원귀와의 결합이 지니는 환상성은 일차적으로 인간 본연의 욕망을 긍정하는 장치로 기능하기도 한다. 그러나 사랑의 주인공은 이승에서 추방된 원귀이며, 그가 일시적으로 머물며 성애의 욕망을 해소하는 장소는 이승에서 소외된 변방의 공간이다. 표면적으로는 삶과 죽음의 경계를 넘어서까지 사랑을 성취하려는 낭만적 상상력의 발현처럼 보이지만, 사랑하는 두 존재의 절실한 욕망은 이승에서 절대 채워지지 않는다는 절망을 동시에 내포한다.

정신분석학적인 비유를 들자면 이들의 사랑은 '상징계(현실적 질서)'에서는 결코 손에 넣을 수 없는, 즉 의미signifié를 찾을 수 없는 텅빈 기표 signifiant이자 원초적 결여와 같은 것이다.[38] 이는 사랑을 포함한 인간의 욕망이 본질적으로 온전히 충족될 수 없다고 보는 김시습의 비극적 시선과 맞닿아 있다.[39] 『금오신화』의 환상성에는 평생을 주변인으로 떠돌았던 사회적 타자의 경험과 실존적 고독 속에서 사랑의 부재, 인간 욕망의 근원적 결핍을 직시했던 작가 김시습의 철학적 탐색이 포함되어 있다.

「주생전」 또한 청춘남녀의 비극적 사랑 이야기이다. 주생에게서 버림받은 기생 배도가 병을 얻어 죽고, 선화와 혼약한 주생은 혼인날을 기다리던 중 왜적이 침입하여 구원병으로 전쟁에 투입된다. 이야기는 전쟁 중에 선화를 그리워하며 병들어 있는 주생의 모습에 대한 묘사로 끝난다. 「위경천전」에서 위생과 소숙방은 우연한 만남을 계기로 열정적 사랑을 나누고 나서 헤어지지만, 서로 잊지 못해 깊은 병이 든다. 양쪽 부모의 주선으로 결혼에 이르렀으나 왜적이 침략하여 위생은 전쟁터로 나가고 둘은 생이별하게 된다. 전쟁 중에 위생은 소숙방에 대한 그리움을 견디지 못해 결국 죽음에 이르고, 소숙방은 위생의 상여를 보고 목을 매어 자결한다. 「상사동기」의 결말도 비극적이지는 않지만, 전형적인 해피엔딩이라고 보기는 어렵다. 「상사동기」에서 김생과 영영은 이별 때문에 죽음에 이를 정도의 병으로 고통을 겪은 후에 재회하지만, 이들은 속세의 공명功名을 버리고 혼인도 하지도 않은 채 평생 은둔의 삶을 함께한다.

조선 전·중기 소설들은 정욕情慾의 보편성, 남녀 간 사랑의 절대적 가치를 토로함에도, 비극적 결말을 통해 사랑이 처한 현실적 주변성 또는 사랑의 불가능성을 동시에 제기하는 역설적인 모습을 보인다. 강렬하게 원한다는 것은 그만큼 성취하기 어렵다는 것을 의미한다. 유교적 규범의 틈새를 뚫고 발현한 에로스를 향한 갈망은 소설의 틀 안에서 낙관적인 전망을 확보하지 못하고 있다. 김시습의 『금오신화』에서 비극적 종말은 욕망의 허구, 나아가 삶의 허무를 넘어서고자 하는 초월적 의지를 일견 드러낸다. 『금오신화』는 인연설, 윤회설 등의 불교적 사유를 통해 사랑의 주변성과 실존적 궁핍을 인식론적으로 극복하고자 한다. 하지만, 인간의

열정을 환상성의 장치를 통해 허구화하고 초월적 기표로 전환하는 과정
에서 사랑은 세속의 역사에서 자신의 존재성을 지워야 하는 아이러니에
직면한다.

4. 조선중기, 사랑의 항목들 :
판타지와 현실의 이중주

4-1. 삶의 힘으로서의 에로스의 긍정

김시습의 『금오신화』가 이승과 저승의 경계를 넘는 초현실적 사랑을 통해 사랑의 불가능성을 역설적으로 제시하고 있는 반면, 조선중기에 양산된 애정 서사들은 제도와 욕망의 틈새에서 현실의 금기와 충돌하는 열정적 사랑을 지속적으로 형상화하고 있으며 그 형식은 더욱 다채롭다. 그가운데, 서포西浦 김만중(金萬重, 1637~1692)이 쓴 17세기 작품 「구운몽九雲夢」은 현실의 틀, 즉 유교의 지배 이념과 일상적 규율을 부정하지 않는 범위에서 에로스의 욕망을 상상하는 판타지의 또 다른 풍경을 보여준다.[40]

「구운몽」은 불도를 닦는 구도자였던 성진이 팔선녀八仙女를 희롱한 죄로 인간 세상에 유배되어 '양소유'라는 인물로 다시 태어나고, 입신양명하여 팔선녀의 후신인 여덟 여인과 혼인하고, 부귀영화를 누리다가 만년에 모든 것이 하룻밤의 꿈임을 깨닫고 불문佛門에 귀의한다는 내용을 담고 있다. 그런데 이 작품에는 양소유와 여덟 여인(2처, 6첩) 사이의 자유분방한 다자적多者的 애정관계, 여성끼리의 동성애적 징후, 귀신이나 이계異界적 존재와의 성애를 허용하는 등 관계에 대한 열린 태도가 소설 전반을 관통하고 있어 주목된다. 유교적 가부장제의 이념이 제도와 일상의 층위에서 전면적으로 확산되기 시작했던 17세기에 어떻게 이러한 규범성과 정상성의 지표를 넘어서는 에로스의 판타지가 문학적으로 실현될 수 있었을까? 일차적으로 '꿈'이라는 장치를 통해 유교적 규율에 억눌렸던 당시 사람들의 욕망과 무의식을 거침없이 발현시키는 「구운몽」의 서사 전략에서 그 실마리를 찾을 수 있다.

　　조선시대 전·중기의 다른 소설들이 중매혼을 거부하고 남녀 간의 자발적 사랑으로 혼인을 성취하는 과정에 초점을 맞췄다면, 「구운몽」은 이러한 모티프를 포함할 뿐 아니라 일부일처 혼인 규범을 넘어 한 남성과 여러 여성 사이의 일부다처제적 관계를 설정한다. 특히, 양반 남성 양소유의 특권적인 위치와 관점을 견지하고 있는 「구운몽」은 사랑을 실현하기 위해 현실의 숱한 장애물과 싸워야 하고, 사랑을 선택함으로써 현실의 공리적 가치를 포기하는 다른 애정 서사들과는 확연히 구별된다. 남녀 간의 애정 욕구와 양소유 개인의 입신양명과 부귀영화, 그리고 혼인을 통한 가문 창달의 욕구가 서로 충돌하지 않고 조화롭게 충족된다는 점에서 사랑의 주변성과 비극성을 드러내는 다른 애정 소설들과 차이를 보이는 것이다. 이처럼 「구운몽」은 외형적으로 '낙이불음樂而不淫'의 경계를 넘지 않으면서 17세기 상층부 양반 남성의 시선에서 조선 사회의 사랑과 혼인의 규범에 균열을 일으키는 특이한 서사라 할 만하다.[41]

　　무엇보다도 「구운몽」은 인간의 욕망을 정면으로 직시하는 소설이다.

작품의 도입부, 연화봉에서 육관대사의 제자인 성진이 불도를 수행하는 과정에서 욕망에 대한 화두가 직접적으로 제시된다. 석교에서 우연히 팔선녀를 만나고 나서 정신이 황홀해지고 마음을 빼앗긴 성진은 다음과 같이 탄식한다.

> 남자가 세상에 나서 어려서는 공맹孔孟의 글을 읽고 자라서는 요순 같은 임금을 만나, 나면 장수되고 들면 정승이 되어 비단옷을 입고 옥대를 두르고 궁궐에 조회하고 눈으로 고운 색을 보고 귀로 좋은 소리를 듣고 은택이 백성에 미치고 공명을 후세에 전함이 또한 대장부의 일이라. 우리 부처의 법문은 한 바리 밥과 한 병 물과 두어 권 경문과 일백여덟 개 염주뿐이라. 도가 비록 높고 아름다우나 적막하기 심하도다.[42]

입신양명과 부귀영화를 누리고 싶어 하는 세속의 욕망은 대장부로 태어나 자연스럽게 추구하는 바인데, 도를 닦는 길은 높고 아름다운 가치를 추구함에도 적막하기 이를 데 없다며 성진은 자신의 삶에 회의를 느낀다. 이렇게 잠시 속세의 부귀를 흠모했다는 죄로 성진은 인간 세상에 유배된다. 하지만, 벌을 받아 고행의 삶을 사는 것이 아니라, 풍류재자 양소유로 태어나 오히려 세상의 온갖 명예와 부귀, 쾌락을 일종의 보상처럼 누리는 아이러니를 보인다. 이는 「구운몽」의 서사적 의미 구조가 원천적으로 양가성兩價性을 띠고 있음을 시사한다.

「구운몽」에서 여덟 명의 여인을 만나는 양소유의 여정은 에로스에 대한 다양한 욕망의 배치를 통해 규범의 경계를 아슬아슬하게 넘나드는 남성 판타지의 세계를 펼쳐 놓는다. 특히, 군자와 요조숙녀의 일대일 관계를 통해 추구되는 일부일처적 사랑의 틀을 해체하고, 여러 상대와 성애를 즐기고 싶어 하는 남성의 욕망을 구현한다는 점에서 「구운몽」은 전근대 양반 남성의 성적 판타지로 재단될 여지가 있다. 하지만, 「구운몽」은 제도에 속박되지 않는 욕망을 다각적으로 육화肉化함으로써 유교적 규범에 묶여 있던 열정의 고리를 풀어놓는다. 가령, 양소유는 중매혼에 바탕을 둔 가문 간의 정략결혼(정경패와 이소화), 풍류공간에서 만난 기생의 축첩(계섬월, 적경홍), 시비侍婢의 축첩(가춘운, 진채봉), 중매가 아닌 남녀 간 사통에 의한 혼인(진채봉, 심요연), 이미 혼약이 있는 여성의 취탈(백능파) 등 다양한 유형의 사랑과 혼인을 실현하는 욕망의 화신이지만, 그에게 윤리적 족쇄가 채워지지는 않는다.

또한, 여덟 명의 여인은 단순히 양소유의 욕망을 수동적으로 수용하는 대상이 아니라, 각기 자신의 욕망을 주체적으로 충족하는 존재로 등장한다. 양소유가 관계를 맺는 여성들의 스펙트럼과 관계망은 다층적이다. 예를 들어 신분 면에서도 황후의 딸(이소화), 사대부 가문의 여성(정경패, 진채봉), 기생(계섬월, 적경홍), 시비(가춘운), 자객(심요연), 용왕의 딸(백능파) 등 다양하며, 성향이나 기질 면에서도 정경패와 이소화가 규방 여성의 부덕과 재모, 정숙함을 갖추고, 당차고 올곧은 여성의 엄격함과 관대한 부드러움을 동시에 지니고 있다면, 진채봉은 사랑에 목숨을 거는 순수함과 가련함을 지닌 여성이다. 기생 계섬월과 적경홍이 낭만적 풍류 기질과 관능성, 정열을 지니고 있다면, 가춘운은 순응적이고 희생적인 여성의 전형을 보여준다. 이에 비해 심요연과 백능파에게는 각각 규방 여성에게서 찾아보기 어려운 활달한 기상과 신비감이 느껴진다. 정절과 부덕, 당당함을 갖춘 정경패와 이소화, 기방의 선녀 같은 이미지를 지닌 계섬월, 남장男裝을 하고 양소유에게 접근한 대담한 풍모의 적경홍, 귀신의 모습으로 변장한 매혹적인 가춘운, 칼을 품은 검객으로 전쟁터에 등장하는 심요연, 몸에 비늘이 돋아 있는 이계異界의 존재 백능파 등 각 여성이 보여주는 이질적 개성과 매력은 여성에 대해 상상할 수 있는 모든 것을 펼쳐놓는 듯하다. 또한, 규방, 기방, 전쟁터, 용궁 등 다양한 공간에서 이루어지는 로맨스는 군자와 요조숙녀의 관습적인 사랑의 이미지를 전복하는 판타지의 다채로움을 드러낸다.

「구운몽」에서 여성이 자신의 벗을 남편 양소유에게 천거하여 부인이나 첩으로 삼기를 종용하는 대목은 가문의 유지와 창달을 명목으로 조선 사회가 여성들에게 요구했던 부덕婦德의 모순을 그대로 반영한다. 정경패가 자신의 시비이자 애틋한 벗이기도 한 가춘운을 양소유의 첩으로 천거하고, 이소화가 정경패를 양소유의 첫 번째 부인으로 천거하며, 계섬월이 적경홍을, 이소화가 진채봉을 양소유에게 천거하는 정황은 일부다처에 대한 여성들의 묵인을 시사한다. 하지만, 이 여성들은 자신의 애정 상대 또는 이상적 배필을 자신의 취향과 안목에 따라 선택하려는 강한 의지와 행동력을 갖춘 인물들이다. 또한, 이 여성들 사이의 친밀한 우정은 남녀 간의 사랑과는 다른 종류의 유대감을 형성하기도 한다. 양소유의 첫 번째 정실부인인 정경패는 양소유의 호색好色을 다음과 같이 질책한다.

양생이 멀리서 온 열여섯 먹은 서생으로 석자 거문고를 이끌고 재상집

깊고 깊은 중당에 들어와 구중처자를 내어 앉히고, 거문고 곡조로 희롱하였으니 이런 기상으로 어찌 즐겨 한 여자의 손에서 늙으리오? 양생이 장차 승상부를 호령하게 되면 몇이나 되는 여자를 거느릴 줄 알리이까?"[43]

　　양소유에 대한 정경패의 냉소적인 태도는 여러 여성이 서로 교감할 수 있었던 공통적인 감정이었다고 볼 수 있다. 한편, 이 소설에서 여성 사이의 긴밀한 관계는 이성애에 포섭되지 않는 다형적인 망을 형성한다. 정경패와 가춘운 사이의 과도한 친밀성, 계섬월과 적경홍 사이의 동지애, 이소화와 정경패 사이의 깊은 이해와 온정, 심요연과 백능파에 대한 여러 여성들의 배려 등은 남성과의 사랑에 온전히 수렴되지 않는 열정의 형식들을 열어놓는다. 특히, 가춘운과 정경패의 관계는 목숨을 바칠 수 있을 정도의 깊은 애정과 의리에 기반하며 심지어 양소유와의 이성애를 부차적인 것으로 만들기도 한다. 또한, 양소유와의 결연 후에 여덟 명의 여성이 합세하여 양소유를 곤경에 빠뜨리는 대목에서는 남성 중심적 성애 판타지에 균열을 일으키는 상황을 연출하기도 한다.

　　「구운몽」에서 혼인에 구속되지 않는 에로틱한 열정의 발현, 일부일처의 배타성을 위반하는 다양한 성애의 추구, 관계의 규범성과 정상성을 이탈하는 이질성의 향유, 나아가 세속적 욕망을 포기하지 않는 사랑에 대한 환상은 유교적 지배 이념과 제도적 속박 이면에 잠재한 조선시대 사대부 남성의 무의식 세계를 드러낸다. 환상은 문화적 속박에서 야기된 결핍을 보상하려는 특징을 지니며, 욕망에 관해 부재와 상실로 경험되는 것들을 추구한다. 이때 환상의 영역은 '현실 너머에 존재하는 공간'이라기보다는 '현실 이면에 감춰진 틈새 공간'을 의미한다.[44] 그런 점에서 「구운몽」의 판타지는 억압된 욕망과 지배 질서 사이의 교란을 폭로하기보다는 지배 질서 안에서 양반 남성이 추구한, 열정에 대한 상상력의 극한을 보여준다.

「구운몽」의 서사의 심층부에서 열정은 인간의 조건이자 '삶의 힘'으로 강력하게 긍정된다. 소설의 끝부분에서 양소유는 "인간 세상 부귀와 남녀 간의 정욕이 다 허사"라는 것을 깨닫는다. 하지만 이러한 인간의 욕망에 대한 금욕주의적 회귀가 「구운몽」의 전반에 걸쳐 구체적으로 상상된 다채로운 열정의 언어들을 무화시키지는 않는다. 판타지를 통해 가능한 욕망의 형식들을 다 풀어내고 종국적으로 그 욕망을 다시 부정하는 「구운몽」의 이중성은 유교사회에서 '우회적으로 욕망을 말하는 서사 전략'으로 읽힐 수 있을 것이다. 「구운몽」은 불교적 사유의 틀로 봉합되지 않는, 유교적 질서 내부의 온갖 특권을 누리는 현세적인 언어들로 넘쳐나고 있기 때문이다.

4-2. 사랑한다는 것의 고통 : 금기와 열정의 함수관계

재자가인의 사랑을 주제로 삼은 조선 전·중기 소설은 부모가 주도하는 중매혼의 규범을 위반하는 남녀의 자유로운 교제를 옹호하고, 사회적 지위의 차이를 용인하지 않는 가족의 반대, 전쟁, 질병 등의 장애를 극복하고 혼인을 성사시키려는 청춘남녀의 투쟁을 담고 있다. 이때 남녀의 사랑을 더욱 절실하게 하는 것은 바로 그들을 가로막는 금기와 장애이다.

17세기 소설 「운영전」은 금기가 남녀의 열정을 폭발하게 하는 데 어떻게 작용하는지를 잘 보여주는 작품이다. 「운영전」은 전근대 신분제와 유교적 규율이 인간의 욕망과 충돌하는 상황을 정면으로 문제 삼고, 그로 인한 사랑의 고통을 생생하게 묘사한다.

「운영전」은 세종의 아들인 안평대군의 집 수성궁을 무대로 궁녀 운영과 그 궁을 드나들던 김진사 사이의 금지된 사랑을 다루고 있다. 일차적으로 이 작품에서 여주인공 운영은 궁녀 출신으로 이전 소설의 여주인공인 사대부 가문 출신의 요조숙녀와는 신분적으로 다른 처지에 놓여 있다. 따라서 「운영전」에서는 입신양명을 꿈꾸는 한미한 양반 남성과 상층부 가문 여성의 결연을 다루던 관습적 판타지와 달리, 신분적으로 이룰 수 없는 남녀 간 사랑의 환희와 고통 자체에 초점이 맞춰진다. 운영과 김진사가 처음 마주쳤을 때 이들은 첫눈에 서로에게 마음을 빼앗기고, 운영은 그 순간 정신이 혼미해지고 마음이 동요하는 것을 느낀다. 김진사 역시 운영에게 웃음을 보내며 눈길을 떼지 못한다. 이후에 김진사는 안평대군의 부름을 받아 지속적으로 수성궁을 드나들지만, 이들의 관계는 발전하지 못한다. 안평대군이 "궁녀가 궁문을 나가거나 궁궐 밖의 사람이 그 이름만 알게 되어도 그 죄로 다 죽이겠다."라고 명한 바, 김진사와 운영에게 사통은 단순히 혼례 관습을 위반하는 차원이 아니라 생명을 담보해야 하는 법제적 금기였다.

하지만, 「운영전」에서 사회적 금기는 사랑을 구성하는 조건이자 열정을 더욱 증폭하는 계기로 작용하고 있음을 확인할 수 있다. 김진사를 만날 길이 없는 운영은 매일 문틈으로 김진사의 모습을 훔쳐보며 연정을 키운다. 그러던 어느 날 모임에서 손님들이 술에 취한 틈을 타서 운영은 벽에 구멍을 뚫고 김진사에게 다음과 같은 시를 금비녀와 함께 전한다.

> 무명옷 입고 가죽 띠를 찬 선비여,
> 옥처럼 고운 용모 신선 같구나.
> 매양 주렴 사이로 바라보는데
> 어찌하여 월하의 인연 맺지 못하는가?
> 얼굴을 씻으면 눈물은 물줄기를 이루고
> 거문고를 타면 한恨은 줄이 되어 우네.
> 끝없이 쌓이는 마음속의 원망願望을
> 홀로 고개 들어 하늘에 호소하네.[45]

문틈, 벽의 구멍, 주렴을 통해 우회적으로 은밀하게 상대를 바라볼 수밖에 없는 이들은 사랑의 환희를 맛보기 전에 사랑의 장막이 주는 고통을 공유한다. "매양 주렴 사이로 바라보는데, 어찌하여 월하의 인연 맺지 못하는가?"라는 운영의 탄식은 눈앞의 사랑을 바라만 보고 취할 수 없는 금지된 사랑의 가혹한 상황을 실감나게 보여준다. 운영에게서 편지를 받은 김진사 역시 견디기 어려울 정도로 '사념의 정'이 깊어진다. 수성궁을 오가는 무녀를 찾아가서 "이치에 맞지 않는 꾀로써 이루기 어려운 계획을 이루려고 하니, 그 뜻을 이루지 못할 뿐만 아니라 채 3년이 못되어 저세상 사람이 되리이다."라는 저주에 가까운 예언을 듣고서도 김진사는 목숨을 걸고 자신의 편지를 운영에게 전달하려 한다.

그대를 한 번 본 이후로 날아갈 듯 기뻐 마음을 안정시킬 수가 없었습니다. 그래서 매번 궁성의 서쪽을 바라볼 때마다 애가 끊는 듯했습니다. 지난번 벽 틈으로 전해준 편지로 잊을 수 없는 그대의 고운 글을 경건하게 받들긴 했으나, 다 펼치기도 전에 숨이 막히고 절반도 채 못 읽어 눈물이 글자를 적시었습니다. 이때부터 저는 잠자리에 들어도 잠을 이룰 수가 없고, 밥을 먹어도 음식이 넘어가지 않았습니다. 병이 고황에 들어 온갖 약이 무효한지라, 다만 저승에서나마 뜻밖에 만나 서로 따를 수 있기를 바랍니다. 푸른 하늘은 굽어 불쌍하게 여기시고 귀신은 묵묵히 도와주소서. 만약 생전에 이 한을 한번 풀어주신다면, 마땅히 몸을 빻고 뼈를 갈아서 천지의 모든 신령께 제사를 올리겠나이다.[46]

운영을 처음 봤을 때 김진사는 날아갈 듯한 기쁨을 느꼈지만, 이후 애끓는 마음과 안타까운 슬픔으로 시간을 보내다가, 밤에 잠을 이루지 못하고, 음식도 넘어가지 않을 정도로 지독한 열병에 시달린다. 이러한 열정의 폭발은 그들의 사랑이 처한 장애의 심각성에 비례하는 것이었다. 그들의 사랑은 현실에서 아예 존재성을 드러내어서는 안 되는 '부재하는 사랑'이었기에 고통은 더욱 컸던 것이다.

운영은 편지를 받고 나서 김진사를 잊지 못하여 '바보'나 '미치광이'가 될 정도로 사랑의 격정에 휩싸인다. 김진사와 운영은 직접 만날 수 없기에 자신의 애절한 마음을 담은 편지를 통해 사랑을 키워간다. 임을 향한 그리움, 관계에 대한 상념, 서로 만날 수 없는 고통이 두 사람의 정념을 더욱 키우고 사랑을 절대화하기에 이른 것이다. 만남의 지연과 편지를 통한 연정의 축적은 관계의 실제성을 넘어서는 관념적 과잉 지점에 이른다. 운영이 두 번째 편지에서 "비록, 한 번도 이불 속에서 사랑의 기쁨을 나누지는 못했지만, 옥처럼 빼어난 용모가 제 눈 속에 황홀하게 어립니다. 이 몸이 낭군을 뵙기 전에 갑자기 먼저 죽게 된다면, 땅과 하늘이 다하여 없어지더라도 저의 원통한 마음은 없어지지 않을 것이니, 이 몸이 한스러울 뿐입니다."라고 고백했듯이 이들은 한 번도 제대로 만나지 못했지만, 이미 흉중에 원한이 맺힐 정도로 깊은 관계가 형성된다.

오랜 기다림 끝에 김진사는 궁녀들의 도움을 받아 "만 번 죽을 죄를 무릅쓰고" 수성궁의 높은 담을 넘어 운영과 만나 매일 밤 위험한 사랑을 나눈다. "보지 않으면 병이 심장과 뼈에 사무치고, 보려고 하면 헤아리기 어려울 정도로 큰 죄를 짓게" 되는 상황에서 이들은 고통이 심한 만큼 환희도 배가되는 이율배반적인 사랑에 탐닉한다. 그러나 결국 이들의 위태로운 행각이 안평대군에게 알려지자, 운영은 목을 매어 자결하고 김진사도 그 뒤를 따른다. 김진사와 운영은 결국 하늘이 정해준 인연, "삼생三生의 인연과 백년의 약속"을 이루지 못하고 비극적인 죽음을 맞이한다.

「운영전」은 사랑의 즐거움을 묘사하는 여타의 판타지와는 달리, 사랑의 고통, 사랑을 둘러싼 냉혹한 삶의 조건들을 핍진하게 그려낸다. 운영을 포함한 수성궁에 거주하는 열 명의 궁녀를 통해 작자는 인간의 보편적인 욕망을 긍정하고, 그러한 욕망을 억압하는 당시 사회 제도의 모순을 직접적으로 비판한다. "남녀의 정욕은 음양의 이치에서 나온 것으로 귀하고 천한 것의 구별이 없이 사람이라면 모두 갖고 있는 것"이며, "저희 스스로 쌍쌍이 노니는 꾀꼬리와 제비를 부러워하고 질투하는 마음을 견딜 수 없었다."라는 궁녀 은섬의 고백을 통해 에로스를 억압하는 조선시대 유교적 신분 질서와 규율에 대항하는 목소리를 내기도 한다.

「운영전」은 성애의 열정을 곡진하게 형상화한 기존의 재자가인 소설과 달리 쾌락과 고통이 뒤엉킨 사랑의 내면적 본질에 더욱 천착하고, 금기에 의해 더욱 팽창하는 열정의 보편적 공식을 탐색한다. 한편으로, 이 작품은 사랑의 형성에 긴밀히 개입하는 사회적 기제를 정면으로 문제 삼는다. 우회적으로 욕망에 대해 이야기하고 현실의 결핍을 판타지로 충족하려 했던 「구운몽」과 달리, 「운영전」은 '궁녀'라는 특수한 신분의 여성을 통해 관념적으로 신비화할 수 없는 가혹한 지상의 사랑을 형상화한다. 중국 전기 소설에 빚지고 있는 『금오신화』의 기이한 상상력이나 열정의 긍정적인 힘을 보여주는 「구운몽」과 달리, 「운영전」은 17세기 조선 사회에서 신분제의 규율로부터 자유로울 수 없었던 에로스의 역사적 위치를 묘파하는 지극히 현실적 상상력에 기대고 있다.

4-3. 사랑을 구성하는 요소들 : 물질성, 배타성, 유한성

조선시대 소설에서 재현되는 사랑은 에로스의 본능에 맹목적으로 돌진하는 열정적 사랑의 형태를 띠고, 중매혼을 거부하지만 궁극적으로 혼인에 귀속되는 특성을 보인다. 그런데 그 이면에는 시대를 초월하는 사랑의 일반 법칙들이 작동한다. 가령, 사랑을 선택하는 특별한 기준들은 사랑의 낭만적 환상 이면에서 작동하는 연인들의 물적 조건, '그 사람이 아니면 안 되는' 운명적인 사랑을 낳게 하는 배타적 주관성, 영원히 지속하지 않으리라는 것을 인지하게 하는 사랑의 유한성 등으로 구성된다. 이는 '전·근대 조선'이라는 역사적 시·공간에서 추구된 사랑의 보편 문법에 대한 탐색을 가능하게 한다.

17세기 작품인 「주생전」은 권력의 주변부에 있는 양반 주생과 신분이 다른 두 여성, 기생 배도와 사대부 가문 여성 선화 사이의 삼각관계를 그린 소설이다. 여기에는 사랑을 구성하는 현실적 기준들이 더욱 생생하게 드러난다. 『금오신화』나 「주생전」, 「위경천전」에는 모두 상층부 여성과의 사랑을 통해 신분과 문화적 수준의 상승을 성취하려는 주변부 양반 남성들의 판타지가 작동한다. 당시 소설의 작자들이 대부분 입신양명하지 못한 양반층 남성들로 추정되는데, 이러한 처지가 사회적 현실을 반영하는 사랑의 형식을 생산하는 중요한 동인으로 작용하였다고 볼 수 있다. 「주생전」에서도 남주인공은 번번이 과거에 떨어지는 주변부 양반으로, "사람이 이 세상에 살고 있는 것은 미미한 티끌이 연약한 풀에 깃들어 있는 것과 같을 뿐이다. 그런데 어떻게 공명에 구속되고 속세에 매몰되어 나의 인생을 보내리오?"라고 스스로 위로하면서 풍류랑으로 살아가는 자신의 삶을 옹호한다. 그런데 주생은 선화를 만나기 전에 기녀 배도와 먼저 사랑을 나눈 바 있다.[47] 배도는 조선시대 사대부 남성들의 풍류 문화를 매개하고 잉여적 쾌락의 대상으로 기능하였던 기녀 신분의 여성이다.

제 조상은 본래는 호족이었습니다. 할아버지 모某는 천주시박사라는 벼슬을 하고 있었는데, 죄를 짓고 서인庶人으로 폐출되었습니다. 이때부터 저희 집안은 가난하게 되어 일어날 수가 없었으며, 저는 어려서 부모를 여의고 남의 손에 길러져 지금에 이르렀습니다. 비록 깨끗하게 순결을 지키고자 했으나, 이름이 이미 기적妓籍에 올라 부득이 사람들을 상대로 즐기며 놀아야 했습니다. 이제 낭군을 뵈니, 풍채와 거동이 빼어나고, 활달하며 재주와 생각이 뛰어나십니다. 제가 비록 비천한 몸이지만 한 번 잠자리에 모신 후 영원히 건즐을 받들고자 합니다. 낭군께서는 훗날 입신하여 일찍 요로에 오르십시오. 그래서 제 이름을 기적에서 빼내어 조상의 이름을 더럽히지 않게만 해주신다면, 저는 더 이상 소원이 없겠습니다.[48]

배도의 입장에서 볼 때 주생을 사랑하게 된 연유에는 주생의 뛰어난 재주, 빼어난 풍채와 거동, 활달한 기상 등에 대한 흠모뿐 아니라, 주생이 기생 신분인 자신을 기적妓籍에서 빼내줄 구원자가 될 수 있으리라는 현실적 계산이 있었다. 「주생전」에는 지배층 남성들의 일시적 향락의 대상이 되었던 기녀가 사랑을 갈구하는 요조숙녀의 형상으로 재현되고 있다. 하지만, 기녀의 사랑은 권세 있는 양반 남성의 도움으로 천한 신분에서 벗어나려는 현실적 욕망과 온전히 분리되지 않는다.

그런데 기녀 배도를 평생 버리지 않으리라고 맹세한 주생은 배도가 부름을 받은 노승상 댁 잔치를 몰래 구경하다가 우연히 주인집 딸 선화를 보고 첫눈에 반한다.

금빛 병풍과 채색담요가 황홀하여 눈이 부시었다. 부인은 붉은 비단
적삼을 입고 백옥방석에 기대어 앉아 있었다. 나이 14~5세 정도 되는 소
녀가 주인 옆에 앉아 있었는데, 구름처럼 고운 머릿결에는 푸른빛이 맺혀
있고, 아리따운 뺨에는 붉은빛이 어리어 있었다. 밝은 눈동자로 살짝 흘겨
보는 모습은 흐르는 물결에 비친 가을 햇살 같았으며, 어여쁨을 자아내는
미소는 봄꽃이 새벽이슬을 머금은 듯했다. 배도가 그 사이에 앉아 있었는
데, 배도는 그 소녀에 비하면 봉황에 섞인 갈가마귀나 올빼미요, 옥구슬에
섞인 모래나 자갈일 뿐이었다.[49]

주생은 처음 본 선화의 모습이 너무 황홀하게 아름다워 미친 듯이 소
리를 지르며 달려갈 것 같은 충동을 느낀다. 이러한 선화의 모습과 비교
할 때 기생 배도는 "봉황에 섞인 갈가마귀나 올빼미요, 옥구슬에 섞인 모
래나 자갈"에 불과했다. 「주생전」의 선화는 『금오신화』의 최랑이나 양
생이 만난 여인과 마찬가지로 양반 남성들의 고아한 취향을 충족해주는
이상적 여인상이다. 결국, 주생은 정인情人 배도를 버리고 선화를 택하고,
주생이 선화와 혼인하자 버림받은 배도는 병으로 죽음에 이르는 비극적
결말을 맞는다. 여기서 주생이 느끼는 배도와 선화의 차이는 단순히 외모
나 자질, 물적 조건을 넘어선다. 그것은 경제적·사회적 조건하에 축적되
는 문화적 차이를 포함하는데, 이는 상층부의 계급적 기반이 결여된 한미
한 양반 주생을 압도하는 요소였던 것이다. 기녀 배도 역시 뛰어난 시문
실력과 더불어 아름다운 자태를 겸비하였지만, '금빛 병풍'과 '채색담요'
를 배경으로 광채를 내는 선화의 계급적 아우라와 비견되지 못한다. 배도

와 주생과의 사랑은 주생이 선화와 만나면서부터 그 빛을 잃게 되고, 배도는 사랑의 장에서 쓸쓸히 사라져야 할 운명에 처한다. 「주생전」은 '이상적' 사랑과 결연의 대상이었던 상층 사대부 여성과 '실질적'인 성애의 공급자였던 기녀 사이에서 배회하는 현실 속의 양반 남성들의 뒷모습을 떠올리게 한다.

한편으로, 조선 전·중기 소설들은 두 사람만의 사랑이 특별하며 그 어떤 존재도 그 사이에 끼어들 수 없는 사랑의 배타성을 가시화한다. 「주생전」의 경우, 주생과 선화의 사랑이 특별한 것이 되기 위해 기녀 배도는 배제되어야 했다. 이러한 배타적인 사랑이 절대적 가치를 지니기 위해서는 운명적 필연성이 요구된다. '전생의 인연'은 운명적 사랑을 설명하는 그 시대의 상투적 문구이다. 그런데 당시 소설에서 남녀 간의 운명적 만남은 지극히 우연적이면서 주관적인 요인들에 좌우된다. 『금오신화』의 「이생규장전」에서 최랑은 이생을 처음 만났던 순간을 다음과 같이 기억한다.

그대께서 붉은 살구꽃이 핀 담장 안을 한번 엿보시자, 저는 스스로 푸른 바다에서 캐어 올린 구슬을 드렸지요. 꽃 앞에서 한번 웃고는 평생의 은혜를 맺었고, 휘장 속에서 거듭 만나서는 백년해로한 경우보다 정분이 더하였습니다.[50]

남녀 간의 한 번의 스침, 우연히 마주친 눈길은 너무나 강렬하여 즉각적으로 평생의 은혜, 백년해로로 이어지는 운명적인 만남으로 신비화된다. 「위경천전」에서 위생이 선녀 같은 자태의 소숙방을 보고 이 세상 사람이 아닌 듯 느끼는 장면, 「주생전」에서 주생이 선화를 처음 보고 "넋이 구름 밖으로 날아가고 마음이 공중에 뜬 듯"한 황홀감과 "몇 번이나 미친 듯이 소리를 지르며 달려 들어갈 뻔"한 충동을 느끼는 장면, 「운영전」에서 신선 같은 용모의 김진사를 처음 보고 정신이 혼미해짐을 느끼는 운영의 모습 등에서 이미 관계의 필연성은 설정된다. 하지만, 이들이 사랑에 빠지는 계기는 어떤 정신적인 요소보다는 우연적 직관과 시각적 자극에 의해서이다. 「상사동기」의 경우, 길거리에서 우연히 마주친 한 여성에게 매혹되어 그녀를 따라가는 주인공 남성의 시선이 매우 구체적으로 묘사되어 있다.

나이는 겨우 열여섯 살 정도 되었는데, 사뿐사뿐 걷는 고운 발걸음에 길가의 먼지마저 일지 않았다. 허리와 팔다리는 가냘프고 어여뻤으며, 몸매가 매우 아름다웠다. 그 미인은 가다가 멈추는가 하면, 동쪽으로 향하다가 서쪽으로 걷기도 하고, 기왓조각을 주워 꾀꼬리를 희롱하는가 하였더니, 버드나무 가지를 붙잡고 우두커니 서서 석양을 바라보았다. 그러다가 옥비녀를 풀어 윤이 나는 검은 머릿결을 가볍게 흔들자, 푸른 소매는 봄바람에 나부끼고 붉은 치마는 맑은 냇가에 어리어 반짝였다. 김생은 그녀를 바라보고 있다가 마음이 크게 흔들리어 스스로를 억제할 수가 없었다. 말채찍을 재촉해 달려가 곁눈으로 흘끗흘끗 바라보니, 고운 치아와 아름다운 얼굴이 참으로 국색이었다. 김생은 말을 빙빙 돌려 그 주위를 맴돌면서 때로는 앞서기도 하고 때로는 뒤를 쫓으면서 정신을 가다듬고 그녀를 주시하였다. 그는 끝까지 그녀를 놓쳐서는 안 된다고 생각하였다. 여자도 김생이 감정을 억제치 못함을 알아채고, 부끄러운 나머지 눈썹을 내리깐 채 감히 바라보지를 못했다. 여자가 점점 멀리 나아가자, 김생도 계속 그 뒤를 쫓아갔다. 그녀가 마지막으로 도착한 곳까지 따라가 보니, 그녀는 마침 내 상사동 길가에 있는 몇 칸짜리 집으로 들어갔다.[51]

  첫 대면에서 김생의 마음을 사로잡는 것은 '사뿐사뿐 걷는 고운 발걸음', '가냘프고 어여쁜 허리와 팔다리', '아름다운 몸매'와 같은 영영의 육체이다. 거리에서 한 번 본 영영을 잊지 못한 김생은 이후 "아침저녁을 가리지 아니하고 심장이 끊어지는 듯한 고통 속에서 나날을 보내"는 사랑의 열병을 앓는다. 김생은 영영을 다음과 같이 기억한다. "그 낭자는 비취 저고리에 붉은 치마를 입고 흰 비단 버선에 자주빛 신발을 신었으며, 진주로 머리를 가늘게 따서 묶고 흰 옥가락지를 가늘고 예쁜 손가락에 끼우고서 홍화문 앞길에서 빙빙 돌아 나왔소 (……) 내 마음은 진흙처럼 그 낭자에게 흠뻑 빠져 오로지 그 낭자만을 생각하게 되었소. 자나깨나 낭자의 밝은 눈동자와 하얀 치아가 보였으며……" 이처럼 김생은 처음 본 영영의 외모가 발산하는 개성적 매력에 온통 사로잡힌다. 지극히 육체적인 요소에 대한 주관적 끌림을 경험한 김생에게 영영은 그의 내면에 특별한 존재로 각인되고 운명적 연인으로 전화轉化된다. '전생의 인연'이라는 운명론으로 정당화된 사랑은 우연성과 주관성의 원리 아래, 감각적이고 충동적이며 비합리적인 열정이 지배하는 인간의 사랑에 다름 아니었던 것이다.

  또한, 사랑을 형상화하는 조선시대 전·중기 소설에는 욕망에 대한 강한 긍정의 이면에 영속적이지 않은 삶, 현세에 대한 허무의식이 자리 잡고 있다. 「주생전」에서 주생은 "사람이 이 세상에 살고 있는 것은 미미한 티끌이 연약한 풀에 깃들어 있는 것"이라 토로하면서 인간의 유한성을 암시한다. 규방 처녀 선화 역시 "매번 젊은 청춘이 쉬이 흘러가는 것을 생각할 때마다 거울을 가리고 홀로 안타까워했습니다."라고 고백한다. 「위경천전」에서 소숙방은 위생에게 "무르익은 매실은 서리에도 떨어진다고 시인이 풍자했으며, 비사飛梭처럼 빨리 흘러가는 세월은 젊고 고운 얼굴을 남겨두지 않습니다."라고 탄식한다. 「상사동기」에서 김생이 영영을 유혹할 때, "새는 급히 날아가고 토끼는 빨리 달리며, 세월은 흐르는 물과 같소. 꽃이 떨어지고 푸른 잎마저 시들고 나면 나비들도 날아올 생각을 하지 않는 법이오. 이러한 이치가 사람이라고 어찌 다르겠소? 얼굴은 잠깐 머리를 돌리는 사이에 고운 빛을 잃어버리고, 머리털은 손가락을 한번 퉁기는 사이에 하얗게 세어버리는 것이오."라고 세월의 무상함에 호소하며 영영의 마음을 얻고자 한다.

남녀 간의 사랑을 관통하는 유한성에 대한 인식은 「구운몽」에서 철학적 화두로 심화된다. 양소유의 "인간 세상에 환상하여 양씨 집안의 아들이 되어 장원급제 한림학사를 하고 출장입상하여 공을 이루고 벼슬에서 물러나 두 공주와 여섯 낭자와 같이 즐기던 것이 다 하룻밤 꿈이라."라는 진술은 지나간 세월의 무상함, 여덟 여인과 각기 다른 방식으로 향유했던 사랑의 유한성에 대한 통찰을 내포한다. 이는 "인위적인 일체의 법은/ 꿈과 환상 같고, 거품과 그림자 같으며/ 이슬과 같고 또한 번개와 같으니/ 응당 이와 같이 볼지어다."라는 시 구절에서와 같이 인간 존재의 유한성으로 이어진다. 사랑을 포함하여 인간 세상에서 일어나는 일체의 인위적 현상과 행위는 꿈이나 환상처럼 그 실체를 포착할 수 없고, 거품이나 그림자처럼 눈을 현혹하지만 실제로는 텅 비어 있으며, 이슬이나 번개처럼 찰나적으로 나타났다가 사라지는 것들이다. 「구운몽」에서 마지막에 불교의 '불생불멸하는 도道'에 이르러 극락세계로 나아가는 주인공들의 행로는 존재에 대한 허무의식에 바탕을 둔 종교적 깨달음의 형태를 띤다. 그러나 「구운몽」에서 드러나는 허무의식은 인간 존재의 유한성에 대한 불교적 깨달음과 같은 맥락에 있기는 하지만, 인간의 욕망 자체를 부정하기보다는, 유한한 인간의 욕망이 내포하는 절실한 의미를 증대시키는 장치로 기능한다.[52]

조선 전·중기 소설에서 사랑은 어떤 정신적 숭고함으로 이념화되거나 초월주의적 언어로 번역되기보다는 육체적 열정이 주도하고 사랑의 물질성, 배타적 주관성, 현세의 덧없음이 뒤얽혀 있는 인간의 사랑이 가지는 보편 속성들을 가감 없이 보여주고 있다.

5. 조선후기, 사랑의 지형도 :
사랑과 혼인 사이의 거리距離

5-1. 규방閨房의 숨겨진 눈물

17세기 이전까지 소설에는 양반 남성과 여성이 중매혼이나 정략결혼의 규범에 구속되지 않고, 먼저 자유로운 성애로 맺어지고 나서 나중에 혼례를 치르는 이야기가 전형을 이룬다. 하지만, 이러한 서사는 조선후기로 갈수록 자취를 감춘다. 아울러 에로스가 재현되는 과정에서 규방의 사대부 여성들이 소외되는 양상 역시 현저하게 드러난다. 이는 일차적으로 부부간의 사사로운 애정 문제를 공개적으로 표출하지 않았던 조선시대의 관행에서 비롯되는데, 유교 이데올로기가 강화되는 조선후기로 갈수록 규방은 사랑의 공간보다는 가문을 잇는 재생산의 공간으로 한정되는 경향을 농후하게 드러낸다. 집안에서 적장자를 낳아 기르는 어머니 역할, '봉제사奉祭祀 접빈객接賓客'의 의무를 수행하는 며느리 역할, 각종 가사家事와 가정 경영 및 가산 증식의 의무까지 부과되었던 양반 계층 여성들 삶의 조건은 사랑 없이 결혼하는 중매혼의 취지에 잘 부합했으며, 열정적 사랑에 사로잡히는 소설 속 여주인공의 서사와는 거리가 있었다고 볼 수 있다.

　그러나 조선시대 양반 부부간에 애틋한 사랑이 오갔을 개연성을 부정할 수는 없다. 실제로 조선시대 부부들의 생활상을 가늠하게 하는 문집에는 평생 금슬 좋은 부부로 살아간 사람들의 사례가 종종 확인된다. 16세기 미암 유희춘과 송덕봉 부부는 정이 돈독하여 평생을 시우詩友, 지기知己로 해로한 대표적 사례이다.[53] 17세기 명문가 출신인 김성달과 연안 이씨 역시 안에 있을 때나 밖에 있을 때나 끊임없이 아내와 함께 시를 교환하고, 집에서는 자녀를 모두 이끌고 시를 짓는 것으로 소일하는 등 행복한 부부생활을 한 것으로 전해진다. 남편의 출타 중에 연안 이씨는 "홀로 앉아 침음하자니 수심이 끝도 없어, 서쪽 하늘 눈 닿는 곳까지 바라보아도 당신은 보이지 않네요."라고 시를 짓고, 이에 남편은 "짧은 촛불 희미한 그림자에 풋잠이 들었다가, 꿈속의 얼굴 당신을 만나 기뻤소."라고 답장할 정도였다고 한다.[54] 이렇게 문학 취미를 공유하고 일상에서 소소한 애정을 나누는 모습은 규방에서 이루어진 이상적인 사랑이라 할 만하다.

　하지만, 당시에는 가문 간의 협약 또는 중매혼이 지배적인 혼인 관습이었으며, 축첩제도와 관기제도가 법제적으로 운영됨으로써 양반 남성들이 여러 명의 첩을 두는 경우가 허다하였다. 규방의 여성들은 부덕을 갖추고 집안에서 아녀자의 임무를 잘 수행하여 남편과 시댁 식구에게서 인정과 칭송을 받았지만, 구조적으로 에로스로부터 소외될 수밖에 없는 '반쪽' 여성들이었다고 볼 수 있다. 이는 조선시대 여성들이 규방에서 남몰래 흘리는 눈물을 담은 규원가閨怨歌가 양산된 원인이기도 하였다.

조선시대에는 여성이 자신을 표현하거나 사대부 남성이 여성에 대해
언급하고 표현하는 시 창작이 공식적으로 권장되지 않았다. 기생을 소재
로 창작한 향염시香艶詩나 증기시贈妓詩의 경우를 제외하고는 남녀 간의
사랑을 직접적으로 다룬 시를 찾아보기 어렵다.[55] 조선시대 사대부 남성
들이 부부간의 정감이나 사랑을 표현한 기록은 흔하지 않은데, 그나마 부
인이 먼저 죽었을 때 그 죽음을 애도하는 제문이나 행장, 묘비명 등이 남
아 있을 뿐이다. 그런데 부인을 향한 내밀한 목소리를 담은 제문들을 살
펴보면, 생전에 부부 사이에 오가던 사사로운 정을 고백하기보다는 오히
려 부부 관계의 중요성, 즉 부부는 '오륜의 으뜸', '생명의 시초', '인륜의
극치'라는 식의 사회적 명목을 중시하는 상투적인 표현들로 가득하다.
예를 들어 조선중기 문신文臣이었던 권문해(權文海, 1534~1591)가 먼저 세상
을 떠난 부인에게 바친 제문을 읽어보면 배우자를 잃은 슬픔을 토로하기
보다는 유교적 훈화를 강설講說하고 있는 듯한 느낌을 지울 수 없다.

부부란 하늘과 땅이 자리를 잡고부터 있어왔기에 오륜의 으뜸이라오.
또한 생명의 시초이고 만복의 근원이니 인륜의 극치라 하겠소.

「제망실숙인곽씨문祭亡室淑人郭氏文」[56]

또한, 대부분 제문은 죽은 부인의 부덕婦德과 집안에서 임무를 다한
여성의 희생을 기리고 있다. 가령, 남편들은 죽은 아내가 훌륭한 가문 출
신이면서도 호사함을 싫어하고 소박한 성품과 고아한 절조를 지녔으며,
봉제사 접빈객의 의무를 성심껏 다하고 가난을 꺼리지 않았음을 기억한

다. 심지어 죽은 부인에게 먼저 저승에 가서 시부모를 돌보며 자신을 기다려달라고 요구하기도 한다. 또한, 순종과 겸손의 덕을 겸비한 어질고 효성스러운 아내, 아녀자의 덕목을 갖추고 한편으로 장부의 기풍을 지닌 선비의 행실을 보여준 여성, 평생을 가난과 싸우며 자신을 희생한 여성이었음을 칭송하기도 한다. 이처럼 양반 계층 남성이 죽은 아내에게 바치는 글을 통해 소설에서 열정과 사랑의 대상으로 등장하던 요조숙녀의 상상적 이미지와는 달리, 고단한 현실에서 인고의 삶을 살았던 사대부 규방 여성들의 실제 모습을 가늠해볼 수 있다.

드물게나마 부부 사이에 각별한 정을 회상하는 눈물 어린 애도의 글도 찾아볼 수 있다. 신경(申暻, 1696~1766)의 「제내자숙인윤씨문祭內子淑人尹氏文」에는 부부가 일상에서 서로 정을 나누던 애틋한 풍경이 그려진다.

지난 날 당신과 내가 죽서의 고향집에 있을 때, 사시사철 밤낮으로 마주 앉아 마음을 터놓기도 하고, 아이를 가르치기도 하고, 책을 베껴 쓰기도 하고, 그림을 보기도 하고, 달을 바라보기도 하고, 꽃을 감상하기도 하고, 술을 마시기도 하고, 투호도 함께 하며 즐겁게 지내느라 세월 가는 줄 몰랐는데, 이제 어떻게 다시 그럴 수 있겠소. 당신의 눈썹과 눈, 입과 귀, 음성과 웃는 모습, 그리고 지향하던 것과 좋아하던 것, 충고해주고 경계해준 말을 언제나 간직하고 있으니, 어떻게 잠시라도 잊을 수 있겠소.[57]

이 글에는 제문의 의례성과 형식적 절차를 넘어 부부간의 순연한 애정이 넘쳐흐른다. 지기知己이기도 하고, 벗이기도 하고, 연인이기도 하고,

아내이기도 했던 죽은 부인에 대한 간절한 그리움이 가득하다. 또한, 효종 때 영의정을 지낸 만사晚沙 심지원沈之源의 7대손이자 정조 연간의 문인이었던 심노숭(沈魯崇, 1762~1837)이 쓴 죽은 아내를 애도하는 도망시悼亡詩가 있다. 심노숭은 동갑내기 아내 전주 이씨를 잃고 약 2년여 동안 그녀를 애도하는 작품들을 남겼는데, 무려 26제의 시詩와 23편의 문文을 남겨 아내에 대한 애절한 사랑을 전하고 있다. 그가 남긴 도망시 중 최고작으로 꼽히는 「동원東園」에서 저자는 아내가 죽은 이듬해 봄, 서울 남산 집에 들렀다가 정원 모퉁이에 새로 돋아난 쑥을 보고, 평소 쑥 음식을 잘 만들었던 아내가 죽기 직전에 쑥을 보면 자기를 생각해달라던 부탁을 떠올린다. 쑥을 보고 마치 아내가 살아난 듯 느끼며, 제수가 차려준 상에 올라온 쑥을 보고 목이 메는 작자의 비감한 심경이 애절하게 전달된다.[58]

「침상집서(枕上集序, 베개맡에서 지은 글)」라는 글에도 아내의 상喪을 치르고 나서 번민으로 잠을 이루지 못하는 심노숭의 심경이 잘 표현되어 있다. 그는 "차라리 북쪽 창가에 나가 복희씨伏羲氏를 뵙고 남녀가 혼인하는 제도는 무엇하러 만들어 이러한 화가 생기게 하였는지 묻고 싶으나 이도 불가능하여 혀만 끌끌 차며 허공에다 글씨를 써 볼 뿐이니, 마치 가슴속에 병이라도 있는 듯했다."라고 토로한다.[59] 심노숭의 글은 조선시대 양반가 규방에서 부부간의 깊고도 애틋한 연정을 상기하지만, 사실 이러한 기록은 매우 드물다. 소설과는 달리 조선시대 공식 기록을 통해 드러난 규방의 사랑은 여성이 먼저 죽은 후에 남편의 제문에서나 표출되는 사후적事後的 열정에 가깝다. 이는 규방 안으로 침투한 유교 사회의 메커니즘의 흔적을 짐작하게 한다.

5-2. 낭만적 사랑의 주인공, 기녀妓女

조선 전·중기 소설에서 재자가인의 사랑은 조선후기에 이르러 뚜렷한 변화를 보인다. 그 변화의 주된 흐름은 사랑의 여주인공으로 기녀가 등장하고, 혼외婚外 영역에서 사랑이 재현되고 있다는 점일 것이다. 17세기 작품 「주생전」에서 기녀 배도는 주생을 사이에 두고 선화와 연적戀敵 관계에 있었지만, 신분적으로나 문화적으로나 감히 사대부 여성 선화의 경쟁자가 되지 못하였다. 하지만, 조선후기 소설에서 기녀는 규방 여성의 덕목을 갖춘 요조숙녀로 당당히 자리매김한다. 「춘향전」,「옥단춘전」 등 당시 베스트셀러 소설들에서 풍류재자의 배필은 양반가 여성에서 기녀로 대체되고 있으며 이들은 단순한 유희의 대상이 아니라 정식 혼인의 대상으로 설정된다.

조선시대 양반과 기녀의 사적 관계는 신분제와 전근대 가부장제의 위계를 바탕으로 가족 제도 밖에서 소비되었던 지배층 남성들의 풍류 문화에서 기원한다. 양반과 기녀의 만남에서 일부 기녀는 첩으로 신분이 상승할 기회가 있었지만, 대부분 일시적인 유희의 교환 관계를 넘어설 수 없었다. 하지만, 조선후기 소설에서 이들의 관계는 친밀감을 동반한 성애의 형태를 띠며 기녀는 정실부인의 자리에까지 이르게 된다. 현실에서 성취 불가능했던 양반과 기녀의 사랑과 결혼에 대한 문학적 상상력은 어디에서 비롯되는 것일까? 「춘향전」을 위시하여 많은 소설에서 확인할 수 있는 양반 남성과 기녀 사이의 행복한 결연은 혼인으로부터 분리되었던 에로스의 가치를 제도 안으로 끌어들이려고 했던 당시 욕망의 흐름을 드러

쌍검대무(雙劍對舞) (『혜원전신첩』 중에서, 국보 135호, 간송미술관 소장)
신윤복이 그린 이 그림에서 양반들이 악공들의 반주에 맞춰 칼춤을 추는 기생들을 구경하고 있다. 맨 오른쪽 북채를 잡은 사람은 장악원 악사로 보이고, 맨 왼쪽 죽부인에 의지하여 앉아 있는 양반이 이 잔치를 연 주인인 듯하다. 이처럼 당시 세도 있는 양반가에서는 관기를 집으로 불러 주연을 즐기기도 했다.

낸다. 이런 시도는 신분제를 근간으로 혼인과 사랑을 분리하여 작동시키던 전근대 사회의 규칙에 균열을 일으킨다. 그 이면에는 수백 년 동안 전근대 가부장제의 주변부에서 지배층 남성들에게 쾌락을 공급해 왔던 기녀 계층의 사회적 결핍이 추동력이 되고 있다.

조선시대 기녀는 '여악女樂'이라는 이름으로 궁중과 지방 관아의 각종 연회에 동원되어 악가무樂歌舞를 연행한 전문 예인이었지만, 지배층 남성들의 풍류를 진작시키기 위해 기예와 성을 공급했던 관비官婢 신분의 비천한 여성들이었다. 규방 여성의 이미지가 정숙함과 고아한 품성, 부덕婦德을 상징한다면, 기녀의 표상은 『실록』과 같은 공식 담론이나 소설이

나 야담 등의 문학 담론에서 양반 남성을 유혹하는 음녀淫女의 전형이었
다.[60] 그런데 조선후기 소설들에서 기녀는 음란함의 지표를 벗고 정절을
지키는 열녀 기녀로 재현되는 양상이 두드러진다.

우리 둘이 백년언약을 맺었으니, 천만년을 같이 살자.

너는 회양 땅에 들어가 오리나무가 되고, 나는 죽어 칡넝쿨이 되어 밑
에서 끝까지 끝에서 밑까지 홰홰친친 꼭 감겨서 평생 풀리지 말자꾸나.

너는 죽어 음양수라는 물이 되고 나는 죽어 원앙새가 되어 물 위에 둥
실둥실 떠서 놀자꾸나.

너는 죽어 인경人定이 되고 나는 죽어 망치가 되어 저녁은 삼십삼천
三十三天, 새벽은 이십팔숙二十八宿 때 맞춰서 남 듣기는 인경소리로되 우리
들은 사시사철 그 어느 때라도 떠나지 말자꾸나.

너는 죽거들랑 암톨쩌귀가 되고 나는 죽거들랑 수톨쩌귀가 되어 고운
창문 여닫힐 제마다 빼드득, 빼드득 놀자꾸나.[61]

위 인용은 기생의 딸 춘향이가 양반 자제 이몽룡을 만나, 백년가약을
하고 부르는 노래이다. 죽어서 오리나무와 칡넝쿨, 음양수와 원앙새, 인
경과 망치, 암톨저뀌와 수톨저뀌가 되어서라도 떨어지지 않고 천년만년
함께 살자고 맹세하는 대목은 남녀 간의 영원한 사랑에 대한 염원을 표현
하는 절실한 비유들이다. 여기서 혼인과 백년해로에 대한 욕망은 법제적
으로 혼인이 허락되지 않았던 기녀들에게 더더욱 간절한 소망이었음을
엿볼 수 있다. 죽어서도 '음양수'와 '원앙새'가 되고, '인경'과 '망치'가

되어 서로 떨어지지 말자는 염원 속에는 정인과의 '백년해로'가 불가능한 꿈에 더 가까웠던 기녀 계층의 오랜 한이 서려있다.

기녀들에게 양반과의 사랑은 첩이 되어 기적妓籍에서 벗어날 수 있는 유일한 길이었다. 사랑을 성취하기 위해 기녀들은 여성에게 요구되는 부덕婦德을 갖추고 정절을 통해 그것을 증명해야 했다. 이몽룡과 이별하고 나서 변학도의 수청을 거절하고 절개를 지키고자 목숨을 거는 춘향의 강직한 모습은 그 대표적인 사례이다.

소녀는 두 남편을 섬기지 않는 열녀의 마음을 따를 것이오니 (……) 죽으면 죽었지 분부 시행 못하겠소. 정절은 양반 상놈이 없사오니 억지 말씀 마옵소서 (……) 이부불경二夫不敬 이 내 마음, 이군불사二君不事와 무엇이 다르리까? 삼종지도三從之道 중한 법을 삼생에 버리리까?[62]

여기서 '이부불경', 즉 두 남편을 섬기지 않음을 선언하고, 삼종지도를 따르겠다는 춘향의 모습은 어느 규방의 아녀자보다도 단호하고 고결하다. 이렇게 절개 있고 정숙한 기녀는 조선후기 소설에 나타나는 기녀의 지배적인 이미지이다. 「옥단춘전」에서 옥단춘은 "행실이 송죽 같고 본심이 정결하여 수령들이 수청을 들라 해도 모두 거절하고 글공부에만 힘쓰는" 기생이다. 구관 사또에 대한 정절을 지키기 위해 목숨을 버리는 기녀 열녀들이 실제로 「열녀전」 기록에 나타나기도 한다. 이렇게 일부종사하는 기녀들의 이미지는 조선후기에 이르러 주자학적 이데올로기가 전 계층에 확산된 결과로 볼 수 있다. 하지만, 이를 단순히 위에서 아래로 일방적으로 전파된 지배이념의 효과로 보기는 어렵다. 조선후기에 이르러 유교적 가치가 어느 정도 헤게모니를 확보하였지만, 기녀의 처지에서는 자신의 생존 또는 신분 상승을 위해 유교가 요구한 여성의 부덕, 정절 의식을 내재화하는 적극적인 전략을 취했다고 볼 수 있기 때문이다.

조선 전·중기에도 기녀들은 양반 남성들의 성애를 충족하는 대상이었지만, 소설에서 사랑의 지배적 아이콘으로 등장하지는 않는다. 하지만, 조선후기에 이르러 기녀는 사대부 여성들을 대신하여 양반 남성들의 애틋한 정념 또는 낭만적 판타지의 주인공이 된다. 사랑의 지배적 아이콘이 규방의 부부애가 아니라 양반과 기녀의 결연으로 전이되는 현상은 조선후기 문화적 지평에 떠오르는 매우 흥미로운 풍경이다. 이는 혼인관계에서의 성이 더욱 강력하게 통제되는 반면, 억제된 정념과 성이 혼외 풍류 공간에서 분출되었던 조선후기 욕망의 경제학을 통해 설명될 수 있지 않을까.

5-3. 사랑의 이동 : 규방에서 풍류공간으로

적장자를 낳아 가문을 계승하는 것을 우선적 가치로 삼았던 조선시대 가족 제도에서 공식적으로 거론되지 않았던 에로스는 조선후기에 이르러 기생이 있는 풍류공간에서 꽃을 피운다. 옆의 그림은 연회에서 만난 양반 남성(선비)과 기녀가 조선후기 사랑의 아이콘이었음을 상징적으로 보여준다. 이러한 양반 남성과 기녀의 사랑은 시정의 풍경을 담은 풍속화

「기녀와 선비」 (작자미상, 19세기 초)

나 문학작품뿐 아니라 의궤와 같은 공식 기록에서도 발견된다. 궁중정재
宮中呈才 가운데 하나인「선유락船遊樂」은 기원적으로 청나라 사신으로 가
는 관리를 관기들이 환송하는 교방敎坊 의식이지만, 한편으로 사행使行길
을 떠나는 무관武官과 애기愛妓의 슬픈 이별을 담은 노래로 해석된다. 『열
하일기熱河日記』(1780)에서 박지원이 "곡조가 구슬퍼서 애끓는 듯하다."라
고 묘사했듯이「선유락」은 멀고도 험한 연행燕行을 떠나는 사신의 앞날
을 염려하는 마음과 더불어, 그동안 관아에 머물면서 정을 쌓았던 관리와
기녀 사이의 애달픈 이별의 슬픔을 담고 있다. 『순조기축진찬의궤』(1829)
이후부터는「선유락」에 노 젓는 남자와 무관이 치장한 동기童妓 둘로 대
체되지만, 다음 그림(「園幸乙卯整理儀軌」)은 바로 지방 관아에 머물던 양반

선유락, 『園幸乙卯整理儀軌』, 1795(서울대 규장각본)

위 그림은 1795년 정조 19년에 정조의 어머니 혜경궁 홍씨의 회갑을 기념하는 내진찬(內進饌)을 그린 『원행을묘정리의궤(園幸乙卯整理儀軌)』 가운데 등장하는 궁중 정재, 「선유락」이다. 조선중기로부터 전하는 향악정재(鄕樂呈才) 중의 하나였던 「선유락」은 이 진찬을 계기로 처음 궁중 정재로 등장하였으며, 이후 고종 광무 5년(1901년)까지 궁중 잔치에 빠짐없이 관기들에 의해 공연되었던 호화스러운 춤이다. 이 선유락은 조선후기 지방의 교방에서 청나라로 사신을 보내는 송별연이 열렸을 때 연행되었는데, 특히 당시의 교방 풍속을 잘 반영하고 있다. 위 자료를 보면 중앙에 설치된 채선(彩船)을 중심으로 내무기(內舞妓) 8명과 외무기(外舞妓) 18명이 두 겹의 회무(回舞)를 하고 있다. 이때 채선 위에는 남자 복식을 한 두 기녀가 타고 있는데, 한 사람은 노 젓는 사공의 역할을 맡고, 다른 한 사람은 닻 뒤에 서 있는 남성, 곧 사행길을 떠나는 젊은 관리의 역할을 맡는다.

관리와 지방의 관기가 당시 사회의 관습적 사랑의 주인공이었음을 시사하는 공식적 도상이라 할 수 있다. 즉, 교방정재에서 시작되어 궁중 정재무에까지 등장했던 「선유락」의 이별 모티프는 양반과 기녀가 전근대 시대 사랑의 아이콘으로서 당시 사회의 공식 문화권에서 용인될 만큼 보편적 기호였음을 말해준다.

조선후기에는 규방에서 찾을 수 있는 사랑의 흔적이 드물어지는 반면, 가족 밖의 풍류공간에서 에로틱한 열정을 기반으로 전개되는 사랑의 기록은 넘쳐난다. 이는 조선후기 민간 영역에 뿌리내린 다양한 풍류공간의 등장과 긴밀히 연계된다고 볼 수 있다. 고아한 미의식과 시서화악詩書畵樂의 교양 취미에 바탕을 둔 사대부들의 풍류 문화는 조선후기에 이르러 중인층이 주도하는 민간의 예술·유흥 문화로 이어지면서 갖가지 전문적인 연행공간이 형성된다. '풍류방風流房'은 사대부들의 누정樓亭이나 사랑방, 별장에서 중인층 악단(가객, 금객, 歌妓)과 여항(閭巷 : 중인층) 문인, 양반층 좌상객들이 함께 호응했던 방중악房中樂 공연 무대로서 조선후기 정악正樂의 모태가 된다.[63]

한편, 중인층 가단의 풍류 문화가 민간 시정으로 확산되면서, 조선후기 서울 지역에는 청루靑樓, 협사狹斜, 구란勾欄, 기관妓館 등의 이름으로 불린 기방妓房이 등장한다. 중인층 남성들(왈자층 : 궁중의 각전 별감, 포도군관, 정원사령, 금부나장, 궁가인척의 겸인, 무사 등)이 기부妓夫의 역할을 하면서 기생과 짝을 이루어 운영한 것으로 보이는 기방은 상업적인 도시 유흥공간으로 풍류가 세속화하는 양상을 보인다.[64] 이러한 조선후기 민간의 풍류공간에서 널리 연행된 악곡인 십이가사十二歌詞와 사설시조는 당시 유흥 문화와 더불어 풍류방을 드나든 이들의 애정 풍속을 엿보인다. 십이가사에 해당되는 「춘면곡春眠曲」과 「상사별곡相思別曲」은 18~19세기 풍류방, 기방의 가창 연행 시에 가사창의 주된 레파토리로 불린 곡들이다. 이 두 가사는 풍류공간에서 남성 가객과 여성 가객 기녀가 서로 맞대응해 불렀던 노래인데, 이는 남성과 여성이 각각 자신의 입장을 대변하는 사랑의 이중주로서 당시 관습적 사랑의 형식을 보여주는 중요한 문화적 텍스트이다.

춘면을 느즛 깨야 죽창을 반개하니/ 정화庭花는 작작灼灼한데 가난 나비 머므난 듯/ 안류岸柳는 의의依依하야 성긔 내를 띄워세라./ 창전窓前의 덜 고인 술을 이삼배二三盃 먹은 후의/ 호탕한 미친 흥을 부전업시 자아내여/ 백마금편白馬金鞭으로 유야원冶遊園을 찾아가니/ 화향花香은 습의襲衣하고 월색月色은 만정滿庭한데/ 광객狂客인 듯 취객醉客인듯 흥을 겨워 머무는 듯/ 배회 고면顧眄하야 유정有情이 섯노라니/ 취취와란翠翠瓦欄 놉흔 집의 녹의홍상綠衣紅裳 일미인一美人이/ 사창紗窓을 반개半開하고 옥안玉顔을 잠간 들러/ 웃난 듯 반기난 듯 교태하여 머므난듯/ 청가일곡淸歌 一曲으로 춘흥春興을 자아내니/ 운우雲雨 양대상陽臺上에 초몽楚夢이 다정多情하다./ 사랑도 그지업고 연분도 깁흘시고/ 이 사랑 이 연분을 비할 데도 전혀 업다./ 두 손목 마조잡고 평생을 언약함이/ 너난 죽어 곳치되고 나는 죽어 나븨되야/ 청춘이 진盡하도록 떠나사자 마자터니/ 인간의 일이하고 조물조차 새암하야/ 신정미흡新情未洽하야 애달을손 이별이라.

「춘면곡」

위「춘면곡」은 한 양반 남성이 '야유원(冶遊園, 기방)'에서 한 기녀와 만나 연분을 맺고 평생을 언약하였으나 지금은 이별하게 되어 여인에 대한 그리움을 간절히 토로한 노래이다. 특히, 만남을 회상하는 대목에서 "운우雲雨 양대상陽臺上에 초몽楚夢이 다정多情하다. / 사랑도 그지업고 연분도 깁흘시고/ 이 사랑 이 연분을 비할데도 전혀업다."와 같은 표현을 통해 남녀 간의 '운우지락(雲雨之樂, 성애)'의 체험을 직정적直情的으로 드러내고 있다. "너난 죽어 곳치되고 나는 죽어 나뷔되야/ 청춘이 진盡하도록 떠나사자 마자터니"와 같이 사랑의 영원함을 기원하는 당시의 관습적 어구가 등장하기도 한다. 「춘면곡」은 사대부들의 유흥 현장에서 즐겨 연행되었는데, 곡조가 구슬퍼 눈물을 흘리게 하였다고 한다.

이러한 「춘면곡」이 남성이 화자로 등장하여 연인과의 행복했던 순간을 회상하고 재회를 기원하는 노래라면, 「상사별곡」은 여성 화자를 설정하여 여성의 입장에서 이별의 슬픔과 사랑에 대한 심회를 곡진하게 표현한 노래이다.

만첩萬疊 청산靑山을 들어간들 어느 우리 낭군郎君이 날 찾으리/ 산山은 첩첩疊疊하야 고개되고 물은 흘러 소沼이 된다./ 오동추야梧桐秋夜 밝은 달에 임 생각이 새로 난다./ 한번 이별離別하고 돌아가면 다시 오기 어려웨라./ 천금주옥千金珠玉 귀밖이요 세사일분世事一分 관계關係하랴./ 근원根源흘러 물이 되야 깊고 깊고 다시 깊고/ 사랑 모여 뫼이 되야 높고 높고 다시 높고/ 무너질 줄 모르거든 끊어질 줄 어이 알리/ 조물造物이 새오는지 귀신鬼神이 희짓는지/ 일조낭군一朝郎君 이별후離別後에 소식消息조차 영락零

落하니/ 오늘이나 들어올까 내일來日이나 들어올까/ 일월무정日月無情 절로 가니 옥안운빈玉顏雲鬢 공로空老로다./ 오동야우梧桐夜雨 성긴 비에 밤은 어이 더디 가고/ 녹양방초綠楊芳草 저문 날에 해는 어이 수이 가노/ 이내 상사相思 아르시면 임도 나를 그리리다/ (……)/ 이슬 같은 인생人生이 무삼일로 삼겨난고/ 바람 불어 궂은 비와 구름 끼어 저문 날에/ 나며들며 빈 방房으로 오락가락 혼자 서서/ 기다리고 바라보니 이내 상사相思 허사虛事로다./ 공방미인空房美人 독상사獨相思는 예로부터 이러한가/ 나 혼자 이러한가 남도아니 이러한가./ 날사랑 하던 끝에 남사랑 하시는가./ 무정無情하야 그러한가 유정有情하야 이러한가./ 산계야목山鷄野鶩 길을 들여 놓을 줄을 모르는가./ 노류장화路柳墻花 꺾어 쥐고 춘색春色으로 다니는가./ 가는 꿈이 자취되면 오는 길이 무디리라./ 한번 죽어 돌아가면 다시 오기 어려오니/ 아마도 옛 정情이 있거든 다시 보게 삼기소서.

「상사별곡」

이 작품은 사랑의 기쁨보다는 오히려 이별의 슬픔에 더 초점을 맞추는 노래로서, 낭군과의 재회를 간절히 꿈꾸며 빈방에서 밤을 지새우는 여인의 애끓는 심정과 더불어 사랑에 빠진 여인의 번민과 회의가 섬세하게 나타나 있다. 특히 "한번 이별하고 돌아가면 다시 오기 어려웨라."라고 하여 사랑의 일회성을 한탄하고, 상대 남성의 무정함을 탓하며 "노류장화 꺾어 쥐고 춘색으로 다니는가."라고 하여, 혹시 다른 여인과 사랑에 빠지지는 않았는지를 의심하고 회의하는 여인의 정감이 잘 드러난다.[65]

이 두 가사 작품은 조선후기 풍류공간에서 이루어진 남녀의 만남과 사랑의 형식을 드러내는 대표적인 연가戀歌라 할 수 있다. 이러한 애절한 사랑의 주인공들은 바로 풍류공간을 출입한 양반층 또는 중인층 남성과 기녀들이었다. 조선후기 풍류방과 기방은 악공樂工, 악생樂生, 가기歌妓와 같은 전근대 전문 예인들과 양반층 예술 애호가들이 함께 어울렸던 민간의 예술 연행공간인 동시에 가족 제도 밖에서 향유된 사랑의 아이콘을 양산하는 토대였다. 조선후기에 이르러 사랑의 노래는 「춘면곡」이나 「상사별곡」을 통해 알 수 있듯이 규방이 아닌 상업적 풍류공간을 무대로 유통되었다. 당시에 기녀의 정인情人이 된 남성들은 부와 권력을 바탕으로 그녀를 후원하는 양반 계층 패트론이거나 기녀의 공적·사적 생활을 관리하던 중인층 기부들이었다. 조선후기 양반 남성과 기녀, 또는 중인 남성과 기녀의 사랑은 당시 풍류 문화를 형성하던 사회·경제적 관계에서 꽃핀 역사적 사랑의 한 형식이었던 것이다.

6. 낯설고도 익숙한 사랑의 얼굴들

6-1. 사랑을 비웃다 : 판타지의 해체

조선시대 관아 소속 기생들이 양반들의 연회에 동원되거나 사신과 관리의 천침薦枕을 드는 행위는 그들에게 부여된 직역職域의 일부였다. 궁중 또는 관아 교방, 민간의 기방에서 기생들이 만났던 수많은 남성은 '기妓'에게 부과된 의무를 수행하기 위해 어쩔 수 없이 응대해야 할 대상이었다. 유몽인(柳夢寅, 1559~1623)의 『어우야담於于野譚』에는 한 나이 든 병마절도사가 어린 방기房妓에게 정이 듬뿍 들었는데, 임기가 끝나고 헤어지는 자리에서 슬픔의 눈물을 흘렸지만, 그 어린 기생은 눈물을 흘리는 시늉조차 하지 않아 부모로부터 핀잔을 받고 억지로 눈물을 흘리는 일화가 실려 있다.[66] 현실적으로 조선시대 기생들에게 사랑과 이별 행위는 하나의 직업적 의례였고, 지방 관아에서 잠시 머물다가 떠나는 관리를 보내는 이별식은 교방의 형식적 행사의 일부였다. 인조 때 만우晚遇 이지온(李之馧, 1603~1671)이 지은 「평양의 한 가기歌妓에게 준 시(戲贈官妓)」는 이러한 현실을 빗대고 있다.

강 위에서 님 보내는데 눈물이 쏟아져
두어 척 수건의 향기가 모두 씻기네.
아직 한 끝은 젖은 곳 없으니
내일 아침 또 떠날 사람 있는 것을.[67]

위 시는 정들었던 양반과 이별하며 눈물을 흘리는 기생의 수건 한 쪽 끝이 아직 젖지 않은 것은 다음날 있을 또 다른 이별을 위해 남겨둔 것이라면서 기생의 위선적인 행실을 풍자한다. 여기에는 다수의 양반 관리를 상대해야 했던 기생의 처지에 주목하고, 교방에서 이루어지는 사랑의 진정성 자체를 원천적으로 의심하는 시선이 담겨 있다. 실제로 지방 관아에서 관리나 사신을 떠나보내는 전별연餞別宴이나 기방과 같은 영업 현장에서 불렸던 이별의 시는 하나의 관습적인 수작시酬酌詩로 자리 잡기도 한다.[68] 기녀가 처한 이러한 조건은 조선후기에 이르러 대표적 사랑의 아이콘으로 부상한 기녀와 양반 남성 간의 사랑의 판타지를 해체하고, 사랑의 본질을 재성찰하는 계기가 되기도 한다.

15세기 김시습의 『금오신화』는 죽은 혼령과의 교섭을 통해 이승에서 온전히 성취되지 못했던 사랑을 이루는 낭만적 판타지의 전형을 보여준다. 「취유부벽정기醉遊浮碧亭記」에서 양반 자제 홍생이 평양 부벽정에서 만나 사랑을 나눈 여인은 선녀이기도 하고 원귀이기도 한 초현실적 존재이다. 그녀와의 짧은 만남과 이별은 홍생에게 아쉬움과 슬픔만 남긴다.

양대에서 운우의 정은 한바탕 꿈
여느때야 옥소의 팔찌를 다시 보랴.
무정한 강 물결조차도
오열하며 이별의 강기슭을 따라가누나.[69]

『금오신화』에서 사랑은 찰나의 열락을 느끼게 한 한바탕 꿈으로 남고 허무한 연기처럼 사라진다. 이승에 홀로 남겨진 연인은 못 다한 사랑을 환각 속에서 구하다가 결국 홀로 쓸쓸한 죽음을 맞는다. 사랑에 대한 간절한 열망과 사랑의 상실로 인한 깊은 절망을 동시에 보여주는 이 시 구절은 중국 전기 소설의 전통에서 형성된 사랑에 대한 신화적 이미지를 함축하고 있다. 그런데 조선후기의 소설 중에는 기녀가 주인공으로 등장하여 이러한 전통적 애정 판타지를 해체하는 작품들이 있다.

19세기 초에 창작된 것으로 추정되는 「오유란전」은 조선후기 풍류공간에서 관습적으로 이루어졌던 양반 남성과 기녀의 사랑을 소재로 하고 있다. 하지만, 「춘향전」이 혼외에서 구현되는 에로스를 낭만적으로 형상화하였다면, 「오유란전」은 관습적으로 통용되던 성애의 형식을 풍자의 대상으로 삼아 사랑을 탈신비화하는 전략을 구사한다. 특히, 이 작품은 조선전기 작품인 『금오신화』에서 볼 수 있었던 '양반과 원귀 사이의 사랑'이라는 모티프를 서사에 직접적으로 차용하여 조선후기 양반 남성과 기녀의 사랑 이면에 숨어 있는 허구를 정면으로 드러내어 풍자하고 있다.

「오유란전」에는 생년 일시가 똑같은 김생과 이생이라는 두 친구가 등장한다. 이들은 각별한 우정을 맺고 함께 수학하며 과거에 응시하지만,

김생은 장원급제하고 이생은 낙방한다. 김생이 평안감사로 부임하면서, 이생의 처지를 딱하게 여겨 부임지로 데려가 감영 후원 별당에서 독서할 수 있게 배려한다. 이때 김생은 이생을 위해 주연을 베풀지만, 이생은 "오늘의 이 잔치는 정녕 인간의 도리를 위한 것이 아니오."라며 도덕군자인 양 행세하여 주위의 비난을 산다. 이에 김생은 '오유란'이라는 기녀를 끌어들여 이생을 훼절시키는 계략을 짠다. 결국, 기녀 오유란의 유혹에 넘어간 이생은 "나도 청춘이요, 낭자도 또한 청춘입니다. 청춘으로서 청춘을 기다리는 것이 어떠하단 말입니까?"라고 오유란에게 내면의 욕망을 고백하고, 밤마다 오유란과 잠자리에 들며 쾌락에 빠져든다.

이러한 사정을 간파한 김생은 서울에서 이생의 부친이 위독하다는 편지를 위조하여 갑작스럽게 오유란과 헤어지게 한다. 하지만, 상경 도중에 다시 쾌차하였다는 편지를 보내 이생을 되돌아오게 하고, 오유란이 죽은 것처럼 꾸며 거짓 묘를 만들어놓고 이생이 보도록 모의한다. 오류란의 죽음에 크게 상심한 이생 앞에 오유란은 귀신의 모습으로 나타나지만, 성애의 쾌락에 빠진 이생은 아무런 주저 없이 오유란과 다시 사랑을 나눈다.

낭자는 죽었다고 일컬어지는 사람이고 나는 살아 있는 사람으로서 이승과 저승 사이의 만남인데도 살진 살결의 포동포동함과 애틋한 정의 은근함이 예나 지금이나 조금도 차이가 없으니, 나로서는 깨달을 수가 없구려.[70]

오유란의 술수에 빠져든 이생은 합리적 판단을 할 수 없는 상태에서 자신이 귀신이 된 것으로 착각하고, 벌거벗은 몸으로 길거리를 나다니는 지경에 이른다. 결국, 모든 것이 김생과 오유란의 계략이었음을 알게 된 이생은 크게 부끄러움을 느끼고 서둘러 상경한다.

「오유란전」은 일차적으로 양반 이생을 훼절시킴으로써 성과 사랑에 대한 조선시대 양반 남성들의 가식과 허위의식을 풍자하려는 작자의 의도를 드러낸다. 하지만, 이 작품에서 주목할 점은 풍류의 일부로서 향유된 양반 남성들의 기녀와의 사랑을 희화화하면서 조선전기 이후에 통용되어 온 환상적 애정 판타지의 신화가 더 이상 유효하지 않다는 것을 드러낸다는 사실이다. 김시습의 「이생규장전」에서 형상화된 원귀와의 사랑 모티프가 「오유란전」에서 전혀 다른 맥락으로 패러디화하는 서사 전략은 매우 흥미롭다. 「이생규장전」에서 사랑의 절대성을 드러내기 위해 차용된 혼령과의 결합 모티프가 「오유란전」에서는 속임수의 전략으로 전유되어 사랑의 허구성을 드러내는 희극적인 장치로 기능하고 있는 것이다. 즉, 거짓으로 꾸며진 '이승과 저승 사이의 만남'이라는 구도는 이생의 어리석음을 폭로하는 도구일 뿐 아니라, 죽음의 한계를 넘어서는 초월적이고 영원한 사랑의 신화를 해체하는 장치이기도 하다.

또한, 이 작품은 양반 남성과 기녀 사이의 애절한 사랑을 탈脫낭만화할 뿐 아니라, 유교적 예禮로 포장되거나 은폐되었던 성 자체를 적나라하게 가시화한다. 웃음 자체를 목적으로 하는 희극의 요소들(위트·유머·익살)과 달리 풍자는 조소嘲笑를 유발하는데, 웃음을 무기로 사용하여 작품 외부에 있는 표적을 겨냥한다. 여기서 표적은 바로 유교 이데올로기가 지지하는 풍류, 또는 사랑의 가면을 쓰고 향유되었던 쾌락의 실상이다. 또한, 성을 향유하였던 지배층 남성들의 육체는 전면적인 폭로 대상이 된다. 이

는 이생이 오유란에게 속아 발가벗은 몸으로 저잣거리를 나설 때 드러나
는 성기에 대한 적나라한 묘사에서 확인할 수 있다.

발가벗은 채로 문을 나서니 행동은 거만하나 모습은 초라했다. 축 늘
어진 남근은 두 팔뚝의 맥박에 따라 끄덕끄덕하고, 주먹의 반半만한 음낭
陰囊은 양다리 사이에서 달랑달랑하니, 대낮에 본 사람이면 누구든지 웃지
않을 수 없었지만, 엄중한 명령이 내려있는 자라 감히 지껄이지 못했다.[71]

풍자하는 주체는 풍자하는 대상에 대해 우월한 태도를 유지하며, 도덕
적으로나 지적으로 열등한 존재를 경멸적 웃음의 대상으로 공격하는 것
이 풍자의 특징이다. 「오유란전」에서 이러한 풍자적 시선은 사랑의 탈신
비화 전략과 결합한다. 이 작품은 조선후기 가족제도 밖에서 양반과 기녀
사이에 향유된 사랑의 낭만적 외피를 걷어내고, 그 이면에 숨어 있던 성애
를 둘러싼 양반과 기녀의 현실적 책략들, 욕망에 대한 양반 남성의 자기기
만, 사랑의 환상으로 더는 감출 수 없는 인간의 초라한 육체를 적나라하게
드러낸다.

「오유란전」에서 양반과 기녀의 사랑은 일종의 유희적 게임에 불과하
다. 또한, 「오유란전」에서 기녀 오유란의 몸은 양반층 남성들의 향락을
위해 일회적으로 소비되는 몸일 뿐 아니라, 양반층 남성의 성에 대한 허
위의식을 일깨우는 도구로 활용되는 타자적인 측면을 보인다. 하지만, 인
위적으로 조작된 사랑과 그것에 속는 이생의 우스꽝스러운 행태를 바라
보는 오유란의 시선에는 기녀의 눈을 통해 인지되는 사랑의 판타지에 대

한 냉소와 회의가 묻어난다. 이는 양반 남성들과 달리 사랑을 잉여적 쾌락이 아닌 노동의 일부, 또는 생존의 자산으로 삼아야 했던 조선시대 기녀들의 관점에서 사랑의 본질을 응시하게 만든다.

6-2. 지기知己에 대한 꿈과 불륜의 상상력

백아伯牙와 종자기種子期의 '지음知音', 관중管仲과 포숙아鮑叔牙의 '관포지교管鮑之交'와 같은 중국의 고사故事에서 유래하는 '지기知己'는 '자신을 진정으로 알아주는 벗'을 가리키는 용어로서 유교의 오륜五倫 가운데 하나인 '붕우지도朋友之道'에서 기원한다. 그런데 조선시대 양반 남성 사이의 참된 우정을 의미하는 지기는 한편으로 부부관계에서 서로 진정으로 알아주고 지지해주는 '이상적 배우자'를 지시하기도 하였다. 조선 전·중기 소설에서 재자가인의 사랑을 이끄는 추동력은 남녀 간의 에로틱한 열정이었다. 이에 비해 지기의 관계에서는 남녀 간에 서로를 진정으로 알아주고 배려하며, 불같은 열정보다는 시간을 통해 더욱 돈독해지는 정서적 소통이 지배적인 힘을 발휘한다. 재자가인의 사랑에서도 첫 만남에 상대가 지기임을 알아보는 교감이 생기기도 하지만, 지기의 관계는 서로를 깊이 이해하고 화합의 관계로 이끌 수 있는 안목과 인성, 교양을 바탕으로 한다. 특히, 지기는 유교적 교양과 덕목을 갖춘 사대부층의 이상적 부부관계를 지칭하는 용어로서 사대부 남성들이 죽은 부인을 회상하는 제문에서 흔히 발견된다. 송강松江 정철鄭澈의 아들로서 대제학을 지냈던 정홍명(鄭弘溟, 1592~1650)이 죽은 첩을 위해 남긴 「제망첩문祭亡妾文」에는 지기로서의 부인에 대한 가치가 칭송되고 있다.

> 아! 자네와 함께 사는 동안, 나는 자네를 집안의 좋은 친구로 여겼네. 내가 잘못을 할 때면 자네가 충고해주었고, 일만 생기면 나는 꼭 자네와 의논했으니, '지기'라 하는 친구들도 자네보다 낮지 않았네. 자네는 재주도 있고 행실도 훌륭하며 고결한 절조를 지녔네. 비속하게 말하는 것을 수치로 여기며, 취하고 버려야 할 때도 잘 구분하였네. 곤궁할 때에도 서운해 하거나 걱정하는 기색이 없었고, 재물 앞에서도 구차하게 얻는 것을 경계하였네. 이 몇 가지는 훌륭한 사대부들에게서도 쉽게 찾아보기 어려운 모습이니, 이것이 내가 늘 자네를 경외하던 이유로 결코 과장하여 칭찬하는 것이 아니네.[72]

이 글에서 정홍명은 재주와 행실, 고결한 절조 등 부인의 자질을 소개하면서, 이는 사대부 남성들도 갖추기 어려운 귀한 품성이며 자신이 늘 경외해 온 모습이라 고백한다. 남편의 허물을 충고하고 중요한 일을 함께 의논하는 '집안의 좋은 친구' 관계는 사대부 규방의 부부 사이에서 도달할 수 있는 최상의 경지가 아니었나 싶다. 성애의 쾌락보다는 적장자의 생산과 가문의 번성 등 현실 속의 다양한 공리적 가치들이 우선시되는 혼인제도에서 지기의 관계는 더욱 고양된 단계의 부부관계를 상징한다고 볼 수 있다. 그런데 조선후기 소설에서 지기의 만남은 기녀, 서민층 여성, 여종 등 다양한 계층에 속하는 여성들의 열망으로 확산되고 있어 주목된다. 양반과 성애적 사랑을 나누었던 기녀를 포함하여 비양반층 여성들까지도 지기와의 만남을 부르짖게 된 현상을 어떻게 설명할 수 있을까? 신분에 따른 배타적인 결혼, 중매로 이루어지는 정략결혼의 기득권으로부터 소외되어 있었던 기층 여성들을 유교적 가치를 담보한 지기를 갈망하는 주체로 재현하는 문학적 상상력의 사회·역사적 기반을 추적해 보자.

18세기 이후 소설에 흔히 등장하는 남녀, 그리고 여성 사이에서 신의信義를 바탕으로 한 지기의 추구는 일차적으로 유가儒家의 도道가 무너지고 정치적 이익에 따라 배타적인 관계를 맺는 풍조가 만연했던 당시 사회의 정세와 어느 정도 연관이 있는 것으로 보인다. 이 시기에 '지기'라는 용어는 진정한 붕우朋友 의식을 복원하고 이를 목숨처럼 소중히 여기고자 했던 당시 남성 지식인들의 염원을 통해 재구성되었다. 연암 박지원은 「예덕선생전穢德先生傳」에서 벗을 두고, "한 방을 쓰지 않는 아내요, 동기同氣 아닌 아우"로 비유하였으며, 「회성원집발繪聲園集跋」에서 벗을 잃은 슬픔이 아내를 잃는 슬픔보다 더 깊다고 기술한 바 있다.[73] 이처럼 자신을 알아주는 벗으로서 지기를 가족의 일원, 또는 아내를 넘어서는 존재로 재현하는 글은 조선후기 동성 사회의 남성 결사체 내부에서 파생된 새로운 연대의식을 반영한다. 이러한 조선후기 우도론友道論은 당시 소설을 창작했던 주변부 양반 지식인들의 자의식에 어느 정도 투사되었다고 볼 수 있다.

19세기 전문 작가에 의해 상업적 목적으로 출판된 장편 한문 소설의 하나인 「옥루몽玉樓夢」에서 당시 양반 남성과 기생의 만남은 사대부 계층 남녀와 다를 바 없이 지기의 만남으로 기술된다. 풍류재자 양창곡이 항주의 교방에서 만난 강남홍은 노래와 춤, 문장, 지조와 자색이 강남에서 으뜸으로 이름난 기녀이다. 또한 강남홍은 양창곡과 처음 밤을 보낼 때 당시 순결의 지표였던 앵혈(鶯血 : 여자의 팔에 꾀꼬리의 피로 문신한 것)이 발견되는 정숙한 기녀이다.[74] 강남홍은 자신의 덕목 중에서 지조가 첫 번째이며, 지기가 아니면 죽어도 몸을 허락하지 않겠다고 선언한다.

오가는 사람들이 금과 비단을 산처럼 가지고 있다 해도, 취할 만한 문장과 재예가 없다면 만나보기가 어렵고, 곤궁하고 한미한 선비라도 뜻과 기상이 서로 맞으면 절개를 지켜 마음을 바꾸지 않습니다.[75]

강남홍은 자신을 알아주는 지기를 만나고자 하는 마음은 귀천과 성별을 막론하고 같은 것이라 주장한다. 이는 양반 남성들의 우정에서 기원하는 지기가 남녀 사이, 그리고 미천한 신분의 여성들에게서도 관계의 보편 양식으로 확산되는 당시의 정황을 시사한다.

그런데 「옥루몽」에서 지기의 관계는 양반 남성과 기녀 사이의 성애를 매개로 한 만남을 윤리적인 언어로 착색하는 현상을 보인다. 항주 교방의 가장 뛰어난 기녀였던 강남홍이 성품이 청고하고 강직하여 지기가 아니면 결코 복종하지 않고 몸을 허락하지 않는다고 반복적으로 기술하는 대목은 전대의 애정소설에서 침소에 들이닥친 남성을 기다렸다는 듯이 흔쾌히 맞아들이는 여주인공들과 비교하면 뚜렷한 차이를 보인다.[76] 이는 유교의 이념적 가치가 투사된 '지기'라는 명분이 조선전기 이후 재자가인 소설에서 사랑의 지배적 동인이었던 성적 열정을 대체하고 있음을 말해준다.

19세기 사대부 작가가 쓴 대중소설에서 양반과 기녀의 성애적 관계는 문면으로 들어가고 순결과 지조, 지기의 관계가 전면에 부상한다. 한편, 양반 남성과 기녀의 만남을 형상화한 「옥단춘전」에서 지기의 관계는 사회적 성공에 대한 열망을 품은 몰락한 양반 이혈룡의 관점에서 구성된다. 이 작품에서 기녀 옥단춘은 이혈룡의 진정한 지기가 되는데, 한미한 양반 남성 이혈룡의 비범함을 알아본 옥단춘은 그를 입신양명으로 인도하는 구원자의 역할을 한다.[77] 이때 지기는 자신의 사회적 결핍을 채우려는 주변부 양반 남성의 여성에 대한 판타지를 대변한다. 더욱 흥미로운 점은 지기로서 남녀 간의 만남이 기녀 집단을 넘어서 여종과 같은 평·천민층 여성들에게도 이상적 염원으로 재현되었다는 사실이다.

19세기 소설 「포의교집」의 여주인공 초옥은 한때 종친의 궁에서 시녀 노릇을 하였으며, 여주인으로부터 사서四書를 배우고 문장을 익힌 바 있는, 나름대로 학식과 재주를 갖춘 여성이다. 초옥은 여러 면에서 자신보다 격이 떨어지는 남편과의 결혼생활에 한계를 느끼고 진정한 사랑의 대상을 찾아 나선다.

저의 마음에는 문장 잘하는 선비를 만나 밤낮으로 이야기를 나누며 일생을 보내는 것이 소원이었어요. 그런데 일이 크게 잘못되어 그렇게 하지 못하고, 비단을 막으려다 베를 만난 격이 되어 이렇게 영락하게 되었습니다.[78]

자신의 진가를 알지 못하는 남편과의 불행한 결혼생활로부터 도피하

여 지기와의 새로운 만남을 꿈꾸었던 초옥은 이생을 보자마자 그가 기개
가 있는 양반임을 간파하고 적극적으로 자신의 마음을 고백한다. 초옥이
불륜을 자초하고 이생과의 관계를 적극적으로 추진하는 것은 진정으로
원하는 배필, 자신을 알아주는 지기에 대한 강렬한 열망 때문이다.

쉰네는 비록 부귀한 형편은 아니지만, 이미 풍부하고 아름다운 귀한
자태와 높고 뛰어난 재주가 있어서 항상 가난하고 천한 처지의 벗을 사귀
어 죽을 때까지 잊지 않기를 원해 왔습니다. 목을 빼고 기다렸더니 황천이
쉰네의 정성을 버리지 않으셔서 다행히도 서헌에서 이낭군을 만나 죽을
때까지 잊지 않을 지기知己라 여겼던 것입니다.[79]

여기서 초옥이 추구하는 '죽을 때까지 잊지 않을 지기'에 대한 꿈은
중·하층의 유부녀인 그녀에게는 신분적으로나 윤리적으로나 과도하고
부적절한 욕망일 수 있다. 그럼에도, 당당하게 자신의 욕망을 실현하려는
초옥의 행동 이면에는 어떤 명분, 어떤 믿음이 작용하는 것일까?

「포의교집」에서 묘사하는 남녀 주인공의 사랑, 즉 재주와 학식, 인품
면에서 보잘것없는 선비와 지식과 덕을 겸비한 평민층 여성 사이의 사랑
은 양반층의 재주 있는 남성과 미모의 여성을 주인공으로 설정하는 전통
적 재자가인 소설의 서사적 틀을 벗어난다. 하지만, 오히려 전형적인 애
정 소설의 서사 공식을 위반하거나 균열을 일으킨다는 점에서 「포의교
집」의 색다른 의미가 있다. 소설의 제목인 '포의교집'이 지시하는 '포의
지교布衣之交'는 '벼슬하지 않은 선비의 사귐'을 의미하는데, 초옥이 만나

고자 하는 지기, 즉 이상적 배우자는 명예, 부, 지위보다 유교적 학식과 인품을 갖춘 선비이다. 그런데 초옥이 실제로 만난 선비 이생은 가난할 뿐아니라 재주와 학식도 높지 않고 뛰어난 외모도 인품도 갖추지 못한 남성이다. 여타의 재자가인 소설처럼, 이들은 첫눈에 반하여 서로 시를 주고받지만, 선비 이생은 초옥만큼의 시재詩才도 갖추지 못하여 진정한 소통에 이르지 못한다.

하지만, 초옥의 눈에 이생은 전에 한 번도 만난 적이 없는, 기개 있는 대장부로 비치고, '문장을 아는 선비'와 밤새 이야기를 나누는 것이 소원이었던 그녀의 꿈을 충족해준다. 여기서, 모든 현실적 궁핍을 초월하는 초옥의 이상적 남성, 지기에 대한 판타지는 특별한 의미를 갖는다. 「포의교집」에서 초옥이 추구하는 '포의지교'는 조선시대 소설에서 추구되는 성애적 사랑과 남녀 결연을 통한 신분상승의 욕망 등이 아닌, 학식, 인품, 교양 등 인간의 내면적·정신적 가치를 사랑의 우월한 조건으로 제시하고 있다. 지기와의 '진정한' 만남을 위해 오히려 '가난하고 늙고 못생긴 남성'을 선택한 초옥의 의지는 다소 비현실적이고 관념적으로 느껴질 정도이다.

하지만, 초옥은 이생과의 사랑을 얻기 위해 자신의 목숨도 바칠 수 있다고 생각하고, 사랑의 좌절로 인해 몇 차례의 자살을 시도할 만큼 자신의 전 존재를 던지는 인물로서 열정에 대한 새로운 질문을 제기한다.[80] 결국, 초옥은 이생이 자신이 바라던 진정한 선비가 아님을 깨닫고 크게 실망하여 그에게 이별을 선언한다. 초옥에게 이생은 끝내 지기가 될 수 없었다. 하지만, 「포의교집」에서 초옥이 보여주는 사랑의 지향성과 주체적인 결단력, 행위성은 이생의 인물 됨됨이나 관계의 좌절을 넘어서 그 자체로 의미가 있다. 사랑 앞에서 죽음을 두려워하지 않는 초옥의 용기는 바로 사랑에 대한 신념, 자신의 의지와 말이 하늘의 뜻에 어긋나지 않는다는 자신감에서 비롯한다. 이는 온전히 사랑할 자격을 갖추지 못한 연인 이생 앞에서, 그리고 신분적 조건, 사랑의 갖은 오해와 우여곡절, 불륜 앞에서도 그녀로 하여금 끝까지 당당하게 행동하게 한다.

> 뜻을 변치 않는 까닭에 그 행동이 비록 동떨어진다 해도 본래의 뜻을 이을 수 있고, 말이 이치에 어긋나지 않는 까닭에 섬기는 바가 비록 그르다 해도 또한 하늘의 도를 어기지는 않았습니다.[81]

여성의 성에 대한 사회적 규제가 더욱 강화되고, 특히 결혼제도를 거스르는 간통과 같은 성적 일탈에 대한 처벌이 더욱 강화된 조선후기에 「포의교집」의 초옥 같은 유부녀가 관습적 윤리로부터 자유로운 사랑의 주체로 재현되는 모습은 조선후기 사회의 또 다른 면모를 상상하게 한다. 위 작품에서 여주인공 초옥의 이미지는 『시경』에서 인간의 본성에 따라 사랑을 거리낌 없이 표출하는 고대 연인들의 모습과 중첩되기도 하고, 사랑을 실현하고자 관습과 윤리에 저항했던 근대 연애지상주의자를 연상시키기도 한다. 이는 유교 이념이 일상 깊숙이 침투했던 조선후기에 문학적 재현의 권역 밖으로 후퇴한 규방의 사랑이 상대적으로 지배 윤리로부터 자유로웠던 중·하층 여성들을 통해 역동적으로 발현되는 현상을 징후적으로 보여준다.

조선후기 소설에서 '지기'의 개념은 서로를 진정으로 알아주는 대등한 남녀 관계에 대한 지향이 젠더적, 신분적 위계를 뚫고 발현하는 새로운 변화의 흐름과 이성애적 관계에서 유교적 명분으로 에로틱한 열정을 대체하는 조선후기의 이념적 경직성이 맞물리는 모호한 지점에 놓여 있다. 하지만, 「포의교집」에서 초옥의 지기를 만나고자 하는 꿈은 시대를 넘어서는 남녀 보편의 열망과 맞닿아 있다는 점에서 조선후기 사랑의 지평을 더욱 풍부하게 열어놓는다.

6-3. 전근대 동성애 코드 : 규범 속 욕망의 변주

적장자를 생산하여 가문의 대를 잇고 종법 질서를 유지하는 것이 개인의 가장 중요한 의무였던 조선시대는 이성애를 근간으로 하는 사회였다. 하지만, 남색男色, 남총男寵, 용양龍陽, 계간鷄姦, 외색外色 등 동성애 관계를 지시하는 용어와 더불어, 동성애에 관한 기록들이 간혹 눈에 띤다. 『세종실록』18년(1436. 10. 26)에 세자빈 봉씨와 궁궐 여종과의 동성애 지칭하는 '대식對食' 사건이 논란이 되자 세종은 다음과 같이 말한다.

내가 항상 듣건대, 시녀와 종비從婢 등이 사사로이 서로 좋아하여 동침하고 자리를 같이 한다고 하므로, 이를 매우 미워하여 궁중에 금령을 엄하게 세워서, 범하는 사람이 있으면 이를 살피는 여관이 아뢰어 곤장 70대를 집행하게 하였고, 그래도 능히 금지하지 못하면 혹시 곤장 1백 대를 더 집행하기도 하였다. 그런 후에야 그 풍습이 조금 그쳐지게 되었다. 내가 이러한 풍습이 있음을 미워하는 것은 아마 하늘에서 내 마음을 인도하여 그리된 것이리라. 어찌 세자빈이 또한 이러한 풍습을 본받아 이와 같이 음탕할 줄 생각했겠는가.

위 기록에서 "시녀와 종비 등이 사사로이 서로 좋아하여 동침하고 자리를 같이" 하며, 이를 범하는 자는 궁중의 금령에 의해 곤장 70~100대를 때렸다는 구절은 궁중에서 궁인 사이에 동성애 행위가 심심치 않게 일어났으며 이에 대해 공식적 제재가 가해졌음을 말해준다. 세종은 여러 가지 죄목을 들어 세자빈 봉씨를 폐위시키는 과정에서 세자빈이 궁궐의 여종과 동숙한 사건은 매우 '추잡'하므로 교지敎旨에 기재할 수 없는 일이라 언급한다. 당시 동성애는 '추잡하고 짐승 같은 일'이라 하여 경멸적 어조로 비난받았으며, 궁녀들은 법적 징치의 대상이 되었다. 반면에 양반들의 남색 행위는 법률의 포망을 빠져나가는 사례가 확인되기도 한다.

『세종실록』(세종 29년, 1447, 4. 18)은 왕족 이선李宣의 동성애 행적에 대해 다음과 같이 기술하고 있다.

평상시 집에 있을 때는 방 하나를 따로 두어 예쁜 사내종 하나와 함께 자기를 처나 첩같이 하니 동네에서 그 종을 가리켜 이정승의 첩이라 부른다. 그 종은 안방에도 거침없이 출입하고 그의 처와 동침까지 하게 되어 추잡한 소리가 밖에까지 들렸으나 선은 그것을 금하지 않고 또 거리끼지도 않았다.

사내종을 첩처럼 자신의 거처에 머무르게 하고 그 종이 자신의 처와 동침하는 것도 묵인했던 이선의 행동은 이성애에 바탕을 둔 성적 규범을 벗어나는 일탈적 행위이다. 하지만,『세종실록』은 이선에 대해 됨됨이도 좋지 못한데다가 행실도 나쁜 그가 병조판서직을 제수받자, 사람들이 웃으면서 오래가지 못하리라 수군거렸다는 정도의 기술에 그치고 있다. 왕족 이선의 남색에 대한 기록에는 어떤 법제적 징벌의 흔적도 보이지 않는다. 이는 당시에 동성애가 도덕적으로 폄하되었지만, '추문'이라 하여 아예 언급을 회피하려는 태도가 더 지배적이었음을 보여주는 사례이다.

그런데 이규경(李圭景, 1788~1856)의『오주연문장전산고五洲衍文長箋散稿』,「인사人事」편「성행性行」에는 중국을 중심으로 한 동양 문화권의 남색 전통이 비교적 상세하게 기술되었다.[82] '남총男寵에 대한 변증설'이라는 항목에서는 중국 후한의 역사가 반고(班固, 32~92)의 기록, 주나라 역사서인『일주서逸周書』,『좌씨전左氏傳』등 중국 고문헌에 기록된 남색의 내력과 남색에 대한 처벌에 관한 기록을 소개한다. 송나라 휘종(徽宗, 1082~1135) 연간에 비로소 법금法禁을 세워 고발하여 체포하는 법을 시행하였는데, 죄를 범한 자는 장杖 1백에 처하고 고발한 자는 상전 50꿰미를 주었다고 하며, 명대에도 율문에 '계간조鷄姦條'가 있었다고 밝히고 있다. 또한, 이규경은 중국 청대에 남색이 '소창小娼'이라는 이름으로 일종의 영업처럼 성행하였음을 언급하고, 일본과 네덜란드에 널리 퍼진 남색 풍속에 대해서도 기술하고 있다.

그런데 남색에 대한 이규경의 서술 태도는 흥미롭다. "무슨 미속美俗이라서 온 천하가 풍습을 같이하는지" 모르겠다고 하고, 조선에서 남색은 "민간의 무뢰배나 사찰의 추한 중들이나 하는 짓"으로 한정한다. 하지만, 『불서佛書』를 포함한 다양한 사료를 제시하고, 명대明代의 백과사전 『오잡조五雜組』에서 "애무해서 성적 흥분을 일으키는 것이야 무어 그리 괴이할 것이 있겠는가."라는 구절을 인용하는 이규경은 남색을 성적 행위의 한 형태로 간주하는 객관적 분류 태도를 일면 드러낸다. 전근대 조선 사회에서 이성애가 강상綱常의 근간으로 여겨졌던 것은 분명하지만, 동성애를 통제하는 일관된 법률 조항은 확인되지 않으며, 이규경의 글에서 볼 수 있듯이 성을 둘러싼 정상과 비정상성에 대한 집요한 추궁은 찾아볼 수 없다. 동양의 여러 사상을 포용하고 일상의 다양한 영역을 객관적 사료를 통해 범주화했던 19세기 백과전서적 학풍에서 동성애는 단지 고증의 대상으로 다루어지고 있음을 확인할 수 있다.

　동성애는 오히려 소설의 문학적 상상력을 통해 그 흔적을 풍부하게 드러낸다. 조선후기에 이르러 동성애를 소재로 하거나 성적인 쾌락을 극단적으로 추구한 소설 작품들이 중국으로부터 수입되면서 동성애 모티프를 차용하는 소설들이 양산되기 때문이다.[83] 조선후기 판소리계 소설의 하나인 『매화전梅花傳』이 그 대표적인 사례이다. 이 작품은 부모를 잃은 '매화'라는 여자아이가 남자아이로 외양을 꾸미고 조병사의 집으로 들어가서 그의 아들 양유와 함께 자라다가 서로 연정을 품게 되는 이야기를 담고 있다. 이 작품은 '남장 여인' 매화와 양유 사이에 설정된 오해와 책략에서 비롯한 긴장감을 서사의 주된 틀로 삼고 있는데, 특히 매화를 남자로 알고 있음에도 성적으로 끌리는 양유의 감정 상태와 이에 동조하는 매화의 대응은 관습적 성의 규범이 균열하는 상태를 보여준다. 매화를 사랑하게 된 양유는 매화에게 다음과 같이 토로한다.

우리 얼굴 이렇듯 같으니 이목구비가 다를 것이 없도다. 그대가 여자
가 되거나 내가 여자가 되거나 하였으면 부부 되어 백년해로하련마는 어
찌 삼신이 이러하시게 하고 이렇듯이 남녀분별 아니하였으니 원통타 우
리 연분 어찌 아니 불행하리요.[84]

매화는 "그대는 장부 아니로다. 피차 남자 간에 무엇이 사랑타 하리
요."라며 양유의 열정을 뿌리치지만, 양유는 "그대는 나의 몸을 만지고
나는 그대 몸을 만지지 못하니 어찌 붕우지도가 있다 하리요."라고 자탄
하며 매화와의 금지된 사랑에 고통스러워한다. 이에 매화는 더 이상 남자
라고 속일 수 없어 자신이 여성임을 고백한다. 이후 양유와 매화는 이성
애 연인으로서 정체성을 되찾고 갖가지 시련을 극복한 끝에 혼인하기에
이른다. 위 작품은 남녀 간의 '자발적 사랑—혼사 장애—결연'이라는 애
정 서사의 전형적인 구도를 따르지만, 초기 열정적 사랑의 형성 과정에서
동성애적 상상력이 투입되는 지점이 흥미롭다. 여기서 동성애적 모티프
는 유교의 보편적 덕목으로 설정된 남성 사이의 붕우지도와 이성애 규범
의 틈새에서 작동하는 열정의 또 다른 형식을 제시한다.

한편, 여성 영웅 소설의 계통을 잇는 19세기 한문 소설 「방한림전方翰
林傳」은 여성이기를 거부하여 남성으로 살아가는 한 여성과 그 여성을 사
랑하는 또 다른 여성의 혼인 이야기를 소재로 삼고 있다. 여성 사이의 동
성애 모티프를 차용한 이 작품은 유교적 질서에서 확고한 규범으로 자리

잡았던 이성애적 결혼 관습을 위반하는 색다른 상상력을 엿보이고 있어 주목된다. 어릴 때부터 기상이 빼어나고 여도女道에 관심이 없었던 방관주는 남자로 처신하여 12세에 장원급제하고 한림학사에 제수된다. 한편, 서평후 영의정의 막내딸인 영혜빙은 어릴 적부터 재주와 용모가 뛰어났지만, "여자는 죄인이다. 온갖 일에 이미 마음대로 못하여 남의 규제를 받으니 남아가 못 된다면 인륜을 끊는 것이 옳다."[85]라는 의식을 지닌다. 방관주와의 혼사가 추진될 때 영혜빙은 방관주가 남복男服한 여성임을 알아차렸음에도, "영웅 같은 여자를 만나 일생 지기가 되어 부부의 의리와 형제의 정을 맺어 한평생을 마치"리라 결심한다.

> 내 본디 남자의 사랑하는 아내가 되어 그의 절제를 받으며 눈썹을 그려 아첨하는 것을 괴롭게 여기고 있었다. 금슬우지琴瑟友之와 종고지락鐘鼓之樂을 내가 원하지 않더니 우연히 이런 일이 있으니 어찌 우연하다 하리오? 반드시 하늘이 생각해주신 것이다. 수건과 빗을 맡는 구구한 일보다 이것이 낫지 않으리오?[86]

이 구절에서 혼인을 통해 한 남자의 아내 역할을 하는 여성의 길을 괴롭게 여기고, '금슬우지와 종고지락'이 함축하는 이성애 혼인의 즐거움을 원하지 않는 영혜빙의 태도는 주목할 만하다. 이는 『예기』에서 말하는 예禮의 근본으로서의 혼례와 남녀의 위계에 바탕을 둔 부부의 도道를 부정하는 반사회적, 급진적인 발상이 아닐 수 없다.

두 성이 좋게 결합하여 위로는 종묘를 섬기고 아래로 후세를 잇는 것을 임무로 하는 혼례 규범을 정면으로 거부하고, 이 두 인물은 외형적으로 이성애 부부를 가장하며 살아간다. 그리고 이들의 관계는 여성성과 성을 모두 은폐한 채 『삼국지연의三國志演義』의 "도원결의桃園結義와 백아, 종자기의 지음知音", '관포지기管鮑知己', '지기붕우知己朋友' 등 유교 사회에서 남성 결사체가 이상적인 관계로 설정하는 우정 또는 지기의 관계로 재현된다.

남성 중심적 사회규범에 반감을 품은 여성으로서 동지애를 공유하고, 잠시의 이별에도 서로 그리워하는 연인의 모습을 보이기도 하지만, 두 여성의 관계는 외형적으로 유교적 질서를 추구하는 이성애 부부의 예禮를 벗어나지 않는다. 이는 유교의 틀 안에서 또 다른 욕망을 이야기하는 조선시대 소설의 서사 전략이라 할 수 있을 것이다.

「방한림전」은 조선시대 이성애에 바탕을 둔 젠더와 성의 규범을 전복시키고 혼인의 서사에 동성애 코드를 접합하는 이질적 상상력을 보여준다. 이 작품은 여성들의 동성애를 지기나 우정과 같은 탈성애적 관계망으로 감싸고 있지만, 음양의 원리를 거부하는 여성끼리의 혼인을 설정함으로써, 당시에 '기이하고 괴이한 이야기'로 간주되었다.

「방한림전」 초두에서 영혜빙의 부친 서평후가 방관주와 자신의 딸 영혜빙의 혼사를 추진할 때, 남녀 간의 이상적 만남을 상징하는 『시경』의 「관저」 시편의 첫 구절, "관관저구는 재하지주요, 요조숙녀는 군자호구요(關關雎鳩 在河之洲, 窈窕淑女 君子好逑: 꾸우꾸우 물수리 모래톱에 있네, 정숙한 아가씨는 군자의 좋은 짝이라네)"가 인용된다. 조선시대 애정 소설들은 사통을 거쳐 혼인에 이르는 군자와 요조숙녀의 다양한 모습을 보여주는데, 남성 주인공이 대부분 양반층의 주변부 지식인이라면, 요조숙녀는 사대부 계층에서 기녀, 궁녀, 서민층 여성, 여종 등 다양한 신분의 여성들로 확대된다. 이러한 재자가인의 변주 속에는 소설의 주된 작가층이었던 양반 남성들의 판타지가 투사되어 있다. 그런데 「방한림전」에서는 군자와 요조숙녀의 모습은 남녀 재자가인의 가면을 쓴 두 여성으로 설정되고 이성애 혼인을 거부하는 여성들의 전복적인 시선을 담고 있어 흥미롭다. 「방한림전」의 여성 동성애 모티프는 『시경』을 상상력의 원천으로 하면서 역사적 변주를 보여주는 조선시대 소설이 후기에 이르러 유교 규범의 근간에 균열을 가하는 욕망의 임계점을 보여준다.

조선후기의 여러 소설에서 사랑의 판타지는 규방을 벗어나 기방과 같은 풍류공간으로 이동함으로써 굴절과 분열을 겪는다. 풍류공간에서 향유된 사랑은 혼인에서 소외된 결핍을 판타지로 보충하고자 하지만, 또 다른 축에서 가족 밖의 잉여적 쾌락으로 남겨지는 냉엄한 현실에 직면하여 그 허구성은 폭로되고 판타지는 해체된다. 또한, 당시 사랑의 재현은 일상의 미시적 감각까지 유교 이념에 결박되면서 남녀 관계를 탈성애화하는 한편으로, 불륜과 동성애와 같은 반규범적 열정을 분출하는 이중 구도를 드러낸다. 단일한 논리로 설명되지 않는 조선후기 열정의 이질혼성성異質混成性은 혼인제도, 지배 이념과 협상하면서 충돌하고 공모하면서 저항했던 에로스의 동력을 첨예하게 보여준다. 또한, 이러한 사랑의 낯선 징후들은 지배 질서에 포획되지 않는 새로운 삶의 형식을 꿈꾸었던 조선후기 사회의 심층적 욕망을 드러내는 지표가 아닐까.

1) 한형조, 「전통 예(禮)의 원리와 기능」, 『전통예교와 시민윤리』, 한국정신문화연구원 편, 청계, 2001, 30면.

2) '欲', '己', '性' 등의 용어의 쓰임을 추적하면서 유교에서 욕망을 바라보는 방식을 분석한 논의로 정도원, 「유가 욕망론의 기본적 특성에 관한 고찰 – 현실의 본연성과 욕망의 도덕적 승화」, 『종교교육학연구』 31집, 한국종교교육학회, 2009, 참조.

3) 한형조, 앞의 책, 34면.

4) 장 루이 플랑드랭, 「구시대 부부들의 성생활 – 기독교의 교리와 현실세계」, 『성과 사랑의 역사』, 필립 아리에스 외, 김광현 역, 황금가지, 1996, 160면.

5) 풍류의 다양한 어원적 용례에 대해서는 신은경, 『풍류 – 동아시아 미학의 근원』, 보고사, 1999, 52~63면 참조.

6) 유교에서 쾌락이 도덕과 분리된 것이 아니라 그것의 활용을 통해 도덕화하였으며, 유가가 욕망을 능동적 활동 속에 포함시켜 성욕을 금지가 아닌 절제나 조절의 원리에 운용한 것으로 본 선행 논의로 이숙인, 『동아시아 고대의 여성사상』, 여이연, 2005, 168~186면 참조.

7) 서구 이성애의 역사에 대해서는 루이 – 조루주 탱, 「사랑의 역사 – 이성애와 동성애 그 대결의 기록」, 이규현 역, 문학과지성사, 2010, 37~183면 참조.

8) 본고에서 『시경』 작품의 번역은 김학주 역주의 『시경(詩經)』, 명문당, 2002을 따랐으며, 주자의 「집전(集傳)」, 「모시서」 등의 주석 부분에 대한 이해는 위 책과 성백효 역주, 『시경집전(詩經集傳)』, 전통문화연구회(1993)에서 참조하였다.

9) 유달림, 『중국의 성문화–상』, 강영매 외 역, 범우사, 2000, 196면.

10) 앞의 책, 148, 236면.

11) 장징(張競), 『사랑의 중국문명사』, 이용주 역, 이학사, 2004, 47면.

12) 유달림, 앞의 책, 249~250면.

13) 앞의 책, 250면에서 재인용.

14) 金時習, 1435~1493 : 조선시대 생육신(生六臣)의 한 사람인 매월당(梅月堂) 김시습은 조선전기의 학자로서 유·불(儒佛) 정신을 아울러 포섭한 사상과 탁월한 문장으로 일세를 풍미하였다. 수양대군 즉위 이후 방외인의 길을 걸었는데, 정치 현실에 대한 강한 비판의식을 가지고 방랑과 비판으로 일생을 보내면서, 문학작품을 통해 자신의 고뇌를 토로하였다.

15) 전통적 설화의 영향과 『전등신화』와 같은 외재적 영향 속에 재창조된 『금오신화』의 창작적 기반에 대한 연구로 박희병, 「『금오신화』 창작의 연원과 배경」, 『고전문학연구』 10집, 한국고전문학연구회, 1995; 박일용, 「『금오신화』와 『전등신화』에 나타난 애정 모티프의 형상화 방식과 그 의미」, 『민족문화연구』 35집, 고려대민족문화연구원, 2001 등이 있다.

16) 원문의 번역은 『금오신화』, 심경호 역, 홍익출판사, 2000을 따랐다.

17) 특히, 청대에 오면 가인(佳人)은 남성보다 우월한 신분적 지위에 있는 뛰어난 재주를 가진 여성으로 고정화된다.(최수경, 「재자가인류소설 유형 연구」, 『중국소설논총』 11집, 한국중국소설학회,

2000, 185면; 정동보, 「재자가인 소설에 보이는 佳人의 형상 소고 – 「平山冷燕」, 「玉嬌梨」를 중심으로」, 『중국인문과학』 31집, 중국인문학회, 2005, 425~426면)

18) 무산은 중국 사천 무산현 동남에 있는 산 이름이다. 모두 열두 봉우리여서 무산십이봉인데 "무산(巫山)'은 '운우(雲雨)', '고당(高唐)'', '양대(陽臺)' 등과 함께 남녀 사이의 정사를 뜻하는 용어들이다. 고사를 보면, 초나라 양왕이 고당에서 놀다가 꿈을 꾸었는데, 한 여인이 나타나 동침을 하고는 떠나면서, "저는 무산의 남쪽 언덕에 사는데, 매일 아침이면 구름(朝雲)이 되고 저녁이면 비(行雨)가 되어, 아침저녁으로 양대에 내릴 것입니다." 라고 하였다 한다.

19) 사마상여(司馬相如, BC 179~BC 117)는 전한(前漢) 때의 문인. 젊었을 때 촉나라에 가서 임공(臨邛)을 지나다가 부잣집 탁왕손의 딸인 과부 탁문군(卓文君)을 거문고 연주로 꾀어냈다. 그녀와 함께 부부가 되어 성도(成都)로 돌아와서 살았다 한다.

20) 로즈메리 잭슨, 『환상성 – 전복의 문학』, 서강여성문학연구회 역, 문학동네, 2001, 11~12면.

21) 「이생규장전」, 『금오신화』, 심경호 역.

22) 「위경천전」, 『17세기 애정전기 소설』, 이상구 역, 월인, 2003, 87면.

23) 「이생규장전」, 『금오신화』, 심경호 역, 111면.

24) 「만복사저포기」, 앞의 책, 77면.

25) 「주생전」, 『17세기 애정전기 소설』, 이상구 역, 53~54면.

26) 「위경천전」, 앞의 책, 80~81면.

27) 앞의 책, 84면.

28) 「최척전」, 『17세기 애정전기 소설』, 이상구 역, 203~204면.

29) 「상사동기」, 앞의 책, 170면.

30) 앞의 책, 182~183면.

31) 앞의 책, 183면.

32) 앞의 책, 186면.

33) 「위경천전」, 앞의 책, 81~82면.

34) 최기숙, 『환상』, 연세대출판부, 2003, 121~122면.

35) 「위경천전」, 『17세기 애정전기 소설』, 이상구 역, 84면.

36) 중국에서는 당(唐)이나 원대(元代) 전기에 명문가 자제와 규수 간의 밀고 당기는 사랑과 해피엔딩의 결말을 보이는 소설이 양산되었으며, 명대(明代)를 기점으로 청 중엽까지 성행한 '재자가인소설'에서 남자가 과거급제를 하고 혼인을 완성하여 부귀와 장수를 누리는 해피엔딩적 결말의 서사구조가 새로이 정형화되고 하나의 유파를 형성하게 된다. (「재자가인류소설 유형 연구」, 『중국소설논총』 11집, 한국중국소설학회, 2000, 186-187면; 정동보, 「재자가인소설에 보이는 佳人의 형상 소고-

「平山冷燕」, 「玉嬌梨」를 중심으로」, 『중국인문과학』 Vol. 31, 중국인문학회, 2005, 423면) 사랑의 해피 엔딩을 보여주는 「춘향전」은 조선후기 작품이다.

37) 葛兆光, 『도교와 중국문화』, 沈揆昊 역, 동문선, 1993. 490~491면.

38) 권택영, 「욕망에서 사랑으로 – 라깡과 크리스테바의 타자」, 『우리시대의 욕망읽기』, 라깡과 현대정신분석학회 편, 문예출판사, 1999; 아니카 르메르, 『자크 라캉』, 이미선 역, 문예출판사, 1994, 236~246면.

39) 박일용은 「이생규장전」이나 「만복사서포기」에서 이루어지는 초월적 공간에서의 환상체험은 주인공의 간절한 소망이 창출한 환상의 형식이자, 현실세계에서는 불가능한 사랑을 하는 남녀의 질곡적 상황을 보다 효과적으로 드러내는 장치라 보았는데 이는 타당한 지적이라 생각한다. 박일용, 「만복사저포기」의 형상화 방식과 그 현실적 의미」, 『고소설 연구』 18집, 고소설학회, 2004, 41~45면; 「이생규장전」의 밀회 장면에 나타난 환상성과 그 현실적 의미」, 『고소설연구』 20집, 고소설학회, 2005, 10면. 하지만, 본고는 『금오신화』가 낭만적 사랑의 모티프를 통해 조선전기 사대부 층의 권력 내부의 갈등과 인간의 성정을 억압하는 중세 사회 전반의 질곡을 드러낸다기보다는(박일용, 『조선시대 애정소설– 사실과 낭만의 소설사적 전개양상』, 집문당, 1993, 85~97면) 『금오신화』의 환상성은 현실 세계에서의 사랑의 부재, 욕망의 허구를 근원적으로 드러내는 장치라고 본다.

40) 주인공 성진(性眞)은 본래 육관대사(六觀大師)의 제자로서 연화봉에서 불도를 닦는 구도자였으나 8선녀를 희롱한 죄로 인간 세상에 유배되어 '양소유(楊少游)'라는 이름으로 태어난다. 그는 소년 등과하여 하북의 삼진과 토번의 난을 평정하였고, 그 공으로 승상이 되어 위국공에 책봉되고 부마가 된다. 그는 팔선녀의 후신인 8명의 여자와 차례로 만나 아내로 삼고 영화롭게 살다가 만년에 모든 것이 하룻밤의 꿈임을 알게 된다. 인간 세상의 부귀와 남녀 간 정욕이 다 허사임을 느낀 성진은 호승(胡僧)의 설법을 듣고 크게 깨달아 팔선녀와 함께 불문(佛門)에 귀의한다.

41) 강상순은 「구운몽」의 정치성을 성적 쾌락과 사랑을 배제한 채 가문 연대의 수단으로 전락한 동시대 혼인제도에 대한 부정이고, 자유로운 성적 교류와 자발적 사랑에 기반한 남녀관계에 대한 갈망하는 지점에서 찾고, 「구운몽」은 예교를 벗어나지도 않지만 속박되지도 않으며, 예교가 인물들의 성적 환상을 적절히 규제하는 일종의 보호막 혹은 안전장치로 활용된다고 보았다. 또한, 「구운몽」이 황녀, 재상가 규수, 궁녀, 기녀, 여비, 용녀, 여자객에 이르기까지 다양한 신분의 여성인물을 형상화하고, 이들이 모두 뛰어난 자질과 아름다운 외모와 각기 다른 개성을 지니고 있는데, 이는 17세기 후반 지배층 남성의 성적 환상 속에 나타난 성적 취향의 다양화, 이상적 여성상의 분화를 반영하는 것이라 논한 바 있다. (강상순, 「구운몽에 형상화된 남녀관계의 소설사적 계보와 역사적 성격」, 『우리어문연구』 32집, 우리어문학회, 2008, 200~219면)

42) 김만중, 「구운몽」, 송성욱 역, 민음사, 2006, 16면.

43) 앞의 책, 70~71면.

44) 로즈메리 잭슨, 『환상성 – 전복의 문학』, 서강여성문학연구회 역, 문학동네, 2001, 12, 239면.

45) 「운영전」, 『17세기 애정전기 소설』, 이상구 역, 127면.

46) 앞의 책, 131면.

47) "주생은 이미 배도의 외모를 사랑하게 된 터에 또 그녀가 지은 시를 보자, 마음이 미혹되어 온갖 상념이 일었다.(권필, 「주생전」[김구경 소장본], 『17세기 애정전기 소설』, 이상구 역, 월인, 1999, 38면.

48) 「주생전」, 『17세기 애정전기 소설』, 이상구 역, 40~41면.

49) 앞의 책, 44면.

50) 「이생규장전」, 『금오신화』, 심경호 역, 101면.

51) 「상사동기」, 『17세기 애정전기 소설』, 이상구 역, 169~170면.

52) 이상구는 「구운몽」의 말미에서 호화찬란했던 욕망의 세계가 부정되는 것에 대해서, 현세적 삶 그 자체가 부정되는 것이 아니라 현세적 삶의 유한성이 제시될 뿐이며 욕망 그 자체를 부정되지 않는다고 보았다.(이상구, 「구운몽의 구조적 특징과 세계상」, 『민족문학사연구』 25집, 민족문학사학회, 2004, 198면)

53) 정창권, 『홀로 벼슬하며 그대를 생각하노라』, 사계절, 2003.

54) 박무영·김경미·조혜란, 『조선의 여성들, 부자유한 시대에 너무나 비범했던』, 돌베개, 2004, 145~147면.

55) 18세기에 들어와서야 비로소 애정의 현장과 여성의 목소리를 문학 속에 정면으로 담아내기 시작한다.(안대회, 「18세기 여성화자시 창작의 활성화와 그 문학사적 의의」, 『한국고전여성문학연구』 4집, 한국고전여성문학회, 2002)

56) 송시열, 이인상 외, 『빈 방에 달빛 들면』, 유미림·하승현 역, 학고재, 2005, 172면.

57) 앞의 책, 260면.

58) 심노숭, 『눈물이란 무엇인가』, 김영진 역, 태학사, 2001, 47~50면.

59) 중국 전설에 복희씨가 혼인제도를 창시하여 가슴가죽 한 쌍으로 예물을 삼았다는 이야기가 있다. (심노숭, 『눈물이란 무엇인가』, 김영진 역, 27면)

60) 황진이와 같은 도발적이고 유혹적인 기생 이미지는 야담에서 양반 남성을 파멸시키는 팜므파탈적 이미지로 극화된다.

61) 『춘향전 – 이고본』, 성현경 역주, 열림원, 2002, 64~65면.

62) 앞의 책, 110면.

63) 정악(正樂)이란 '아정(雅正)한 음악', '정대(正大)한 음악'으로서 아악을 의미하지만, 조선후기에 이르러 용어의 함의가 변용되어, "중인이라는 신분을 가진 집단이 창출해내고 향유하던 음악"으로 재정된다. 넓은 의미로는 근래 민속악의 대칭이면서, 좁은 의미로는 가곡과 같은 성악과 영산회상 같은 기악을 포함하여 양반층의 고아한 미적 취향을 지향했던 조선후기 음악문화의 한 갈래로 이해된다. 송방송, 『한국음악통사』, 일조각, 1984, 412~413면.

64) 강명관, 『조선시대 문학예술의 생성공간』, 소명출판, 1999, 167~169면.

65) 1800년 심능숙(沈能淑, 1782~1840)의 「서호곡(西湖曲) – 名把把詞幷序」를 보면 「상사별곡」은 '월담'이라는 기생이 임을 보내려고 횡당(橫塘)까지 따라와서 송별연을 하면서 이별의 정한을 담은 상사곡을 불렀다고 한다. 이 기록에 의하면 「상사별곡」이 너무나 애절하여 해질 무렵 부르면, 이별의 시간인 아침이 밝기 전에 애가 끊어지는 듯 슬펐다는 감상이 곁들여 있다. (김은희, 『십이가사의 문화적 기반과 양식적 특성』 성균관대 박사논문, 2002, 31면).

66) 유몽인, 「어린 기생의 억지눈물」, 『어우야담』, 신익철·이형대·조융희·노영미 역, 돌베개, 2006, 144~145면.

67) 이능화, 『朝鮮解語花史』(1927) 이재곤 역, 동문선, 1992, 230~231면.

68) 박무영, 「여성화자를 통해 본 역설적 남성성」, 『우리 문학의 여성성 남성성 – 고전문학편』, 월인, 2001, 222면.

69) 「취유부벽정기(醉遊浮碧亭記)」, 『금오신화』, 심경호 역, 149면. 여성화자를 통해 본 역설적 남성성」, 『우리 문학의 여성성·남성성 – 고전문학편』, 월인, 2001, 222면.

70) 「오유란전」, 『조선후기 해체소설선』, 신해진 역, 월인, 1999, 226면.

71) 앞의 책, 234면. 「오유란전」, 「변강쇠가」, 「절화기담」 등 19세기 소설 속의 성이 놀이의 대상으로서 유희적으로 다루어지고, 금기시되었던 성애가 시각적으로 장면화되고 탈신비화되며 남녀의 육체를 노출시켜 정면으로 응시하는 등, 성에 대한 새로운 시선의 변화를 제기한 논의로 김경미, 「19세기 소설사의 한 국면 – 성표현관습의 변화를 중심으로」, 『한국고전연구』 9집, 2003이 있다.

72) 송시열, 이인상 외, 『빈 방에 달빛 들면』, 유미림·하승현 역, 35면.

73) 박수밀, 「18세기 우도론의 문학, 사회적 의미」, 『한국고전연구』, Vol. 8, 한국고전연구학회, 2000, 90면.

74) 남영로, 『옥루몽 – 1』[세창서관 한문현토본], 김풍기 역, 그린비, 2006, 61, 85면.

75) 앞의 책, 61면.

76) 앞의 책, 42면, 68면, 94면.

77) 「옥단춘전」, 『한국고전문학전집 – 5』, 황패강 역주, 고려대 민족문화연구소, 1993, 328~331면.

78) 「포의교집」, 『19세기 서울의 사랑』, 김경미·조혜란 역, 여이연, 2003, 150면.

79) 앞의 책, 179면.

80) 조혜란은 「포의교집」의 초옥이 고소설사에 등장한 새로운 여성형상임에 주목하여, 서사의 추동자이자 연애의 주체로서의 초옥의 면모를 세밀하게 분석한 바 있다.(조혜란, 「「포의교집」 여성주인공 초옥에 대한 연구」, 『한국고전여성문학연구』 3집, 한국고전여성문학회, 2001)

81) 「포의교집」, 『19세기 서울의 사랑』, 김경미·조혜란 역, 201~202면.

82) 이규경, 『국역분류 伍洲衍文長箋散稿 – V』, 「人事」편, 민족문화추진회, 1982, 104~109면.

83) 조선시대 동성애에 대한 자료와 이에 대한 분석은 선행 연구인 김경미, 「젠더위반에 대한 조선 사회의 새로운 상상 – 「방한림전」, 『한국고전연구』 17집, 한국고전연구학회, 2008 참조.

84) 「매화전」, 『한국학보』 Vol. 2, no. 4, 일지사, 1976, 265면.

85) 장시광 역, 『조선시대 동성혼 이야기 – 방한림전』, 한국학술정보, 2006, 26면.

86) 앞의 책, 30~31면.

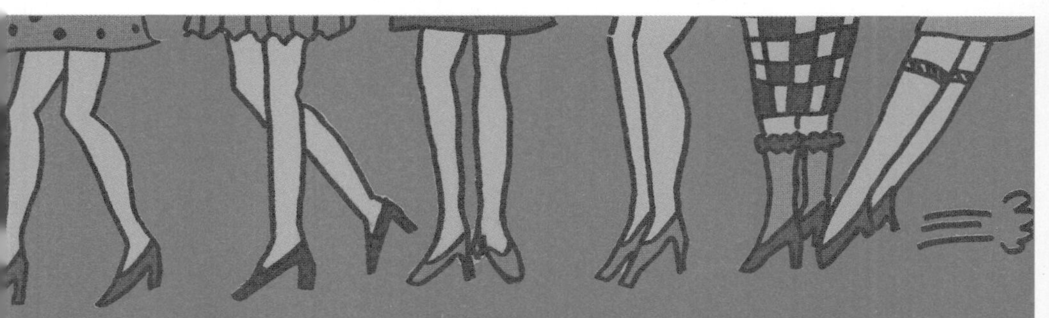

2 근대, 구성되는 사랑의 역사

1. 근대 국민국가와 연애의 장場

1-1. 번역된 연애의 언어들

‘연애’라는 새로운 사랑

동양의 유교적 전통에서 남녀 간의 사랑은 부모가 주도하고 ‘중매’라는 절차를 따르는 혼인의 예禮에 종속되어 있었다. 조선시대 소설들은 이러한 관습에 반기를 들고 남녀 간의 자발적 의사에 의한 만남과 열정의 발현을 지속적으로 보여준다. 첫눈에 이루어지는 남녀 간의 교감과 성애의 실현, 금기를 위반하는 밀회 등은 유교 규범의 틈새를 드러내는 당대인의 위반적 상상력을 시사한다. 하지만, 전근대 시기에 혼인의 틀을 벗어난 사랑은 상상되지 않았다. 따라서 서구 중세의 궁정풍 사랑처럼 불륜의 관계를 낭만화한 흔적은 찾아볼 수 없다. 조선후기에 지배적 사랑의 아이콘으로 등장한 양반 남성과 기녀 사이의 사랑은 풍류공간에서 이루어진 혼외婚外의 사랑이었지만, 「춘향전」에서와 같이 그들의 사랑 또한 혼인제도 안으로 편입되고자 하는 간절한 열망을 드러낸다.

　　남녀의 자발적인 사랑이 결혼제도와 조화롭게 결합하는 양상은 근대에 들어와서야 나타나기 시작했다. 사랑과 결혼의 민주화를 이루려면 일차적으로 전근대 신분제가 해체되고, 중매혼을 거부하는 새로운 열정의 공식이 전제되어야 했다. 20세기 초 조선에 등장한 '연애戀愛'[1]라는 용어는 성, 사랑, 결혼을 구성하는 새로운 패러다임이 유입되었음을 알린다. 1910년대 일본 소설의 번안작을 통해 조선에 처음 등장한 것으로 알려진 '연애'라는 용어는 메이지시대(明治時代, 1867~1912)의 일본 문화를 경유하여 조선에 유입된 새로운 사랑을 지칭한다. 연戀과 애愛의 합성어인 연애는 불어 'amour', 영어 'love'의 번역어로 메이지 20년 판(1887) 『佛日사전』을 통해 일본에 처음 등장한다.[2] 정情, 연戀, 색色, 사思, 애愛, 모慕 등 전근대 시기 사랑의 어휘들은 이성을 그리워하는 마음, 서로를 애틋하게 여기는 마음, 성적 충동 등을 파편적으로 의미화할 뿐, '사랑'이라는 상위의 용어에 통합되지 않았던 것으로 보인다. 엄밀하게 범주화되거나 개념적 틀 속에서 인지되지 않았던 전근대 시기 사랑의 감정은 혼인제도로부터 주변화되거나 침묵되었던 사적私的 열정의 한 형식이었다고 볼 수 있다. 반면, 근대 시기 사랑은 사적 열정을 공론화하는 새로운 사유의 틀에 의해 '연애'라는 이름이 부여되면서 공적 영역에 출현하게 되었다.

　　메이지시대 연애는 전근대 시기 사랑보다 우월한 형태의 사랑으로 간주되었다. 영어 love에 해당하는 연애는 고상한 감정임에 비해, 전근대 사랑을 의미하는 색色과 연戀은 영어 lust에 해당하는 '열등한 정욕'이라는 사고가 형성되었다. 가령, 일본 메이지시대 지식인들은 에도시대(江戸時代, 1603~1867) 유곽을 중심으로 이루어진 남녀 간의 연정을 연애로 인지

하지 않았다. 이 시기에 죽음에 이르는 강렬한 열정의 발현으로서 정사情死를 동반하기도 했던 일본의 전근대적 사랑은 '정신성이 부족한, 혹은 유희적인 성애', '단순한 성욕', '동물적인 열등한 정情'으로 격하되었다.[3] 육체와 정신의 이분법적 구도에서 이성을 우월하게 여기며 색(色, sexuality)을 고상한 연애로부터 분리하여 저급한 차원으로 간주하고, 사랑에 정신적 가치를 부여하는 의식이 20세기 초 동아시아에 뿌리내리기 시작했던 것이다.

근대 시기 연애는 국민국가 이념과 긴밀한 관련이 있다. 메이지 초기 문명화를 토대로 한 새로운 국가의식은 남녀 간의 자유로운 교제와 평등한 남녀관계를 주창했는데, 문명국 건설을 위해 적극적으로 수용한 근대 계몽사상과 사회개량 운동의 일환으로 추구된 근대적 남녀관계는 연애를 발흥시키는 근간이 된다.[4] 특히, 메이지시대의 '고상한 연애'는 근대 가족국가family-state 이데올로기의 산물이었다. 근대 초기 문명국가 달성을 목표로 했던 일본은 가족을 국가 형성의 기본단위로 재인식하여 가家의 확장된 형태로서의 국가, 또는 국가의 최소단위로서의 가家 개념을 형성하게 된다. 이는 가족과 국가 사이의 상호관계성을 구축하게 되는데, 연애결혼을 개인, 가족, 국가를 잇는 중요한 매개 고리로 설정했던 일본 내셔널리즘의 시각에서 남녀 간의 사랑은 고결하고 신성한 것이어야 했다.[5]

'근대 초기 동아시아에 유입된 연애가 순전히 서구에서 수입된 관념인가, 아니면 이전부터 있어 왔던 것인가'라는 질문은 일본에서 문화사의 쟁점이 되었다. 사에키 준코佐伯順子는 『색과 사랑의 비교문화사色と愛の比較文化史』에서 서양으로부터 'love'라는 관념이 근대 일본에 유입되는 과정에서 사랑의 서구화 현상이 가속화되었다고 보았다. 즉, 메이지시대 전근대 일본에서 신화적·관능적 융합을 내포했던 색色이 부정되고, 개인의 자아와 의식의 발달에 바탕을 둔 서양형의 애愛가 구축되었다는 것이다. 한편, 칸노 사토미菅野聰美는『消費される戀愛論―大正知識人と性소비되는 연애론― 다이쇼시대 지식인과 성』에서 메이지시대를 주된 분석의 대상으로 삼았던 사에키 준코 연구의 한계점들을 지적하면서, 다이쇼시대(大正時代, 1912~1925)에 이르러 일본은 서구적 연애 개념을 수용하면서 일본만의 독특한 연애 문화를 형성하게 되었다고 보았다.[6] 그렇다면, 일본을 경유하여 서구의 연애를 수용한 식민지 조선의 경우는 어떠한가? 조선에서 연애의 기원과 역사성에 대한 논의는 훨씬 더 복잡해진다. 근대 초기, 조선 땅에 뿌리내린 새로운 사랑의 공식은 전통과 근대의 시간적 간극, 동양과 서양의 문화적 경계, 제국 일본과 식민지 조선의 정치·경제적 위계를 통과한 사회·역사적 산물이기 때문이다.[7]

남녀 간의 자발적 사랑과 혼인을 통해 그 사랑을 영속시키고자 한 인간의 갈망은『시경』과 같은 수천 년 전 자료에서도 확인되며, 유교의 규범이 개인의 열정을 통제했던 조선시대에도 소설을 통해 지속적으로 표출되었다. 그러나 이러한 보편적 욕망이 제도적으로 승인된 시기는 근대이며, 그 변화의 직접적인 계기는 서구적 근대에서 비롯되었음을 부정할 수 없다. 하지만, 사랑과 관련하여 문화의 심층에서 강력하게 작동했던 전통의 기제는 근대적 사랑의 조선적 형식을 형성하는 기반이 된다.

서구에서도 혼외 관계에서만 가능했던 열정적 사랑이 결혼제도와 결부된 시기, '평생 지속하는 애정'에 대한 믿음에 근거하여 사랑을 결혼의 필수요소로 공식화한 시기는 19세기 초였다. 근대 '낭만적 사랑'의 시기라고 불리는 18세기 말~19세기 유럽에서는 기존의 정략결혼 형태에서 벗어나 친족에 대한 전통적 의무와 과거의 결혼이 주는 이익을 포기하고, 부부간의 애정과 같은 관계에서 얻을 수 있는 이득을 선택하게 된다. 이처럼, 앙시앙 레짐Ancien Régime 성립 이후, 사회 개혁의 주도층으로 부상한 시민계급은 '한 사람의 상대를 향한 불멸의 정열'을 불태우는 '낭만적 사랑'의 주체가 되었다.[8]

사회학자 앤서니 기든스Anthony Giddens가 지적한바, 이 시기에 이르러 유럽에서도 성과 감정의 자유, 개인의 행복 추구, 내적 탐구 등과 자아 발견의 기나긴 여정이 로맨스와 결부되기 시작한다.[9] 낭만적 사랑은 자유연애결혼의 공식을 만들고 이후 근대적 일부일처제와 핵가족 체제를 형성하는 근간이 된다. 사랑과 결혼, 개인과 사회, 가족과 국가를 정교하게 연결하는 서구적 연애의 플롯은 19세기 말 일본에 유입되면서 전근대 유교적 가家의 개념을 재구성한 가족국가 이데올로기와 결합하고, 1910~20년대 식민지 조선에 상륙하여 문화 변동의 새로운 축을 형성하게 되었다.

제도적으로 자유연애결혼을 추진한다는 것은 대가족의 정점에서 가장家長이 자식들의 결혼에 절대적 권한을 발휘했던 전근대 가부장제의 부정을 의미했다.[10] 따라서 자유연애결혼의 주장은 반봉건의 기치를 내걸었던 20세기 초 동아시아의 근대화 물결에서 중요한 위치를 차지한다. 그렇다고 해서 근대 연애가 가부장제 자체에서 해방되어 독립적인 권역을 형성한 것은 아니었다. 자유연애결혼은 가족을 단위로 한 근대 국민국가 형성과 긴밀히 연계됨으로써 새롭게 구성되는 근대 가부장제의 주요한 임무를 떠맡게 되었다. 하지만, 전통적 결혼의 형식을 거부한, 남녀의 자발적인 사랑에 근거한 결혼의 공식적 승인은 새롭고 혁명적인 근대 기획의 하나 임이 틀림없었다.

순결한 몸, 신성한 사랑

새로운 형태의 국가에 대한 상상력과 결합한 근대적 사랑은 20세기 초, 식민지로 전락한 조선의 일상에서 문명의 한 형태로 유입된다. '순결 하고 신성한 연애'는 조선에서 서구적 근대를 모델로 한 문명개화론과 주권독립에 바탕을 둔 국민(민족)국가 설립 과정에서 새로운 사랑의 형식 으로 적극적인 지지를 받는다.[11] 남녀 간의 연애가 결혼에 이르기 위한 필 연적 요건으로 제시되고, 결혼을 통해 구성되는 가족은 민족의 번영을 위 해 기능하기에, 순결하고 신성한 연애의 확산은 공적인 의제로 수용된다.

조선에서 근대적 사랑의 개념이 본격적으로 대중에게 전파된 것은 개 화 지식인들이 계몽운동의 일환으로 저술한 소설을 통해서였다. 1900년 대 신소설에서 이미 신식 연애결혼을 주장하기 시작했지만, 1910년대 일 본의 가정소설[12]을 번안한 『쌍옥루雙玉樓』나 『장한몽長恨夢』 등은 본격 문 학이 연애를 화두로 삼기 이전에 대중매체를 통해 새로운 연애와 가정의 모형을 선보이게 된다. 특히, 위 작품들은 육욕을 부정하는 고상하고 신 성한 연애[13]가 조선의 현실에서 어떻게 번역되고 이식되는지를 보여준 다. 사랑에서 육체적인 열정을 분리해 저급한 것으로 간주하고, 정신적인 사랑에 상위의 가치를 부여하는 문명적 사랑이 대중 교화를 목적으로 하는 통속적 소설 장르를 통해 소개된 것이다.

기쿠치 유호(菊池幽芳, 1870~1947)가 쓴 일본 메이지시대 가정소설『나의 죄己が罪』를 원작으로 한 조중환(趙重桓, 1863~1944)의『쌍옥루』는『매일신보』에 1912년 7월 17일부터 1913년 2월 4일까지 총 151회에 걸쳐 연재되었으며 1913년 보급서관에서 단행본으로도 간행된 작품이다. 경성의 이름 있는 여학교 모범생이자 충남 공주 지방 명망가의 무남독녀였던 나이 17세의 이경자가 방탕한 남학생 서병삼을 만나

1920~30년대 딱지본 소설『쌍옥루』

겪게 되는 청춘의 격동기를 그린『쌍옥루』는 조선을 배경으로 그려진 최초의 연애 풍경을 담고 있다. 남녀유별, 내외법內外法의 전통을 무너뜨리고 젊은 남녀가 자유롭게 만날 기회를 제공했던 '학교'라는 공간에서 학생들은 근대 교육의 수혜자일 뿐 아니라 새로운 연애의 수혜자이기도 했다. 그렇다면, 조선 땅에 처음으로 소개된 연애는 어떠한 것이었을까?

사나이와 한 가지로 꽃을 구경하며 달을 완상하기를 상상하며 즐거움을 같이 하고 근심을 또한 서로 나눠 하기를 생각하여 금슬이 화합하여 단란한 가정의 대략한 재미를 맛보고자 하며 서로 떠나서는 듣는 듯한 정으로 서찰을 주고 받거니 하여 그리는 회포를 위로하기를 생각하며 이것을

생각하고 저것을 생각하여 장래까지 생각할 때는 바라는 마음이 점점 더 하고 즐거운 마음이 지극함에 이르는 것이다.

　『쌍옥루』에서 연애는 남녀가 부모의 중개 없이 자유롭게 만나 꽃과 달 구경을 하며 즐거움과 근심을 함께 하고, 시간이 지날수록 점차 금슬이 화합하여 단란한 가정의 재미를 계획하는 단계로 나아가는 것으로 요약된다. 이 모든 과정을 가능하게 하는 힘은 바로 "서로를 바라는 마음이 지극함에 이르는" 사랑의 감정이다. 이는 바로 외적인 강제 없이, 남녀의 자발적이고도 강력한 감정의 흐름이 만남을 지속시키고, 결혼을 성립시킨다는 자유연애결혼의 모형을 보여준다. 그런데, 위 작품에서 주인공 남녀는 비록 신지식층 학생의 옷으로 갈아입었지만, 표면적으로 볼 때 자연의 정취를 함께 즐기며 연정을 키우고 서로 애정이 깊어져 혼인을 꿈꾸었던 조선시대 재자가인의 사랑의 계보를 크게 벗어나지 않는 듯하다. 그렇다면, 어떠한 측면에서 새로운 사랑의 코드가 형성되었다고 말할 수 있을까?

　『쌍옥루』는 1910년대 일본을 통해 유입된 근대적 연애에서 섹슈얼리티가 작동하는 방식을 명료하게 드러낸다. 육욕을 저급한 것으로 인식한 고상하고 신성한 연애는 필연적으로 성적 통제를 바탕으로 하며, 육욕과 진정한 연애를 분별하는 힘을 요구한다. 남녀가 동등한 연애의 주체로 설정되었지만, 이전 시대부터 순결의 규범이 요구되었던 여성들에게 자유연애는 크나큰 모험이 된다. 『쌍옥루』에서 여학생 이경자는 정욕의 즐거움이 아닌 '고상하고 신성한 연애'를 꿈꾼다. 하지만, 현실에서 체험한 연애는 그녀를 육체적 타락과 정신적 훼손의 길로 이끈다. 불행하게도 그녀의 연애 상대인 서병삼은 '육욕 이외에는 연애라는 것은 없다고 주창하는 사람'이자, '사랑에 신성하며 고상한 취미가 있음을 모르고 남의 여자의 몸을 더럽혀 놓아, 그 심령에 영원히 씻지 못한 흔적을 남기는' 부랑자였던 것이다.[14] 결국, 이경자는 서병삼의 욕망의 희생물이 되어 그의 아이까지 낳게 되는데, 부친의 강권으로 인해 아이의 존재를 숨긴 채 다른 남자와 결혼하게 된다.

연애의 어두운 이면을 숨기고 결혼한 이경자는 자신을 돌아보면서 "육욕 이외의 정신적 연애"의 진정한 가치를 새롭게 깨닫고 여학생 시절에 동경했던 이상적인 가정을 꾸려나가려 한다. 하지만, 이미 훼손된 여성의 육체적 순결은 비극의 빌미가 된다. 결국, 그녀의 과거가 드러나면서 결혼생활은 파국에 이른다. 조선 전·중기 소설의 경우 열정적 사랑에 몸을 던진 양반 여성들은 정조 문제로 비난의 대상이 되지는 않는다. 조선후기에 이르러 유교 이념의 경직화는 사랑의 탈성애화 경향을 보이지만, 이때에도 섹슈얼리티가 서사의 문면으로 들어갈 뿐 성애 자체가 부정되지는 않는다. 하지만, 근대 초기에 등장한 연애는 성적 욕망과 구별되는 정신의 영역을 구축하면서 육체적 열정을 조율하는 양상을 보인다.

『쌍옥루』에서 근대 연애의 실험은 참담한 결과를 낳는다. 무엇보다도 위 작품에서 작가가 내세우는 육욕과 진정한 연애의 차이가 실제 연애에서 명확하게 분별되지 않는다. 위 작품은 이러한 연애의 위험이 실질적으로 여성들에게 얼마나 치명적인 결과를 가져올 수 있는지를 경고하고 있다. 여성의 무분별한 열정을 경계하는 『쌍옥루』의 연애 서사는 사랑의 신성함을 주장하면서 여성의 성을 관리하고 성애의 열정 자체를 조절하려는 근대의 성적 강박을 징후적으로 드러낸다. 또한, 신성하지 않은 연애는 이상적 가정의 형성을 가로막는 결정적 장애물임을 경고하고 있다.

일본에서 연극으로도 상연되어 신파新派 비극의 발판이 된 『쌍옥루』는 신성하고 고결한 연애의 중요성을 대중에게 설파하고자 했던 일본 메이지의 시대정신을 반영하고 있다. 성을 터부시하고 높은 정신성을 요구했던 '바른 연애'에서 서구의 영혼과 육체의 이원론, 일부일처의 정조 의무와 순결을 종교적 입장에서 강조했던 기독교적 도덕규범의 영향을 배제할 수 없다. 초기에 사적이고 개인주의적인 연애가 추구했던 인간 감정의 해방과 찬미는 메이지시대에 만연했던 봉건적 도덕과 습속, 새롭게 구축되던 일본적 가족 관념과 국민 도덕에 대한 저항의 속성을 내포하고 있었다. 하지만, 이러한 연애의 혁신성은 메이지 30년대에 이르러 국가주의 사상의 압력을 받게 된다. 일본 가정소설에서 재현되는 사랑의 형상은 개인의식과 국민의식, 서구 근대주의 사상과 복고적 반근대주의 사상이 서로 경합하면서 긴장을 유지했던 메이지시대에 상식적 도덕, 전통적 의식, 국가주의 사상과 협상했던 근대적 사랑의 통속적 플롯을 드러낸다.[15]

『쌍옥루』의 말미에서 작가는 "청춘 남녀의 연애라는 것은 극히 신성한 일"이지만, "의심스럽고 믿을 수 없는 것은 남녀 간의 사랑이라." 하고, 사랑을 '물 위에 뜬 부평초'에 비유하면서 연애의 위태로움을 경고한다. 이러한 사랑의 훈계 이면에는 육체와 정신의 이분법에 따라 열정을 재구성하고 젠더적 위계를 재기입했던 근대 연애 공식이 새롭게 구축되고 있었음을 간파할 수 있다.

사랑의 물질성, 연애의 배반

『쌍옥루』가 육욕을 부정하는 방식으로 연애의 신성성을 드러낸다면, 조중환의 또 다른 일본소설 번안작 『장한몽』은 사랑의 물질성을 비판함으로써 신성한 연애의 정신적 가치를 강조한다. 일본 메이지 중엽, 가정소설의 걸작으로 손꼽히는 오자키고요(尾崎紅葉, 1867~1903)의 『金色夜叉(곤지키야샤)』를 원작으로 한 『장한몽』은 일명 '이수일과 심순애' 이야기로 널리 알려진 작품이다. 『장한몽』은 식민지 시기

1920~30년대 딱지본 소설 『장한몽』

에서부터 오늘날에 이르기까지 소설, 연쇄극,[16] 신파극, 음반, 영화 등 다양한 장르 양식을 통해 지속적으로 변용되면서 폭넓은 사랑을 받고 있다. 『장한몽』은 무엇보다도 물질에 미혹되어 고상하고 신성한 연애를 배반하는 인간의 비루한 욕망과 사랑의 부박함을 폭로하여 대중의 마음을 사로잡았다.

『장한몽』에서 진정한 사랑을 가로막는 가장 큰 장애물은 물질적 욕망이다. 1910년대 일본에서 형성된 새로운 사랑과 가정 개념에는 물질보다는 정신을, 육체나 감성보다는 이성을 우위에 두는 근대의 이분법적 사유의 틀이 존재하고 있었다. 특히, '자본주의'라는 사회경제적 생산양식이 아시아 문화로 급속히 유입되는 과정에서 물질적 가치가 연애나 결혼과 같은 친밀성의 영역으로 깊숙이 침투하면서, 사랑은 정신을 고양하여

물질의 힘에 직접적으로 맞서야 하는 상황에 놓인다.

그런데 『쌍옥루』와 마찬가지로 『장한몽』에서도 신성한 연애를 훼손하고 배반하는 쪽은 여성이다. 여주인공 심순애가 김중배의 금강석 반지에 유혹되어 정혼자 이수일을 버리는 에피소드는 '약한 자여, 그대 이름은 여자이니라.'라는 식으로, 인간의 나약한 속성을 여성적인 것으로 환치하는 인식을 바탕으로 하고 있다. 서구의 문학을 포함한 다양한 문화 텍스트에서 근대의 도구적인 이성, 합리적이고 자율적인 주체는 남성으로 상정되는 반면, 여성은 감정적이고 비합리적이며 쾌락을 추구하는 리비도libido적 존재로 표상된 바 있다.[17] 이러한 근대의 성별적 표상 체계는 『장한몽』에서도 발견되는데, 사랑의 플롯에 '물질―타락―여성성/정신―순수―남성성'이라는 이항 대립이 개입되어 있다.

그런데 물질에 현혹되어 사랑을 배반하는 여성의 표상은 근대 연애와 젠더가 관련된 사회적 맥락에 대한 분석을 요구한다. 가부장적 역사에서 물적 토대와 사회적 권력의 결핍으로 인해 매매혼, 정략결혼의 수동적 대상이 되어왔던 여성은 근대에 이르러 새로운 선택의 위치에 서게 된다. 『장한몽』에서 주목해야 할 점은 신성하고 고결한 연애 공식에 은폐되어 있는 욕망의 조건들이다. 여성을 사랑의 주체로 소환한 근대 자유연애 서사에서 여성은 부모의 의사나 가문의 힘이 아닌 자신의 판단으로 연애의 상대를 골라야 하는 상황에 놓인다. 그런데 일시적인 열정으로 끝나는 사랑이 아니라, 필연적으로 결혼으로 이어져야 했던 근대 연애는 현실적인 고려를 동반한다. 물질은 불안정한 세속의 결혼생활을 영위하는 데 필수적인 요소이기 때문이다. 또한, 남자와의 연애가 미래 삶의 양식을 결정하기에 여성에게 사랑은 자신의 사회적 계급을 결정하는 매개변수가 된다. 그런데 『장한몽』에서 심순애는 생존의 차원을 넘어서 과도하게 물질을 탐하는 여성으로 형상화되고 있어 문제가 된다. 작품 초두에서 심순애가 처음 김중배를 만나 오백 원짜리(이만 오천 냥) 금강석 반지에 미혹되는 장면을 살펴보자.

작은 콩알만 한 진주 박은 반지를 하나 끼고자 하여 몇 해를 두고서 항상 벼르고 있건마는 오히려 용이히 얻지 못하고 욕심만 가득하던 연소한 처녀의 가슴이라. 이와 같은 보배를 보매 홀연 무슨 일을 생각했는지 가슴만 두근두근한다. 그 여자는 망연히 윷 놀기도 잊어버리고 거의 내 몸까지 잊어버려…….[18]

심순애가 몇 해를 두고 얻기를 염원해 왔던 '작은 콩알만 한 진주 박은 반지'는 정신을 혼미하게 할 정도로 그녀를 사로잡는다. 진주 반지에 대한 갈망의 정도를 기준으로 심순애를 비난하기에는 무리가 있다. 그런데 심순애의 마음속에 숨겨진 욕심은 김중배와 만나면서 과대 팽창된다. 욕망의 대상이 '콩알만 한 진주 반지'로부터 '금강석 반지'로 이동하면서 소박한 처녀 심순애는 사치와 허영의 죄인으로 전락한다.

좌중에 있는 여자 등은 모두 그 김중배의 사치한 의복과 서기 뻗치듯 하는 금강석 반지의 광채에 정신이 한결같이 그곳으로만 끌려 그 신사의 부요한 것과 그 신사의 사나이다운 동작과 그 신사의 연기는 아직 삼십은 넘지 못했으되 이미 해외에 유학하여 고등학문을 졸업하고 장래가 유망한 일개 청년신사로 금의환향함을 사람마다 모두 흠모하되 더욱이 이 좌중에 있는 여자 등의 무한한 숭배를 받는다.[19]

위 구절을 보면 심순애만이 아니라 좌중의 모든 여자가 김중배의 사치한 의복, 금강석 반지의 광채에 정신을 빼앗긴다. 이러한 묘사는 여성 전반을 물신숭배자로 일반화하는 성별적 시선을 드러낸다. 그런데 김중배는 금테안경, 프록코트, 금시계, 금강석 반지로 대표되는, 단순히 물질적 부富만 갖춘 무뢰한은 아니었음에 주목할 만하다. 작품에 묘사되는 그는 일찍이 일본에 유학하여 경응의숙 이재과를 졸업한 근대 학력 자본의 소유자였고, 그의 부친은 각처에 은행을 설립할 정도로 경성에서 유명한 재산가로서 김중배는 가문 내에 세습되는 경제적·문화적 자본의 배경이 있는 자였다. 그는 귀국 후에 배필을 구하는데 "재산을 보든지 또는 신랑의 재목으로 말하든지 조금도 흠절 잡을 데가 없는 고로 각처에서 통혼이 다투어" 들어온 인물로서 심순애를 포함한 모든 여성에게 흠모와 숭배의 대상이 된다.

'신사다움'과 '사나이다움'을 갖추고, 가문의 지위, 학력, 경제력까지 구비한 김중배는 겉으로 볼 때 결혼 시장에서 내세울 수 있는 최고의 신랑감이라 할 수 있다. 심순애로 하여금 김중배에게 첫눈에 마음을 빼앗기게 한 요소는 전근대 소설에서 제기되는 성애적 충동이나 지기로서의 교감이 아니라, 결혼을 통해 제공되는 물적·사회적 토대와 심리적 안정감이다. 친척집 윷놀이 모임에서 이루어지는 김중배와 심순애의 우연한 만남은 근대 시기 안락한 결혼을 보증하는 연애를 꿈꾸며 공적 공간으로 나온 여성의 불안정한 입지를 드러낸다. 이는 순수한 사랑의 주체가 되기를 요구받는 동시에 연애를 경유하여 재편되는 결혼 시장에서 기득권을 확보해야 했던 여성들의 이율배반적인 조건을 시사한다.

한편,『장한몽』에서 작가는 이수일의 목소리를 통해 물질을 부정하는 정신적이고 도덕적인 사랑의 극단을 제시한다. 이수일은 자신과 순애와의 사랑은 어떠한 세속적 유혹에도 흔들리지 않는, '진토 중에 싸인 백옥'과 같은 순결하고 흠 없는 사랑이라 믿는다.[20]

사람의 행복이란 결단코 돈으로는 사지 못하는 것이라. 사람의 팔자와 돈은 딴 물건이야. 다른 것이 아니라 부부가 서로 깊이 사랑하는 것이 제일인데 순애를 깊이 사랑하기는 김중배가 백이 오더라도 내 마음에 십분 일을 따라오지 못하리라. 부부간에 행복이라 하는 것은 전혀 애정에서 나오는 것인데 이 애정이 없으면 부부라고 말할 것이 있나.[21]

이수일은 사람의 행복이란 결코 돈으로 사지 못하는 것이며 부부간의 행복은 서로 깊이 사랑하는 것이 제일이라 굳게 믿는다. 하지만 이수일이 물적·사회적 결핍 상태에서 추구하는 사랑에 대한 믿음은 위태롭기만 하다. 김중배를 만나는 순간, 정혼자 이수일을 잊어버린 채 자신의 아름다움을 무기로 세상의 부귀를 얻고 싶은 욕망에 사로잡히는 심순애 앞에서 사랑의 진실을 외치는 이수일의 절규는 '신성하고 고결한' 연애가 감당하지 못하는 현실과의 괴리를 드러낸다. 사랑의 물질성은 부정될 수 없는 사랑의 일부였던 것이다.

　하지만, 『장한몽』에서 확인할 수 있듯이 남성이 사랑의 순수함을 담지하는 반면, 여성은 순수한 사랑의 배반자가 된다. 여기에는 순수의 권역을 지정하는 사랑의 정치학이 직동한다. 역사적으로 볼 때 물질적·사회적 권력을 장악한 남성은 지속적으로 사랑의 판타지를 생산해 왔으며, 여성은 그 이미지에 부응하도록 요구되어 왔다. 사랑의 재현에서 여성이 더는 순수의 담지자가 되지 못하는 현상은 여성이 자기욕망의 주체가 되었음을 의미하기도 한다. 『장한몽』은 근대 계몽의 공리적 가치로 봉합될 수 없는 자본의 위력 앞에서 무기력한 연애의 현실을 보여준다. 거기에는 남성의 판타지를 배반하는 심순애의 발칙한 욕망이 작동하고 있다. 다음은 식민지 시기에 유행했던 노래, 「장한몽가」의 일부이다.

　여자는 정조가 제일이고요/ 금전은 이 세상의 순환물이라.// 다이아몬드에 맘이 변하여/ 반기어 타지 마라 신식 자동차.// 연애에 실패한 이수일이는/ 달려우는 심순애를 떨쳐 버리고// 장한의 눈물을 뚝뚝 흘리며/ 돌아서니 막막한 물소리뿐이라.[22]

　대동강변 부벽루에서 울며 매달리는 심순애와 이를 뿌리치고 번뇌와 고통의 눈물을 흘리는 이수일의 표상은 남성 판타지의 실패, 나아가 근대 '신성한 연애'의 불가능성을 시사하고 있다. 『장한몽』은 신성한 연애가 표명된 시대에 역설적으로 연애가 얼마나 통속적인가를 증명하는 작품이라 할 수 있다. 당시 사회가 계몽적 언어로 신비화한 신성하고 고결한 연애 공식은 원천적으로 물질과 고투하고 결혼과 협상해야 했던 근대 연애의 운명을 안으로 숨기고 있었다. 근대 연애결혼에서 순수한 연애와 행복한 결혼은 원천적으로 서로 양립하기 어려운 것들의 조합을 내포하고 있다. 순수의 이념성과 행복을 구성하는 주관성, 연애와 결혼이 내포한 물질성의 결합은 서로 다른 범주의 가치들이 충돌하는 현장이기도 했다. 특히, 신성해야 하는 연애와 물질적일 수밖에 없는 결혼은 원천적으로 성공을 예측할 수 없는 모험적인 계약이었다고 할 수 있다.

『장한몽』의 원작인 『곤지키야샤』는 일본의 메이지 유신 이후 사민평등의 원리에 따라 가능해진 개인의 의지에 의한 자유결혼과 메이지 시대의 입신출세주의가 상호 작용하면서 오히려 연애를 부차적인 것으로 격하하는 타산적인 결혼의 세태를 풍자한 작품으로 논의되기도 한다.[23] 그런데 『곤지키야샤』 역시 원본이 아니라 버사 클레이(Bertha M. Clay, 1836~1884)라는 필명의 작가가 쓴 『여자보다 약한 자 *Weaker Than a Woman*』라는 미국 대중소설의 번안 작품이었다.[24] 연애의 물질성은 젠더의 문제만도 아니고, 조선이나 일본 등 동아시아의 고민도 아닌, 근대의 이슈였던 것이다.

『쌍옥루』와 『장한몽』에서 옹호하는 신성하고 고결한 연애의 정당성은 성적 방종과 물질적 욕망을 부정함으로써 담보되는 것이었다. 근대 초기 신성하고 고결한 연애의 실패는 물질적 욕망의 주체인 여성들의 책임으로 돌려지고, 여성들은 도덕적 심문의 대상이 된다. 1910년대 연애에서 성性과 물질성은 이후 1920년대 이광수의 소설 『재생』이나 염상섭의 『사랑과 죄』, 『너희는 무엇을 어덧느냐』, 『해바라기』, 『二心이심』과 같은 작품에 등장하는 신여성들의 문제로 집요하게 추궁된다. 1920~30년대 자유연애의 주인공이었던 신여성은 무분별한 연애로 인해 순결을 훼손하는 이경자이자 물질에 유혹되어 신성한 사랑을 배반하는 또 다른 심순애였다. 1920년대는 서구에서 더욱 급진적인 사랑의 담론들이 유입되고 여성의 목소리는 더욱 강화된 시기였다. 하지만, 1910년대 조선에 유포되었던 신성하고 고결한 연애 개념은 육욕과 물욕에 대한 거부반응과 젠더적 편견을 동반하면서 지식인과 대중문화 전반에 깊이 각인되어 있었다. 여성에게 도덕적 나약함, 물질욕, 성적 방종의 표지를 부여하는 표상의 방식에는 사랑의 순수성을 내세우면서 근대 열정의 부정성을 여성에게 투사하고 스스로 면죄부를 주려 했던 남성들의 자기기만이 작용했던 것은 아닐까.

1-2. 열정의 조율 : 이성애주의, 가족, 국가

조선의 젊은 베르테르, 이광수의 사랑에 대한 탐험

서구의 역사에서 '개인'에 대한 자각이 시작된 르네상스 이후, 사랑은 '자아를 향한 위대한 탐험 여행'이 되었다.[25] 18세기 말에 출간된 괴테의 『젊은 베르테르의 슬픔 *Die Leiden des jungen Werthers*』(1774)은 자의식으로 충일한 남성이 사랑의 열병을 겪으면서 자아를 개방하고, 사랑의 좌절로 인해 파괴되어 가는 과정을 매우 섬세하고도 극적인 방식으로 묘사했다. 약혼자가 있는 여성, 로테에 대한 베르테르의 사랑은 그녀가 결

혼한 이후에 오히려 더욱 증폭된다. '이
룰 수 없는 사랑'이라는 면에서 중세의 기
사도적인 사랑과 유사하지만, 『젊은 베르
테르의 슬픔』에서 사랑은 중세 계급사회
의 허구를 직시하는 근대 시민 남성의 나
르시시즘적 자아 형성과 연관된다. 베르
테르는 인간의 세속적 욕망의 허울을 벗
고 자신의 내면으로 돌아가서 거기서 하
나의 세계를 발견한다. 그에게는 '마음만

Alexander W. Goethe, 1840~1922

이 유일한 자랑거리이며, 오직 그것만이 모든 것의 원천, 즉 모든 힘과 행
복과 불행의 원인'이 된다. 개인의 발견은 행복의 원천이라 할 수 있는
자유의 감각을 토대로 하는데, 개별적 자아가 확보한 마음의 영역은 이
제 온전히 사랑으로 채워진다.

　자아 내면에 우주의 중심을 세우는 근대적 개인의 형상을 상징하는
베르테르에게 사랑은 자신의 근원을 뒤흔드는 치명적 사건이었다. 연인
로테를 향해 열어놓았던 사랑을 이루지 못한 베르테르는 "나는 아무래도
나 자신에게로 되돌아오지는 못할 것 같다."라고 고백하고 자살을 감행
한다. 베르테르가 정녕 견딜 수 없었던 것은 연인으로부터 회수되지 않는
마음, 자신의 내면에 자리 잡은 공허였다. "사랑이 없다면, 이 세계가 우
리 마음에 무엇을 뜻하겠는가! 그것은 마치 불빛 없는 마술 환등 같지 않
을까!"라고 탄식한 베르테르는 마술 환등과도 같은 사랑이 사라진 어둡
고 황량한 세계에 홀로 남겨진 자아와 대면하기를 끝내 거부했던 것이다.

『젊은 베르테르의 슬픔』은 중세 유럽의 봉건적 질서를 거부하고 새로운 감수성과 교양에 바탕을 둔 부르주아 시민계층과 사랑을 통해 내면을 발견하는 근대적 개인을 형상화한 작품이다. 그렇다면, 근대 초기 조선에서 사랑을 통해 자아와 세계를 새롭게 인식한 최초의 작가는 누구일까?

한국 근대문학의 길을 열었던 이광수의 초기 단편 작품들은 순수한 사랑의 열정을 탐험하는 불안정한 자아의 모습을 집중적으로 조명한다. 이광수의 최초 단편소설로 알려진 「愛か사랑인가」(『白金學報』9호, 1909. 12)라는 작품은 일본으로 유학 간 18세 소년(분키치)이 경험하는 첫사랑의 감정을 매우 섬세하고 포착하고 있다. 그런데 내면적인 자아의 발견으로 인도하는 최초의 사랑이 동성애 형태를 보인다는 점은 주목할 만하다.

李光洙, 1892~1950

올해 일월, 그는 어떤 운동회에서 한 소년을 보았다. 그때 그 소년의 얼굴에는 사랑의 빛이 넘치고 눈에는 천사의 웃음이 떠돌고 있었다. 그는 황홀해서 잠시 정신을 잃고 자기 마음에 타고 있는 불에 기름을 부었던 것이다. 그 소년이 바로 미사오이다. 그는 '이사람이야말로'라고 생각했다.[26]

위 작품에서 주인공 분키치는 '미사오'라는 소년을 보자마자 사랑에 빠지고, 이후 사랑의 양면성, 즉 환희와 고통의 극단을 교차하는 체험을

한다. 분키치의 내면은 미사오의 부재가 야기하는 괴로움과 그를 봄으로
써 비로소 차오르는 기쁨으로 온전히 점령당한다. 혈서까지 써서 미사오
에게 자신의 열정을 전달하고 집에까지 찾아가지만, 미사오가 더는 반응
을 보이지 않고 냉담하게 대하자, 절망한 분키치는 결국 철도 자살을 결
심하기에 이른다. 소년 간의 동성애 모티프는 이광수의 또 다른 초기 단
편 『윤광호』(1918)에서도 확인할 수 있다. 이 작품 역시 사랑에 대한 갈구
와 좌절을 다루고 있는데, 사랑의 실패는 주인공의 심중에 난 공동空洞, 즉
마음의 텅 빈 구멍으로 형상화된다. 이러한 동성애적 사랑의 경험을 통해
이들이 궁극적으로 마주하게 되는 것은 자아의 내면이었다.

　타인에 대한 열정이 자아의 탐색으로 이어지는 이광수의 초기 작품에
서 동성애 모티프는 어떤 특별한 의미를 담고 있을까? 위 작품들에서 주
인공의 성적 정체성은 동성애적이거나 양성애적인 것으로 포착되지만,
아직 성에 대한 근대적 규범에 포섭되기 이전의 양태를 보인다. 주인공이
이성애 또는 동성애 규범에 대한 자의식을 특별히 드러내지 않기 때문이
다. 오히려 위 작품들에서 사랑은 근대적 개인이 탄생하는 역사적 시점에
서 발견되는 자아의 주체할 수 없는 열정의 폭발과 연관된다. 세상에 홀
로 존재하는 듯한 적막함과 비애감을 떨치기 위해 윤광호는 소년과 소녀
들을 찾아 거리를 방황한다. 이때 자아의 빈자리를 채워줄 수만 있다면,
그 대상은 여학생이든 소년이든 누구든지 상관이 없다.

　전차 속에서 맞은편에 앉은 당홍 치마 입은 여학생들을 볼 때에나, 혹
십삼사 세 되는 혈색 좋고 얌전한 소년을 대할 때에는 자연히 심정이 도연

陶然히 취醉하는 듯하여 일종의 쾌미감을 깨달아 정신없이 그네의 얼굴과
몸과 의복을 본다.[27]

　주인공은 전차 안에서 만난 여학생이든 소년이든 성별에 상관없이 그
들에게서 심정이 취하는 듯한 일종의 '쾌미감'을 느낀다. 이광수의 초기
단편에서 사랑은 성적 지향성이나 육체적 열정보다는 타자와의 관계 또
는 사랑의 부재를 통해 자기 내면의 발견에 몰입하는 나르시시즘적 경향
을 강하게 띤다. 이때 성性은 '사랑'이라는 관념에 흡수되어버린다. 이러
한 새로운 자아의 감수성, 죽음으로 몰아가는 낭만적 열정, 정신적 사랑
과 결합한 동성애 모티프는 전에 볼 수 없었던 이질적 사랑의 형식이다.
　동성애를 소재로 하고 있는 이광수의 초기 단편들은 그가 유학했던
일본 메이지학원 시절(1905~1910) 문학 풍토에서 직접적인 영향을 받았다
고 볼 수 있다. 특히, 이광수의 최초 작품 「愛か」에서 소년 사이의 사랑은
메이지 말기부터 다이쇼 초기까지 일본문학에서 유행했던, 미소년에 대
한 동경을 그린 '소년애'나 제국중학교를 무대로 한 동성 간의 사랑과 유
사한 형태를 띤다. 이는 영육을 분리하고 정신적인 사랑을 추구하는 근
대적 사랑과 전근대 남색 문화를 원형으로 하는 동성 간의 사랑이 결합된
과도기적 형태의 사랑이라 볼 수 있다.[28] 동성애를 변태성욕으로 보았던
서구의 성과학이 본격적으로 유입되기 이전의 시기에 동성애는 메이지
일본의 신성하고 고결한 연애와 결합하면서 성이 배제된 순수한 정신적
사랑으로 발현한 것이다. 이러한 메이지시대 문예의 세례를 직접적으로
받았던 이광수는 플라토닉한 열정이 넘치는 나르시시즘적 동성애를 통

해 조선에서 근대적 연애의 첫 관문을 열었다.

　　이광수의 초기 단편에서 동성애는 '생명 있는 애정'으로서 사랑의 한 형식이자, 한 개인이 근대적 자아로서 자기 정체성에 눈뜨는 과정을 매개하는 역할을 한다. 그의 작품들은 육적인 사랑을 '품성이 비열하고 정이 추악한' 것이라 혐오하고, 정신적 만족을 귀히 여기는 '문명된 사랑'을 숭배한다. 그런 면에서 육욕이 배제된 정신적 사랑인 동성애도 그리 큰 문제가 되지 않았던 것이다. 그런데 동성애를 소재로 하고 있는 그의 또 다른 작품 「어린 벗에게」(1917)에서는 사랑의 체험이 개인의 발견을 넘어 집단적 자아에 대한 각성으로 확장된다.

　　내가 지금 사死를 생각하고 공포함은 무엇을 아낌이오리까. 나는 부귀도 없나이다. 명예도 없나이다. 내게 무슨 아까울 것이 있사오리까 — 오직 '사랑'을 아낌이로소이다. 내가 남을 사랑하는 데서 오는 쾌락과 남이 나를 사랑하여주는 데서 오는 쾌락을 아낌이로소이다. (……) 나는 저 형식적인 종교가 도덕가가 입버릇으로 말하는 그러한 애정을 일컬음이 아니라, 생명있는 애정 — 펄펄끓는 애정, 빳빳 마르고 슴슴한 애정 말고 자릿자릿하고 달디달디한 애정을 일컬음이니 가령 모자의 애정, 어린 형제자매의 애정, 순결한 청년 남녀의 상사相思하는 애정, 또는 그대와 나와 같은 상사적相思的 우정을 일컬음이로소이다. 건조 냉담한 세상에 천년을 살지 말고 이러한 애정 속에 일 일을 살기를 원하나이다.[29]

　　이 작품에서 주인공은 상해에서 병든 몸으로 사경을 헤매다가 우연히 자신을 간호해준 이웃의 소년에게 동성애적 감정을 느낀다. 그런데 이 감정은 '생명 있는 애정'의 하나로서 모자간의 애정, 형제자매의 애정, 청춘 남녀의 애정과 크게 다를 바 없다. 또한, 이광수는 위 작품에서 "나는 조선인이로소이다. 사랑이란 말은 듣고 맛은 못 본 조선인이로소이다. 조선에 어찌 남녀가 없사오리까마는 조선 남녀는 아직 사랑으로 만나본 일이 없나이다. (……) 조선인은 과연 사랑이라는 것을 모르는 국민이로소이다."라고 탄식한다. 조선에 사랑이 없음을 고민한 최초의 작가였던 이광수는 동성애를 통해 나에 대한 사랑, 부모자식 간의 사랑, 형제애, 이성 간의 사랑을 발견하고, 궁극적으로 조선인으로서의 사랑을 확인하기에 이른다. 이성애의 경계를 가로지르고 성애적 요소를 탈각시켰던 이광수의 사랑은 민족을 사랑의 주체로 설정하는 등 관념적 지향성을 강하게 드러낸다.

그런데 이광수가 초기 작품에서 실험한 동성애는 개체적·사회적 정체성의 자각 과정과 맞물리면서 차츰 이성애로 전이되고, 1910년대 후반에 이르러 근대 연애결혼의 모형을 선언하기에 이른다. 제어할 수 없는 열정의 분출로 시작되었던 이광수의 사랑의 모험은 자아의 내면으로 깊이 들어가기보다는 자아의 외부, 즉 사회로 방향을 돌린다. 「어린 벗에게」에서 "사랑 없는 혼인은 불가하거니와 사랑이 혼인의 방편은 아닌 것이로소이다."라고 하여 남녀 간의 애정을 기반으로 한 근대적 결혼의 필연성을 도출한 이광수는 개인의 열정을 민족, 사회, 국가 등 근대적 공동체 논리에 수렴시키는 작업을 본격적으로 수행한다. 이광수의 초기 소설들은 이성애주의의 탄생과 개인과 집단을 매개하는 근대적 연애의 공식을 완성해가는 공적 담론의 한 형식이었다고 할 수 있다.

욕망의 경제학 : 결혼하기 위해 연애하다

이광수는 1910년대 조선에서 자유연애와 결혼을 둘러싼 의식과 제도의 개혁에 가장 적극적으로 뛰어들었던 지식인 문사였다. 그는 「조혼의 악습」(1916), 「조선가정의 개혁」(1916), 「혼인론」(1917), 「혼인에 대한 관견」(1917) 등의 글에서 자유연애를 근대적인 가족과 국가의 형성과 정교하게 연계시키는 혁신적인 논리를 제시했다. 혼례를 유교적 예禮의 근본으로 보았던 전통 시대에 혼인은 전근대 가家를 잇는 종법宗法 질서의 기본 축이었다. 『예기禮記』의 「혼의昏義」 편에서 '혼례란 장차 두 성이 좋게 합하여 위로는 종묘를 섬기고 아래로는 후세를 잇는 것'으로 기술된다.[30] 이광수는 이러한 전근대 혼인에 대한 정의와 조혼, 중매혼, 대가족제 등의 혼인 관습을 대체하는 새로운 서사를 제기한다. 「혼인에 대한 관견」(『학지광』 12, 1917. 4)에서 이광수는 한말 계몽담론에서부터 소개된 문명개화론, 사회진화론, 우생학과 결합한 근대 국민국가론의 공리적 상상력을 바탕으로 새로운 결혼관을 피력한다.[31] 「혼인에 대한 관견」에서 이광수가 제시하는 혼인의 목적과 조건은 다음과 같다.

혼인의 목적	혼인의 조건
1. 생식과 행복을 구하는 것.	1. 건강
2. 생식의 이상은 "개체의 번영과 "종족의 번영"이며, 나아가 "일 민족이나 전 세계 인류의 발달"에 있다.	2. 선조와의 유전이 극히 유력한 정신력
	3. 생리상, 심리상 충분한 발육 (남자 25세/ 여자 20세 이상)
	4. 자녀의 교육과 일가경제를 담당한 경제적 능력
	5. 상호간의 연애

이광수는 남녀 양성의 결합이 "생물계에 최대한 필연적 약속'이며, 혼인의 원시적 목적은 '생식生殖'으로서 건전하고 재능이 많은 자녀를 가급적 많이 생산하고 완전하게 교육하여, 개체의 번영, 종족의 번영, 나아가 일 민족과 전 세계 인류의 발달에 기여하여야 한다."라고 역설한다. 자식을 낳아 기르는 재생산의 기능은 결혼의 목적으로서 근대 시기에도 변함없이 이어졌다. 하지만, 전근대 시기에 혼인이 가家의 틀 안에서 위로는 종묘를 받들고 아래로 후세를 잇는 것이었다면, 근대 시기 결혼의 목적은 '개체의 번영, 종족의 번영, 민족의 번영, 세계 인류의 번영'이라는 다면적인 차원으로 확대되고 그 기능은 분화된다.

또한, 이광수는 혼인의 구체적인 조건으로 건강, '선조와의 유전이 극히 유력한' 정신력, 충분한 발육, 자녀의 교육과 일가 경제를 담당한 경제적 능력, 그리고 연애를 들고 있다. 여기서 혼인을 위한 필수 조건 가운데 다섯 번째 항목으로 연애가 제시되고 있는 점은 전통적인 중매혼과 차별화되는 이광수의 근대적 결혼관을 특징짓는다. 특히, 이광수는 연애에 대해 "영靈과 육肉이 서로 포용하여, 포화飽和한 만족에 달한 후에 비로소 육으로까지 합하여 연애가 이에 완성되는 것이니, 이것이 즉 혼인이외다."라고 부연했다. 정신과 육체의 조화를 주장하고, 연애에서 성性을 어느 정도 인정하는 '영육일치靈肉一致'의 연애론은 1910년대에 조선에 유입된 '신성하고 고결한' 사랑의 개념에 연이어 등장한 사랑에 대한 새로운 발상이었다.

그런데 여기서 연애는 실질적으로 남녀 간의 애정을 우선시하기보다는 결혼을 위한 여타의 현실적 조건들이 충족된 이후에 고려되는 사항임에 주목할 만하다. 다시 말해 자발적 연애를 추동하는 남녀 간의 열정보다는 조상의 유전적 경향, 연령, 교육, 건강 등의 세부적 조건들이 더욱 중요하게 고려되고 있다는 것이다. 남자 25세, 여자 20세 이상이라는 결혼 적령기가 설정되고 '가장 교육 잘 받은, 가장 건전하게 발육한 청춘 남녀'의 연애가 '진화한 연애'라고 기술된다. 이광수의 연애결혼론은 연애의 항목을 결혼의 조건으로 내걸었지만, 실질적으로는 중매혼에서와 같이 연애 외적 요소들에 더 지배되는 경향을 보인다. 마치 결혼하기 위해 연애가 필요한 듯한 형국이다. 전통적인 중매혼이 부모의 의사에 의해 혼인의 계약이 성립된다면, 이광수의 연애결혼은 당사자들이 직접 조건에 맞는 상대자를 고른다는 점에서 차이를 보일 뿐이다.

연애를 '결혼'이라는 상위 목표에 종속시키는 이광수의 연애결혼론은 궁극적으로 부국강병의 취지에 입각한 근대 국민국가 기획의 일환으로 수렴된다. 그는 혼인의 최후 조건을 '국가의 민民이요, 사회의 원員'으로서, "국가의 명령과 사회의 약속을 준수할 의무"를 다하는 것으로 보았다. 이광수의 초기 단편에서 발현하는 연애의 열정은 근대 초기 조선 사회에서 전근대 '가家'로부터 개인을 끌어내는 계기를 마련했지만, 개인의 영역을 확장하기보다는 가족이나 국가와 같은 공적 자원의 집단적 공동체를 형성하는 매개가 된다.

1917년에 『매일신보』에 연재되었던 이광수의 장편 소설 『무정無情』은 그가 구상한 근대 연애결혼론을 소설의 형식으로 풀어놓은 것에 다름 아니다. 어릴 적 정혼녀였지만 기생이 된 영채와의 혼약을 깨고, '선형'이라는 신여성과의 연애를 통해 결혼에 이르는 이형식의 이야기는 신흥 부

『매일신보』 연재를 마치고 1년여 만인 1918년 7월 최남선의 머리말과 함께 1천 부가 인쇄되어 출간된 『무정』 초판 표지.

르주아 지식계급이 주도하는 근대적 연애결혼의 시나리오를 펼쳐놓는다. 『무정』에서 사랑의 주인공은 그의 글 「혼인에 대한 관견」에서 제시된 이상적 남녀, 즉 좋은 가문 출신으로 신교육을 받은 건강한 중산층 남녀로 설정된다. 여기서 흥미로운 점은 조선후기 소설에서 낭만적 사랑의 주인공으로 등장했던 기생이 이광수의 근대적 연애 공식에서 소거되었다는 사실이다. 소식이 끊겼던 정혼자 영채를 다시 만나게 된 형식은 영채에 대해 애틋한 감정을 품지만, 그녀가 기생 노릇을 하게 되었다는 것을 알게 되자, "저 계집이 이때까지 누군지 알 수 없는 남자에게 몸을 허하지 아니했는가. 지금 자기 신세타령을 하는 저 입으로 별별 더러운 놈의 입술을 빨고, 별별 더러운 놈의 마음을 호리는 말을 하지 않았는가."라며 영채를 의심한다. 이러한 영채와 비교할 때 신여성 선형은 순결을 보증하는 이상적 여성이다. "저 선형은 참 아름다운 처녀다. 얼굴도 아름답거니와 마음조차 아름다운 처녀다. 저 선형과 영채를 비교하면 실로 선녀와 매음녀의 차이가 아닐까."라는 구절은 기생이 '매음녀'로 전락하면서 근대적 사랑으로부터 배격되는 반면, 육체와 정신이 모두 아름다운 순결한 신여성이 사랑의 히로인으로 부상하는 현실을 반영한다.

그런데 『무정』은 사랑에 정신적 가치를 부여하여 개념화하는 과정에서 본능적 욕구를 이성의 논리 속에 재가공하는 모습을 보인다. 작품 속에서 형식이 영육일치의 근대적 연애를 실현하기 위해 육체적 열정을 지속적으로 조절하는 장면은 흥미롭다.

> 형식은 처녀를 대할 때에 누이라고밖에 더 생각할 줄을 모르는 사람이다. 그러면서도 알 수 없는 것은, 가슴속에 이상한 불길이 일어남이니, 이는 청년 남녀가 가까이 접할 때에 마치 음전과 양전이 가까워지기가 무섭게 서로 감응하여 불꽃을 날리는 것과 같이 면치 못할 일이며, 하늘이 만물을 내실 때에 정한 일이라, 다만 사회의 질서를 유지하기 위하여 도덕과 수양의 힘으로 제어할 뿐이다.[32]

형식은 처녀를 누이로 '생각'하려 하지만, 자기 생각의 틀을 뚫고 분출하는 가슴속 열정의 불길에 대해 고백한다. 형식은 이와 같은 이성에 대한 인간 본연의 반응과 육체적 충동을 '사회의 질서를 유지하기 위하여 도덕과 수양의 힘으로 제어할 뿐'이라고 다짐한다. "외모만 사랑하는 사랑은 동물의 사랑이요, 정신만 사랑하는 사랑은 귀신의 사랑이다. 육체와 정신이 한데 합한 사랑이라야 마치 우주와 같이 넓고, 바다와 같이 깊고, 봄날과 같이 조화가 무궁한 사랑"이라는 사랑에 대한 정의는 육체와 정신의 조화를 추구하는 듯하다. 하지만, 그 이면에는 정신을 사랑의 축으로 삼기 위해 끊임없이 육욕을 누르고 부정하는 성적 강박이 관통하고 있다.

이렇듯 근대적 연애는 성性과의 고투를 통해서 형성되었다. 그런데

『무정』 곳곳에는 관념 또는 신념에 의해 온전히 통제되지 않는 욕망의 파편들이 있음을 확인할 수 있다. 형식에게서 버림받고 나서 사라져버린 영채를 찾아 평양에 온 형식은 우연히 기생집에 들렀을 때, 어린 기생을 마주보고 '마치 몸에 전류를 통할 때와 같이 전신이 자릿자릿한', '미묘한 쾌미', '사람의 정신을 황홀하게 하고, 그 살에서는 알 수 없는 미묘한 분자가 뛰어나와 사람의 근육을 자릿자릿하게 하는 것'을 느낀다. 하지만, 형식은 이처럼 이성을 통해 향유하는 에로틱한 쾌감을 남녀 간의 '영적인 융합' 또는 '하늘이 인간에게 주신 거룩한 즐거움'으로 어설프게 대체해버린다. '문명하지 못한 사랑'은 '육욕'을 의미하는 반면, 문명한 사랑은 '정신적인 사랑'이라고 보는 이분법적 틀 속에서 형식은 자신의 육체에서 느껴지는 충동을 남녀 간의 '정신적인 교감'이라고 무리하게 정당화한다.

나아가 이광수는 '육체와 정신이 한데 합한 사랑'으로서 춘향과 이도령의 사랑을 모든 인간이 원하는 보편적인 사랑이라 역설하고, "조선의 흉악한 혼인제도는 수백 년 이래 사랑의 가슴속에 하늘에서 받아가지고 온 사랑의 씨를 다 말려 죽이고 말았다."라고 비판한다. 이러한 발언은 근대적 연애가 무엇보다 남녀 간의 영육일치의 사랑을 중심으로 구성되어야 한다는 전제를 강조하는 대목이다. 이광수는 기생으로 전락한 영채를 구시대의 담지자로서 연애결혼의 대상에서 제외했지만, 근대 영육일치 사랑의 모델로서 조선시대 기생 춘향과 이도령의 사랑을 소환한다. 여기서 이광수는 전통의 배격을 통해 혁신적인 근대 연애결혼의 서사를 구상하면서 한편으로 전근대 신분제의 산물인 기생과 양반 사이의 사랑을 근대 연애의 준거準據로 끌어오는 사유의 균열을 드러낸다.

이광수가 구성한 근대 연애는 '보편적 사랑'이라는 이름을 내걸었지만, 실질적으로 중산층의 계급적 욕망이 농후하게 드러난다. 『무정』에서 형식과 선형을 맺어주는 근대적 사랑은 미국에서 신학문을 배우고 돌아온 후, 만인의 부러움과 치하를 받으며 '깨끗한 (벽돌 이층) 집에 피아노 놓고 바이올린 걸고' 사는, 부르주아 중산층의 '스윗홈'을 향한 것이었다. 그런데 계층적 상승 욕망이 내포된 근대적 연애가 보편적인 사랑의 형식으로 인정받으려면 진정한 사랑의 여부가 검증되어야 했다. 『무정』에서 형식은 선형과 자신이 과연 서로 사랑하는지를 진지하게 생각해본다.

형식은 또 자기의 처지를 생각한다. 선형은 과연 자기를 사랑하여 주는가. 자기는 선형에게 부분적이 아니요 전인격적인 사랑을 받는가. 아무리 좋게 생각하려 하여도 선형이 자기에 대한 태도는 냉담한 것 같다. 이 약혼은 과연 사랑을 기초로 한 것일까.[33]

"대체 자기는 누구를 사랑하는가. 선형인가, 영채인가. 영채를 대하면 영채를 사랑하는 것 같고, 선형을 대하면 선형을 사랑하는 것 같다."라며 형식은 자기 사랑의 실체, 또는 사랑의 진정성에 대해 질문을 던진다. 하지만, 사랑에 대한 형식의 불안과 회의는 끝내 진정한 사랑을 확증하지 못한다. 성적 통제와 현실적 동기, 관념적 지향성 등은 사랑을 더욱 불가해한 것으로 만들어버리기 때문이다. 사랑이 야기하는 혼란, 인위적으로 조절되는 열정과 사랑의 관념성 등의 문제는 서사에서 더 이상 진척되지 않는다. 오히려 이러한 형식을 통해 드러나는 이념과 욕망 사이의 모순은 '민족애'라는 기호에 봉합되어버린다. 작품의 말미에서 형식은 자신과 선형의 관계를 연인 관계 또는 부부관계로 정의하지 않고, '생활의 표준도 서지 못하고 민족의 이상도 서지 못한, 세상에 인도하는 자도 없이 내어던짐이 된 오라비와 누이' 관계로 설정함으로써 남녀 간의 사랑을 부차적인 것으로 만들어버린다. 『무정』은 연애결혼에서 오히려 연애의 결핍을 보여주는 텍스트라 할 수 있다.

이광수의 『무정』은 근대 자유연애결혼의 시대를 선포하면서 새로운 이념적 기제에서 욕망이 재구성되는 과정을 생생하게 담아낸다. 하지만, 근대적 사랑에 대한 진지한 탐문들은 민족주의 계몽 담론 속으로 섞여 들어가 자취를 감춘다. 『무정』은 결혼하기 위해 연애를 필수적인 것으로 끌어왔지만, 실질적으로 연애의 부재를 드러내는 근대 초기 연애결혼의 진풍경을 담고 있다. 20세기 초, 식민지 조선에 유입된 연애는 애초부터 개인의 입지가 미약했던 동아시아 근대 가족국가 이념의 틀 안에서 그 형체를 파악하기 어려운 허약한 열정이었다고 볼 수 있다.

2. 조선에 들어온 근대 연애의 플롯들

2-1. 영육일치의 연애 : 엘렌 케이의 『연애와 결혼』

엘렌 케이의 다면적 얼굴

1920년대 초반에 이르러 조선에서는 연애에 대한 새로운 정의와 세부 지침들을 제공하는 급진적인 연애론들이 본격적으로 도입된다. 그 대표적인 예는 일본을 경유하여 동아시아 전역에 큰 영향을 미쳤던 스웨덴의 여성운동가 엘렌 케이의 연애론이었다. 1910년대 후반에 발표된 이광수의 글들에서 이미 그 영향의 흔적을 찾을 수 있는 엘렌 케이는 1920년대 초반에 시인 노자영의 『여성운동의 일인자 – 엘렌 케이 女性運動의 第一人者 –Ellen Key–(엘렌 케이)』(『개벽』1921. 2~3)[34]라는 글을 통해 소개되었다. 노자영이 소개하는 엘렌 케이 연애론에서 가장 주목되는 바는 이광수가 「혼인에 대한 관견」에서 거론한 바 있는 영육일치의 연애론이었다. "세상에서 흔히 '플라토닉'의 연애 – 곧 감각

盧子泳, 1898~1940

Ellen Key(1849~1926)
스웨덴 출신의 여성운동가·사상가.『아동의 세기』(1909),
『연애와 결혼』(1911),『모성의 실현』(1914),『전쟁, 평
화, 그리고 미래』(1916) 등의 저서가 있다.

을 억압한 연애로써 고상한 연애라고 하나 그것은 대단한 오해이다. 참 의미로의 연애는 어디까지든지 영육일치의 연애가 아니면 아니다."[35] 라는 노자영의 발언은 엘렌 케이의 영육일치의 연애론이 메이지 일본의 고상한 연애 관념을 넘어서 1920년대 조선의 지배적인 연애관으로 대체되었던 정황을 시사한다.

엘렌 케이의 영육일치의 연애는 남녀 간의 사랑에서 육체와 영혼의 요소를 분리하여 인식하는 근대적 사유 체계에서 출발한다. 이는 "성욕이 없이도 연애는 발생한다." 또는 "성욕이 없이는 연애도 없다."라는 식의 이분법적 논란을 양산하게 되는데, 엘렌 케이는 이 두 요소가 결합함으로써 더욱 완성된 형태의 사랑이 이루어진다는 진화론적 사고를 보여준다. 한편, 엘렌 케이의 연애론은 연애가 개인의 행복과 사회의 종족 개선을 동시에 추구하고, 남녀 간 양성평등과 개인의 자아 실현을 동시에 보장한다는 이상주의적 지향성을 바탕으로 한다.[36] 그 결과, 연애로 유지되지 않는 결혼생활은 존립할 가치가 없으며, 매춘이나 간통과 같은 일부일처제의 허구를 양산하기보다는 차라리 자유 이혼이 낫다는 급진적 의식을 확산한다.[37] 더 나아가 엘렌 케이는 여성이 남성보다 우월할 수 있는 근거로서 모성母性을 강조하고,[38] 위생학, 심리학 등의 교육을 통한 모성

의 강화를 주장한 페미니스트였던 동시에 모성을 인종개량학과 연결했던 우생학적 진화론[39]의 주창자이기도 했다.

이렇게 노자영의 글을 통해 소개된 엘렌 케이는 영육일치의 연애론자, 연애를 통해 자아실현과 양성평등을 실천하는 사회운동가, 모성주의적 페미니스트, 우생학적 사회개량가 등의 다양한 면모를 보인다. 따라서 엘렌 케이의 연애론은 어떤 부분에 주목하느냐에 따라 다르게 해석될 여지가 있었다. 실제로 1920년대 식민지 조선에서 엘렌 케이의 연애론은 수용층의 계급(계층), 성별, 성향, 사회적 맥락에 따라 다른 함의를 가지며 전개되었다. 가령, 1910년대 중·후반에 이미 엘렌 케이의 영향을 직접적으로 받았던 것으로 추정되는 이광수는 엘렌 케이가 주장한 영육일치의 연애론을 수용하면서 연애결혼의 사회적 기능, 즉 종족 개선과 민족 번영의 의무에 더욱 주목했다. 개인과 사회의 가치가 조화를 이루어야 한다는 점, 연애를 혼인의 근본 조건으로 설정한다는 점, 유교육계급有敎育階級·중류 이상 계급을 표준으로 하는 점, 혼인을 더 나은 자손 생산과 종족·민족 번영의 계기로 삼아야 한다는 시각 등을 제시하는 이광수의 혼인론은 서구 부르주아 연애결혼의 모형을 정립한 엘렌 케이의 주장과 긴밀하게 맞닿아 있었다.

하지만, 엘렌 케이가 연애결혼의 공리적 가치를 젠더 의식, 즉 모성을 기반으로 하는 여성주의의 실현과 연계시켰다면, 이광수는 영육일치의 연애론을 부르주아 계급과 민족국가 구성의 전단계로 설정했다는 점에서 이들이 바라보는 방향은 달랐다. 엘렌 케이와 이광수는 젠더적 시선의 개입에 따라 연애론이 수용되는 방식의 차이를 선명하게 드러낸다. 엘렌 케이의 연애론은 여성의 삶을 고통에 빠뜨린 결혼의 역사로부터 여성을 해방하고자 했던 페미니즘적 기획 안에서 온전한 의미를 지닌다. 그녀의 저서, 『연애와 결혼 Love and Marriage』은 근대 연애의 새로운 지형이 근대적 여성해방론 안에서 구상되고 발현되었음을 보여주는 역사적 자료라 할 수 있다.

우월하고 타당한 연애결혼

엘렌 케이의 연애결혼론은 근대 일부 일처제를 지지하는 풍부한 이론적 근거들을 제공했다. 『연애와 결혼』에서 엘렌 케이는 유럽의 역사에서 사랑과 결혼에 대한 인식론적 변화를 추적하고, 이를 통해 일부일처제의 정당성을 도출했다. 전근대 시기에 기독교의 이념적 틀 안에서 유지되었던 일부일처제는 일차적으로 결혼의 불변성, 관능의 억압을 용인한다는 조건하에서 유지되었다. 교회는 신의 사랑을 방해하는 어떠한 속세의 사랑도 용납하지 않았으며, 인간이 사랑 없이 결혼으로 진입하게 하는 상위의 권력으로 작동했던 것이다. 하지만, 20세기 초 유럽에서 개혁가들은 남녀 간의 사랑을 중요시하지 않았던 기존의 결혼제도에 불만을 느끼고 사랑과 결혼에 대한 새로운 시선의 변화를 모

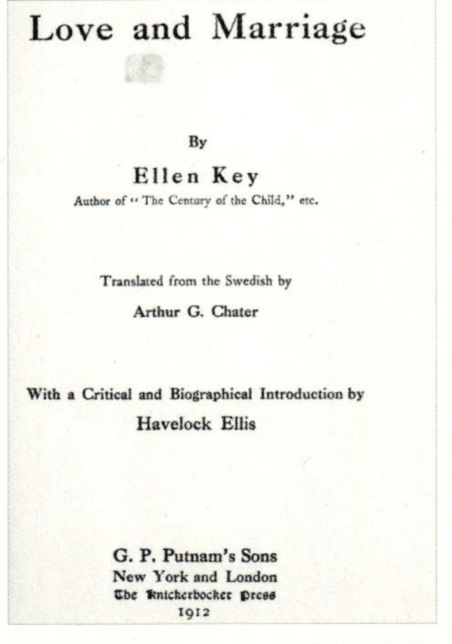

엘렌 케이, *Love and Marriage*(1912년 판)

색한다. 즉, 결혼이 도덕성을 담보하려면 교회가 아니라 남녀 간의 사랑에서 비롯되어야 한다는 새로운 주장이 제기되었던 것이다. 사랑 없는 결혼으로부터 불행한 사람을 해방하려면 교회를 대체하여 개인적 사랑이 주도하는 새로운 가정, 새로운 결혼의 도덕적 근거가 확보되어야 한다는 견해가 대두한 것이다. 엘렌 케이를 포함한 근대 사상가들이 주창한 근대적 일부일처제는 남녀 간 성적 관계의 도덕성을 보장하는 유일한 기준이자, 개인적 사랑의 유일한 합법적 형태로 간주되기 시작한다. 결혼제도를 구성하는 본질적 요소로서 성과 사랑의 문제가 도입되는 과정에서 과거의 허울 좋은 일부일처제가 아닌, '진짜 일부일처제' 즉 평생 한 남자와 한 여자가 만나 사랑하고 살아가는 것이 실체화한 것이다.

엘렌 케이는 과거에 기독교가 개인과 사회(종족)의 욕구를 결합하지 못했던 것은 인간의 성생활에 대한 불신에 원인이 있다고 보았다. 그 결과, 그녀는 종족 보존의 기능을 수행하는 결혼과 사랑에 대한 개인적 욕망을 결합하는 정교한 논리를 제시하고, 결혼에 사랑이 매몰되지 않도록 사랑의 가치를 지속적으로 영위하는 길을 모색했다. 엘렌 케이가 말하는 사랑의 실체는 '영혼 가득한 관능성', '관능적인 영혼성'에 있는 것으로서 금욕주의나 정신주의에 갇힐 수 없으며, 감각으로 더욱 자유로워지는 것을 의미했다. 사랑은 정신적 감응과 종족의 생명이 종합된 것으로서 인간을 강화하고 아름답게 하는 생생한 힘으로 간주되고, 사랑을 바탕으로 하는 연애결혼은 인류 역사상 가장 진화된 이상적 결혼 형식이 된다. 한편, 사랑 없는 강압적 결혼과 매춘은 가장 저급한 성적 소외로 강등된다.

그런데 엘렌 케이가 "일부일처제는 인간의 생명성vitality을 유지하고 국가의 문화에도 필수불가결한 인간의 성적 삶의 형태"라고 주장하는 배경에는 근본적으로 여성의 관점에서 여성들의 삶의 질과 사회적 지위를 상승시키겠다는 목표가 있었다.[40] 엘렌 케이는 20세기 초 유럽에서 문화사적 산물이었던 근대적 일부일처제가 다음과 같은 이유들로 인해 과거의 경험들로부터 승리했다는 긍정적 전망을 내놓았다. 즉, 일부일처제는 여성과 남성의 투쟁을 최소화했고, 힘을 다른 목적에 사용할 수 있도록 경제적으로 조절하게 했다는 것이다. 그것은 결과적으로 자손을 위한 인센티브를 제공했고, 남녀의 성적 관계에서 겸손함과 부드러움을 발전시켰으며, 여성의 지위를 상승시키고 아이의 양육 행위에 여성의 중요성을 부여하게 되었다고 보았다. 한편, 일부일처제는 가정생활을 통해서 부부 간의 자제와 협동을 촉진하고, 배우자에 대한 필요성은 상호 친절을 불러오며, 남편의 권위는 책임감의 감각과 부양의 기쁨에 의해 정당성을 부여받고, 부인의 의존성은 희생과 정절 덕분에 고상한 것으로서 보호받게 된다고 보았다.

개인과 종족에 대한 생생한 질문들을 제기한 엘렌 케이는 궁극적으로 사랑을 통해 인간 삶의 진보를 꿈꾼 사회진화론자였다. 연애는 본능instinct에서 열정passion으로, 열정에서 사랑love에 이르는 성숙과 발전의 도정에 있는 것으로 상정되었다. 엘렌 케이의 연애론은 인간 내부의 이질적이고도 결핍된 욕망의 조각들을 끌어내어 새로운 윤리적 언어로 조합했다는 점에서 근대 계몽사상의 일부로 범주화될 수 있다. 또한, 발전을 향해 나아가는 인간의 위대한 능력을 믿었다는 점에서 그녀는 너무나 이상주의적이고 낙관적이었다고 평가되기도 한다.

사적 영역에 속했던 에로스와 여성을 제도나 국가와 같은 공식적 영역으로 이끌어낸 엘렌 케이는 남녀의 상호적 사랑을 통해 개인과 종족의 행복을 동시에 추구하고, 결혼을 통해 남성과 여성의 완전한 합일을 꿈꾸었다. 엘렌 케이의 연애론은 우월하면서도 타당한 근대 연애결혼의 신화를 구축한 실질적 기반이라 할 수 있다. 하지만, 엘렌 케이는 연애에 대한 이상화, 결혼의 신성화가 가속화할수록 기대치를 위반하는 불행한 결혼이 더욱 양산되는 아이러니를 예측하지 못했다.

에로틱한 열정과 근대 여성

『연애와 결혼』에서 엘렌 케이는 에로틱한 열정과 여성의 상관관계를 정립하고 있어 주목된다. 엘렌 케이는 개인주의가 부상한 이래 인류 역사상 거대한 정신적 개혁이 이루어지는 시대에 새로운 사랑은 자신의 에로틱한 열정이 지니는 위대함을 알지 못했던 여성으로부터 시작된다고 공표했다. 가족제도 안에서 성性이 통제되었던 여성이 사랑을 통해 육체와 정신의 합일된 감각을 체험하는 주체로 부상하게 된 것이다. 엘렌 케이는 여성이 남성보다 '아마도 일찍', 그리고 '더욱 의식적으로' 사랑에 대한 생각(관념)과 합일unity의 욕망을 꿈꾸어 왔다고 보았다. 이는 사랑에 대해 여성이 남성보다 훨씬 더 복합적인 가치를 부여했음을 의미한다. 가령, 엘렌 케이는 근대 여성들이 에로틱한 영역에서 단순히 '남자'를 통해 성욕을 충족하는 차원이 아니라 '예술가'에 의해 사랑받고 싶어 한다고 기술했다. 여성에게 에로스를 통해 예술가의 기쁨을 느끼게 하는 남자만이,

즉 신중함과 정교한 접촉으로 그녀의 몸과 영혼에 기쁨을 주는 남자만이 근대 여성에게서 사랑받을 자격이 있다는 것이다.

하지만, 엘렌 케이에 따르면 여성들은 남성과 여성이 추구하는 에로틱한 열정의 차이로 인해 곤경에 빠진다. 여성에게서 사랑은 남성과는 전적으로 다른 방식으로 이루어진다. 남성은 에로틱한 감정에 순간적으로 강하게 빠져들지만 동시에 에로스로부터 자신을 급속히 해방하는 반면, 여성은 사랑에 더욱 완전하게 점령당하고 사랑에 의해 자신의 전 존재가 결정되어버린다는 것이다. 또한, 남성은 여성에 비해 원천적으로 일부다처제적이며 에로틱한 욕구와 자신의 존재를 분리하는 반면, 여성은 남성에게 부족한 합일, 완전성, 균형의 감각을 사랑 속에서 보유한다고 보았다. 여기서 '합일'이란 감각과 영혼의 합일, 욕망과 의무의 합일, 자기 확신(주장)과 자기희생의 합일, 개인과 종족, 현재 순간과 미래의 합일 등 다양한 차원을 포함한다.

엘렌 케이는 젠더에 따라 열정이 발현하는 양식의 차이에 천착한 이론가였다. 여성은 남성과 달리 사랑 없이는 성적 욕구에 복종할 수 없으며, 여성에게 사랑은 지속적인 온기, 결코 꺼지지 않는 열정으로서 때로 고통의 원인이 되기도 한다고 보았다. 일시적으로 격렬하고 국부적으로 발현하는 남성의 열정과 비교할 때 머리에서 발끝까지 이어지는 여성의 위대한 감각은 에로틱한 열정을 지속하게 하고, 이는 이후에 모성으로 전이된다. 여기서 모성의 느낌은 감각적인 것의 극치이자 영혼이 충만한 정서를 말한다. 이때 감각성은 일부일처제의 이데올로기에 의해 통제되는 것이 아니라, 육체적 감각과 정신의 합일이 주는 기쁨을 원하는 여성의 내면에서 실현된다고 했다.

한편, 엘렌 케이는 성적 교섭이 일찍부터 허용된 나라는 도덕이 느슨하고, 도덕이 느슨한 곳에서는 사랑의 감정이 덜 중요하다고 보았다. 이는 사랑의 행위에 윤리와 일정한 통제가 필요함을 시사하는 대목이다. 관능성의 통제가 사랑의 더 깊은 느낌을 발전시킨다고 본 엘렌 케이는 결혼으로 이어질 수 있는 사랑이 종족 진보의 조건으로서 안전한 출산이 가능한 성숙된 나이까지 절제되어야 한다고 보았다. 이러한 시각은 '자유로운 사랑free love'을 옹호하는 것이 아니라, '사랑의 자유freedom of love'를 추구해야 한다는 엘렌 케이의 주장과 연계된다. 전자는 어떤 종류의 사랑을 하는 자유 자체를 만끽하는 것이라면, 후자는 사랑의 이름에 걸맞은 느낌을 체험하는 자유, 더욱 '타당한' 사랑을 선택할 자유를 뜻한다. 여기서 '타당함'은 엘렌 케이가 제시하는 연애의 윤리적 지표라 할 수 있다. 개인주의의 확산 속에서 개인적 특성들은 사랑에 더 많은 영감을 주어 왔고 사랑은 개인적 특성들을 더욱 발전시켜 왔지만, 엘렌 케이가 말하는 사랑은 궁극적으로 개인적 욕망의 차원에 머물지 않고, 사회에 공헌할 수 있는 모성을 제공하는 결혼으로 이어져야만 그 '타당함'을 확보할 수 있음을 말한다.

엘렌 케이는 여성들이 오랜 세월 결혼생활의 결핍을 자기만족적 위로로 견뎌왔지만, 근대적 사랑의 개념은 여성으로 하여금 기만적 삶을 거부하게 했다고 보았다. 사랑에 대한 과도한 낙관은 엘렌 케이 연애론의 관념론적 함정이 되기도 하지만, 남성 판타지의 대상으로 머물렀던 여성들이 스스로 에로스와 사랑의 주체가 되는 그녀의 연애 서사는 1920년대 이후 조선에서 여성의 욕망을 탐색하는 데 중요한 이정표가 되었다.

우생학, 모성, 페미니즘

엘렌 케이는 연애를 여성과 관련된 문제의 핵심으로 제기한 최초의
페미니스트 사상가였다고 할 수 있다. 『연애와 결
혼』의 서문을 썼던 유명한 성심리학자 하브록 엘리
스는 여성 참정권과 여성 교육을 주창했던 19세기
여성해방의 흐름이 인간으로서의 여성의 권리를 요
구한 것이라면, 엘렌 케이는 '인간으로서의 여성'에
서 한 걸음 더 나아가 '여성으로서의 여성의 본질적

Havelock Ellis, 1859~1939

권리를 선언한 인물'이라고 소개한다. 엘렌 케이는 '남성처럼 되고 싶은
권리'가 아니라 남성과는 다른 여성만의 권리로서 연애와 모성에 주목했
던 것이다. 나아가, 하브록 엘리스는 사람들이 양립 불가능하다고 보는
개인과 사회가 공존할 수 있는 지점을 상상한 엘렌 케이의 중층적 사유
능력에 주목했다. 그런데 문제가 되는 것은 연애/모성을 매개로 우생학
과 페미니즘의 양립 가능성을 제시한 점이다.

엘렌 케이의 연애론이 표방한 우생학적 진화론과 모성주의는 19세기
유럽 근대국가 성립과 그것의 기초가 되는 일부일처 가족제도 형성의 사
상적 토대였다. 여성의 몸을 통해 우량한 인종을 생산하는 것이 근대국가
의 국력을 지탱하는 근간이라고 본 국가주의 관점에서 우생학과 일부 페
미니스트들은 상호 결탁하고 있었다.[41] 모성을 여성 개인의 권리이자 종
족의 권리로 파악했던 엘렌 케이 역시 모성과 우생학적 진화론을 연계시
켰다. 하지만, 근대 여성들이 가지는 모성의 권리만큼이나 모성의 면제
또한 사회적으로 배려되어야 한다고 본 엘렌 케이는 우생학적 모성을 국

가 담론으로 수렴시키지 않고 여성주의적 존재방식 안에서 모색하고자 했다. 하지만, 연애와 마찬가지로 우생학적 모성은 근대국가 담론에 의해 적극적으로 활용될 수 있는 요소였다.

1920년대 후반 조선에서도 근대 우생학적 사고는 결혼관에 깊이 연루되고 있었는데, 이는 연애를 배격하거나 부정하는 양상을 동반했다. 유럽의 유전학자 프란시스 골턴의 우생학을 소개하는 최두선崔斗先의 「좋은 결혼과 나쁜 결혼―어떤 남녀와 결혼해야 할 것인가?」(『별건곤』 1928. 2. 1)라는 글은 '보다 나은 사람의 민족적 번식' 을 위해 우생학적 견지에서 배우자를 선택해야 하

Francis Golton, 1822~1911

며, 이를 위해 무모한 연애가 불러오는 위험성을 제시한다. "사랑은 맹목盲目이다. 길가에서 한번만 쳐다보고도 눈이 맞으면 문득 연애편지 한 장만 받고도 왈 사랑 남모르게 속살거리고 다니다가 문득 결혼해 버리는 그런 혼인이야말로 여간 위험한 일이 아니다. 더구나 재산은 용모는 혈통을 문란하게 하는 그러한 일이 얼마나 있으랴."라는 기술에서와 같이, 우생학적 상상력은 남녀 간 자유로운 연애를 견제하는 현실 논리로 작동하기도 했다.

한편, 엘렌 케이 연애론의 모성주의는 식민지 조선에서 민족주의 담론이나 일제의 군국주의에 의해 정치적으로 전유된다. 엘렌 케이의 연애론은 이광수에 의해 이미 초기 근대 국가(가족) 담론 안으로 유입되었으며 1920년대 중반 이후에는 일부일처제 가족 담론을 지지하는 모성주의로 귀착되는 양상을 보인다. 외관생外觀生의 「여권운동의 어머니―엘렌 케

이 여사에 대하여」(『신여성』1926. 6)라는 글은 엘렌 케이의 모성주의를 적극적으로 평가하면서 "남녀의 결합은 그 자체가 목적이 아니고, 어떤 딴 물건, 자손 대문에 봉사함으로 긍정할 수 있는 것이다."라고 하여 엘렌 케이 연애론 전반을 모성주의로 축소 해석하는 양상을 보인다. 나아가, 1940년대 저널리스트 채정근(蔡廷根, 1910~1950)의 「근대여류위인열전 – 생명의 사도 엘렌 케이」(『여성』1940. 9)라는 글은 결혼이 우량한 생명을 양산함으로써 인류 발전에 기여한다는 우생학적 진화 논리와 더불어 '여성은 어머니일 때 비로소 귀한 것'이라는 전제하에 '이세본위주의', '모성창앙주의'를 제시한다. 위 글은 일본의 제국주의적 팽창이 극에 달했던 전시체제에서 엘렌 케이의 모성론이 제국의 신민을 양산하기 위해 식민지의 모성을 호명하는 과정에서 활용된 흔적을 보인다.

'영육일치'로 대표되는 엘렌 케이의 연애론은 1920년대 조선의 지식인 남성들과 신여성들에게 문명적 사랑을 상징할 뿐 아니라 가부장제의 틀에 균열을 일으키는 급진적인 사상으로 소개되었다. 하지만, 신여성 비판이 거세지고 사회주의 사상이 헤게모니를 장악하는 1920년대 중반 이후 그 급진성은 굴절되어 여성이 적극적 행위자가 되는 연애결혼론은 일부일처제 모성 담론으로 축소되고 우생학적 함의는 일본의 식민지 정책의 도구로 흡수된다. 이렇게 엘렌 케이의 연애론이 다각적으로 전유되는 상황은 당시 연애론이 수용되는 과정에서 젠더와 계급, 국가 담론이 어떠한 방식으로 개입했는지를 시사한다.

2−2. Love is best : 구리야가와 하쿠손의 『近代の 戀愛』

조선으로 전해진 일본 다이쇼 연애의 열기

일본의 다이쇼시대는 서구에서 기원하는 근대적 연애가 대중적 차원으로 확산되고 메이지시대 수입된 새로운 연애 관념이 일본 문화에서 독자적인 형태로 뿌리내리던 시기였다. 당시 영문학자이자 문학평론가였던 구리야가와 하쿠손이 쓴 『近代の 戀愛근대의 연애』(東京 : 改造社, 1922)가 베스트셀러가 되면서 일본에서는 '하쿠손 붐', 나아가 '연애 붐'이 일어난다. 이 책이 누린 인기의 배경에는 당시 일본의 출판 시스템의 발달과 독서 인구의 증가 등 여

厨川白村, 1880~1923

러 가지 요인이 있는데, 특히 여성 독자들의 열광적인 호응을 얻었던 이 책은 일본에서 연애의 대중화에 크게 이바지했다.[42]

일본의 다이쇼시대의 연애론은 육체와 정신의 이분법에 의거해서 정신적인 '맑은 연애'만을 추구했던 메이지시대의 연애 관념을 부정하고, 연애에 육체와 성욕의 요소를 끌어와 정면으로 다룬 것이 특징이다. 또한, 개인과 자아의 문제가 시대의 화두로 부상하면서 연애는 단순한 유행 현상으로 가볍게 취급되지 않고, 인간 생활의 가치 있는 테마로 수용된다. 특히, 지식인들의 아카데미즘에서도 연애가 진지한 사유의 대상이 되었다는 점은 다이쇼 연애의 독자성을 구축하는 중요한 기반이 된다.[43] 실

제로 정사情死와 연애 스캔들이 다발적으로 일어났던 다이쇼시대는 한마디로 연애의 융성기였다.

연애붐의 선구가 되었던 구리야가와 하쿠손의 『近代の戀愛』는 근대 연애지상주의의 결정판이라 할 수 있다. 하쿠손이 영국의 시인 로버트 브라우닝(Robert Browning, 1812~1889)의 「폐허의 사랑 Love Among the Ruins」이라는 시에서 발췌하여 신조로 삼은 'Love is best'라는 문구는 그가 주장하는 연애론의 핵심을 요약적으로 보여준다. 하쿠손은 이 책에서 엘렌 케이가 제기한 영육일치의 연애론, 연애의 신성화, 연애 없는 결혼의 부정 등을 계승하면서 연애를 일종의 이데올로기, 나아가 종교적 차원으로까지 끌어올린다. 연애결혼을 통해 일부일처제를 옹호했지만, 사랑과 결혼의 영속성을 인정하지 않았던 엘렌 케이와는 달리, 하쿠손은 "인간을 불사르는 것과 같은 정열과 감격과 동경과 욕망의 백열화한 결정結晶을 보여주는 연애에는 유구 영원한 생명력이 있다."라고 하여 연애를 신성시하고 그것의 영원성을 주장했다.[44] 하쿠손은 동서고금의 차이를 초월하여 존재하는 남녀 간 연애의 영원불멸성을 주장하면서 엘렌 케이의 연애지상주의에 더욱 강력한 의미를 부여했던 것이다.

엘렌 케이의 『연애와 결혼』에 이어 하쿠손의 『近代の戀愛』는 1920년대 식민지 조선에서 형성된 연애론의 또 다른 축을 형성한다. 또한, 1920년대 중반 『동아일보』 기자였던 신여성 최의순崔義順의 「나의 연애와 결혼관」(『삼천리』1929. 9. 1)은 1920년대 조선의 연애론의 정황을 구체적으로 언급하고 있다.

기후其後 서전瑞典의 여류사상가 '엘렌 케이' 여사의 저서인 그 유명한 『연애와 결혼』이 1920년경에 일본에 소개되자 일시 그것은 성문제의 번뇌를 가진 조선의 은이들에게도 유일의 간참고서가 되었던 것 같이 생각된다. 그리고 그 후 2년이 채 못 되어 영문학자로 유명하던 川白村博士의 명저『近代戀愛觀』이 세상에 나오자 발행 수삭에 100판을 돌파하야 그 저작의 막대한 인지대는 저자로 하여금 그 당년으로 곧 房州沿岸에 훌륭한 별장을 갖게까지 했던 것은 아직 기억이 새로운 일이다. 그 당시 조선에서도 청춘기에 처한 일부 남녀 학생의 궤상에는 이 책이 마치 성전聖典과 같이 보중되었던 것을 나도 잘 안다. 연애지상주의란 기괴한 말이 조선의 젊은이들 입에 오르내리던 것도 이 책 탓이다.

위 글은 당시 하쿠손 연애론의 파급력을 단적으로 보여준다. 'Love is best'라는 그의 모토를 통해서도 알 수 있듯이, 하쿠손은 엘렌 케이의 연애론에서 더 나아가 연애가 그 어떤 것보다도 우월하고 절대적인 가치 있는 것임을 논증하려 했다. 하쿠손의 등장 이후로 '연애가 없는 결혼생활로 물질생활의 안정을 얻는 것은 일종의 노예적 매음생활과 다를 바 없다'는 주장이나 '연애를 통해 자아 해방에 이른다'는 발상은 식민지 조선에서 일종의 상식처럼 통용된다.

연애의 이상, 사랑의 민주주의

『별건곤』(1929. 2.1)에 실린 고영환高永煥의「戀愛의 道」라는 글은 구리야가와 하쿠손의 연애론을 핵심적으로 소개하고 있다.

경도제대京都帝大 교수이든 故 廚川 박사의 말과 가치 대저 양성간의 애愛라는 것은 사람과 사람 사이의 영묘한 친화력affinity 가운데에 가장 강렬한 것이며 위대한 것이다. 또 그것은 영靈과 육肉의 양 방면에서 발동한 유일한 애愛이기 때문에 항상 전아적全我的이며 전인격적全人格的이다. 즉, 남자나 여자가 단독으로서는 불완전한 까닭에 양성이 서로 보충적 작용을 하는 소이로 자기를 일신케 하며 완전케 하며 서로 끄는 힘에 의하여 서로 각각 자기를 새롭게 하며 완전케 하며 충실케 하는 그것이 즉 연애인 까닭이다. 환언하면 연애라는 것은 성을 달리한 두 개인이 상호의 결합에 의하여 서로 '사람'으로서의 자기를 충실케 하며 또 완성한 양성의 교향악 symphony에 불과한 까닭이다. 다시 말하면 자아 중에서 타아를 발견하며 타아의 개성 가운데에 자아의 개성을 용납하는 것이 즉 인격적 결합인 연애이다."

위 글에서 연애는 '사람과 사람 사이의 영묘한 친화력 가운데 가장 강렬한 것이자 위대한 것'으로 정의된다. 남자도 여자도 단독으로는 불완전하지만, 연애를 통해 양성이 결합할 때 서로 보완하는 작용을 하면서 개체의 삶을 더욱 충실하고 풍부하게 한다는 논리에서 하쿠손은 연애를 '성을 달리한 두 개인이 상호 결합'하여 완성되는 '양성의 교향악'이라 기술한다. 그런데 이러한 조화로운 남녀관계는 타인을 위해 나를 온전히 투신하는(全我的) 만남, 육체적 충동에 매몰되지 않고 정신적으로 고양된 두 자아의 인격적인(全人格的) 만남을 통해 가능한 것이었다. 하쿠손은 연애가 에로틱한 열정의 일시적인 교환에 머무르지 않고, 더욱 영속적인 관계성을 얻기 위해서는 연애 당사자의 인격personality과 정신적 성숙maturity이 요구됨을 전제하고 있다. 이러한 시각은 첫 만남에서 육체적 열정에 견인되고 전생의 인연으로 의미화되었던 전근대 사랑의 서사와 명백한 차이를 보인다. 하쿠손은 사랑을 충동적인 열정이나 감각, 직관의 차원이 아니라, 남녀 간의 정서적·인격적 소통을 통해 형성되는 '관계'의 국면으로 개념화한 사상가였다.

하쿠손은 근대적 개인주의가 연애의 실현과 긴밀한 관계가 있지만, 궁극적으로 연애는 관계를 통해 개체성의 한계를 넘어선다고 믿었다. 그는 개인의 자아를 위해 타인과 관계를 맺는 연애를 부정하는 것은 원천적으로 진정한 자아에 대한 시각이 없는 것이라 보았다. 연인의 내면에서 자신을 발견하고 자신의 내면에서 연인을 발견하는 이러한 연애 관계는 자아의 포기가 아니라 자아의 확대, 자아의 해방으로 이어지기 때문이다. 자아의 진정한 자유를 가져오는 연애의 삼매경은 온 생명이 집중하는 종교적 법열法悅에 이르고 죽음까지 불사하는 절대적 가치를 확보하게 된다. 이는 불교식으로 말하면 해탈, 신의 나라, 또는 '미타정토(彌陀淨土 : 이미 佛菩薩에 의해 이루어진 불국정토)'에 이르는 경지이며, 오직 전적인 자기희생, 자기방기에 도달함으로써 얻을 수 있는 절대경이다. 하쿠손의 연애론은 '연애를 통한 개인의 발견'이라는 근대적 발상을 넘어, 관계를 통해 자아의 틀을 넘어서 더 큰 자유와 행복을 획득한다는 초월적인 관념론으로 나아간다.

그런데 하쿠손의 연애론에서 특히 주목되는 것은 하쿠손 특유의 관념적 사유의 틀을 통해 개혁적인 현실 논리를 추출해낸다는 점이다. 연애와 정조의 관계를 그 예로 들 수 있다.

이성과의 성욕결합을 통해 우리는 순결을 잃어버리지만, 이성과의 연애결합은 우리의 순결을 유지시킨다. 이성과 교섭을 하지 않는 것이 순결을 보존시키는 것은 아니다. 동정을 지키는 것으로 순결 청정을 유지한다는 생각은 옛날 종교가의 미망이었다. 연애의 의해 순결이 보존될 때 거기에 성적 생활의 진정한 자유가 있다.[45]

하쿠손은 흔히 이성과의 성관계는 순결을 잃어버리게 한다고 하지만, 이성과의 연애에서 육체적 결합은 오히려 순결을 보존하는 것이라고 말한다. 그는 '정조'라는 것이 연애를 통해 성립한다고 보고, 연애 없이 정조를 강요하는 것은 무의미하다고 보았다. 이는 육체적 순결을 고정된 실체로 파악했던 전통적인 정조론과는 완전히 다른 발상이다. 하쿠손은 연애의 진정한 경지에 도달하기 위해서는 성욕의 조절이 어느 정도 요구되지만, 이러한 인생관이 결코 금욕주의를 의미하는 것은 아니라고 단언했다. 지상의 도덕률을 지키는 이상적 연애를 완성하는 것은 동정을 지키는 것도 금욕도 아닌, '성적 관계에서 취해지는 영육의 합치와 조화'를 통해서라는 것이다. 자유연애에 성적 교섭의 통로를 마련한 하쿠손의 정조 개넘은 메이지시대 연애에 침투해 있었던 금욕적 태도에 저항했던 다이쇼 연애론의 기틀을 세운다.

한편, 하쿠손이 연애를 남녀의 전인격적 결합을 통해 평생 지속될 수 있는 시나리오로 제시한 점은 특별히 주목할 만하다. 하쿠손은 결혼을 통해 연애는 일단락되지만, 동일 대상과의 연애는 전 생애를 통해 부부의 삶에서 중심이 될 수 있다고 믿었다. 비유하자면, 성욕의 숯은 타오르는 연애의 불이 되고, 그 불은 다시 재가 되는데, 이때 재는 회백색 분말로서 불과는 성질이 다르지만, 재와 불은 원천적으로 동일한 성분에서 나온 것이라는 것이다. 이러한 논리에서 백년해로하는 '백발의 부부애'가 성립한다.

영속성은 연애의 중요한 본질이 된다. 연애를 오직 변하기 쉬운 일상적 감정작용이라고 생각하는 것은 구사상이다. 연애에는 지적 판단도 수반되며 강한 의지의 작용이 움직인다. (……) 연애의 완성은 인격의 완성, 자아의 충실이 아니면 안 된다. 그것이 제도로 나타나면 결혼이 된다.[46]

하쿠손은 인격의 완성과 자아의 충실로 이루어지는 연애와 제도의 이상적 결합으로서 일부일처제 결혼을 꿈꾸었고, 연애결혼을 영속적으로 유지하기 위해 남녀 상호 간의 책임감과 이성적 판단, 의지력이 필요하다고 주장했다. 일시적인 성애적 충동을 연애로 고양하고, 연애를 결혼제도 안으로 끌어들여 지속시키려는 하쿠손의 구상에서 생물학적·심리적 차원에서의 일시적이고 변화무쌍한 연애의 속성은 도덕적이고 초월적인 차원으로 전이한다. 그의 표현에 따르면, 존재sein의 차원에서 연애는 불완전하고 일시적으로 끝나는 일이 허다하지만, 당위sollen의 차원에서 연애에서는 순수하고 영속적인 것이 본질적인 요소가 된다.

연애지상주의를 주창했지만 우생학의 장치를 통해 자유로운 성애(free love)를 제어하고자 했던 엘렌 케이처럼 하쿠손은 연애가 결혼생활에서 영속적으로 이어질 수 있게 하는 윤리적 기제를 구축하고자 했다. 그것은 연애의 성적·인격적 평등을 기반으로 하는 관계의 윤리였다. 그는 남녀 간의 인격적 결합에 바탕을 둔 신성한 연애가 일부일처제에서 유지되기 위해서는 정조 개념이 남녀 모두에게 필수적으로 요구된다고 보았다. 하쿠손은 단순한 연애 찬미자가 아니라, 영靈이 육肉을 구하고 육肉이 영靈을 구하는 진실한 연애 안에 성적 도덕을 구축하고, 일부일처제 안에서 사랑의 민주주의를 꿈꾼 이상주의적 개혁가였다고 할 수 있다.

연애의 환상과 허구

구리야가와 하쿠손은 『近代の戀愛』에서 연애를 개인의 사적 체험에 국한하지 않고, 사회와 제도, 국가의 차원으로 확장하여 사유했다. 즉, 연애의 궁극적 목표인 인간의 '자기 보존'과 '민족 보존'은 각 개인과 사회의 차원에서 이루어지는 '인간의 생명 활동의 이대二大 목표'라 했다. 이때 연애는 개인과 사회를 매개하는 중요한 고리가 된다. 이는 엘렌 케이가 연애를 통해 개인의 행복과 종의 번영을 동시적으로 추구한다고 본 것과 유사한 맥락을 형성한다. 비록 엘렌 케이처럼 우생학적 진화론을 직접

입센의 『인형의 집』은 여성해방의 문제를 다룬 3막의 가정극으로 여주인공이 남편의 위선적인 행동에 반발하여 여성의 독립을 주장하면서 가출한다는 내용을 담아 논란이 되었다. 여성의 억압을 문제 삼은 페미니즘 문학의 시초라 할 수 있다. 사진은 1922년 찰스 브라이언트 감독이 연출한 동명 영화의 한 장면.

적으로 드러내지는 않지만, 하쿠손의 연애론에서도 연애의 신성한 가치는 근대 일부일처제와 국가주의 담론과 긴밀히 결탁한다.

하쿠손은 근대적 연애가 개인주의에서 파생되었음을 인정했지만, 오히려 개인주의 사상과 연애가 대립하는 지점에 주목했다. 그는 개인주의가 타인과의 관계에서 자기 욕구를 중시하는 것임에 비해, 연애는 상대방을 위해 몸과 마음을 바치는 자기 희생의 정신이라고 보았다. 각성한 개인들이 만나 관계를 맺는 연애와 결혼생활에는 필연적으로 갈등이 일어난다. 하쿠손은 그러한 충돌을 극복하고 자아를 확장하는 과정에서 연애에 기초를 둔 결혼생활의 진의가 발견된다고 보았다. 구체적으로 입센(Henrik Ibsen, 1828~1906)의 『인형의 집 A Doll's House』(1879)에 등장하는 노라를 예로 들면서, 하쿠손은 결혼생활로부터 뛰쳐나온 노라는 이제 '신여성'이 아니며, 오히려 천박하고 신선함이 없는 여자에 지나지 않는다고 비판한다. 연애는 본래의 자신에 대한 긍정을 통해 완성되는 것인데, 노라는 그러한 계기를 포기한 것에 지나지 않는다고 본 것이다.

하쿠손은 1900년대 초에 일본 사회에서 논란을 일으켰던 신여성들의 연애가 편협한 개인주의에 갇혀 더 이상 진보하지 못하는 것으로 보았다. 즉, 신여성들이 '자신을 포기함으로써 자신을 주장하는(self-assertion in self-surrender)' 지고한 사랑의 경지에는 도달하지 못했다고 평가했다. 하쿠손은 신여성들이 연애를 통해 새로운 아내로, 또 새로운 어머니로 다시 태어나야 하는데, 이는 처음부터 무자각한 혹은 자신의 의향에 반대되는 허위의 결혼생활을 하거나 인습적인 현모양처주의를 따르는 것과는 구별되는 새롭고 지고한 도덕을 바탕으로 하는 것이라 보았다. 또한, 연애는 평등한 두 인격이 결합한 것이자 작열하는 두 영혼이 포옹하는 형상이며, 이러한 연애를 바탕으로 하는 부부생활, 가정생활은 경제 관계, 고용 관계, 권리·의무의 관계를 초월할 수 있는 힘을 지닌다고 보았다. 하지만, 두 영혼의 결합과 진실한 동심일체의 실현을 목표로 했던 하쿠손의 연애론은 현실의 갈등적인 관계망을 너무 쉽게 초월한 관념적 서사였다. 가령, 경제적으로 독립할 수 없는 부인이 연애 없는 가정생활을 하는 것은 매음생활을 하는 것에 지나지 않는다는 하쿠손의 지적은 경제력이 부재했던 당시 대다수 여성의 현실적 조건을 고려하지 않은 발상이었다.

이상적 연애결혼의 서사를 구상했던 하쿠손의 『近代の戀愛』는 실제로 탈역사적인 판타지들로 가득 차 있다. 그의 연애론은 자아와 타자, 개

인과 사회, 신분적 성별적 차이, 중심(제국) / 주변(식민지)의 역학을 넘어서는 평등의 신화에 추동되고 있기 때문이다. 현실에서 일어나는 갖가지 욕망의 충돌을 무화하는 것으로 신비화된 연애는 일종의 초월적 이데올로기에 다름 아니었다. 하쿠손의 연애론은 일견 여성들의 연애와 자아 해방을 고무했지만, 『인형의 집』의 노라가 집을 나가 거리에서 죽게 되는 현실에 대해서는 천착하지 않은 채 노라의 인식론적 오류만을 지적하는 경향을 보인다. 이러한 하쿠손의 연애론은 하쿠손 특유의 관념론적 성향과 더불어, 지식인 남성들이 주도한 일본 다이쇼시대 연애론의 전형적 한계를 드러낸다. 영육일치의 연애론에서도 여전히 순결에 대한 억압으로부터 벗어날 수 없었고, 물적 토대의 부재로 인해 연애결혼의 진정한 주체가 되기 힘들었던 '현실 속의 여성들' 입장에서 볼 때 하쿠손의 연애론이 내포한 문제점은 증폭된다.[47]

여성들에게 연애를 통해 전근대 가부장제와 결별하는 계기를 마련해주었던 하쿠손의 연애론은 일부일처제를 통해 재구성된 근대적 가부장제와 제휴하면서 또 다른 문제들을 양산했다. 또한, 새로운 정조 개념을 제시하여 연애와 섹슈얼리티의 관계를 재구성했던 하쿠손의 연애론은 모성애를 매개로 하여 제국 일본의 내셔널리즘에 포섭되고 침략 전쟁을 책임질 '모성애 공동체' 담론으로 회수될 가능성을 내포하고 있었다.[48] 하쿠손은 연애를 계급과 성별, 인종을 초월하는 보편적인 행위로 상정했다. 하지만, 실질적으로 그의 연애론은 가족, 민족(인종), 국가의 틀을 벗어나는 것을 용납하지 않았던 일부일처제의 현모양처 이데올로기와 근대 국민국가 이념을 충실히 대변하는 아이러니를 보여주고 있다.[49]

2-3. '연애는 사사私事다': 콜론타이의 『붉은 사랑』

연애의 계급성

『조선문사朝鮮文士의 연애관戀愛觀』(1926)에서 소설가 최학송은 다음과 같이 말한다.

연애는 사람의 전 생명의 요구다.' 이렇게 말하는 사람이 있다. 연애지상주의가 그것이다. 과연 연애는 우리 사람의 전생명이 될 수 있을까? 나는 그것을 믿을 수 없다. 부인한다.[50]

이는 1920년대 조선에서 유행하는 연애론이었던 하쿠손의 '연애지상주의'를 정면으로 비판하는 발언이었다. 생과 사의 모든 일이 결국 연애를 위한 것이고, 일생 아무리 큰 사업을 하더라도 연애가 없으면 무의미하다는 하쿠손의 시각은 평생을 궁핍에 시달리면서 기층민의 삶을 소설로 형상화했던 최학송에게 너무나 단순하고 편협한, 또는 비현실적 논리로 비쳤다. 연애

崔鶴松, 1901~1932

는 모든 계층에 열려 있는 보편적인 것이 아니었던 것이다. 엘렌 케이에서 시작하여 하쿠손에서 심화된 연애지상주의는 1930년대에 들어서면서 사회주의 지식인들에 의해 부르주아 계층의 사랑으로 비판되기 시작한다. 그리고 이들을 대신하여 계급해방론과 여성해방이 결합된 알렉산드라 콜론타이의 연애관이 새롭게 부상하게 된다.

제정 러시아 시대 귀족 가문 출신인 사회주의 여성 정치가 콜론타이는 조선에서 이미 1920년경 「부인해방문제에 관하야(十二)」(『독립신문』 1920. 4. 13)라는 글을 통해 러시아 사회주의 혁명기에 여성해방운동을 성공적으로 성취한 사례로 소개된 적이 있었다. 콜론타이는 정치적으로 매우 급진적인 주장을 펼친 사회주의 여성해방 운동가였다. 콜론타이는 러시아 사회주의

Alexandrea M. Kollontai, 1872~1952

혁명의 틀 안에서 여성의 경제적·정치적 평등을 주장했을 뿐 아니라, 결혼과 연애, 성性의 문제를 여성의 관점에서 제기했다는 점에서 페미니즘 역사상 중요한 의미가 있다. 하지만, 그녀가 제시한 연애와 성, 결혼에 관한 새로운 도덕은 러시아 공산당 내에서도 큰 논란을 야기한다.

1930년대 초 조선의 대중매체에는 하쿠손의 연애론을 비판하면서 계급적 의식을 기반으로 하는 콜론타이 연애관을 수용하고자 한 몇 편의 글들이 발견된다. 조국현(曺國鉉, 1896~1969)은 「신연애론」(『신여성』 1931. 3)이라는 글에서 종래의 연애론은 '귀족적인 숭고한 유희', '인간 생활의 모든 불평불만을 가정의 평화라는 이름으로 억누르는 노예를 위한 논의'라 일갈한다. 필자는 상층계급의 고상한 유희에 지나지 않는 종래 연애론의 계급적 한계를 제시하고, '인간생활의 모든 불평불만'을 억압하는 부르주아적 가족담론을 비판하면서, 콜론타이의 연애론을 받아들여 계급적 이

해와 연애를 일치시키자고 주장한다.

한편, 소설가 이석훈(李石薰, 1908~?)의 「신연애론」(『신동아』 1932. 12)이라는 글은 서구 개인주의 사상에 물든 연애지상주의자인 하쿠손의 '근대 연애관'이 인텔리 계층에 절대적인 영향을 주었지만, 현실에서는 불합리한 결혼제도로 인한 비극이 끊이지 않는다며 이론과 현실 사이의 간극을 지적한다. 이를 타개하기 위해서는 연애지상주의, 개인주의, 향락주의적 연애를 청산하고, 콜론타이가 주장하는 공동정신을 연애화한 생존의 무기로서의 연애 즉 '동지적 연애'를 실천하자고 주장한다. 이렇게 1930년대 초 조선에서 콜론타이의 등장은 엘렌 케이와 구리야가와 하쿠손의 이상주의적이고 초월적인 연애론의 허구를 정면으로 비판하는 계급적 시각의 지지를 받고 있었다. 당시 사회주의 지식인들은 연애를 물적·경제적 토대의 산물로 보고 계급에 따라 부르주아적 연애와 프롤레타리아적 연애로 양분했다.[51] 공산주의자로서 동지애, 사회주의적 공동체에 대한 헌신을 주장하는 콜론타이의 '붉은 사랑'은 1920년대 중반 이후 조선의 지식 담론을 주도한 사회주의 사상과 더불어 새로운 사랑의 모델로 관심을 끌었다.

콜론타이가 크나큰 대중적 반향을 일으킨 것은 1930년대에 유입된 그녀의 소설 『붉은 사랑 *Vasillisa Maligina*』(1923)과 『삼대의 사랑 *Liubov' trëkh pokolenii*』(1924) 덕분이었다. 『붉은 사랑』은 러시아 혁명기를 배경으로 프롤레타리아 계층 출신의 공산당원 바실리사의 사랑을 주된 내용으로 하고 있으며, 『삼대의 사랑』은 소비에트 공화국 건립기에 올가 집안의 여성들의 사랑과 성의식의 변화를 다루고 있다. 이 작품들은 엘렌 케이나

하쿠손의 주장과는 달리 낭만적 연애를 부정하고 가족제도의 해체로까
지 나아가는, 사랑과 결혼에 대한 실험적이고 급진적인 인식을 제시한다.

　　함께 사는 것이 아무리 좋다 할지라도 홀로 사는 편이 훨씬 나아. 연인
이 곁에 있으면 생각이 흩어지고 일의 진전을 더디게 해. 이제 그녀는 다
시 일에 전념할 수 있게 되었다.[52]

　　『붉은 사랑』에서 여성 노동자 바실리사는 남녀 간의 연애가 일의 진
전을 더디게 하기 때문에 오히려 연인과 떨어져 사는 편이 낫다고 주장한
다. 이는 연애에 절대적 가치를 부여하고 연애를 통해 필연적으로 결혼에
이르게 된다는 기존의 연애지상주의적 관점과는 완전히 다른 시각이었
다. 콜론타이의 『삼대의 사랑』에서도 열렬한 연애 자체에 대해서 회의적
인 시선을 보낸다.

　　열렬한 사랑을 하려면 시간이 필요한 것 같아요. 전 소설을 많이 읽어
열애에 빠진다는 것이 얼마나 많은 시간과 정열을 필요로 하는지 잘 알고
있어요. 하지만 시간이 없어요. 구역 안에 할 일이 얼마나 많은지 아세요?
해결해야 할 중요사업이 저토록 많은데, 쏜살같이 지나가는 현재와 같은
혁명기에 그럴 시간이 어디 있어요?[53]

　　'쏜살같이 지나가는 현재와 같은 혁명기'에 해야 할 사업이 너무나 많
은데, 열애에 시간과 정열을 투자할 여유가 없다는 것이다. 콜론타이의

소설에는 일상적 노동이나 정치적 활동에 방해받지 않도록 연애와 일정한 심리적 거리를 유지하는 여성들이 주인공으로 등장한다.

콜론타이는 일부일처제를 지향하는 부르주아적 연애관을 정면으로 부정했다. 『공산주의와 가족』에서 그녀는 이제 공산주의 사회에서 가족경제가 국가경제에도 이익을 주지 않으므로 낡은 부부관계, 남녀관계는 해체되어야 하고 그 대신에 새로운 관계가 등장해야 한다고 역설했다.[54] 사유재산을 폐지하기 위해 부르주아 계급의 핵가족이 해체되어야 한다는 주장은 스탈린 체제 이전 볼셰비키들의 기본적인 사고였지만, 콜론타이는 여기에 새로운 여성, 즉 가족의 보호로부터 자유로우며 결혼에 얽매이지 않고 노동력의 일부이자 소비에트의 구성원으로 일할 수 있는 여성의 목소리를 강조하고자 했다.[55] 콜론타이는 계급의 틀 안에서 사랑과 결혼의 문제를 고민한 사회주의 사상가였을 뿐 아니라, 철저하게 여성의 관점에서 성적 도덕과 연애, 결혼의 플롯을 재구상한 페미니스트 운동가였다. 그녀가 꿈꾸었던 '붉은 사랑'은 여성이 사랑으로부터 도피하거나, 사랑으로부터 고립되지 않으면서 사회주의 공동체 안에서 공적 주체로 살아갈 수 있는 혁명적인 기획이었다.

연애로부터 성性의 해방

콜론타이의 소설은 그녀의 사회주의 여성해방론을 문학적 형식으로 구현한 결과물이었다. 『붉은 사랑』의 여성노동자 바실리사는 사회주의 혁명을 위해 당 활동을 하면서 혁명에서 여성의 위치를 주장하고, 사회주의 공동체의 설립을 위해 지속적으로 노력하는 인물이다. 위 작품에서 바실리사와 볼로다의 사랑은 콜론타이가가 말하는 '동지애적 사랑'이 무엇인지를 어느 정도 제시한다. 이들은 사랑하지만 결혼으로 얽매이지 않고, 사랑보다는 일을 더 중시하는 연인들이다. 또한, 바실리사는 볼료다가 '니나'라는 여성과 사랑에 빠졌을 때 질투하거나 집착하지 않고 의연하게 공동체를 위한 사회적 임무에 매진하는 여성으로 그려진다. 콜론타이는 친밀감에 바탕을 둔 남녀 간의 낭만적 사랑에 반기를 들었는데, 특히 연애나 결혼에서 발생하는 성적 위기가 원천적으로 여성의 사랑이 지니는 의존적인 성격에서 비롯된다고 보았다. 이때 여성이 심리적으로 사랑에 의존하는 상황은 경제적 의존과 맞물리기 때문이라 지적한다. 남편의 외도나 실연은 여성에게 경제적 손실이나 실직과 마찬가지 상황이기에, 남편의 배신은 더 큰 절망과 질투와 증오심을 낳게 된다는 것이다.[56] 『붉은 사랑』에서 콜론타이는 사랑과 결혼으로 인해 여성이 연인이나 남편에게 감정적·경제적으로 종속되는 구조를 개선하기 위해, 바실리사를 사랑과 결혼으로부터 자유로운 독립적 존재로 형상화한다.

한편, 『삼대의 사랑』은 전통적인 일부일처제를 크게 벗어나지 않는 할머니, 전통적 결혼에서 벗어나 복수의 남성을 사랑하는 어머니 올가, 그리고 낭만적 사랑을 아예 부정하고 연애에서 성을 분리하는 딸 제니아 등 삼대에 걸친 여성들의 성, 연애, 결혼에 대한 인식의 변화를 보여준다. 특히 딸, 제니아는 '사랑'이라는 감정 자체에 빠지는 것을 거부하고, 심지어 임신하고서도 아이의 아빠가 누구인지 상관하지 않으며, 어머니의 애인과 성관계를 맺는 파격적인 인물이다. 제니아는 콜론타이가 여성들이 낭만적 사랑 없이 동지애적 삶을 살 수 있는 가능성을 모색하는 과정에서 고안한 가공의 인물이었다. 콜론타이는 소설 작품을 통해 여성에게 사랑은 단지 부수적인 것이며, 여성의 주요 임무는 노동임을 지속적으로 주장했다. 그녀의 소설은 저자 자신의 실제 체험, 즉 고립과 외로움, 질투와 시기 등 사랑이 유발하는 감정적 괴로움과 실연의 고통에서 벗어나 자율적인 삶을 살고자 했던 실존적 고투를 바탕으로 한 것이었다.[57]

하지만, 연애에서 성을 분리하는 급진적 성의식이나 연애에서 결혼을 분리하는 가족 해체론 등 콜론타이의 연애론은 당시 사회에서 큰 논란을 야기했다. 엘렌 케이와 하쿠손이 사랑에 절대적 가치를 부여함으로써 연애에서의 성행위를 정당화하는 도덕적 근거를 제시했다면, 콜론타이의 연애론은 인간의 성적 본능 자체를 아예 연애와 분리하여 독자적으로 인정했다. 연인에게 감정적·경제적으로 의존하는 사랑이나 물질적 안락을 얻기 위한 결혼을 거부하고, 여성의 자유로운 선택에 의한 사랑과 성, 독립적인 개성을 주장했던 콜론타이의 연애론은 실질적으로 성적 방종과 도덕적 혼란을 야기한다는 비판을 공론화했다. 그리고 이것은 러시아에서 콜론타이를 당과 정치적으로 불화하게 하는 원인이 되었다. 콜론타이는 성욕이 배고픔이나 목마름처럼 인간의 자연스러운 본능이며 성욕의 충족은 물 한 잔 얻는 것처럼 간단해야 한다는 말을 남겼는데, 레닌은 이를 '물 한 잔 이론'이라 희화화하며 비판했다. 콜론타이는 사랑의 감정에서 출발하는 성적인 관계를 '날개 달린 에로스'라 명명하며 찬미했지만, 자유로운 성에 대한 이슈는 사회주의 혁명을 함께 도모한 볼셰비키 당 내부에서도 끝내 승인하지 않았다.[58]

1930년대 조선에서도 낯선 콜론타이의 연애론은 다각적으로 분석되면서 논란의 장을 만들기 시작했다. 『삼천리』(1931. 11)에 실린 「'콜론타이주의'란 어떤 것인가?」라는 글은 콜론타이의 급진적 성해방의 관점을 쟁점으로 제시한다.[59] 이 글은 콜론타이의 연애론이 당시 연애론의 상식으로 알고 있었던 엘렌 케이와 하쿠손의 영육일치의 연애를 부정하고 영육분리의 관점을 제시한다는 점, 연애의 의의를 육체와 정신의 조화가 아니라 본능의 향락에 두고 있다는 점 등을 문제시한다. 또한, 연애에 많은 시간과 정력이 소모되기에 성적 본능을 기계적으로 충족하는 편이 오히려 효율적이며, 사회의 관점에서도 더욱 유용하다는 점을 흥미롭게 소개하고 있다.

이러한 콜론타이의 급진적인 사고는 사회주의 신여성들에게 크나큰 영향을 미친 것으로 보인다. 1927년에 조직된 항일여성운동단체인 근우회에서 활동했던 사회주의 여성운동가 정칠성(丁七星, 1897~1958)은 「'赤戀' 批判, 꼬론타이의 性道德에 對하야」(『삼천리』 1929. 9)에서 기자가 콜론타이의 '연애와 성욕은 별문제'이며, 사회운동을 하느라 연애하기 힘든 상황에서 필요에 따라 성욕을 해소해야 한다는 입장에 대해 의견을 물었을 때, "현실을 잘 본 말이외다. 성욕과 연애는 갈라야 하겠지요. 그리고 결혼의 자유, 이혼의 자유가 아주 완전하게 없는 곳에서는 그렇게밖에 더 어떻게 하겠습니까?"라고 대답했다. 이는 당시 사회주의 신여성들이 성과 연애를 분리했던 콜론타이의 급진적 성의식을 일부 수용하고 있었음을 보여준다.

또한, "입센의 『인형의 집』의 노라의 해방과 『붉은 사랑』의 여주인공

왓시릿사(바실리사)의 해방이 어떤 차이를 지니는가?"라는 질문에 정칠성은 노라는 '개인주의적 자각'으로서 개성에 눈을 떠 남편의 집을 뛰쳐나갔지만 거리에서 얼어 죽은 '공상적 여성'인 반면, 바실리사는 노라와 달리 경제적으로 해방되어 모든 면에서 철저하게 자유로워진 여성이라 대답한다. 이렇게 당시 사회주의 신여성들에게 콜론타이는 '계급의식을 바탕으로 성적·경제적으로 해방된 진정한 자유를 얻은 여성'의 상징으로 수용되었다. 일부 사회주의 남성이나 신여성들에게 콜론타이즘은 부르주아적 연애지상주의, '노예적 연애론'을 극복하고 여성해방을 성취할 수 있는 가장 합리적이고 진보적인 연애론으로 인식되었던 것이다. 그런데 당시 신여성 담론의 여성 필진이었던 김옥엽金玉葉은 「청산할 연애론」(『신여성』 1931. 11)에서 콜론타이즘을 반성적으로 고찰하는 면모를 보인다.

연애는 사사私事다. 매력을 감하면 서로 육체적으로 결합되는 것은 자유이다. 그러나 우리들은 연애에 있어서 우리들에게 용기와 능력을 일층 고도의 것으로 함에 의하여 일반사회 진보에 있어서 공헌할 수 있는 것이다.

김옥엽은 "연애는 사사다."라는 선언을 통해 남녀 간 성적 결합의 자유를 주창하는 콜론타이의 시각을 일면 긍정하면서도, 연애에 용기와 능력을 일층 강화하여 일반 사회의 진보에 공헌해야 한다는 입장을 피력한다. 한편, 위 글에서 김옥엽은 "그저 일시적 육체의 결합이 합리화하여 이것이 실행되는 것은 프롤레타리아―트 계급에 있어서 아무 좋은 결과가 있지 않을 것이 아닌가."라고 하여 과연 급진적 성해방이 프롤레타리아

트 계급해방에 긍정적인 결과를 가져올 수 있을지 우려를 표명한다.

'조선의 콜론타이'라고 불린 사회주의 여성운동가 허정숙은 "연애는 사사다."라는 콜론타이의 구호를 실제의 삶에서 구현한 지식인 여성이었다.[60] 최초의 『동아일보』 여기자이자 여성동우회女性同友會와 근우회槿友會, 청총간부靑總幹部로 맹렬히 활동했던 허정숙은 남편이 감옥에 갇혔을 때 냉정하게 이혼장을 가지고 찾아갔으며, 나이 30세 이전에 애인을 세 번 가졌고, 애인과 사귈 때마다 아이를 낳았다는 개인사를 빌미로 대중매체의 가십거리가 되었다.[61] 비록 허정숙이 콜론타이만큼이나 확고한 계급적·젠더적 자각 속에

許貞淑, 1908~1991

서 자신의 사생활을 영위했다고 하더라도, 조선에서 급진적인 콜론타이 연애론의 실행은 격렬한 충돌을 피할 수 없었다. 콜론타이의 『삼대의 사랑』에서 재현된 여성의 자유분방한 성의식과 가족의 부정은 유교적 습속이 강고하게 유지되던 20세기 초 조선에서 뿌리내릴 수 없는 공상적 가설에 가까웠다.

성, 계급, 젠더의 충돌

1920년대 후반 조선의 사회주의 지식인들이 콜론타이의 연애론을 지지했던 근거는 부르주아 계급의 위선적 성도덕 비판과 여성의 진정한 해방이라는 두 가지 논점이었다. 1930년에 콜론타이의 연애관을 소개한 김온金醞의 글은 기존의 연애가 가지는 계급적, 젠더적 한계가 문제시되면

서 그 대안으로 콜론타이가 대두되었던 정황을 보여준다.

> 부르조아의 성도덕은 인간의 성생활까지 노예화하기를 강요하고야 마는 것이요 구속하는 까닭이다. 이 노예와 구속으로부터 해탈하는 것이 제일 첫째 여성으로 하여금 성적 해방을 의미케 하는 것이다. (……) 실로 근세 여성의 해방은 절대로 그 경제적 조건의 근본 해결이 필요하게 되는 것이라 볼 수 있다. 코론타이 여사는 자기의 이 소설 『빨간 사랑』을 통하여 여성의 사회적 지위에 처하여 만장萬丈의 기염을 토했고 가정과 사회생활에 대한 근본적 방향을 제시하야 여성의 현대적 처지의 중요성을 주장했다. 나는 다만 최후로써 부탁하려는 말은 조선의 여성은 좋은 가정의 주인 공화하는 이외에 좋은 사회인이 되는 동시에 남성의 노예보다는 해방으로의 길을 찾기를 열망해마지 않은 것이다.[62]

위 글에서 필자는 부르주아 성도덕이 인간의 성생활, 특히 여성의 성을 노예화했음을 문제시하면서 프롤레타리아의 성적 해방을 여성의 성적 해방과 긴밀히 연계시킨다. 또한 현대 여성의 새로운 방향을 제시한 콜론타이의 『붉은 사랑』에 의거하여 여성이 좋은 가정의 주인공으로 머무르지 않고, 좋은 사회인이 되는 동시에 남성의 노예가 되기를 거부하고 해방의 길을 찾아야 한다고 주장한다.

하지만, 1930년대 전후 콜론타이의 급진적인 성의식은 사회주의 남성 지식인들에게 점차 여성의 성적 방종으로 인식되고, '콜론타이즘'이라는 용어는 계급해방과 여성해방의 요소가 소거된 타락의 기표로 통용되기에 이른다.[63] 윤형식尹亨植은 「프롤레타리아 연애론」(『삼천리』 1932. 4)에서 부르주아 개인주의 자유사상에 근거한 연애지상주의와 사회주의 사상에서 기원하는 콜론타이즘은 '성적 방종에 흐르는 분자', '무원칙하게 성생활을 하게 되는 것'이라고 정의한다.[64]

프롤레타리아 연애론을 대표했던 콜론타이즘은 사회주의 남성 지식인들에 의해 철저하게 비판되면서 연애에 대한 시각의 변화를 가져온다. 진상주陳尙珠는 「프롤레타리아 연애의 고조, 연애에 대한 계급성」(『삼천리』 1931. 7)에서 연애지상주의는 부르주아 계급의 소산일 뿐이며, 무산계급 연애론으로 불리는 콜론타이의 연애도 '小뿌루조아 연애론'에 지나지 않는다며 직접적으로 콜론타이즘을 공격한다. 그는 콜론타이의 『삼대의 사랑』을 예로 들면서, 여주인공 올가가 노동계급 해방 운동의 용감한 투사이며 공산당의 유력한 일원이지만, 그녀가 사랑에 빠진 M은 반동적 小뿌루조아로서, "좌익 부인이 적敵 계급의 부르주아를 열정적으로 사랑하고 있다는 것은 연애의 신비주의를 말한 것이며 연애는 계급을 초월했다는 반동사상 선전 이외에는 아무것도 아니다."라고 일축한다.

또한 레닌의 글 「부인에게 여與함」을 들어, '이런 난혼생활亂婚生活은 어디까지든지 퇴폐적이며 정력의 낭비이며 혁명과는 아모 인연 없는 것'이며 '이것은 연애를 통하여 점점 계급적 업무에 충실하게 되는 것이 아니라 오히려 그와 반대로 계급적 규율을 문란하게 하는 것'이며 '小뿌루조아적 반동적 연애관'에 지나지 않는다고 일축한다. 나아가 이 글에서 필자는 사회주의 계급이 지향해야 할 연애관을 다음과 같이 제시한다.

성애문제의 정당한 해결을 위하여서는 먼저 물질적 조건의 철저한 해결을 선립先立조건으로 한다. 그것이 없이는 부인의 해방도 연애의 해결도 없다는 것을 말함이라. 프롤레타리아는 원래부터 금욕주의자가 아니며 연애를 부정하는 것은 결코 아니다. 그러나 무산계급에는 특히 의식을 가지고 계급투쟁에 참가한 자는 중대한 계급적 사명이 있으며 계급적 규율이 있다. 이 계급 규율만이 오직 무산계급의 도덕이 된다. 그럼으로 우리 무산계급에는 연애에 있어서도 계급적 입장으로부터 성립되기를 요한다. 연애는 절대로 계급적 규율 하에 복종시키지 않으면 안된다. 그럼으로 무산계급적 연애는 비장한 것이며 계급적 도덕은 그렇게 그들을 제약하는 것이다.[65]

진상주는 또한 부인 해방, 성욕의 해결, 연애 해결 등의 문제보다 선행되어야 할 것은 물질적 조건의 해결이며, 프롤레타리아 계급 혁명이 무엇보다도 우선시되는 규율임을 천명한다. 아울러, 남녀 간의 연애 자체가 부르주아적 개인성에 바탕을 두고 있음을 비판하고, 남녀관계에서 성과 사랑을 아예 동지애와 계급적 연대로 대체해야 한다고 역설한다. 이러한 논리에서 계급해방과 연애의 열정, 연애와 성의 분리, 여성해방 의식 등이 동시적으로 모색되었던 콜론타이의 급진적 연애관은 부정되고, 성과 사랑의 문제는 공리적이고 금욕주의적 계급 담론 속으로 자취를 감춘다.[66]

1930년대 조선 사회에 일시적으로나마 논란을 일으켰던 콜론타이의 연애론은 그 급진적 성의식으로 인해 조선 사회에서 축출된다. 시인 김억(金億, 1896~?)은 「『戀愛의 길』을 읽고서 —콜론타이 여사의 作」(『삼천리』

1932. 2. 1)이라는 글에서 콜론타이 연애론에 대한 품평을 남긴다. 그는 콜론타이의 『삼대의 사랑』에서 제1세대에서 제3세대까지 시대가 변해가면서 사랑의 형태가 달라지는 것은 인정하지만, 그때그때 성욕의 충동만 있으면 관계해도 좋다는 주장을 수긍할 수 없으며, 도대체 콜론타이가 말하는 '새 감정과 새 관념과 새 도덕으로의 새 사람'이 무엇인지 모르겠다고 토로한다. 김억이 말한 것처럼 당시 대다수 조선인에게 콜론타이즘은 '인생을 동물화시킨 것에 지나지 아니하는' 불경한 서사였다.

3. 연애와 젠더

3-1. 사랑에 울고 사랑에 웃는 여성들

사랑이 아니면 차라리 죽음을!

1920년대 식민지 조선은 계몽과 개조의 시대이면서 연애의 시대이기도 했다. 식민지의 틈새를 뚫고 확산된 자유연애의 열풍의 선두에 섰던 이들 가운데 단연 신여성이 주목된다. 사회계몽과 여성해방을 부르짖으며, 시대의 선각자로 나섰던 신여성들은 연애를 통해 여성의 삶의 서사를 바꾸고자 했던 급진적인 실험가였다. 과연, 그들이 연애를 통해 이루고자 한 해방의 기획은 무엇이었으며, 그들의 좌절이 내포한 역사적 의미는 무엇일까.

1923년 초에 시인 노자영에 의해 출간되어 화제를 불러일으키며 수천 부씩 팔렸던 베스트셀러 연애서간집 『사랑의 불꽃』은 1920년대 초·중반, 조선 사회에 유행처럼 번졌던 연애 풍속을 설득력 있게 보여주고 있다.

이 책의 서문에서 노자영은 다음과 같이 말한다.

우리 사회에도 '사랑'이라는 말이 많이 유행합니다. 더욱이 사랑에 울고, 사랑에 웃는 사람이 적지 아니한 듯 하외다. (……) 방금 우리 사회에 있는, 연애의 여러 가지 모양을 모집했으며, 따라서 그 대부분은, 사실 그대로의 편지외다. 이것을 보시면, 어떤 의미에 있어서, 우리 청년계의 사상을 짐작할 수도 있을 것이외다.

노자영은 '사랑'이라는 말이 유행하던 당시 사회에서 '사랑에 울고, 사랑에 웃는 사람'들이 적지 않았는데, 자신이 수집한 '연애의 여러 가지 모양'을 담은 연애편지들은 허구가 아니라 실제 편지들이며, 이를 통해 젊은이들의 생각을 짐작할 수 있으리라고 말한다. 실제로 『사랑의 불꽃』에 실린 연애편지들에는 근대 문명의 산물이라 할 수 있는 음악당, 청년회관, 교회, 극장, 도시거리, 기숙사, 하숙집 등이 연애의 배경으로 등장한다. 서울 욱정(남촌)의 거리, 벚꽃 핀 우이동과 남산, 원산 명사십리나 함경남도 석왕사 등을 순례하며 데이트를 즐기는 모습은 1920년대 조선의 청춘 남녀가 탐닉했던 연애 풍속을 실감나게 보여준다.

『사랑의 불꽃』에 실린 연애편지의 발신자와 수신자는 대부분 신교육을 받은 학생층이자, 20세 전후의 청춘 남녀들이었는데, 열아홉

노자영, 『사랑의 불꽃』, 1923

건의 편지(외국인 편지 1건 포함) 중에 여
섯 편이 남성에게 보내는 여성의 편
지이다. 편지에서 여성들은 사랑의
불꽃 속으로 기꺼이 몸을 던지는 연
애의 전사들로 형상화되어 있다. 일
본 요코하마 유학생이라 밝힌 '김혜
자'라는 여성은 유학으로 인해 서로
떨어져 있는 연인 우영에게 쓴 편지

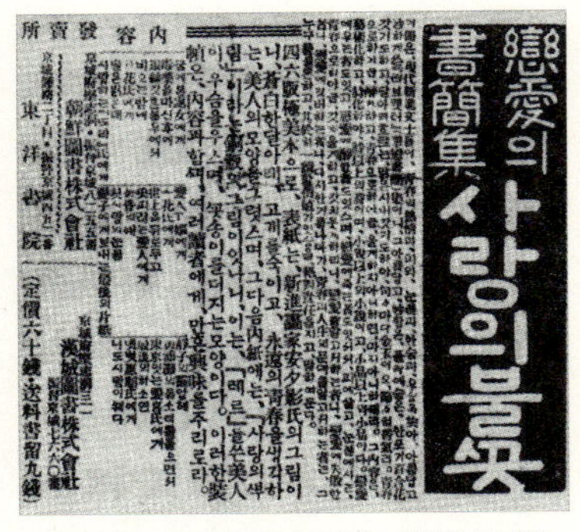

『사랑의 불꽃』은 "청춘의 열정과 피와 눈물과 한숨과 웃음
을 쏟아 아름답고 묘하게 쓴 러브레터"라는 언론매체 광고.

(「黃昏의 때―愛慕하는 又影氏에게」)에서 다음과 같이 열렬히 사랑을 고백한다.

우영又影씨는 나의 생명이외다. 나의 온몸이외다. 나는 우영씨를 떠나
서는, 피 한 점, 살 한 점도 존재하지 아니합니다. 그리하고 우주도 존재하
지 아니합니다. 나는 당신을 떠나는 날은 죽은 시체요, 말라진 나무외다.
아! 영원의 애인인 당신이여! 당신과 나 사이에는 사랑의 줄이, 길이 빛나
고, 사랑의 꽃이 길이 피기를 신명께 기도합니다.

여기서 사랑하는 대상을 자신의 생명과 동일시하여 존재 의미를 투사
하는 화자는 연애를 '인간을 불사르는 것과 같은 정열과 감격과 동경과
욕망이 백열화白熱化한 결정結晶'으로 정의한 하쿠손의 연애지상주의의
실천자이다.

「독약을 마신 후에―최후로 행복華福 씨에게 죽음의 길을 찾아가는
홍순애 올림」이라는 편지는 자유연애에 몸을 던졌던 신여성이 부모의 반

대로 사랑을 이루지 못하고 죽음이라는 극단적 선택을 하는 내용을 담고 있다. "나는 당신을 위하야 살고, 당신을 위하야 죽겠습니다. 나는 당신의 물건이외다. 당신을 떠나서는, 살지 못할 사람이외다."라고 연인에게 사랑을 맹세하는 홍순애는 부모의 결혼 반대에 저항하면서 사랑이 아니면 차라리 죽음을 선택하겠다는 결연한 의지를 표명하고 있다.

나는 왜 그리운 당신과 살지 못하고, 내 생명을 내 손으로 끊고, 그만 죽을까요! 이것이 나의 죄일까요! 부모의 죄일까요! 그리고 사회의 죄일까요! 운명의 죄일까요! 아니외다. 나의 죄도 아니요, 운명의 죄도 아니외다. 부모의 죄요, 사회의 죄이지오! 나는 과도기에 있는 조선 사회에 있어서, 완고한 부모의 '놀이감'이 되어, 그만 죽어버리는, 하나의 희생자외다.

홍순애는 연인과의 사랑을 이루지 못하고 죽음의 벼랑에 서게 된 자신의 처지가 부모와 사회의 공모로 인한 것이며, 자신을 과도기 사회의 '놀이감', '희생자'가 되었음을 폭로한다. 수백 년 역사의 관습으로 자리 잡은 중매결혼에 정면으로 대항하면서, 홍순애는 근대 자유연애를 위해 죽음으로 사회적 부조리에 맞서는 순교자와 같은 비장함을 보인다. 또한, '이은순'이라는 여성은 남편에게 보내는 편지에서 3년 동안 '부모와 부모 사이에 하는, 물물교환의 결혼' 이후 삶에서 남은 것은 '충돌과 싸움과 눈물과 한숨'뿐이었다고 토로하고, 이제는 사랑하는 애인과 함께 '재미있는' 나라를 찾아 떠나리라고 선언한다.[67] 이처럼, 오랜 세월 규방의 부덕婦德을 지키며 순종을 미덕으로 삼고 침묵해 온 여성의 역사에서 근대 조선은 김혜자, 홍순애, 이은순과 같은 급진적 여성들이 양산되는 현상을 목도하게 된다.

1926년 당시 조선일보 기자였던 김을한은 어느 날 경부선 기차 안에서 개성의 모 여학교 수학여행단을 만난다. 그리고 자리에 앉자마자 여학생들이 일제히 연분홍색 표지의 노자영의 『사랑의 불꽃』을 꺼내 읽는 진풍경을 목격한다.[68] 이는 근대적 연애가 상업적 출판을 통해 여성 독자군을 형성하면서 소비되고 재생산되었음을 징후적으로 드러낸다. 조선시대 애정소설의 생산은

金乙漢, 1905~1992

지식인 남성들이 주도했으며, 여기에는 작가층 남성들의 사랑에 대한 판타지가 깊이 새겨져 있었다. 하지만, 근대 시기에 이르러 연애는 담론의 생산과 유통과정에서 여성들과 더욱 긴밀한 관계망을 형성하면서 상상력의 구조를 변형시킨다. 여성 독자를 의식한 연애 서사물의 출판 기획은 여성의 욕망에 근접하면서(여성들의 욕망에 부응하는 서사를 만들어내고), '사랑에 울고 웃는 여성'을 지속적으로 양산하게 되었던 것이다.

전근대 역사에서 사랑은 공적으로 언급되어서는 안 되는, 규방 내에서 머무는 은밀한 이야기로 존재했다. 하지만, 근대 초기에 자기발견과 해방의 도구로서 세상 밖으로 나온 연애는 여성들에게 새로운 삶의 가능성을 꿈꾸게 한 근대의 매혹적인 판타지였다. 계몽과 개조의 시기에 연애는 문명의 지표이자 근대적 자아를 새롭게 구성하는 형식으로서 공적 공간에 부상하고, 이후 연애의 서사는 신문, 잡지, 소설과 같은 대중매체를 통해 무한 증식되는 경로를 형성하게 된다. 1932년 조선총독부에서 발간

한 평양부의 출판물과 신문, 잡지의 구독자 조사 자료(『생활양태조사』 4, 평양부, 1932)를 보면, 1932년 당시 평양에 거주한 일본 여성 독자(401명)가 가장 즐겨 읽는 책이 가정소설(111명)이고 그 다음이 연애소설(35명)인 반면, 조선여성 독자(625명) 중 3분의 1을 넘는 240명이 연애소설을 즐겨 읽었고, 종교 및 유사종교 서적(204명), 그 다음이 가정소설(43명)이었던 것으로 나타난다.[69] 당시, 조선에 거주한 대부분 일본 여성이 가족단위로 이동한 거류민의 일원으로서 권선징악의 구도를 벗어나지 않았던 가정소설을 즐겨 읽었다면, 많은 미혼 여성을 포함했을 것으로 추정되는 조선의 식자층 여성들은 유행하는 연애소설에 탐닉했던 것으로 보인다. 또한 위 자료는 여성들의 연애 열풍이 경성과 같은 대도시에 한정된 현상이 아니라 지방 도시의 일상에까지 침투할 정도로 파급력이 컸음을 암시한다. '사랑에 울고 웃는 여성' 이미지는 초기에 신교육을 받은 소수의 여성들에 의해 촉발되었지만, 점차 여성 일반의 표상으로 확장되어 갔다. 이는 근대 연애와 젠더 사이의 함수관계를 드러내는 역사적 지표이다.

*『사랑의 불꽃』에 실린 연애편지의 내용

	발신자	수신자	사랑의 무대	사랑의 성격	편지의 목적
편지 1	男, 박영철(朴英哲), 학생	女, 박영애(朴英愛), 동경음악학교 졸업, 美貞學校교사, 20세	이화학당 주최의 음악대회가 열린 종로 청년회관	짝사랑	타오르는 사랑의 열정을 고백
편지 2	女, 홍순애, 19세	男, 화복(華福), 동경유학생	DS 학교 사무실	부모의 반대로 좌절된 사랑	실연으로 인해 죽음을 결심한 여성이 독약을 마신 후 애절한 심정 토로
편지 3	女, 이영숙	男, 벽계(碧溪)	HK강 뱃노리	(일시적) 이별	이별로 인한 사랑의 슬픔을 표현

편지 4	女, 김혜자 (金惠子), 일본 요꼬하마 유학생	우영(又影)		유학으로 인한 이별	떨어져 있는 연인을 그리워하는 심정 토로
편지 5	女, 설화(雪花), 학생	男, 춘선(春善), 동경유학생	남자의 하숙집에서 만도린을 치고 노래를 부름	첫사랑. 유학으로 인한 이별	떨어져 있는 연인을 그리워하는 심정 토로
편지 6	男, 우몽(又夢)	女, 혜정(惠貞)	서울 욱정(旭町)에 있는 不知火 여관에서 노래, 화투, 팔뚝맞기.	유학으로 인한 이별	떨어져 있는 연인을 그리워하는 심정 토로
편지 7	男, 홍병순 (洪秉淳), 동경유학생	女, 애자(愛子)	경원선 열차, 삼방(三防)	연인의 배반	사랑의 상실로 인한 고통을 토로
편지 8	男, 몽소(夢笑), 학생	女, 월화(月花) 동경유학생	기숙사	유학으로 인한 이별	떨어져 있는 연인을 그리워하는 심정 토로
편지 9	男, 성순(聖淳)	女, 정자(靜子)		죽음이 갈라놓은 부부간의 사랑	죽은 부인의 영전에 바치는 편지
편지 10	女, 운향(雲香)	男, 박누형 (朴淚馨)		(일시적) 이별	님의 부재로 인한 상실감과 슬픔을 표현
편지 11	男, 월영(月影), 상해 유학생	女, 영순(英淳), 학생	원산 명사십리, 석왕사	유학으로 인한 이별	떨어져 있는 연인을 그리워하는 심정 토로
편지 12	男, 최춘아 (崔春芽), 유학생	女, 애희(愛喜), 유학생	크리스마스 會場	(일시적) 이별	사랑의 상실로 인한 슬픔과 연인에 대한 그리움을 토로
편지 13	男, 김건희 (金建熙)	女, T양	정거장	(일시적) 이별	이별로 인한 연인의 부재를 슬퍼하고 그리움을 토로
편지 14	男, ○○生	女, 선옥(善玉)		연인의 배반	실연으로 인한 설움과 절망을 토로
편지 15	男, 운야(雲野)	女, 일화(一花)		이별	실연으로 인한 상실감과 절망을 토로
편지 16	男, 김운영 (金英雲)	女, 혜순(惠順), 신여성	한양(漢陽)공원	실연	자신을 사랑했던 여성의 결혼에 대한 충격과 안타까움을 토로
편지 17	男, 몽외(夢外) 사회운동가, 25세	女, 신애(信愛), 학생	한양(漢陽)공원	이별	헤어진 연인에게 사랑을 호소
편지 18	女, 이은순 (李恩順), 고등보통 학교 졸업	男, 영규(永奎)	서울 정동예배당에서 결혼	중매결혼으로 인해, 사랑이 부재하는 부부	남편에게 이별을 고하고, 진정한 사랑을 찾아 떠날 것을 선언

그녀들만의 해방, 연애라는 함정

서구의 역사에서 이성애적 사랑을 찬미하는 문화는 여성 찬양을 동반했다. 이는 남성 중심의 동성 사회가 이성애 문화와 일시적으로 화해하는 지점이기도 했다. 여성 숭배는 중세 시대 궁정풍 사랑의 주인공이었던 귀부인에 대한 찬미와 단테의 베아트리체에 대한 이상화에서 엿볼 수 있으며, 사랑을 찬양했던 르네상스 시대와 18세기 낭만주의 시대 문학과 예술에서도 확인된다. 사랑은 남녀 간의 수평적이고도 긴밀한 '관계'를 통해 완성되므로 사랑의 또 다른 주체인 여성에 대한 존중과 신비화가 수반되었다. 20세기 초 전 세계적으로 이성애주의를 꽃피웠던 근대적 연애관은 일차적으로 여성을 위계화된 젠더 구도로부터 구출하여 남성과 평등하게 위치시키는 사상적 움직임과 깊이 연관된다.

1920~30년대 조선으로 유입된 엘렌 케이, 구리야가와 하쿠손, 알렉산드라 콜론타이의 연애론은 '여성에 의한, 여성을 위한, 여성의 담론'이라 할 수 있을 정도로 연애는 여성의 적극적인 참여를 유도했다. 20세기 초, 서구 부르주아 계층을 기반으로 자유주의적 연애론을 주장한 엘렌 케이나 사회주의 연애관을 확산시킨 콜론타이는 계급적 기반의 차이에도 불구하고 모두 연애를 통해 '여성'의 근대적 자각과 해방을 추구한 여성운동가들이었다. 구리야가와 하쿠손 역시 연애의 구성 조건으로 '양성평등'을 중시하고 여성의 연애와 자아 해방의 문제에 깊은 관심을 보였다.[70] 이러한 연애론의 등장은 여성의 몸을 성적 대상으로 전유했던 가부장제의 역사에서 여성을 성과 사랑의 주체로 위치시키는 혁신적 사건이었다.

근대인의 화두로 제시된 개인의 자각과 연애의 실현은 특히 여성들에게 이전의 역사에서는 상상할 수 없었던 기획이었다. 여성을 욕망의 주체로 간주하는 근대적 연애론은 수백 년 동안 조선에서 여성의 삶을 규정해 온 유교적 부덕婦德을 대체하는 새로운 패러다임이었던 것이다. 1918년 3월에 발간된 일본 여자 유학생들의 잡지인 『여자계女子界』(1918. 3)에 실린 옥로玉露의 「결혼과 연애」라는 글은 "불평 고통이 없고 권력복종의 그림자가 없는 인간의 파라다이스이요, 기쁨과 만족 차고 넘치는 애愛의 인큐베이타incubator인 이상적 가정!"을 추구하는 것을 문명 사회의 사명이자 근대 남녀의 의무로 제시한다. 조선 여성들에게 연애 결혼은 구시대의 성적 예속을 넘어선 신천지의 삶의 조건으로 상정된다. 조선에서 발간된 최초의 본격적 페미니즘 잡지라 할 수 있는 『신여자』(1920. 3. 6)에서도 남녀의 자유결혼은 남녀평등과 여성해방을 위해 선취해야 할 일차적인 목표로 전제된다.[71]

그런데 현실 속에서 실험된 연애는 갖가지 문제에 봉착한다. 「신여성 오대번민五大煩悶」(『신여성』 1926. 10)이라는 글에는 신여성이 원하는 연애결혼 상대의 조건이 제시되어 있다.

신여성의 이상적인 결혼 상대의 조건
1. 그이의 사상
2. 그이의 취미
3. 그이의 용모와 체격
4. 그이의 지식 정도
5. 그이의 재산
6. 그이의 혈통 及 건강
7. 그이의 요구하는 妻

연애와 결혼의 이상을 동시에 충족시켜야 했던 자유연애결혼은 여성으로 하여금 배우자에 대한 과도한 기대를 품게 한다. 사상, 취미, 용모와 체격, 지식, 재산, 혈통, 건강, 긍정적인 여성관 등 남성에게 요구하는 자격 조건이 마치 채점표처럼 항목화된다. 이 모든 것을 갖춘 남자와 만나 사랑에 빠

져 연애결혼이 성립되는 것이다. 위 글의 필자는 결국 현실에서 이러한 조건을 충족시키는 남성은 거의 없고, 있다 하더라도 사랑을 이루기 어려운 기혼남인 경우가 흔하므로 차라리 홀로 늙을지언정 마음에 없는 희생은 하고 싶지 않다고 토로한다. 연애결혼은 근대의 이상적 가치, 이성에 대한 개인의 취향, 경제적 조건에 대한 고려, 계급 상승의 욕구 등 다양한 욕망의 조합으로 구성되었다. 현실에서 온전히 충족되기 어려웠던 연애결혼의 이상은 여성들에게 시대적·도덕적·윤리적·경제적·법률적 차원에서의 갈등과 번민을 유발했다. 그럼에도 불구하고, 조선을 강타한 자유연애결혼은 신교육을 받은 여성들에게 일종의 보편적 욕망으로 뿌리내린다.

부인 기자이자 작가였던 장덕조는 「여인수필麗人隨筆—내 리상하는 쓰윗 홈」(『만국부인』 1932. 10)이라는 글에서 당시 신여성들이 꿈꾸었던 결혼을 가상적으로 묘사하고 있다. 비록 가난하여 변변한 세간 살림은 없지만, '클라라 보(Clara Bow, 1905~1965, 미국의 여배우)'와 같은 1920~30년대 미국 할리우드 영화 속 모던

張德祚, 1914~2003

걸을 연상시키는 젊은 부인은 휴일에 남편과 한강에 '피크닉'을 가기 위해 샌드위치를 만든다. 여기서 그들이 점심으로 준비하는 '계란 하나, 버터 칠한 빵 한 조각'은 당시 여성들이 선망했던 서구식 신가정에 대한 은유이다. 위 글은 서구 근대의 환상으로 직조된 생경한 언어를 보여주지만, 부부간의 애틋한 연애 감정이 살아 있고 평등한 소통이 이루어지는 모던한 가정을 꿈꾸었던 당시 여성들의 열망을 드러낸다.

『삼천리』(1932. 12)에 실린 「푸로와 뿌르 여학생의 정조와 연애관」이라는 글은 1930년대 초반 여학생들의 결혼과 연애에 대한 생각들을 담고 있다. 서울의 모 여학교 학생들을 대상으로 무기명 설문 조사를 했는데, 100명의 여학생을 크게 A군 '뿌르'(중역, 지주, 거상, 귀족의 집 따님)와 B군 '푸로'(졸업 후에 부모와 형제를 부조해야 하는 중산계급 이하의 가정 따님)의 두 부류로 나누어 조사한 설문결과는 다음과 같다.

설문 내용	A. 뿌르(부르주아) (100명)	B. 푸로(프롤레타리아)(100명)
결혼 때까지 정조를 유지하고 싶다	78명	85명
현실적으로 불가능하므로 정조에 구애받지 않겠다.	44명	63명
결혼 전 향락하고 싶다	찬성 23명	찬성 16명
연애결혼 하겠다	찬성 98명	찬성 67명
연애 없는 결혼하겠다	찬성 2명	찬성 32명
중매 결혼	찬성 0명	찬성 33명
남성의 동정 절대 필요	찬성 13명	찬성 21명
상대방이 자산이 있는 자 희망	96명	79명
한평생 남편에게 수절할까	찬성 75명 맹약할 수 없다 -25명	찬성 83명 맹약할 수 없다(17명)
남편의 기호(嗜好)와 여학생의 의사	술(조금 먹는 편)-찬성 88명 연초(담배)- 찬성 92명	술(조금 먹는 편) -찬성 72명 연초(담배) - 찬성 96명
양친의 반대를 무릅쓰고 라도 결혼	찬성 33명	찬성 6명
결혼 후 양친으로부터 보조받겠다	찬성 21명	찬성 2명
결혼 후 직업 갖겠다	찬성 7명	찬성 73명
서울에서 살겠다	찬성 92명	찬성 54명
부모형제 보조하겠다	찬성 3명	찬성 38명
당분간 자식을 낳지 않겠다	5년 이내까지 찬성 83명 10년 이내까지 찬성 5명	5년 이내까지 찬성 62명 10년 이내까지 찬성 3명
자식 낳지 않을 방법을 안다	79명	37명

위 표에서 결혼 전까지 정조를 유지하고 싶지만, 현실적으로 불가능

하니 정조에 구애받지 않겠다는 여학생이 과반수(200명 중 107명)를 차지
하고 있다. 또한, 결혼 전에 어느 정도 향락을 즐기기를 원하는 여학생이
20%를 차지하고 '결혼 후에 남편에게 수절할 것인가'라는 항목에서 약
20% 정도가 '약속할 수 없다'고 하는 등 과거에 비해 상당히 변모한 당시
지식층 여성들의 성의식을 보여준다. 특히, 연애결혼을 바라는 여성이 부
르주아 계층에서 100명 가운데 98%를 차지하고 그중 약 30%의 여학생이
부모의 반대를 무릅쓰고 결혼하겠다는 의사를 표명한 것으로 보아 중·상
류층 여학생들에게 연애결혼이 대세였으며 자발적 의지에 의한 결혼에
대한 열망이 매우 강했음을 짐작할 수 있다.
　　하지만, 신여성의 연애결혼은 애초부터 갖가지 현실적인 함정에 노출
되어 있었다. H. S 生, A. S 生의 「여자가 허영이냐? 남자가 허영이냐?」(『신
여성』 1926. 7)라는 글은 당시 연애의 유행이 여성들에게 얼마나 큰 위험일
수 있는지를 말하고 있다.

　　연애라는 것은 아주 신성한 것이라는 말을 듣고 젊은 처녀로서 남자의
사랑을 받아 보는 것은 큰 명예라고 알게 되야, 자진해서 어느 남학생에게
곱디고운 레터 – 페퍼에다 어느 연애서간집에서 읽어본 달콤한 문구를 따
다가, 러 – 브레 – 터를 남학생에게 보냈더니 그야 주린 범에게 고기 던져
주심이라. 옳다구나 좋다하고 달디단 사랑을 주고받고 하다가 좀 그것이
집숙히 들어가서는 무슨 사정으로든지 남자에게 배척을 당하고는 또 거
기에 길이 나서 이 남자 저 남자를 유인하다가 필경은 타락의 구렁으로 빠
져버렸다고요. 이것이 여자의 허영심 많은 폐단을 가장 잘 대표적으로 설

명하는 실제 이야기이다.

남학생에게 연애편지를 보내는 것이 '주린 범에게 고기 던져주심'이라 표현하고, 연애의 실패가 궁극적으로 여성을 타락의 구렁에 빠지게 한다는 진단은 연애의 실험이 여성들에게 치명적인 파탄을 가져올 수 있음을 경고한다.

1920년대 중반 이후, 신여성에 대한 사회적 시선이 부정적인 방향으로 선회하는 과정에서 신여성은 그들이 연애결혼의 이상적 파트너로 지목했던 신남성으로부터도 외면당하는 상황에 놓인다. 방종과 향락으로 흐르는 연애의 폐해는 신여성들의 도덕적 불감증과 허영 탓으로 돌려지기 일쑤였고, 부르주아 중산층 가정을 꿈꾸었던 신여성들의 결혼은 계급의식으로 무장된 사회주의 남성들에 의해 비판의 표적이 되었다. 1920년대 초, 여성해방－연애－결혼을 연계시켰던 혁명적 서사는 중반 이후로 '부르주아 계층 여성'의 타락의 서사로 축소되고 굴절되면서 연애는 불온의 기호로 전락한다.

1930년대 초반 이광수, 나혜석, 김기진(金基鎭, 1903~1985), 김안서, 김동환 등 대표적인 지식인 문사들이 모여 여성의 만혼 현상을 논한 「만혼타개 좌담회－아아 청춘이 아까워라!」(『삼천리』 1933. 10. 1) 라는 기사가 있다. 여기서 독신여성이 많은 이유에 대해 나혜석은 "선배들이 시집가서 사는 것이 대개 행복스럽지 못한 꼴을 많이 구경하고 진저리가 쳐서 애당초부터 결혼생활에 들 생각을 하지 않는 까닭"이라며, "실상 교양이 높은 신학문 받은 남녀로서 결혼에 들어 행복한 살림을 하는 이가 몇이나 되어야

지요. 통계로 따져본다면 행복한 이보다 불행하게 된 이가 더 많지 않은 가요."라고 대답한다. 사회자 김동환이 "여자들은 여학교까지 졸업하여 높은 교육을 받아가지고도 올드미스로 늙을까요?"라는 질문에 김기진은 "갈 곳이 없으니까! 즉, 남편감이 없으니까! 넘고 실상 처지니까요. 스무 살부터 삼십 남짓한 청년 남자로 어느 누구가 본처 없는 이 있겠습니까. 부모의 강제 명령이건 무어건 다 이미 조혼한 터이지요."라고 대답한다.

많은 독신여성을 양산한 1930년대, 자유연애결혼의 위기는 결국 신여성의 위기를 의미했다. 연애를 통한 여성들의 자기 혁신이 좌절되는 과정에는 연애결혼의 근대적 이상과 현실의 충돌뿐 아니라 피식민지 민족주의, 계급사상, 여성해방 사이의 불협화음과 같은 근대 사상 내부의 갈등이 도사리고 있었다. 하지만, 1920~30년대 조선 사회에서 자유연애결혼의 파탄과 실패는 신여성들의 결함과 오류로 판정되는 것이 다반사였다. 이들 신여성은 연애의 함정에 갇힌 근대의 표류자들이었다.

모호한 열정의 경계 : 여학생들의 동성연애

1920년대 초반, 근대교육을 받는 여학생들 사이에는 '동성연애'라는 현상이 유행했다. 동성애 또는 동성연애는 동성 간의 사랑을 지칭하는 근대적 용어이다. 전근대 시대 '남색男色', '외색外色', '대식對食' 등의 용어를 대신하여 등장한 '동성연애'는 그 이면에 성애적 결합을 포함하기에 당시 성규범과 충돌의 여지가 있었다. 1910년대 일본에서는 유럽의 성과학 담론이 유입되면서 동성애 관련 논의들이 활발해지는데, 일본의 영향을 받은 식민지 조선은 1920년대에 들어서 성과학 담론이 논의되기 시작한다.[72] 이러한 과정에서 이성애가 정상성의 지표로 자리 잡게 되는데, 동성연애는 '변태성욕'이라 명명되며 일탈적 성으로 범주화된다[73]. 그렇다면, 1920년대 여학생들 사이에 유행한 동성연애는 당시 성 담론의 지형에서 어디쯤 위치하고 있었을까?

1920년대 조선에서 동성연애는 신여성의 특징을 설명하는 하나의 지표였다. 소춘小春의 「요때의 조선신여자」(『신여성』 1923. 11)에 다음과 같은 기술이 있다.

사랑 – 애형, 애제! 이것은 주로 여학생 사이에, 여학생 중에도 기숙사에 들어있는 학생 사이에 잇는 일이거니와, 그들 사이에는 남자 편으로 치면 '짝패'라 할 만한 사랑이란 것이 있다. 가령, '갑'이란 여자와 '을'이란 여자 사이에 사랑이 생겼다 하면, 그들은 거의 죽을지 살지를 모르고, 서로 그리워하며 서로 따르는 것이다. 여학교 중에도, 서울의 이화학당이 심하며, 경성여자고등보통학교, 평양여자고등보통학교의 기숙사에도 그런 학생들이 있다는데, 이화학당 같은 데에서는 그것을 취체하기에, 학교당국자가 꽤 많이 고심을 한다는 말이다. 이것이 유행어로 말하면 이른바 동성애라는 것이다.

위 글은 1920년대 초반, 이화학당, 경성여고보, 평양여고보 등의 여학교 기숙사를 중심으로 동성애가 유행하고 있음을 보여주는데, 학교 당국자가 단속할 정도로 여학생들의 동성애가 빈번했음을 확인할 수 있다. 여

1923년 설립된 이화여대 서양식 기숙사 프라이홀(사진은 이화여대 출판부 제공)

기서 여학생 사이의 동성애는 '거의 죽을지 살지를 모르고, 서로 그리워 하며 서로 따르는 것'이었다고 기술된다. 단순히 우정으로 설명되기에 는 과도한 감정적 애착을 보이는 여성 간의 관계는 과연 어떠한 것이었을 까? 위 글의 필자는 이러한 여성 간의 동성애를 '그것이 더럽게 성욕의 만 족을 얻으려 하는 수단이 되지 아니하는 이상에는, 이익이 있을지언정 해 는 없을 관계'라고 하여 여성들의 동성연애에서 성욕만 개입하지 않으면 문제가 되지 않는다고 선을 긋고 있다.

또한, 필자는 여성의 동성연애를 육체적 욕망이 부재하는 '높고 깨끗 한' 사랑으로 제한하고, 그러한 동성연애의 경험이 여러 가지 면에서 이 익이 될 수 있다는 입장을 취한다. 왜냐하면, 여자 사이의 동성애는 '정서

1930년대 여학생 사이에 동성애가 유행하던 세태를 풍자한 『여성』 1937년 7월호 삽화. 두 여학생이 학교에서 은밀한 감정을 표시하고 있다.

의 애틋한 발달을 재촉'하고, 성性이 개입하는 '남녀 간의 풋사랑에 대한 유혹'을 면할 수 있게 해주기 때문이라는 것이다. 일부일처 결혼제도와 이성애주의가 규범으로 정착되는 과정에서 여성 간의 동성연애는 이성애의 전단계로서 정서적 친밀감을 개발하고, 남성과의 연애에서 훼손될 수 있는 여성의 정조를 보호할 수 있는 안전한 기제로 간주되고 있었다.

현루영의 「여학생과 동성연애문제―동성애에서 이성애로 진전할 때의 위험」(『신여성』 1924. 12)이라는 글은 당시 유입된 성과학 담론에 기반하여 여학생들 간의 동성연애를 좀 더 상세하게 분석하고 있다. 필자는 '막쓰 뎃소아아'라는 성욕학자의 이론에 근거하여 성욕의 발달 과정을 3기로 분류하고 있다. 제1기는 중성기(제1아동기), 제2기는 무차별기(제2아동기), 제3기는 차별기(성인기)로 나누고, 특히, '정욕의 방향이 충분한 차별적이지 않고 여러 가지 방면에 동요가 되어서 눈앞에 있는 외부의 목적물로 인연하여 그 방면을 잘 변경하는 시기(무차별기)', 즉 '아동기 말末로부터 제이아동기 초, 즉 십이삼 세까지의 여학생' 사이에 동성연애가 잘 일어난다고 기술하고 있다. 이 시기의 동성연애는 성욕을 의식하는 것은 아니고, 동성 간에 마음에 맞는 사람에 의탁하여 마치 이성 간 연애를 하듯이 감정적으로 교감하는 것을 특징으로 한다. 성적으로 하등의 지식이 없는 사춘기의 여학생들이 교사를 흠모하는 것과 유사한 차원에서 동창에게 연애와 같은 감정을 느끼는 것인데, 이는 영원히 계속되는 것이 아니라 얼마 지나지 않아 사라지는 일시적인 현상이라고 단정한다. 여학생들의 동성연애는 육체적으로 정서적으로 미성숙한 단계의 어린 소녀들이 동료 여학생에게 느끼는 감정적 애착 단계 이상은 아니었던 것으로 기술되고 있다.

한편, 현루영은 위 글에서 '성적 생활의 제삼기'인 차별기에도 동성연애를 계속하는 경우가 적지 않은데, 이를 변태성욕의 일종인 '전도적 동성간 성욕'이라고 부른다고 덧붙인다. 이는 정서적·정신적 차원의 동성연애가 육체적인 성애로 발전되는 시기를 지칭하는데, 사회가 우려한 것은 바로 이처럼 육체적 관계로 이어지는 동성애였다. 하지만, 현루영은 남자보다 여자 사이에서 동성애가 잘 일어나지만 성적 관계로 발전하지는 않는다고 단정하면서 그 이유를 여성 특유의 기질에서 찾았다. 즉, 남성은 사회제도적으로도 그렇고 행동이 비교적 자유롭고 '방산적인(욕망을 외부로 표출하는)' 특징이 있으며 동성연애도 직접적인 성욕 표출이 동기가 되는 반면, 여성은 원시적으로 성적 수치심이 많고 그 행동이 지극히 '심곡(간절하고 애틋)'하며 '비상한 편협성'이 있기에 동성연애를 할 때 여성의 성욕은 그 이면에 무의식처럼 숨어 있을 뿐 의식적인 차원에서 작동하지는 않는다고 보았다. 하지만, 동성연애가 남성보다는 '여성의 전유물'로 간주되거나, 비성애적으로 인식하는 관점에 대해서는 좀 더 세밀한 분석이 필요하다.

이석훈李石薰은 「동성애만담 [一]」(『동아일보』 1932. 3. 17)이라는 글에서 1931년 영등포역에서 일어난 두 신여성(홍옥임, 김용주)의 철도 자살 사건을 예로 들면서, 동성애가 특히 여성들과 긴밀하게 연루되는 점에 대해 다른 견해를 제시했다.

동성애라면 곳 여성을 상상하리 만큼 여성에게만 있어 마땅할 듯한 합리성을 가진 듯이 일반은 생각한다. 그러나 동성애란 일종의 기형적奇態的 내지 병적病的 현상은 남성에게도 많이 있는 것이다. 여성은 성질이 연잡삽하고 유순하며 보다 정서적情緖的이기 때문에 또 가끔 정사까지를 감행하기 때문에, 현대에서는 동성애는 여성의 전유물인 것처럼 일반에게 인상되어 있을 따름이다. 남성이란 대체 여성에 비하여 보다 비위가 좋고 염치없고 배심좋아서 여성들처럼 얼싸안고 눈물을 줄줄 짜고 정사까지는 하지 않기 때문에, 남성간의 동성애는 암흑면에 가리었을 뿐이다.

이석훈은 여성들의 성질이 부드럽고 유순하며 정서적인 면, 그리고 가끔 정사情死에까지 이르는 점 때문에 동성애가 여성의 전유물로 사회

세브란스 의사 홍석후의 딸이자, 음악가 홍난파의 조카였던 홍옥임(洪玉任 21)과 덕흥서림 주인 김동진(金東縉)의 딸이자, 부호의 아들 심종익에게서 버림 받은 아내 김용주(金龍珠 19)의 동반 자살은 당시 세간의 화제였다. 위 기사는 『동아일보』 1931년 4월 10일 자.

일반에 인식되어 있지만, 이는 여성들의 동성연애가 외부로 많이 노출되는 결과이며 실질적으로 암흑 속에 가려져 있는 남성들 간의 동성애도 편재해 있다고 보았다. 그리고 그는 전근대 시대 조선과 일본의 남색男色의 역사에 대해 기술하면서 동성애는 여성이나 남성, 동양과 서양, 전근대나 근대에나 지속적으로 존재해 왔던 성적 행위의 한 형식이라는 견해를 피력한다.

또한, 이미 1910년대 후반에 여성들 간의 동성애 역시 성性을 기반으로 하는 도착적인 연애로 분류되었는데, 특히 여성들의 동성애는 여성의 특이한 기질로 인해 더욱 위험하다는 논의가 제기되기도 했다. 1916년 『朝鮮及滿洲조선급만주』(1916. 1. 1)에 당시 경성부인병원장이었던 구도 다

케조工藤武城가 쓴 「여자동성욕의 창궐에 대해서女子同姓慾の猖獗に就て」라는 글에서도 이를 확인할 수 있다.

하필 여자들이 그러한 이유는 '남자의 동성욕'도 세계 어디에서나 발견되는 현상이지만, 남자들이 여자들처럼 집착하지 않는 반면, 여자의 동성에 대한 연애는 어느 때라도 정사까지 가고야 마는 경우가 많기 때문이다.

이 글의 필자는 의사로서 '동성욕의 환자', '색정도착광의 환자' 같은 용어를 사용하며 의학적 관점을 유지하려고 한다. 그러면서 정말 문제가 되는 것은 '여성끼리의 연애'로서 남성보다 상대에 대한 감정적 밀착이 더욱 강한 여성의 동성연애는 정사情死에까지 이르는 경우가 흔하다며 우려를 표시하고 있다. 여성들의 동성연애를 정신적 사랑으로 한정하는 담론들과 달리, 이 글은 여성 간의 성애적 관계를 인정하고, 이에 대한 경계심을 드러낸다.

1920년대 여학생들의 동성연애는 여성 특유의 정감적 기질 때문에 주로 여학교 동창 사이에서 빈번히 일어났으며, 남성의 동성애와 달리 여성들은 정서적이고 정신적인 차원의 연애 감정을 교류하는 것으로 간주하는 담론들의 근간에는 여성들의 동성애에서 성性을 소거하고자 한 남성들, 또는 당시 사회의 시선이 개입하고 있다. 또한, 여학생 간의 동성연애를 본격적인 이성애를 위한 준비단계 정도로 보거나, 동성연애 자체를 일종의 심리학적 병적 상태, 즉 변태성욕으로 보는 시각[74] 모두 이성애주의의 전형적인 태도를 드러낸다. 1920~30년대 여학생들의 '우정과 사랑 사이의 친밀성의 과잉'은 이러한 남성 중심주의 또는 이성애주의의 시선으로 설명될 수 없는 열정의 사례를 보여준다.

여학생들의 동성연애는 근대적 연애와 여성이 만나는 지점에서 양산된 관계의 한 양식이라 볼 수 있다. 일차적으로 여학생의 동성연애는 근대 초기 여학교의 형성을 배경으로 한다. 근대적 제도의 일부로 구축된 교실, 기숙사 등은 여성들만의 공간으로 구획되었는데, 성별 지표가 강하게 작동했던 공간의 폐쇄성은 근대 연애의 물결에 휩사인 사춘기 소녀들의 감성과 친밀성을 증폭시키는 계기가 된다. 또한, 연애편지 주고받기, 산책하기, 영화·연극 관람 등 당시 남녀 사이에서 유생했던 연애의 형식들이 여학생들의 동성연애에서도 동일하게 확인되는데, 이들 사이의 연애에는 육체적·감정적 친밀성의 교환뿐 아니라 문화적 욕구도 충족시키는 등 다양한 의미망이 있었던 것으로 보인다. 여학생들의 동성연애는 이성애의 부재로 인한 마음의 공백을 메우거나, 이성애로 인한 상처를 여성끼리 보듬는 과정에서 싹트기도 했다. 하지만, 더욱 주목할 점은 여성들 특유의 감성적 교류와 정서적 유대감이 이성애를 통해 얻을 수 없는 긴밀한 교감과 열정의 발현을 가능하게 했다는 사실이다.[75]

1930년 당시 대표적인 여류명사들의 동성연애 경험담을 담고 있는 「여류명사의 동성연애기」(『별건곤』 1930. 11)에서, 의사, 기자, 근우회 일원으로 활약했던 이덕요李德耀는 자신의 동성연애가 "정열에 띠운 청춘 남녀 간 연애보다도 몇 층 이상으로 더 격렬하여 허다한 파란곡절했다."라고 회고한다. 자신이 좋아했던 여성을 '한 베개 위에서 단꿈을 꾸던 원앙새'라고 표현하고, 평생 이성과의 결혼을 포기하겠다고 선언하거나, 사

랑으로 인한 질투와 시기를 불러일으킨 삼각, 사각의 복잡한 사랑싸움을
고백하는 모습은 '결혼 이전 단계의 정신적 사랑'으로 설명되지 않는 동
성연애의 내밀한 풍경을 드러낸다.

영등포역에서 철도 자살을 한 홍옥임, 김용주의 경우, '동성 애정사同
性愛情死', '결혼생활의 파탄을 동정同情하는 동정 자살', '실연失戀을 동정
한 동정 자살' 등 세 가지 가능성이 추정되었는데, 동반 자살을 선택할 정
도로 강력했던 두 여성 사이의 유대감에 주목할 만하다. 이는 김용주의
집에서 시중을 들던 소녀에 의해 밝혀진, 그들의 죽기 직전의 대화에서
확인할 수 있다.

> "정말 너하고 떨어져서는 하루가 안타깝구나! 애! 네가 이 집 첩으로
> 들어와서 같이 살자꾸나. 그러면 날마다 떨어지지 않고 서로 같이 지
> 내지 않겠니."
> "어디 첩으로야 올 수 있니, 세상이 창피해서. 그 대신 내가 너의 집 부
> 엌어멈으로 들어오면 날마다 한집에서 지내고 그게 좋지 않으냐?"
> "첩이고 부엌어멈이고 당장 너 없이는 내가 살지를 못하겠다."[76]

하루도 떨어져서는 견딜 수 없어, 서로 첩이나 부엌어멈으로 각자의
집에 들어와서라도 함께 살고 싶다는 이들 관계는 이성애 결혼제도 규범
으로 통제할 수 없는 열정의 극한을 보여준다.

『동아일보』 1937년 9월 7일 자, 「두 송이 낙화落花! 강수江水에 쓰러진
혼혼魂魂 동성애에 희생된 두 처녀(부안)」라는 기사는 동성애 관계에 있는

것으로 추정되는 두 처녀의 동반 자살을 다루고 있다. 이들은 '서로 동성 연애에 불타는 사이로 이성애에 지지 않는 사랑'을 했던 처녀들이라 기술된다. 여학교 기숙사 동료에게서 느꼈던 가벼운 설렘에서 정사情死에 이르는 치명적 사랑까지 다면적인 스펙트럼을 보이는 여학생들의 동성 연애는 1920~30년대 조선 사회에서 친밀성에 기초한 근대적 연애가 양산한 사랑의 또 다른 형식이 아니었을까.

3-2. 동상이몽同床異夢 : 남성과 여성의 상이한 연애 공식

연애를 바라보는 엇갈린 시선들

1920~30년대 연애 담론들은 남녀 간의 사랑에 크나큰 의미를 부여하고 사랑과 결혼(제도)을 자연스럽게 결합하는 서사를 양산함으로써 근대 일부일처제의 저변을 형성했다. 하지만 현실에서 연애는 남녀의 성차에서 비롯한 충돌과 갈등을 피할 수 없었다. 그 배경에는 연애를 바라보는 남성과 여성의 감각과 인식의 차이가 작용하고 있었다. 당시 연애론의 생산을 주도했던 남성 지식인과 여성 지식인 사이의 시선의 차이는 식민지 조선의 연애를 구성하는 중요한 동인으로 작용하게 된다.

식민지 조선에서 연애 담론을 생산하고 유통시키는 실질적인 주도자는 남성 지식인들이었고 할 수 있다. 『조선문단』(1924), 『문예공론』(1930) 등을 간행하면서 근대 문예 담론을 주도했던 방인근(方仁根, 1899~1975)이 편집한 『朝鮮文士의 戀愛觀』(雪華書館, 1926)이라는 저작에는 당시 남성 지

식인들의 연애관의 흐름이 포착된다.[77] 총
22명의 남성 지식인 문사의 연애관을 담
고 있는 위 책은 일차적으로 엘렌 케이와
구리야가와 하쿠손의 연애관이 당시 조
선 사회에 얼마나 깊게 뿌리내리고 있었
는지를 보여준다. 이익상(李益相, 1895~1935)
이「운명의 연애(運命의 戀愛)」라는 글에서
"Love is best라고까지 할 수 없으나, 인
생에 연애문제는 매우 중대한 문제라고
생각합니다. 사랑이 없는 인생은 고적합
니다."라고 말하거나, 노자영이「人間에

『동아일보』 1926년 4월 26일 자에 게재된 『조선 문사의 연애관』 광고. 염상섭, 김기진, 김억, 김동인 등의 이름이 보인다.

참다운 世界를 찾아 – 나의 戀愛觀」에서 '영과 육을 조화한 곳에, 神性신성과 獸性수성을 합일한 곳에 비로소 연애가 있는 것', 결혼으로 이어지기 위해 "사랑이라는 것은 영속적이어야 하고, 따라서 전일적이어야 한다."라고 정의하여 하쿠손의 논의를 그대로 답습하고 있음을 보여준다.

　　당시 지식인 남성들에게 엘렌 케이의 '영육일치 연애'나 하쿠손의 '연애지상주의' 등의 용어는 일종의 상식처럼 통용되었다. 하지만 이는 관념적인 제스처에 가까웠다고 볼 수 있다. 염상섭은「감상과 기대」에서 연애에 대해 '무無'에 대한 동경, '완전을 향한 노력'이라는 추상적인 정의를 내리며, 연애에 대해 다음과 같은 기술을 덧붙인다.

애인될 사람을 통하여, 대자연의 위대한 실재, 즉 생명의 크고 적은 파
동의 '리즘'을 엿보고, 그 영성靈性의 아름다움과 신비로움과 또한 그 오묘
한 활동을 체득함으로 말미암아 커다란 생명의 흐름과 포용하고 합류되
고 그에 동화되어, 그 큰 생명 속에서 자신이 헤엄을 치고, 자신의 영성 속
에서 큰 생명의 키가 울리어, 일대 심포니를 듣게 될 때, 우리는 비로소 그
상대형상, 즉 애인될 사람의 생명 속에서 자기를 발견하는 것이다. 그리하
여 이것이 건전하고 완전한 주관의 세계를 전개시킬 제, 우리는 거기서 또
한 자기의 독이성獨異性을 발견한다.

염상섭의 연애관은 연애를 통해 자신
의 '독이성', 즉 상대편(애인)을 통해 궁극
적으로 자신을 발견한다는 관점을 표명
한다. 연인의 내면에서 자신을 발견하고,
자신의 내면에서 연인을 발견하여 '동심
일체라 할 수 있는 인격 결합'을 추구했던
구리야가와 하쿠손의 연애론은 자아와 타
자의 합일을 추구하는 상호 소통적 연애
론이라 할 수 있다. 하지만, 애인이 될 사

廉想涉, 1897~1963

람의 생명에서 자신을 발견하고 완전한 주관의 세계를 전개하여 궁극적
으로 자신의 독이성을 발견한다는 염상섭의 시각은 연애를 자아 중심적
인 사유의 틀로 수렴한다. 이러한 염상섭의 자아중심적 사유의 틀은 실제
연애에서 남성 중심적인 관계 방식으로 전화轉化될 여지가 컸다.

1920년대 초기 노자영이나 주요섭 등 일부 남성 문사는 영육일치의 연애론과 연애지상주의를 수용하는 데 선구적인 역할을 했지만, 『朝鮮文士의 戀愛觀』에서 드러나듯이, 1930년대에 이르러 염상섭, 김기진, 김동인(金東仁, 1900~1951), 이은상 등 대부분 남성 지식인들은 연애에서 육체적인 것을 소거하고 정신적인 가치를 중시하는 영육분리의 입장을 취했다. 또한, 연애를 일부일처 결혼제도의 신성성에 편입함으로써 연애의 가치를 축소하는 보수적 경향이 대세를 이루었다. 위 책에서 연애를 사회 국가구성의 기초 단위인 가족을 구성하는 요소로 파악하는 김윤경金允經이나, '혼인을 망각한 연애는 방탕아의 일종 유희'로 본 김영보金泳俌, 우생학적 관점에서 연애를 "결혼이 전제되어야 할 신비하고 거룩한 운동"으로 정의하는 김동환의 견해 등은 당시 엘렌 케이와 하쿠손의 연애론이 식민지 조선에서 남성 지식인들에 의해 어떻게 축소되고 굴절되는지를 보여주는 사례들이다.

그렇다면, 엘렌 케이와 하쿠손의 연애론에 힘입어 남성과 동등한 연애의 주체로 부상한 여성을 조선의 지식인 남성들은 어떤 시선으로 바라보았을까? 『朝鮮文士의 戀愛觀』에 실린 김영진의 「연애결혼戀愛結婚의 가치성價値性」은 "맹목적 연애에 대한 위험성은 남성보담도 여성에 많을 것이오, 더욱이 현재 우리 조선과 같은 상태에 있는 여성이 그러하다."라고 하여 당시 여성들의 자유연애에 대해 우려를 나타낸다. 1920년대 중반 이후로 근대적 사랑이 야기하는 여성들의 정조 훼손을 용납할 수 없었던 남성들에게 신여성의 연애는 성적 문란, 도덕적 방탕의 지표로 인지되는 것이 일반적이었다. 연애의 가치는 인정하면서도 현실적으로 연애에 뛰

어든 여성들의 욕망은 인정할 수 없었던 남성들의 이율배반적 시선에 의
해 근대 연애의 현장은 동상이몽의 두 주체가 부딪치는 젠더의 격전지가
되었다.

식민지 조선, 여성 지식인들의 연애론

길바닥에, 구르는 사랑아
주린 이의 입에서 굴러나와
사람 사람의 귀를 흔들었다.
'사랑'이란 거짓말아.

처녀의 가슴에서 피를 뽑는 아귀야
눈먼 이의 손길에서 부서져
착한 여인들의 한을 지었다.
'사랑'이란 거짓말아.

내가 미덥지 않은 미덥지 않은 너를
어떤 날은 만나지라고 기도하고
어떤 날은 만나지지 말라고 염불한다.
속히고 또 속히는 단순한 거짓말아.

주린 이의 입에서

굴러서

눈먼 이의 손길에서 부서지는 것아

내 마음에서 사라져라.

오오 '사랑'이란 거짓말아!

위 시는 최초의 근대 여성 작가 김명순(金明淳, 1896~?)의 「저주咀呪」라는 작품이다. 여성 작가로서 선구적인 위치에 있었던 김명순의 삶은 그녀의 연애를 둘러싼 사생활에 대한 풍문과 비난에 의해 훼손되는데, 이는 김명순을 문학사에서 사라진 비운의 작가로 만드는 원인이 된다. 위의 시 「저주」에는 좌절과 실패로 점철된 김명순의 연애 경험과 상처가 녹아 있다. 시인은 '주린 이'와 '눈먼 이'가 함부로 말하고 왜곡하여 길바닥에 구르는 돌처럼 되어버린 자신의 사랑에 대해 깊은 회한을 드러낸다. 사랑은 '처녀의 가슴에서 피를 뽑는 아귀'와 같고, '착한 여인들의 한'을 지어낸 것이라 말한다. 숱한 오욕의 소문 뒤로 사라져간 신여성 김명순에게 사랑은 자아를 해방시키는 혁명적 힘이 아니라, 자신을 세상으로부터 유폐시키는 감옥의 자물쇠가 되었던 것이다.

1920년대 신여성들의 연애 실험은 남성 지식인들, 나아가 조선 사회의 가부장적 시선과의 충돌과 투쟁의 과정이었다. 신여성들의 연애에 지극히 부정적 시선을 보냈던 염상섭은 장편 「너희는 무엇을 얻었느냐」(『동아일보』 1923. 8. 27~1924. 2. 5)에서 나혜석, 김원주(호 : 一葉), 김명순 등 제1세대

김명순(金明淳, 1896~?)
1917년 최남선이 발간한 잡지 『청춘』의 현상 모집에 당선된 소설 「의심의 소녀」로 춘원 이광수의 격찬을 받으며 정식으로 등단했던 최초의 근대 여성 작가. 『창조』(1919~1921)와 『폐허』(1920) 동인으로 활동했다. 1925년 첫 창작집 『생명의 과실』(한성도서)과 1930년경 두 번째 창작집 『애인의 선물』(회동서관)을 발간했다. 당시 대표적인 신여성 문사로 알려졌던 나혜석과 김원주보다 먼저 문단에 데뷔했고, 90여 편에 이르는 많은 작품을 창작했다는 점은 김명순의 독보적인 입지를 보여준다.

신여성들의 라이프스타일과 연애 편력을 소재로 삼아, 엘렌 케이, 입센의 노라의 신사상에 물든 신여성들의 자유연애와 이혼을 냉소적 시선으로 희화화했다. 한편, 신여성의 자유연애에 부정적 태도를 표출했던 김동인은 신여성 문사 김명순을 모델로 삼은 「김연실전」(『문장』 1939. 3)에서 주인공 연실을 "연애를 좀 더 알기 위해 엘렌 케이며 구리야가와 박사의 저서도 숙독"했지만, 결국 "남녀 간의 교섭은 연애요, 연애의 현실적 표현은 성교"라는 신념을 가진 '음탕한 여자', '정조관념에는 전연 불감증'인 '더러운 여자'로 묘사한다. 이러한 부정적인 언급들은 김명순 개인을 넘어 자유연애와 자유결혼을 여성해방의 방편으로 여겼던 신여성들 전반을 겨냥한 것이었다.

하지만, 남성 지식인들의 시각으로 재현된 신여성의 연애와 실제 신여성 지식인들이 남긴 연애론 사이에는 메울 수 없는 간극이 있었다. 김명순은 「이상적 연애」(『조선문단』 1925. 7)라는 글에서 자신의 연애론을 피력한 바 있다. 즉 '모—든 남자와 여자가 같은 이상理想을 품고 결합하려는 친화한 상태, 또 미급未及한 동경憧憬'을 이상적 연애로 보았다. 즉, 연애는 '동지 두 사람이 종교적으로 경건敬虔하며 같은 신념으로 공명하는 데 기인해서 같은 목표를 향向하고 전진하는 귀일점에서 완성'하는 것이라는 다소 추상적인 정의를 내놓는다. 김명순은 자신이 이러한 이상적 연애를 영원히 구하고자 하는 사색형의 인간이므로, 이 사회제도에 맞지 않는 공상을 한다고 남들이 지적할 것이라는 언급도 덧붙인다. 김명순의 연애의 실패는 일차적으로 김명순 자신이 생각했던 연애의 이상과 현실 사이의 괴리에서 찾을 수 있을 것이다. 하지만, 사랑에 대해 지극히 이상주의적인 신념이 있었던 김명순을 '육체적 교섭만을 추구하는 방종한 연애'의 행위자로 보았던 김동인의 경우처럼, '보는 자'의 시선이 행사하는 권력은 비판과 평가의 도마 위에 올랐던 신여성의 연애를 파국에 이르게 하는 치명적 원인이 된다. 김명순의 사례는 연애를 둘러싼 당시 남성 지식인과 여성 지식인 사이의 첨예한 갈등을 극적으로 보여준다.

『학지광』(1914. 12)에 「이상적 부인」을 발표하여 "자기 개성을 발휘코자 하는 자각을 가진 부인"으로서 실력과 권력을 갖춘 시대의 선각자가 될 것을 선언했던 여

『學之光』
1914년 4월 창간. 재 일본 동경조선유학생학우회(학우회) 기관지. 1930년 4월 통권 29호로 종간. 1910년대 문학, 학술, 사상 등 신문화 보급에 크게 기여했다.

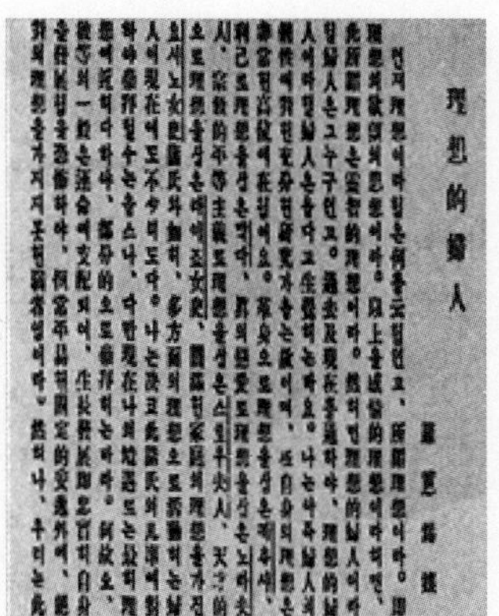

나혜석(羅惠錫, 1896~1948)과 「이상적 부인」(『학지광』, 1914. 12)

성 지식인 나혜석은 「나를 잊지 않는 행복」(『신여성』 1924. 8)이라는 글에서 자존감과 자기애를 바탕으로 할 때, 여자의 해방, 자유, 평등이 가능하고, 연애의 철저가 있으며, 생활개선의 기초가 잡히고 경제상 독립의 마음이 생긴다고 주장했다. 또한, 나혜석은 「생활개량에 대한 여자의 부르짖음」(『동아일보』 1926. 1. 24~30)이라는 글에서, 사랑의 가치를 긍정하는 동시에 사랑으로 인해 이상과 실행, 영과 육, 이성과 정의가 융합되어 작동한다고 보고, 여성이 먼저 자신을 사랑함으로써 남성을 사랑하게 되고, 남자도 자신을 사랑하고 또 여자를 사랑함으로써 생활 개량의 근본 힘을 얻을 수 있어야 한다고 주장했다. 「독신여성의 정조론」(『삼천리』 1935. 10)을 통해 인간의 균형 잡힌 성의식과 일부일처 가족제도 안의 부부간의 애정에 대한 급진적인 시각을 제시하고, 「우애결혼, 시험결혼」(『삼천리』 1930. 6)

에서 산아제한의 필요성과 자식 중심이 아닌 부부 중심의 근대적 결혼관
을 제시한 나혜석은 관념적이거나 감상주의적인 연애론에 빠지기보다
는, 주체적인 자기인식과 근대적 양성평등 의식을 바탕으로 하는 개혁주
의자의 시각을 선명하게 드러낸다. 하지만, 자기애를 바탕으로 한 나혜석
의 선각자적 인식과 행위성 역시 당시 사회의 관습적 코드와 정면으로 충
돌하면서 부정되는 결과를 낳는다.

한편, 『신여자』(1920)의 편집 간행자 김원주는
1920년대 조선 사회를 풍미했던 엘렌 케이와 하쿠손
의 연애지상주의를 주장하고 실행했던 대표적인 여
성 지식인이었다. 「근래의 연애문제」(『동아일보』 1921.
2. 24)라는 글에서, 김원주는 '남녀가 참마음에서 끓
어나오는 사랑에 관계를 두었다면, 비록 남자가 기

金元周, 1896~1971

혼인 경우라도 큰 장애가 되지 않는다'는 연애지상주의 극단을 주장한
바 있다. 「나의 정조관」(『조선일보』 1927. 1. 8)이라는 글에서 김원주는 "정조
는 사랑과 합치되는 동시에 인간의 열정이 무한하다고 할진대 정조관념
도 무한히 새로울 것입니다. 정조는 결코 도덕이라고 할 수 없고, 단지 사
랑을 백열화시키는 연애의식의 최고 절정이다."라고 언급했다. 이는 연
애를 할 때 동정을 지키는 것은 청정한 순결을 보존하는 것이 아니며, 오
히려 연애를 통해 성생활의 진정한 자유를 구가할 때 순결이 보존된다는
구리야가와 하쿠손의 정조론을 가장 적극적으로 수용한 예라 할 수 있
다. 김원주는 이전 구여성들의 정조관을 원천적으로 부정하는 급진적 관

점으로 당시 자유연애론을 이끌었던 연애의 전사였지만, 격렬했던 연애의 장을 뒤로 한 채 세속을 등졌다.

1920년대 초 논란을 일으켰던 1세대 신여성들의 급진적인 연애론은 점차 약화되고 1930년대로 가면서 여성 지식인 내부에서 연애결혼에 대한 비판적인 성찰이 대두한다. 동아일보사에서 부인 기자로 활약했던 최의순은 1920년대 무분별한 연애지상주의의 유행을 반성하면서 연애와 결혼의 연계성에 대해서 주목했던 여성 지식인이었다. 「나의 戀愛와 結婚觀」(『삼천리』 1929. 9)에서 최의순은 14~15세 때

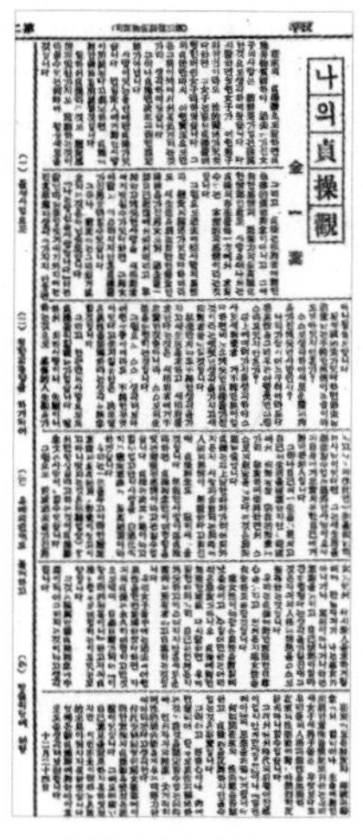

김원주, 「나의 정조관」,
『조선일보』 1927년 1월 8일 자.

『매일신보』에 실린 이광수의 「혼인론」을 애독했는데, 자유결혼을 설파한 그 논문이 개성에 눈뜨기 시작한 젊은 남녀의 가슴에 큰 충격을 주었다고 회상한다. 또한, 하쿠손의 기발한 연애관은 어느 정도 새로운 맛을 보여준 것은 사실이지만, 그것을 전부 긍정할 수는 없었는데 그 이유는 하쿠손이 일시의 충동적·육감적 애정과 인격적 신뢰를 기조로 한 연애를 분명히 구별하지 못했고, 연애를 너무 예찬함으로써 도리어 무비판적인 독자에게 '연애지상병戀愛至上病'을 남겨주었기 때문이라고 지적하고 있다. 최의순은 "남녀의 결혼과 가정생활은 반드시 연애의 성립으로 말미암아 결실하는 것이 아니면 안 될 것"이라는 확고한 신념 아래, 청춘 남녀에게 진정한 연애의 길을 걸을 수 있도록 충분한 기회를 주는 것이 현명한 방책이라 보고 '결혼으로 이어질 수 있는 연애'라는 틀에서 이루어지

는 남녀의 이성교제를 권장했다. 하지만 1930년대 여성 지식인의 연애에 대한 현실적 성찰은 1920년대 신여성들의 급진적 연애 실험과 실패에 빚지고 있었다.

　　김명순, 나혜석, 김원주 등으로 대표되는 1세대 여성 지식인들은 근대 초기, 엘렌 케이와 하쿠손의 계몽적 연애 공식을 충실히 실행한 모험가들이었으며 현실과의 충돌을 두려워하지 않았던 이상주의자들이었다.[78] 여성 지식인들의 연애에 대한 관념적이고 이상주의적인 태도는 현실적인 연애에서 그들을 여러 가지 치명적인 위험에 노출시켰다. 1920~30년대 신여성들은 자유연애를 통해 개인성의 실현, 남녀평등, 신가정의 형성 등 근대의 혁신적 가치를 부르짖었지만, 현실적으로 남녀 간의 성적 위계, 뿌리 깊은 인습들과 부딪치면서 좌절을 겪는다. 연애를 통해 시대와 가장 긴밀히 호흡하고자 했던 신여성들은 오히려 시대와 가장 격렬하게 불화 不和하게 되는 역사적 모순을 경험했던 것이다.

4. 연애결혼의 내파內破 : 연애 없는 결혼, 결혼 밖의 연애

4-1. 스윗홈의 실상

다시, 연애 없는 결혼으로

1920년대 자유연애결혼의 주창자였던 나혜석, 김원주, 김명순, 자유이혼을 감행하여 '조선의 노라'라 불린 박인덕(朴仁德, 1896~1980), '조선의 콜론타이' 허정숙 등 신여성들에게 연애는 그들의 삶을 뒤흔드는 위태로운 선택이었다. 계몽의 시대에 여성 선각자로서 화려하게 공적공간에 부상했던 신여성들은 연애를 통해 자신을 욕망의 주체로 선언한 순간부터 가부장적 사회 체제와 정면으로 대립하는 위치에 서게 되었다. 1920년대 초 조선을 떠들썩하게 했던 자유연애가 일부 신여성들의 불미스러운 스캔들로 낙착되면서, 1920년대 중후반 이후 연애결혼의 공식에서 연애 항목이 소거되는 지경에 이른다.

다음 글은 1930년대 초 여학생들의 연애가 사회로부터 다각적으로 압박을 받게 되는 정황을 시사하고 있다.

　　연애는 결혼의 필수조건이다. 그러나 우리의 가정은 연애의 자유를 용인하지 않는다. 연애는 곧 악惡으로 인정하고 아들이나 딸에게 그를 엄금한다. 더욱이 딸에게 있어서는 그가 한층 더 심하다. 부모도 그러하거니와 학교에서도 성에 대한 강화가 없고 학생으로 하여금 연애란 말도 자유로 못하게 한다. 그냥 봉건시대의 여성을 그대로 옮기어 놓으려는 것이 현하 여학교 교육의 기본정신이다. 그러므로 여학생들은 입으로는 결혼의 자유를 부르고 찬미하지만은 그 실지에 서서는 자기가 몸소 그를 실천치 못함은 물론이고, 남의 연애하는 것을 보고 비웃고 흥보는 현상이다.[79]

　　위 글의 필자는 연애는 결혼의 필수조건임을 인정하지만, 이제 우리의 가정은 연애의 자유를 용인하지 않는다고 공표한다. 연애를 악惡으로 간주하고 특히 딸에게는 연애를 금기시해야 한다는 1930년대 초의 정황은 1920년대와 비교하면 확연한 차이를 보인다. 필자는 이러한 세태를 봉건시대의 여성을 그대로 옮겨 놓으려는 여학교 교육의 기본정신이라고 비판하고, 이제 여학생들은 입으로는 결혼의 자유를 찬미하지만 실제로는 몸소 실천하지 못한 채 남의 연애를 비웃고 흥보는 처지가 되었다고 기술한다. 또한, 위 글에서 필자는 연애결혼을 갈구하는 청년 여성들에게 남녀 간의 애정보다는 '장래의 행복과 영화'에 대한 동경이 더 깊은 비중을 차지한다고 문제 삼는다. 특히, 여성들의 머리에 떠오르는 연애의 종착지가 "보석반지, 문화주택, 피아노, 비단옷, 비단양말, 안락의자, 비단이불, 훌륭한 의장, 자동차, 최신 유행구두, 솔, 외투, 어멈, 침모針母, 돈, 영화, 호기 등등"이라고 하여, 연애결혼 이면에서 작동하는 여학생들의 물

양장에 하이힐을 신고 거리를 활보하는 신여성을 풍자
적으로 표현한 『별건곤』 1927년 1월호 삽화.

질적 욕망을 쟁점화하고 있다.

　1920년대 후반 연애결혼에 관한 많은 글은 연애결혼이 이전과 비교
할 때 훨씬 더 물질적이고 연애 외적인 요소에 의해 지배되며, 여성들은
더 세속적으로 변했다고 비판한다. 이성환李晟煥의 「어떻게 하면 결혼을
잘할까, 연애독본　결혼교과서」(『별건곤』 1927. 12)에서는 당시 결혼의 조건
으로 돈, 미(외모),　명예, 우연, 자발적 결혼의사를 제시한다. 고영환高永煥
은 「연애의 도道」(『별건곤』 1929. 2)에서 남자에게는 여성의 외모가 첫째 조
건이지만, 여성이 배우자를 고를 때에는 첫째, 재산가의 아들로서 장자
가 아닐 것, 둘째 미남자일 것, 셋째 학식 있고 사회에 명망 있는 인격자일
것 등을 내세우는데, 남녀가 모두 허영적이지만, 특히 여성이 더 실리적

이라고 비판한다. 여성 문사 모윤숙(毛允淑, 1910~1990)이 30년대 후반에 쓴 「나의 연애관」(『삼천리』 1937. 10)에서도 근래에 유행하는 연애는 외형적 미 (외모), 경제적 조건을 우선시하고, 그 다음으로 학교지식(교육 여부)을 요구 하며, 남녀의 내적 자질이나 가치의 영역은 전연 결핍되어 있는데 이것이 소위 '문명했다는 연애'로 평가된다면서 세태를 비판하고 있다. 처음부 터 부르주아 지식층이 주도했던 연애결혼은 1930년대에 이르러 물적 토 대에 압도되는 계급적 성격을 농후하게 드러내고 있었다.

한편, 1930년대 기자로 활동하면서 가부장제 여성들의 다면적인 현실 에 주목했던 소설가 이선희(李善熙, 1911~?)는 관념적이고 이상주의적이었 던 1세대 여성 지식인들과는 다른 연애관과 1930년대 후반 조선의 새로 운 연애 풍속도를 보여준다. 「연애관의 논전論戰, 연애와 홍다紅茶, 여류문 사의 연애관(3)」(『삼천리』 1938. 1)에서 이선희는 다음과 같이 말한다.

일찍이 우리사이에는 이 연애란 말을 입 밖에 내는 사람이 없었다. 이 말은 금단禁斷의 말이어서 만일 누가 그의 입에 이 말을 담는다면 그는 파 계자와 같이 멸시를 받지 않을 수 없었던 것이다. 그러나 우리는 항상 이 '연애'를 내외內外했던 것은 아니고 때로는 곧잘 우리들의 화제에 올려 그 감미甘味를 향락했던 것이다.

1930년대 말에 이르러, 필자는 연애가 '입 밖에 내어서는 안 될 금단 의 말'이 되었다고 고백한다. 하지만, 사회적 검열을 받으면서도 연애는 지속적인 화제의 대상이자 향락의 기호가 되면서 연애는 무거운 계몽의 언어를 벗어나 가벼운 일상의 풍경 속에 안착하게 되었다고 기술한다.

수많은 남녀들이 연애를 한다. 그러나 그보다 더 많은 남녀가 연애를 얻지 못하고 그대로 그들의 인생을 보낸다. 연애를 얻지 못하는 대신 다른 여러 가지 일에 성공하는 사람을 본다. (……) 사람이 연애를 얻지 못하면 그는 그의 생명의 반분 내지 삼분의 일을 상실하는 것이다. 연애도 한 개의 생활이기 때문에 그 시대의 시대성을 무시할 수가 없는 것이다. 말하자면 한 시대의 정치나 경제나 사회 제도에 따라 연애의 색채, 방향芳香, 각도 등이 달라지는 것이다.

위 글에서 연애의 주체는 이제 학생층에 국한되지 않고 '수많은 남녀'로 설정되고 있다. 연애는 '신新여성'의 특권이 아니라 '신新'이라는 접두어가 탈각된 여성 일반의 권리로 전이되고 있는 것이다. 연애는 이제 사회 개조를 위한 행위가 아닌, 한 개인의 가치관에 따른 선택의 문제로 간주된다. 위 글에서 이선희는 "현대의 남녀는 대단히 명랑하다. 처녀는 수줍어하기를 잊은 지 오래다. (……) 홍차 한 잔씩을 들어마신다. 실로 현대의 연애는 이 홍차 한 잔과 같이 쉽게 얻고 또 쉽게 잃어버리는 것이다."라고 했다. 1930년대 후반의 연애는 근대 '자유연애결혼'이라는 대사회적 화두로부터 빠져나와 유희의 형식, 개인 취향의 문제로 가볍게 다루어진다. 연애는 일상의 남녀에게 보편화되었지만, 연애와 결혼을 분리하여 생각하는 실리적인 태도가 징후적으로 드러나고 있었던 것이다.

결혼의 물질성 또는 계급성

근대 초기 연애결혼의 좌절에는 다면적인 갈등의 요소들이 교차하고 있었다. 그 가운데 남성 지식인들에 의해 가장 강력하게 제기된 문제의 하나는 물욕 때문에 연애결혼의 신성한 가치를 배반하는 여성들의 타락이었다.

염상섭의 소설 「제야」(1922. 1)는 동경에서 유학하고 돌아온 신여성 최정인이 자유분방한 연애의 결과 임신을 하는데, 이를 속이고 다른 남자와 결혼한 이후 사실이 탄로 나자 그녀의 방탕한 과거를 용서해주는 남편에 죄책감을 느껴 자살하는 이야기를 담고 있다. 그런데, 1920년대 신여성의 자유연애가 여성의 방종으로 귀결되는 서사 이면에는 여성 정조의 상품화가 비판의 초점이 되고 있다.

정조, 그것은 무엇을 의미하느냐? 남자가 여자에게 생활보장을 조건으로 하고 강요하는 소유욕의 만족이냐. 그러치 안흐면 소위 교양잇다는 자가 고상한 취미성을 만족시키랴는 욕구냐? 여자가 판과 분값으로 지불하는 거래상 일형식이냐? 정숙한 수절가라는 찬사와 프라이드를 스스로 향락하랴는 역시 일종의 기묘한 취미인가. 넘어도 인간성을 학대하는 무지한 행위이다. 그러나 여자가 "남자는 물질로 여자의 정조를 요구하니, 나는 정조를 유동자본으로 삼아 쾌락을 무역貿易하겟다." 하거나 또 "물질과 정조의 교환가치는 현수懸殊하니 남자에게 정조관념이 업슬 때에, 나는 그 잉여가치로 쾌락을 구입하야 평형을 어드랴한다."고 하면, 일一에는 적응하고, 일一에는 불합리할 까닭이 업슬 것이다. 더구나 누가 정조를 지키지 안는다 하는가. A와의 정교情交가 계속할 때에는, A에게 대하야 정조있는 정부가 될 것이요, B와의 부부관계가 지속할 동안은 또한 B에 대하야 정숙한 처만 되면 고만이 안이냐. (……) 그것은 자발적이다. 강제바든 노예도덕에서는 구할 수 업는 것이다. 여하간 정조는 상품은 안이다. 취미도 안이다. 자유의사에 일임一任할 개성의 발로인 미덕이다. (……) 그러나 나는 팔앗습니다. 훌륭한 상품이엇습니다. 생활의 수단은 고사하고 학자금까지를 이 수단으로 어드랴 하앗습니다.[80]

위 작품에서 염상섭은 근대 연애론이 내놓은 새로운 정조론과 신여성들의 연애 풍조를 풍자의 대상으로 삼는다. 당시 영육일치의 연애론은 남녀 간의 육체적·정신적 결합을 추구했으며 이는 필연적으로 여성들의 정조 상실을 가져오게 되었는데, 염상섭은 정조를 '상품'도 '도덕 취미'도 아닌 '자유의사에 일임할 개성의 발로'로 인정한다면, 여성의 정조 상실은 연애의 형식 논리 속에서 전혀 '불합리할 까닭이 없는 것'이라 한다. 하지만, 문면에 흐르는 염상섭의 시선은 냉소적이다. 정조 관념이 없는 남성과의 연애 관계에서 여성이 자신의 정조를 물질에 대한 교환가치로 활용하는 경우나, 연애가 있는 곳에서 정조가 성립된다는 신정조론 경우 모두, 여성의 성적 방종을 정당화하는 것에 불과하다는 인식이 염상섭의 서술 이면에 깔려 있기 때문이다. 위 작품에서 염상섭은 여성이 정조를 물질과 교환하거나 그것의 잉여가치로서 쾌락을 향유한다는 점을 집요하게 심문한다. 결국, 「제야」에서 신여성 최정인은 '생활보장'을 위해,

'학자금'을 얻기 위해 정조를 팔았다고 고백하고 나서 스스로 목숨을 끊는다. '연애'라는 명목하에 정조를 상품화한 여성은 죽음으로써 자신을 단죄하기에 이른다.[81]

신여성의 타락이 본질적으로 여성의 음탕한 기질에서 비롯한다고 믿는 염상섭의 시각에는 식민지 자본주의에 오염된 조선의 현실에 대한 비판이 중첩되어 있다. 또한, 신여성의 정조 상품화에 대한 염상섭의 분노에는 연애나 결혼과 같은 전통적인 친밀성의 영역이 경제적 기제에 포섭된 현상에 대한 강력한 반감이 교차하고 있다. 그의 장편소설 「너희들은 무엇을 어덧느냐」(『동아일보』1923. 8. 27~ 1924. 2. 5) 또한, 당시 김원주, 나혜석 등 신여성 문사들을 모델로 삼아 근대적 연애결혼 이면에서 작동하는 경제적 원리를 냉소적으로 묘사한다.[82]

돈과 사랑이라는 두 가지를 어떠케 조화를 식히어서 해결할가 하는 문제를 생각하기에는 아즉 어리고 자긔힘에 겨운 일이다. 땃듯한 품도 행복스럽지만 따뜻한 주머니도 반가운 것이다. 어떠한 때는 피아노소리가 미직은한 키쓰나 느슨한 포옹을 더 뜩업고 더 힘잇게 할지도 모른다. "사랑이란 두 가지가 잇다 하얏지!" "돈으로 살 수가 업는 사랑과 돈에 파라 먹을 수 잇는 사랑이 잇다 하엿지. 령靈이라는 옷에 육肉을 싼 사랑은 돈으로 살 수 업지만, 령을 육의 껍질로 싼 사랑은 돈만 가진 작자가 나스면 어느 때든지 히여서 팔 수 잇는 것이라고 하얏겟다. 하지만 기생이나 갈보가 안인 다음에야 돈에 눈이 어두어서 사랑을 하고 몸을 내던질 년이 어데 잇드람!" 경애는 기생과 갈보나 돈에 사랑을 여 판다는 결론에 만족할 수밧게 업섯다. "그러나 밥을 굶고 맛붓들고 안저서도 뜨거운 키쓰를 할 수 잇고 굿세인 포옹을 할 수 잇슬가?[83]

신성한 근대 연애결혼 이데올로기에 친밀성과 화폐가 교차하는 지점을 예리하게 포착한 염상섭은 "'요새 졸업장 시세가 어떻단 말이요.' 옛적에는 혼서지 한 장으로 계집을 사고 팔고 했지만 지금 세상에는 여학교 졸업증서 한 장으로 사내를 사고 팔려가고 하게 되었다 한다."라고 하여 신여성들의 학력이 결혼 시장에서 상품가치로 전락하고 있음을 문제로 제기한다. 1930년대 사회주의 지식인 남성들은 계급적 관점에서 근대 자유연애와 결혼 이면의 경제적 거래를 더욱 맹렬하게 공격한다. 호연당인(浩然堂人 : 채만식)은 「현대여성의 정조 손료損料」(『신여성』1933. 2)에서 여성의 해방이 지극히 관념적인 것이며, 결혼은 궁극적으로 여성들의 정조를 '밥' 한 그릇에 불과한 것으로 만들었다는 극단적인 주장을 펴기에 이른다.

蔡萬植, 1902~1950

지식적으로 깨달은 여자들이 깃발을 날리며 용감하게 부르짖었다. 운동은 어느 정도까지 성과를 보았다. 즉 관념상으로는 여자는 해방이 되었다. 그러나 여자를 구속한 제도는 그대로 있다. 해방되었다는 인텔리여성. 그들은 처녀성을 곱게 지키다가, 그것을 남자에게 맡기어버린다…… 남

자는 처녀의 정조의 사용권을 전당잡고, 그 대신 '밥 한그릇'을 보장하여
준다. 해방된 인텔리 여성들은 결혼이라는 미명 아래에서 정조의 손료로
식료를 잡는다. 엄숙하게 신전에서 부부의 맹세를 만든다. 그러나 그곳에
서 나온 여자는 성문제의 해결보담은 직업문제가 먼저 해방된 것이다. 오
늘날의 여자는 여자의 노예로의 복귀를 의미하는 것임은 모르는가.

독일의 사회주의 사상가 베벨(August Babel, 1840~1913)의 『부인론』을 근
거로 필자는 "해방된 인텔리 여성들은 결혼이라는 미명 아래에서 정조의
손료로 식료를 잡는다."라고 선언하고, 결혼한 현대 여성들 전반을 정조
를 상품화하여 매매하는 '노예'와 동일시한다. 결혼에 대한 필자의 유물
론적 해석에는 신여성들의 결혼을 부르주아 계층의 타락이나 모순으로
간주하는 계급적 시선이 주도적으로 작동하고 있었다. 위 염상섭과 채만
식의 글은 모두 근대 자유연애와 결혼의 이면에서 여성의 성이 상품으로
거래되는 점을 문제 삼으면서 이를 부르주아 계급, 신여성 집단의 훼손된
정체성으로 수렴시킨다.

당시 지식인 남성들의 글은 연애와 결혼이 내포한 물질성의 문제를
특정 계급에 속하는 여성의 도덕적 훼손으로 귀결시키는 한계를 보인
다. 하지만, 이들의 글은 원천적으로 근대의 '연애결혼'이라는 기제를 통
해 새롭게 구성된 친밀성의 관계에 물질이 개입하는 방식을 문제 삼은 것
이다. 여기에는 신성한 근대 결혼 이데올로기 이면에서 작동하는 사회·
경제적 조건들, 여성의 정조와 가부장적 결혼제도 사이의 암묵적 계약,
여성의 결혼을 통한 현실과의 협상 등 친밀성을 둘러싼 다양한 층위의 문

제들이 복합적으로 뒤엉켜 있다. 근대 초기에 '문명적 가치의 실현'이라는 명목으로 권장되었던 연애결혼의 서사는 그 이면에 결혼과 자본의 밀월관계를 본격적으로 가동시키게 된다. 1920~30년대 신여성들이 꿈꾸었던 '스윗홈'은 연애와 결혼이 상품으로 거래되고 교환되는 자본주의적 존재방식과 깊이 연루되고 있었던 것이다.

현실 속의 연애, 실패의 서사들

근대적 이상의 온실에서 싹튼 연애가 정작 현실의 토양에 파종되었을 때 그것은 불완전하고 미숙하며 바람직하지 못한 형태로 드러나기 십상이었다. 방인근은 「연애남녀비망록, 연애독본 결혼교과서」(『별건곤』 1927. 12)에서 다음과 같이 기술한다.

方仁根, 1899~1975

지금 유행되는 연애는 '장난 연애' '더러운 연애' '풋연애"이다. 가장 참된 사랑의 불꽃이 마주치는 '인생의 꽃'이라고 할 만한 연애에는 어디까지 엄숙하고 열렬하고 진실하여야 할 터인데 거기에 유희적 기분이 조금이라도 흐른다면 그것은 파멸이다. 그런 연애는 끝끝내 불성공이다.

현실에서 실현되는 연애는 참된 사랑의 불꽃으로 이루어지는 엄숙하고 열렬하며 진실한 연애가 아니라, 단순한 유희에 그치는 '장난 연애', 도덕성이 결여된 '더러운 연애', 미성숙한 '풋연애'에 불과했다. 이성환李

晟煥의 「어떻게 하면 결혼을 잘할까, 연애독본 결혼교과서」 역시 당시 현
실에서 드러난 연애의 여러 장면을 포착한다.[84] 이 글에서 제시하는 '남조
濫造된 연애'는 이상적 결혼으로 이어지지 못하는 자격미달의 연애이다.
필자는 인격적 연애가 중심이 되어야만 진정한 결혼, 도덕적 결혼이 가능
하며 일부일처제는 이러한 연애를 기반으로 실현되는데, 현실에서 연애
는 결혼을 위한 수단으로 전락했다고 지적한다. 엘렌 케이의 사상이 수용
된 이래 조선에서 연애 없는 결혼은 매음 행위에 불과하다는 생각과 더불
어 '완전한 연애'만이 참된 결혼을 완성한다는 관념[85]이 뿌리내리고 있었
다. 당시에 이상적 연애, 좋은 연애는 다음과 같이 정의되었다.[86]

1. 연애란 그 자체가 신성하기 때문에 제삼자가 침범할 수 없다.

2. 일생에 한 번 있는 진실한 연애이다.

3. 평생에 걸쳐 이어지는 영속성을 가진다.

4. 결혼의 의무를 동반한다.

하지만, 현실에서 연애는 그 조건을 충족시키지 못하는 사이비 연애에
불과하며, 일종의 '말라리아'와 같이 전염되어 '연애공포병에 붙들린 자',
'연애걸신병환자', '도쓰가핀 애용가', '연애절도상습범', '정사情死예찬
자', '플라토닉, 러브로 종신하는 자류'[87] 등을 양산했다고 비판받는다.
한편, 여성들에게 근대적 자기 해방의 일환으로서 제시되었던 연애는
기대하지 않은 현상을 낳기도 했다. 다음 글은 1920년대 중반, 소위 '연
애'하는 사람들의 실상을 묘사하고 있다.

남자는 지식을 닦고 나니 몰이해의 배우자가 있는 동시에, 여자는 지식을 닦고 나니 상금 처녀인 동시에 동등의 지식을 가질 만한 남자는 대개 기혼이어서 상당한 배우를 선택할 길이 막힘으로 첩으로 가거나 맘에 있는 기혼남자를 들쑤셔 이혼하게 하거나 그렇지 아니하면 무식한 남자를 택하거나 할 수밖에 없습니다. 이것이 지식계급 남자의 이혼문제가 생기는 이유며, 또한 지식계급여자의 매음적 첩생활(잠시잠시 돈받고 돌림첩 노릇하는)로 타락되거나 좀 똑똑하다는 여자면 이혼선동자 노릇을 하게 되는 이유외다.[88]

위 글은 당시 신여성들의 자유연애가 행복한 결혼으로 이어지는 것이 아니라, 대부분 이미 배우자가 있는 남성과의 불륜 관계로 전락하거나 기혼 남자의 첩이 되는 길을 선택하게 되고, 심한 경우에는 매음적 삶을 살게 된다고 기술하고 있다. 실제로, 구여성과의 조혼으로 인한 '애정 없는 결혼'에 절망한 '신남성'들은 엘렌 케이나 하쿠손 식으로 자유이혼을 선택하기보다는, 가족의 틀은 유지하면서 가족 밖에서 신식 연애를 구하는 방식을 택했다.[89] 일종의 첩의 위치에 놓이게 된 일부 신여성들은 자신을 옹호하기 위해 전근대 시기 '첩'과는 다른 '제이부인第二婦人'이라는 이름으로 자신을 지칭하는 아이러니한 상황에 이른다.[90]

한편, '스윗홈'이나 신성한 결혼으로 이어지지 못한 '나쁜' 연애는 1930년대 후반에 사회적 쟁점이 된다. 노천명, 이선희, 최정희(崔貞姬, 1906~1990), 모윤숙 등의 여류문사들의 연애 관련 좌담회('여류 문사의 '연애문제' 회의」, 『삼천리』 1938. 5. 1)에서 당시 유행하던 신연애론이 집중 해부된다. 이 모임에서 사

회자인 김동환(金東煥, 1901~?)은 "요즈음 신시대의 여성들의 연애하는 과정을 바라보면 일세 도도 유물주의인 때이니 그도 어쩔 길이 없겠으나 높은 정신생활을 동경하는 나머지에 연애의 길로 뛰어드는 것이 아니라, 한갓 섹스 때문에, 즉 춘정을 못 이기어, 이성의 앞으로 내닫는 것이 대부분이 아닌가요. 지극히 현실적인, 지극히 쾌락주의적인 감각 생활을 동경하여서요?"라고 묻는다.

이에 대해 이선희는 '근대 연애의 특징'을 첫째는 '스피 – 드주의'이자 '철저한 행동주의', 둘째는 '쾌락주의'라 요약한다. 여성들의 경우 "제 마음을 끄는 남성이 나타나면 이쪽에서 오히려 자기 표현할 기회를 만들고, 능동적이 되어서 저편으로 접근하려 하며 가령 편지라도 오면 곳 답장 쓰고, 경쟁자가 나타나면 더욱 용감하여지고, 경성부에 가서 호적부쯤

조사하여 두기를 일수로 한"다고 당시의 세태를 설명한다. 또한, 모윤숙은 여성들이 '현대적 조건을 너무도 중시하는 경향'을 지적한다. 자신의 가족이 가난하기 때문에 여학생 시대의 실생활이 풍부하지 못했음을 한탄한 여성들이 부유한 집에 시집가려 하는데, 예전에는 남성의 미모나 스타일도 보았지만 지금은 돈을 가장 우선시하게 되었으며, 이를 '아메리카니즘의 전성'이라 설명한다.[91]

스피드주의, 쾌락주의, 물질중심주의는 1930년대 말, 대중매체에서 당시의 연애를 특징짓는 용어들이다. 이는 당시 연애의 지형이 엘렌 케이와 하쿠손의 연애결혼의 패러다임으로부터 거의 벗어나 있음을 보여준다.[92] 함대훈(咸大勳, 1906~1949)은 「연애는 집병

熱病이다」(『삼천리』 1940. 5)에서 자기 연애관의 변천을 다음과 같이 기술한다.

나는 한 시대 브라우닝의 연애지상주의에 이해하여 인생은 연애 없이 살 수 없고, 연애 없는 결혼은 지옥이라고까지 생각한다. 머리가 파뿌리같이 되었어도 사랑이 없는 부부는 이혼을 해야 한다는 그 설에 나는 그대로의 신앙자가 되었든 일이 있다. 그 후 사회주의 사상이 들어오면서 콜론타이의 『붉은 사랑』의 신봉자가 되어 형식을 초월한 사랑의 사도가 되려고도 했었다. 나는 성의 타락적인 일면은 부정하면서도 자유로운 연애와 결혼 도덕이나 형식을 초월한 그 연애관에 공명했었다. 그러나 연애란 결국 물거품과 같은 것으로 내게는 해석되었다. 왜냐하면 그것은 결국 감정

의 유희이기 때문이다. (……) 그러나 결국 정애情愛라는 것은 결혼까지 갈려고 할 건 아니다. 왜냐하면 결혼이란 성격, 취미, 감정, 교양, 건강, 경제 등 조건이 붙는 것이기 때문이다. 연애는 한 번 보고 좋고 두 번 봐도 좋아서 청춘 남녀가 마주치는 전광석화의 그 불타는 시선이 오고가는 동안 육체는 자연히 이 열병이 걸리고 마는 것이다. 열병은 앓고 나면 그 충격이 크다. 그러나 앓고 나면 그뿐이다. 재발이 안 되는 것이다.

필자는 엘렌 케이와 하쿠손, 콜론타이를 거쳐 이어져 온 연애지상주의가 궁극적으로 현실에서는 물거품과 같은 감정의 유희이며, 결혼으로 이어지기 어려운 일종의 열병과 같은 것이었음을 깨닫는다. 이는 바로 사랑에 절대성을 부여함으로써 연애와 결혼을 일치시켰던 근대 연애 담론이 현실적으로 실현되기 어려운 이상이었음을 인정하는 직접적 고백이라 할 수 있다.

그 대신에 연애에서 담론과 실제의 간극은 각종 대중 매체를 통해 끊임없이 양산된 연애에 대한 이미지와 판타지들로 채워졌다고 할 수 있다. 초기 문명 개화를 위한 대중 계몽의 기획으로 전파되었던 근대적 연애는 신문연재 소설이나 대중소설, 잡지나 신문, 영화, 연극 등의 매체를 통해 지속적으로 생산되고 소비되었다. 당시 소설이나 대중매체에는 서구 문학의 여주인공이나 급진적 여성상이 연애의 아이콘으로 유통되었다. 노라, 엘렌 케이, 콜론타이가 자유연애를 실현하는 신여성의 상징으로 간주되었다면, 사회주의 지식인 남성들에게 동경의 여성상은 콜론타이의 『붉은 연애』의 주인공 와시릿샤나 로자 룩셈부르크(Rosa Luxemburg, 1871~1919)

였으며, 기생이나 여급과 같은 유흥 공간의 여성들에게는 톨스토이의 카 츄사와 『라보엠』의 여주인공 미미가 연애의 기호로 소비되었다. 염상섭 이 간파한 대로 당시 조선은 '연애를 할 만한 모든 조건과 조짐'이 갖추어 지지 않았던 상태였기에[93] 근대적 연애는 이미지와 허구의 형식을 통해 향유되고 해소되었던 것이다.

4−2. 근대적 사랑의 이면, 정사情死

근대 초기, '정사'라는 현상

성적 열정과 감정적 밀착을 토대로 하여 타자와 관계를 맺는 사랑의 행위는 시대와 공간을 넘어 일어나는 보편적인 현상이었으며, 사랑의 좌 절로 인해 죽음을 선택하는 것 역시 어느 시대에나 있을 수 있는 일이었 다. 하지만, 『논어』의 '낙이불음樂而不淫', '애이불상哀而不傷'이라는 문구 가 상징하는 바와 같이, 과도함을 경계했던 조선시대에 정사情死와 같은 극단적 선택에 대한 기록을 찾아보기는 쉽지 않다. 그런데 조선후기의 문 인, 이옥(李鈺, 1760~1812)이 남긴 소품 중의 하나로 '의협심 있는 창기'라는 의미의 글 「협창기문俠娼紀聞」은 하나의 예외적인 사례를 제공한다.[94]

「협창기문」에 등장하는 한 서울 기생은 자색과 기예가 최고였는데, 몸가짐이 고급스러워 신분이 귀하고 용모와 신색이 아름다운 풍류객만 을 상대했다고 한다. 그런데 홍문관 반열이었던 그녀의 정인情人이 을해 년(1755) 옥사에 연루되어 제주 관노로 유배를 가게 되자 모든 것을 버리고 정인을 따라 나서기로 작정한다. 제주에 도착한 후 기생은 어차피 한양으로 돌아가지 못하고 곤궁하게 살아가는 것이 즐기다가 죽는 것만 같지 못하다며 며칠 밤낮을 가리지 않고 술을 마시며 갖가지 유희를 즐긴다. 그러다 정인이 먼저 병들어 죽게 되자, 기생은 정성들여 그를 장사지내고 나서 따라 죽는다. 이 글은 조선 사회의 유교 이념 이면에 숨겨져 있는 에로스의 풍경과 전근대 시대 정사情死의 예를 보여주는 드문 일화라 할 수 있다.

그런데 근대 시기에 이르러 신문 매체를 통해 정사 사건이 빈번히 보도되기 시작하고 정사가 하나의 사회적 이슈로 논의되는 상황을 확인할 수 있다. 1920년대 조선에서 하나의 유행처럼 등장한 정사 현상은 이미 전근대 에도시대부터 활성화되어, 메이지시대의 '순결하고 신성한 연애' 관념과 다이쇼시대 '영육일치의 사랑'의 관념을 토대로 연애 융성기를 이루었던 일본 문화의 영향을 받았다고 할 수 있다.[95] 하지만, 조선에 정사가 발생한 실질적인 요인은 일본을 경유하여 유입된 근대적 사랑이 일부일처제와 결합하여 조선의 현실로 확산되는 과정에서 찾을 수 있다. 정사는 근대 초기 일부일처 결혼제도 속으로 편입되지 못한 좌절된 연애가 선택한 한 가지 방식이었기 때문이다.

조선 사회에서 '정사'라는 현상이 처음으로 사회적 이목을 끌게 된 것은 『동아일보』(1923. 6. 16) 기사에 실린 지방 부호 장병천張炳天과 기생 강명화康明花의 정사 사건이라 할 수 있다. 평양 출신으로 대정권번 소속이었던 강명화는 장병천과 사랑에 빠지지만, 그녀를 '무서운 요마妖魔'로 보는 장병천의 집안의 결혼 반대로 인해 결국 23세의 나이에 죽음을 택하게 된

영남 갑부 장길상(張吉相)의 독자 장병천과 기녀 강명화의 자살은 당시 사회에 큰 반향을 일으켰다. 사진은 이들의 죽음을 보도한 『동아일보』 1923년 6월 16일 자 기사.

다. 강명화가 죽은 지 4개월 만에 장병천도 자살하는데,[96] 이들의 죽음은 그 비극적 속성으로 인해 크나큰 반향을 일으키게 된다.[97] 신분의 한계를 끝내 극복하지 못한 젊은 연인들의 안타까운 죽음은 당시 대중문화의 한 상징이 되는데, 여기에는 전근대 신분제의 한계에서 꽃피운 「춘향전」의 사랑의 코드와 근대적 정사의 코드가 결합하고 있다.

그런데 기생과 부호의 아들 사이에 존재하는 계층적 간극으로 인한 사랑의 좌절과는 달리, 1926년 8월 4일 일본 시모노세키(下關)에서 부산으로 가는 연락선에서 투신한 성악가 윤심덕과 극작가 김우진의 정사 사건은 두 사람이 당시 조선의 일류 명사였던 인텔리 예술인이었고, 특히 불륜 관계에 있었다는 점에서 강명화와 장병천의 경우보다 더 충격적이었다고 볼 수 있다. 1926년 9월 1일에 발행된 잡지 『신민新民』은 "정사사건이 보도되고 난 후, 장안에는 늙은이나 젊은이나 어린 아이나 어른이나

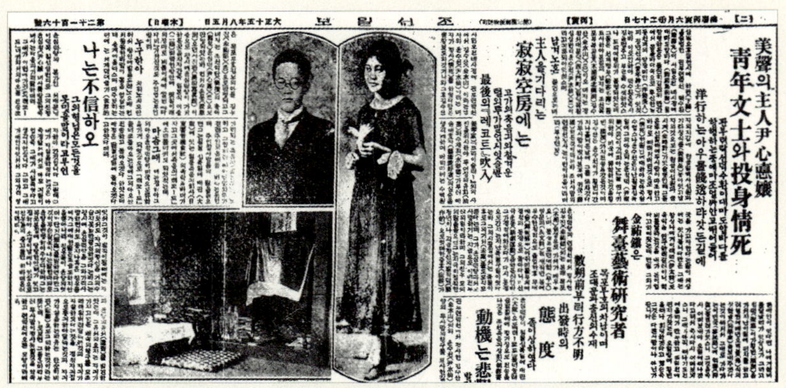

윤심덕과 김우진의 정사 사건을 보도한 『조선일보』 1936년 3월 5일 자 기사.

모든 사람의 화제의 중심은 이 사건에 있었다."라고 전한다.[98] 이는 당시 윤심덕, 김우진 정사 사건이 끼친 사회적 파장이 얼마나 컸는지를 보여주고 있다.

한편, 이들의 정사는 무엇보다도 각계각층의 지식인들이 정사에 대한 다양한 견해를 제기하는 등 적극적인 담론의 장을 형성했다. 『신민』에 실린 정사 사건에 대한 특집기사 가운데, 권덕규權悳奎의 「정사 자체로 보면 신성할지 모르나」라는 글은 먼저 '정사'라는 현상이 당시 조선 사회에서 얼마나 낯선 풍경이었는지를 시사하고 있다.

물론 우리나라에도 옛날부터 이 '정사情死'라는 것이 많지 않다 하더라도 더러 있었겠지마는, 권선징악을 목적으로 한 우리 역사상에서 볼 수 없고 당시 사회에서도 양개兩個 탕남탕녀蕩男蕩女의 치행痴行으로 돌리어

별반 사회적 문제로 삼아 온 적이 없었습니다.[99]

필자는 유교의 예禮가 뿌리내렸던 전근대 전통 사회에서 정사 사건은 사회적으로 이슈조차 되지 못했다고 기술하고 있다. 『동아일보』 1929년 3월 2일 자에 실린 성동생城東生의 「소위 정사情死」라는 글에서도 "과거에는 죽음에 대한 두려움과 증오, 엄숙함이 있어 자살이 일종의 금기적인 행위였는데, 현대에 정사가 횡행하는 현상은 죽음에 대한 외경의식이 사라진 것에 기인한다."라고 분석하고 있다. 근대 시기에 등장한 정사는 조선의 역사에서 공적으로 얘기된 적이 없었던, 생경하고 기괴한 일상의 장면이었던 것이다.

정사를 둘러싼 사회적 시선들

정사를 근대 시기에 등장한 사회 현상으로서 부정적으로 바라보았던 조선과 달리, 일본에서 정사는 전근대 시기부터 이어져 온 문화의 일부였다. 정사를 의미하는 일본어 '심중心中'은 '정열의 진실함을 죽음을 통해 상대방에게 보이는 증명적 행위'로서 일본에서 봉건시대의 제3기라 할 수 있는 에도시대에 이미 전성기를 이루었다. 무사가 집권했던 이 시기는 인간의 성적 현상으로서의 정情과 사회 도덕으로서의 의義가 최고로 발달한 시기였는데, 인정과 의리가 서로 조화를 이루지 못하고 상호 충돌하는 과정에서 야기된 정사는 일본 특유의 사회 현상으로 자리 잡게 된다.[100] 특히 심중, 즉 정사는 에도시대의 겐로쿠(元祿, 1688~1703) 무렵에 주로

浪華曾根崎図屛風,「舟遊び図」, 江戸時代, 大阪歷史博物館蔵
「소네자키신주(曾根崎心中)」는 에도시대 최고의 가부키 작가였던 치카마쓰 몬자에몬의 작품으로 1703년 오사카에서 유녀였던 나쓰(はつ, 당시 21세)와 상점의 대리인이었던 토쿠베에(德兵衛, 당시 25세)가 오사카 소네자키무라(曾根崎村)의 쓰유노덴진자(露天神社)의 숲에서 동반 자살한 사건을 배경으로 하고 있다. 위 그림은 사건의 배경이 되었던 장소를 묘사한 것으로 중앙에 소네자키(曾根崎) 강이 흐르고, 사람들이 뱃놀이를 즐기고 있다. 왼쪽에는 「소네자키신주」에 등장하는 나쓰와 토쿠베에의 활동 무대인 우메다바시가 보이고, 다리 밑에서는 뱀장어 구이와 술을 파는 배도 보인다.

유곽을 배경으로 확산된 풍속인데, 유곽의 유녀遊女들이 남자에게 '당신만을 사랑하며 다른 남자에게 마음을 주지 않겠다'는, 즉 두 마음을 갖지 않겠다는 표시로 서약서를 쓴 것에서 시작되었다고 한다.[101]

이처럼 에도시대에 일본의 문화적 현상으로 자리 잡은 정사는 메이지시대 이후에도 지속적으로 논의의 대상이 된다. 1909년 역사학자 미카미 산지三上參次는 『정사론情死論』에서 일본에 정사가 빈번하게 일어나는 이유로, 내세來世에서 못다 한 연애를 성취할 수 있다는 불교적 종교관, 순사殉死로 죽음을 경시하는 무사적 기질, 남편 이외의 관계를 허용하지 않는 여성의 정조 관념, 의리나 인정만으로 해결되지 않는 사회의 금전 문제 등을 들었다.[102] 그런데 메이지 중기 이후에 정사를 바라보는 일본인들의 시각에 변화가 일어나고 있음에 주목할 만하다. 에도시대부터 치카마쓰 몬자에몬과 같은 작가에 의해 정사가 미화되었지만, 메이지 초기까지는 자살을 일종의 죄로 보는 의식이 여전히 강했다고 볼 수 있다.

近松門左衛門, 1653~1724

하지만, 메이지 중기에 이르러 서구의 개인주의적 가치관이 유입되면서 지식인 사이에서 자살이나 동반 자살을 찬미하거나 동정하는 의견이 대두하고, 자살을 현실에서 허용되지 않는 결혼이나 사회제도에 대한 항의로 보거나, 사상적으로 염세관이나 죽음을 삶의 일부로서 긍정하는 견해가 등장한다. 무엇보다도 주목되는 사실은 정사가 근대 '연애지상주의'라는 새로운 조류와 결합하게 된다는 점이다. 메이지 말기와 다이쇼시대 일본에서 정사 문제는 시정의 유곽을 벗어나 인텔리 계층의 진지한 사유의 장에서 '사死의 찬미讚美'와 같은 죽음 자체를 미화하는 인식과 더불어 낭만화와 신비화의 과정을 거치게 된다. 동경 유학을 경험했던 윤심덕과 김우진의 정사가 이러한 일본 문화의 자장 속에서 배태된 것임을 추정하는 것은 어렵지 않다.[103]

실제로 『신민』에 실린 홍승구(洪承耉, 1889~1961)의 「정사情死란 불의不義의 죽음」이라는 글은 이러한 일본 사회의 정사 현상이 조선으로 유입되었던 정황을 보여준다.

동조東潮가 수입된 이래로 조선에서 청년 남녀의 자살사건이 이수미수己遂未遂를 통하면 상당한 통계가 될 것이외다. 나는 근일 청년 남녀들이 너무 연애에 중독되어 가지고 축생의 도에 함닉陷溺하는 것을 보고, 남의 좋은 것은 못 배우는 때에 타기唾棄할 짓을 모방하는 것이라 하여 '엉덩이'에 뿔이 생긴 자식들이라고 했습니다.[104]

　'동조東潮', 즉 일본 문화가 조선에 수입된 이래로 정사 사건이 상당한 숫자로 발생했는데, 필자는 정사를 청년 남녀들이 연애에 중독되어 '축생의 도'에 빠지는 것이라 기술하고, 그들을 일본으로부터 나쁜 것을 모방하는 '엉덩이에 뿔이 생긴 자식들'이라 비판한다. 또한, 홍승구는 위 글에서 정사는 "의로운 죽음으로 볼 수는 도저히 없으며, 동시에 사회 풍교상으로 배척할 행위"이며, 일본의 신문·잡지에서 정사 행위를 '타기唾棄할 행위'로 보는 것이 아니라 오히려 찬미하고 '추악한 불의부정不義不貞의 남녀를 극단으로 비호하는 것'에 대해 문제를 제기한다.[105]

　메이지·다이쇼시대 일본에서 정사는 에도시대 유곽 풍속을 넘어 지식인층의 염세주의적 철학을 기반으로 재구성되는데 반해서, 조선에서 정사는 일본으로부터의 영향과 모방의 흔적을 엿보임에도 불구하고 이질적인 문화현상으로 받아들여졌고, 지식인층으로부터 강력한 반발과 비난의 담론이 쏟아져 나왔다. 1920년대 초 노자영이 간행한 연애서간집 『사랑의 불꽃』에 "애인을 위하여 살고 애인을 위하여 죽는다"는 연애지상주의적 사고와 정사 모티프가 발견되고 있지만,[106] 실제 현실에서 지식인들에 의해 연애지상주의에 바탕을 둔 정사가 실행된 사례는 그리 많지 않았다. 에로스와 죽음에 대해 적극적인 의미를 부여하지 않았던 전근대 유교적 사유의 틀과 공리주의적 현세관을 크게 벗어나지 않았던 당시 조선 지식인들의 인식론적 지형에서 정사 현상은 일본과는 다른 문화사적 위치에 있었던 것이다.

윤심덕과 김우진의 정사에 대한 당시 지식인들의 반응을 다룬 『신민』의 특집 기사를 보면, 정사에 대한 낭만화는 물론, 일말의 동조의식도 거의 찾아볼 수 없으며 대체적으로 강한 비판과 부정적 힐책이 주조를 이룬다. 지식인으로서 대對사회적 자아의 역할을 중시한 이광수는 「사회의 죄인」에서 정사는 일종의 개인주의에서 나온 것이며, 조선 사람으로서의 책임과 의무를 다하지 않고 죽었기에 정사자들은 사회적 죄인에 불과하다며 윤리적 책임을 묻는다.[107] 하지만, 1903년 『제국신문』에 처음으로 정사 기사가 보도된 이후,[108] 20년대에 이르러 정사는 조선 사회에서 다양한 계층으로 확산하며 매체에 보도되는 정사 사건의 횟수는 점차 증가한다. 이러한 현상은 에로스와 죽음에 대한 당시인의 관념이 변화했다기보다는 근대 일부일처 연애결혼의 성립 과정에서 양산되는 갖가지 관계의 파행에 깊이 연루된다고 볼 수 있다.

『조선사상통신朝鮮思想通信』(1928)에 실린 「정사와 시대색情死と時代色」이라는 기사는 경성 낙원동 여관을 무대로 유부남과 유부녀였던 남녀가 '불륜'이라는 멍에를 진 채 정사를 결행한 사건을 보도하고 있다. 일명 '낙원동 남녀 정사사건'이라 불린 이 사건은 당시 사회에 큰 논란을 일으켰다.[109] 정사의 주도자였던 여성은 특별한 교육을 받지 않은 구여성으로, 일본에서 신사상을 공부한 자신의 남편이 신여성과 연애에 빠지자 다른 남자와 정교情交를 맺게 되었는데, 경제적으로 독립할 처지도 되지 못할 뿐 아니라 정부情婦와의 관계도 법적·도덕적으로 허락되지 않는 것을 비관하여 정사를 선택하기에 이른다.[110] 정사를 통해 그 이면에 존재하는 다양한 인생의 비밀과 그 표면에 흐르는 시대색時代色을 간취할 수 있다는 위 기사의 한 구절처럼, 1920년대 말 조선의 정사는 일부일처에 근간한 근대 연애결혼의 틈새를 드러내는 일종의 시대색으로 자리한다. 1920~30년대 조선의 정사는 '조혼무婚'이라는 전근대적 관습과, 이상화된 욕망 또는 강박적 판타지로 자리 잡기 시작한 근대적 연애가 현실에서 상호 충돌하는 현상을 극적인 방식으로 드러내고 있다.

정사의 실제 : 신문 매체에 등장한 정사의 주인공들

조선에서 정사가 사회적으로 부각된 것은 한말 시기에 조선에 형성된 일본인 유곽에서였다. 조선으로 유입된 일본인 예기藝妓, 창기娼妓와 재조在朝 일본인 남성 사이에서 결행되었던 정사는 1920년대 초에 이르러 조선인 유곽으로 확산된다. 1921년 5월 10일 『동아일보』에는 신정新町에 있던 요정 조선루朝鮮樓에서 일어난 정사미수情死未遂 사건이 실려 있는데, 이발업자 이경성李慶聖이 이정李町 창기 김목단金牡丹과 '호루마린(포르말린)'을 한 컵씩 마시고 정사를 시도했다는 내용을 담고 있다.

신정에서 정사가 나기는 드문 일이 아니나, 조선남녀의 정사는 별로 없던 일이었으며, 필경 두 사람의 사랑이 깊어 일시도 떠나 있을 수가 없으나, 오직 금전이 없어서 목단의 몸이 신정바닥에서 벗어날 길이 없으며 이경성도 이루 찾아올 형편도 못됨으로, 마침내 이와 같은 악착한 정사를 하기에 이른 듯 하더라.

위 기사의 구절은 주로 일본인 남녀가 주인공이었던 유곽의 정사 무대에 조선인 남녀가 처음으로 등장하고 있음을 언급하는 동시에, 정사가 성립되는 조건, 즉 '두 사람의 사랑이 깊어 일시도 떠나 있을 수 없는' 상태와 '금전이 없어 여자가 신정 유곽을 벗어날 길이 없는 상태'가 결합했음을 기술하고 있다.

1921~40년에 『동아일보』에 실린 정사 관련 기사(245건)는 식민지 당시 조선에서의 정사 현상을 설명하는 데 중요한 단서들을 제공한다. 1920년대에 접어들면서 점차 늘기 시작한 정사자情死者의 인종별 분포를 살펴보면, 조선인 정사자 수가 1926~1930년대에 급격히 늘어나는 것을 확인할 수 있다. 1920~30년대에 조선인 정사자의 수는 일본인 정사자에 비해 약 1.5~2배 정도 높지만 당시 재조 일본인들의 비율을 감안하면 일본인 정사자 수가 상당히 많다고 볼 수 있다. 1931~35년에는 조선인과 일본인의 정사자 수가 비슷한 수준을 보일 정도로 일본인의 정사가 증가하는 양상을 보인다.

이처럼 재조 일본인 사이에 빈번했던 정사는 늘어나는 재조 일본인의 숫자, 잡업에 종사했던 재조 일본인들의 불안정한 기반과 사회적 좌절, 조선인에 비해 정사에 대한 반감이 적었던 문화적 환경 등이 복합적으로 작용했을 것으로 추정된다.[111] 또한, 이러한 일본인들의 정사는 일종의 모방 심리를 부추겨 조선의 정사 확산에 영향을 미쳤을 것으로 보인다. 그런데 1936~40년에 이르러서는 오히려 조선인 정사자가 증가하는 반면, 일본인 정사자 수는 급격히 줄어드는 양상을 보인다. 특히, 1930년대 후반 전시 총동원 체제를 강화하는 과정에서 제국 신민의 양산과 관리에 집

중했던 식민지의 상황이 일본인 정사자 수의 감소에 어느 정도 영향을 미친 것으로 추정된다.

정사 관련 기사에서 남성 정사자의 직업 또는 사회적 지위를 살펴보면, 세탁업, 이발업과 같은 영세한 규모의 상업 종사자(고용인 포함)와 운전수, 서기, 순사, 철도원, 사무원, 직공 등이 높은 비중을 보인다. 이들은 주로 도시가 발달하면서 형성된 갖가지 잡업에 종사한 중·하층 도시 노동자에 해당한다. 이에 반해, 시골의 농업 종사자가 정사한 경우는 단 한 건이 확인된다. 한편, 고등교육을 받은 인텔리층, 교원, 회사원, 부호, 학생 등의 비율 역시 도시 잡업층에 비해 상대적으로 낮은 분포를 보인다. 남성 정사자의 60~70%가 구체적으로 직업과 신상을 확인할 수 없지만, 정사의 원인이 주로 경제난에서 비롯된 것으로 드러나 정사자가 주로 도시의 중·하위층 남성들이었음을 추정할 수 있다.

	1921-1925 (총 45건)	1926-1930 (총 70건)	1931-1935 (총 69건)	1936-1940 (59건)
농업/공업(직공 포함)		3	3	3
상업 [세탁업/이발업/유흥업] (점원 포함)	5	8	2	6
기타직종 (운전수/ 면서기/ 순사/ 목수/ 군인/ 철도원 사무원/ 변사/ 승려)	1	6	8	8
지식인층, 회사원, 교원, 부호	3	2	4	3
학생	1	3	4	2
신원불명	35	48	48	37

『동아일보』(1921-1940년)기사에 나타난 남성 정사자(情死者)의 직업/지위

남성 정사자의 60~70%가 신원이 정확하게 파악되지 않지만, 여성 정사자는 직업과 사회적 지위가 대부분 구체적으로 명시되어 있다. 1920년대 여성 정사자의 약 50%가 창기, 작부, 기생 등 유흥 및 매매춘업에 종사하는 여성들임이 확인되는데, 이들의 숫자는 1931~35년대 56.5%, 1936~40년대에는 71.1%로 더욱 증가한다. 특히, 1936~40년대에는 대다수 일본인 여성 정사자를 차지하던 일본인 창기·예기가 급격히 줄어든 반면, 조선인 창기·기생·작부 출신의 정사자는 가장 높은 수치를 보인다. 한편, 1930년대에 이르러 새롭게 등장한 직업군인 카페여급들이 정사자의 일부로 포함되고 있어 주목된다. 이에 비해, 인텔리층의 여성 정사자는 조선인의 경우 모두 7건으로 매우 낮은 수치를 보인다. 남성에 비해 여성 정사자의 직업과 사회적 지위가 구체적으로 명시되고, 그들의 대다수가 유흥, 성性산업 관련 여성들이었다는 점에서 식민지 당시 정사 현상에 작동하던 성별과 계급적 지표를 뚜렷하게 감지할 수 있다.

	1921-1925 (총 47건)	1926-1930 (총70건)	1931-1935 (총 69건)	1936-1940 (총 59건)
창기/작부/기생	27(朝19/日8)	31(朝20/日11)	29(朝14/日15)	36(朝28/日8)
여급			10(朝4/日6)	6(朝5/日1)
가정부인	8(朝)	13 (朝12/日1)	10(朝9/日1)	7(朝)
일반 여성	11(朝4/日7)	20(朝7/日12/美1)	13(朝5/日8)	7(朝6/日1)
지식인층/학생	2(朝1/日2)	4(朝3/日1)	3(朝)	
기타직종 (직공/간호부/무당딸/ 백화점 점원/식모)		1	3(朝1/日2)	1(朝)
신원 불명		1	1	2

『동아일보』(1921-1940)기사에 나타난 여성 정사자(情死者)의 직업/지위
* 朝: 조선인 여성/ 日: 일본인 여성 / 美: 미국인 여성

또한, 위 기사들(245건)을 바탕으로 정사의 유형과 원인을 추적해보면, 유부남을 포함한 하층(노동자) 남성이 창기·작부, 기생·여급과의 만남에서 경제적 문제(빚, 전차금, 횡령), 사회적 지위나 불륜으로 인한 결혼 좌절, 세상 비관 등이 원인이 되어 정사하는 경우가 총 139건(조선여성 90건, 일본여성 49건)으로 가장 높은 비중을 차지한다.(56.7%) 그다음으로 일반 기혼자의 불륜(유부남 또는 유부녀와의 만남, 치정, 근친상간)으로 인한 정사가 31건(조선인 27, 일본인 4)으로 약 12.6%, 지식계층(학생, 회사원, 부호)의 이룰 수 없는 사랑으로 인한 정사가 8건(3.2%), 배우자의 질병, 생활고, 가정불화, 염세 등으로 인한 부부의 정사가 13건(5.3%), 강제결혼, 결혼 반대, 경제난으로 인한 일반 남녀의 정사가 15건(6.1%), 정사자의 사회적 지위나 정사의 원인을 알 수 없는 경우가 31건(12.6%), 동성애가 원인으로 포착되는 경우가 6건(2.4%), 강제정사 및 사고로 인한 정사가 3건(1.2%) 정도로 파악된다.

정사자(情死者)의 유형	정사(情死)의 원인	비율(총 245건)
하층계급(노동자) 남성과 창기/작부, 기생/여급	경제적 문제(빚, 전차금, 횡령), 사회적 지위나 불륜으로 인한 결혼 좌절, 세상 비관	139건 [조선여성 90건, 일본여성 49건] (56.7%)
일반 가정의 유부남 또는 유부녀	불륜, 치정, 근친상간	31건 [조선인 27건, 일본인 4건](12.6%)
지식계층(학생, 회사원, 부호)	이룰 수 없는 사랑	8건(3.2%)
일반 가정의 부부	배우자의 질병, 생활고, 가정불화, 염세	13건(5.3%)
남녀 일반	강제결혼, 결혼 반대, 경제난	15건(6.1%)
신원 미상	원인 미상	31건(12.6%)
남녀 일반	동성애	6건(2.4%)
남녀 일반	강제정사 및 사고로 인한 정사(情死)	3건(1.2%)

『동아일보』[1921-1940] 기사에 나타난 정사(情死)의 유형과 원인

여기서 가장 두드러진 현상은 기생, 창기, 작부, 여급 등 유흥계 여성 종사자가 여성 정사자의 반(56.7%)을 넘으며, 남성 정사자의 경우에 전차금(몸값)이나 빚으로 고통 받는 상대 여성의 경제고經濟苦를 해결하지 못하는 저소득층 남성이 대부분을 차지하고 있다는 점이다. 조선에서 정사는 다이쇼시대 일본과 비교하여 인텔리 계층이나 중산층 이상의 사례가 드문 반면, 경제난과 상대 여성의 직업적 특수성(유흥업)으로 인해 결혼에 이르지 못한 중하층의 정사가 압도적인 비중을 차지하고 있다.[112]

정사의 원인을 비교해 보면, 일본의 경우에도 열렬한 애정, 연애 자체를 위해 죽는 순수한 형식의 정사는 실질적으로 그 비율이 높지 않다. 남녀 한 쪽이 죽지 않을 수 없는 여타의 사회적 이유, 즉 생활난, 장애, 사회적 체면, 사업 실패 등이 주된 정사의 원인이었다고 할 수 있다. 하지만, 조선과 비교할 때 '사랑의 열정을 증명하기 위해 남녀가 함께 죽는다'는 정사의 본질은 지속적으로 유지되고 있는 편이다.[113] 이는 에도 말기와 다이쇼시대에 일본의 지식인과 문인들 사이에 일어난 근대적 정사 현상에서 확인된다. 일본 근대 초기에 중류 이상의 지위(학생, 지식인층)에 있는 정사자는 해마다 평균 23건으로 전체의 22.1%를 차지하는 데 반해, 조선에서는 중산층 지식 계층(학생, 회사원, 부호)이 연애의 좌절로 정사한 사례가 모두 8건(3.2%)에 그친다. 일본과 달리 인텔리 지식층의 정사율이 낮은 이유는 일차적으로 연애와 죽음을 바라보는 이질적 가치관에 대해 강력한 거부 반응을 보인 한국 식자층의 인식적·문화적 풍토에서 찾을 수 있을 것이다. 따라서 1920년대 중반, 김우진과 윤심덕과 같은 지식인층의 정사는 당시 조선의 사회·문화적 맥락에서 볼 때 예외적이고 일회적인 사건이었다고 할 수 있다.

또한, 연애 자체에 절대적 가치를 두는 순수한 정사를 암시하는 불륜, 또는 일반 미혼 여성의 정사율 역시 일본보다 조선이 더 낮다. 조선에서는 강제결혼, 결혼 반대, 경제난 등이 원인으로 작용한 일반 남녀의 정사가 15건(6.1%)에 불과하며, 배우자의 불륜, 치정, 근친상간으로 인한 정사는 31건(조선인 27, 일본인 4)으로 전체의 12.6%에 해당한다. 정사자의 사회적 지위나 정사의 원인을 알 수 없는 경우가 31건(12.6%)이지만, 당시 조선의 사회적 정황을 고려할 때 이들은 대부분 중하층 계급의 남녀일 가능성이 크다. 특히, 여성은 기생이나 창기의 비율이 높을 것으로 추정된다. 따라서 조선에서 경제난이 직접적 원인이 되지 않는 순수한 정사에 해당하는 경우는 전체의 20%에 못 미친다고 볼 수 있다. 이에 비해, 일본의 경우 남의 배우자와의 불륜, 일반 미혼 여성과의 정사율은 약 30%에 이른다.

『동아일보』 1932년 12월 27일 기사를 살펴보면, 한 해 조선인 자살자 2,076명 가운데 자살의 원인은 생활고가 가장 큰 비중을 차지한 반면, 1932년 『동아일보』에 실린 조선인 정사 사건 기사는 총 7건으로 일반 자살자의 수에 비교하면 그리 큰 숫자는 아니다. 하지만, 도시의 저소득층 남성 노동자와 유흥업에 종사하는 여성들이 중심이 된 식민지 조선의 정사는 물질적으로 소외된 계층이 근대 연애결혼에서 주변화되었던 정황을 반영한다. 근대 초기 조선에서 정사는 극심한 경제적·사회적 결핍과 파기 불가능한 연애의 열정이 접합되는 지점에서 연애의 계급성을 극적으로 드러내는 문화 현상이었다고 할 수 있다.

근대 연애의 주변부, 기생의 사랑

전근대에 관官에 소속되어 각종 연회에서 악가무樂歌舞를 제공했던 기생은 지배층 남성들과의 숱한 사랑과 이별의 주인공이었다. 조선시대 문학에서 양반 남성들과의 로맨스의 주인공이었던 기생은 관기제도가 해체된 근대 시기에도 도시 유흥의 매개자 역할을 하면서 여전히 사랑의 히로인으로 소환된다. 기생을 주인공으로 하는 식민지 시기 소설 중에는 남녀 간의 지고지순한 사랑을 형상화한 작품들이 있다. 나도향의 장편소설 「환희」(1922)에서 부호의 아들이자 근대적 의식을 지닌 청년 영철과 명월관 기생 설화의 사랑은 신분적 차이를 넘어서 청춘의 환희를 만끽하고 행복을 성취하고자 하는 낭만적 성향을 보인다. 하지만, 그들의 로맨스는 결국 현실의 장벽을 넘지 못한 채 기생 설화의 자살로 종결된다. 이러한 사랑의 비극적 이미지는 조선후기 「춘향전」에서 볼 수 있었던 낙관적인 사랑의 판타지와는 뚜렷한 차이를 보인다.

羅稻香, 1902~1926

이태준의 「그림자」(『근우(槿友)』 1929. 5)라는 단편소설 역시 명월관 기생과 한 인텔리 남성의 순정한 사랑을 그리고 있다. 이 작품에서 가난한 지식인 남

李泰俊, 1904~?

성과 기생의 애틋한 로맨스는 사랑 그 자체의 순수한 열정보다는 삶의 주변부를 배회하는 자들 사이의 연민과 공감을 드러내는 장치이다. 주인공

남성이 느끼는 어떤 '슬픔'이라는 감성의 정체는 이룰 수 없는 기생과의 사랑과 더불어 주변부 지식인 남성과 화류계 기생이 공유했던 사회적 타자성에서 비롯된다. 기생을 사랑의 주인공으로 설정하여 로맨스의 판타지를 추구했던 나도향이나 주변부 지식인이 처한 사회적 타자성을 기생에게 투사시켰던 이태준의 소설은 모두 근대 연애의 주변부에서 미달된 연애의 주인공에 머물러야 했던 기생의 위치를 상징적으로 드러낸다.

그런데 근대 시기 신문·잡지와 같은 대중 매체는 식민지 도시의 유흥 산업에 편입되어 기예를 상품화해야 했던 기생들의 생존 조건과 그들의 변신을 생생하게 재현하고 있다. 특히, 근대 시기 요리점에서 영업했던 기생들은 달라진 환경에서 자신의 이득과 욕망을 최대한 실현하려는 실리적인 이미지를 뚜렷하게 보여준다. 1920년대 이후 자유연애 풍조 속에서 요리점은 상업적 접대와 사적 연애의 경계에 있는 수많은 만남을 매개하는 장소가 되었다. 그런데 당시 일류 요리점에 출입하는 기생은 자신이 원하지 않는 고객을 거부하거나, 마음에 드는 고객은 화대를 받지 않고 응대할 정도의 자율권을 가지고 있었던 것으로 보인다. 콧대 높은 기생들은 마음에 들지 않은 손님에게 병을 핑계로 접대를 거절하기도 했는데 이를 '병탈病頉'이라 했다. 또한, 당시 요리점에서 통용된 '겹치기 기생'이라는 말은 특정 고객을 접대하면서 마음에 든 손님이 있을 경우 그 방으로 가서 이중으로 접대하는 기생을 일컫는다. 이때 화대를 따로 받지 않는 것을 '개평떼기'라 하고, 겹치기 기생을 '개평기생'이라 불렀다.[114]

'병탈'이나 '개평기생' 등의 용어는 당시 요리점에서 기생들이 직업적 감정 노동이 아닌 남성 고객과의 친밀성을 바탕으로 한 사적 관계를

추구했음을 암시한다. 하지만, 이들의 만남은 낭만
적 연애 관계라기보다는 일시적으로 유희를 즐기는
관계로 재현된다.

고범孤帆 이서구(李瑞求, 1899~1981)는 『별건곤』에
게재한 「기생염사일대기」라는 글에서 이런 풍속을
풍자적으로 묘사한다.

李瑞求, 1899~1981

기생들이 돈은 갖지 못했더라도 인물이 좀 검더라도 그의 인기, 그의
명성, 그의 행색에조차 소위 반하고 쫓아다니는 남자 외입은 시대를 따라
그 대상은 추이되나 그 자취가 끊인 적은 없었다. 이로 말미암아 머리를
깎는 기생, 달아나는 기생, 빚구덩이에 몸이 빠져버리는 기생, 부모와 싸
우고 독약을 마시는 기생 별별 희비극이 뒤를 이어 연출되어 그 시대 그곳
의 이야기 거리를 제공케 되는 것이엇다. 요사이도 자동차 운전수, 변사에
게 대개는 기생 애인이 많다. 예를 들어, 요리집에서 기생에 반한 손님에
게 시내 드라이브를 요청하고, 자기가 좋아하는 운전수의 자동차를 불러,
기생은 운전대 옆에 앉는다. 천연스럽게 한 손은 운전수의 무릎에 가 있다
고 하여, 오입장이 양반들은 제 돈 내가며 제가 반한 기생과 운전수의 연
애행진곡에 엑스트라가 되는 일이 비일비재했다.[115]

당시 기생들은 고관대작이나 부호 등 요리점을 찾는 정계·재계의 권
력층 남성뿐 아니라 다양한 유형의 남성들과 염문을 뿌렸다고 한다. 신
파배우, 신문기자, 음악가, 문사, 자동차 운전수, 전문학교 학생, 활동사진

자동차로 드라이브를 즐기는 기생들. 출처 : 신현규, 『꽃을 잡고』, 경덕출판, 2005.

변사, 형사, 야구, 축구선수 등 직업, 학력, 계층과 상관없이 다양한 남성이 기생의 연애 대상이 되었던 것이다. 위 글에서처럼 요리점 손님과 교외로 드라이브를 갈 때 운전수로 일하는 애인을 불러내어 그의 차를 타고 은밀히 연애의 묘미를 즐기는 기생의 일화는 요리점 안팎에서 추구되었던 당시 기생들의 유희 욕구를 보여준다. 특히, 무성영화 전성기에 유명한 변사나 신파극 배우나 영화배우 등은 기생들이 앞다투어 먼저 만나자고 청탁을 넣을 정도로 인기를 끌었다고 한다. "기생이 보통 노름자리에 나가면 이래저래 부자유하고 조심되는 일도 많으나 변사들과 같이 놀면서로 터놓고 영화에 나오는 장면 같은 '러브씬'을 연출하며 애욕에 굶주린 창자를 마음껏 채울 수 있기 때문에 틈만 있으면 이 기회를 만들려고 애썼다."라는 기술에는 기생들의 대담하고 적극적 욕망을 희화하여 폭로하는 대중매체의 관음증적 시선도 엿보인다.[116]

기생 잡지 『장한長恨』 창간호(1927)의 「무선전화」라는 소식란은 "기생 아씨들 중에는 대개 처음에는 광대와 조와 지내더니 그 다음으로는 활동사진변사, 자동차운전수, 신파 배우로 옮겨가더니 인제는 각 신문사 기자로 옮겨가서 신문기자치고 주필로부터 말석 서기에 이르기까지 기생 '나지미(なじみ: 단골 또는 애인)'가 없는 사람이 별로 없다."라고 전한다. 『장한』 창간호에 실린 전난홍이 「기생 노릇을 할 바에는 옛 기생을 본받자」라는 글에서 "옛날 기생은 손님이 데리고 놀았으나, 지금은 기생이 손님을 데리고 논다고 하여도 과언이 아니다."라고 한 것은 당시 기생들이 유흥을 주도했던 요리점 풍속을 보여준다.

신분제의 속박에서 벗어난 근대 시기에 기생들은 신체의 자율권과 자유 영업이 어느 정도 허용되었지만, 이들은 영리를 목적으로 하는 요리점의 산업 정책에 포섭된 존재였다. 전대前代에 기생의 몸을 훈육했던 신분제와 유교 이념이 자본주의적 근대의 기제로 대체되는 과정에서 기생들은 근대적 연애의 주변부로 밀려나, 유흥 공간의 향락을 주도하는 유희 주체로 기능한다. 근대 시기 기생들은 조선후기 소설의 여주인공과는 달리 이제는 낭만적 열정의 대상으로 상상되지도 않았고, 근대 연애결혼의 주인공이 될 자격도 얻지 못했다. 이들은 도시의 상업적 향락 공간에 배치되어, 근대가 숭배했던 신성하고 고결한 연애에 이르지 못하는 사소하고 저급한 열정을 매개하는 존재로 형상화되었다.

근대 일부일처제와 기생

신분제의 속박이 사라진 근대 시기에 기생들은 자유의 몸이 되었지만 대부분 생계를 위해 기업妓業을 지속했으며 '화류계花柳界'라는 영역을 벗어나지 못했다. 근대 시기, 기생은 도시 유흥 공간의 문화를 주도하는 유희 주체가 되었지만, 원천적으로 존재성 자체가 부정되는 위기에 직면한다. 전근대 시기 예인이면서 동시에 창기娼妓이기도 했던 기생의 복합적인 정체성이 예술가와 창기의 범주를 구분하고자 한 근대적 사유 체제에 수용될 수 없었기 때문이었다. 또한, 축첩이 통용되었던 전근대 시기 기생들은 양반 남성과의 사랑을 매개로 신분 상승을 도모했지만, 근대 시기 축첩제가 폐지되고 일부일처제가 구축되면서 기생들은 가족 제도 안으로 편입될 통로를 상실하게 된다. 전근대 사회의 산물인 기생이 더는 존재할 수 없게 된 근대 시스템에서 기생의 사랑 역시 소외되고 주변화할 수밖에 없었다.

전문적 기예를 전수한 근대의 일급 기생들은 예술가나 대중 연예인으로 적극적인 자기변신을 시도하면서 사회적 입지를 확보한다. 하지만, 그들 또한 근대적 일부일처 결혼제도의 주변부에서 불완전하고 불안전한 상태에 놓여 있었다.[117]

한평생을 기생으로 마친다는 것은 을씨년스러운 일이다. 대부분의 기생들이 모여서 기다리는 것은 좋은 상대를 만나 행복하고 유복한 가운데 인생의 나래를 접는 데 있었다. 여자로 태어나서 어느 누군들 이와 같은 소망을 갖고 있지 않은 사람이 없겠지만 살얼음을 딛는 듯한 나날을 보내

명월관 기생들의 특1호 무대 공연

는 기생들이고 보면 한층 더 간절했고 매일 만나는 사람이 당시의 명사들
이었기 때문에 잡힐 듯 말 듯 안타깝기도 했다. 오늘은 비록 기적妓籍에 몸
을 담고 있지만 일단 대감님이 잘만 보아주시면 내일은 당장 호칭이 달라
지고 신세가 활짝 펴게 되는 것이었으니 평소에 행실을 조심하고 지혜와
덕을 쌓기를 게을리해서는 안 되었다.[118]

위 글에서 1910년대 대정권번의 일급 기생이었던 이난향은 대부분의
권번 기생들이 현실적으로 좋은 남자를 만나 가정을
꾸미는 것, 즉 결혼제도 안으로 편입되는 것을 궁극
적으로 소망했다고 회고한다. 실제로 1910년대 일급
예인 기생들을 소개한 『매일신보』의 「예단일백인기
사」(1914. 1. 28~1914. 6. 16)에서 일곱 번째로 소개한 명

李蘭香

『매일신보』의 「예단일백인기사」에 두 번째로 소개된 기생 주산월(朱山月)의 글.(1914. 1. 29)

옥의 소원은 "다만 남편이 있어서, 내 한 몸 데려다가 사랑으로 살아주면, 내 한 몸은 그 남편을 바라고 평생을 누리겠습니다."[119]라고 하고, 아홉 번째 예인인 옥향은 "사람이 세상에 태어나서 어찌하면 육례를 갖추어 인류의 근원을 맺어보지 못하고, 어려서부터 이 모양으로 세월을 보내게 되는지 한심한 일……. 한 번만 남편을 얻어갔으면, 원이 없겠어요."[120]라고 호소한다.

1930년대 대중 가수로 인기와 부를 성취했던 평양 기생 왕수복도 인터뷰에서 "어서 이 추하고 남의 노리개 같은 기생 직업을 떠나" 순수 예술가로 전향하고 지식인 문사의 부인이 되고 싶은 꿈을 밝히고 있다.[123] 이렇게 대부분 기생이 결혼에 대해 품었던 갈망은 전근대 시기부터 가족 제도 밖에서 유희의 매개물로 소비되던

王壽福, 1917~2003

운명에서 벗어나려는 절실한 바람이었다고 할 수 있다. 실제로 일부 기생은 사회 명사나 부호와 정식으로 결혼하는 행운의 주인공이 되기도 했지만, 이들은 전체 기생 가운데 극소수에 해당했다.[122]

조선시대 권력층 양반의 첩이 되는 것과 마찬가지로, 축첩제가 폐지된 근대 시기에도 권번 기생들은 고관대작이나 정치가, 부호의 첩이 되는 길이 가족제도 안으로 편입되는 현실적 경로였다. 당시 명월관과 같은 일급 요리점에서 기생을 부인이나 첩으로 맞이하는 것을 '떼들인다'고 했는데, 기생을 떼들여가는 과정은 매우 복잡하고 많은 돈이 들었다고 한다. 재력을 갖춘 남성이 권번의 수양어머니에게서 승낙을 받은 후에 신방을 꾸미고 그동안 기생이 진 빚을 갚는 등의 절차를 밟았는데, 이는 조선시대 기생을 기적妓籍에서 빼내어 속량(續良, 돈이나 곡식을 주고 노비신분에서 벗어나 양민이 되게 하는 제도)하는 풍습의 근대적 형태라 볼 수 있다. 당시 기생을 떼들이려면 평균 2천 원 정도가 필요했는데, 이는 월 15원 정도를 받았던 순사의 10년 치 봉급, 월 40원 정도를 받았던 초등학교 교사의 4년 치 봉급에 해당하는 액수였다.[123] 근대에 기생들은 예인으로서 호기심과 선망의 눈길을 받고, 직업상 다양한 부류의 남성들과 접촉하면서 애틋한 연애의 주인공이 되기도 했지만, 근대 결혼제도가 폐기했던 '첩'의 그림자를 벗어나기 어려웠다.

이러한 특수한 조건에 놓여 있었던 기생들은 '정사'라는 극단적인 선택을 감행하기도 했는데, 이는 사랑과 유희의 대상으로 향유되면서도 근대적 연애결혼으로부터 소외되는 근대 기생의 위치를 극적으로 보여준다. 1920~31년 『동아일보』 기생 관련 기사를 살펴보면, 554건 중에 57건이 기생의 자살 사건 기사로 전체의 10%가 넘는다. 당시 기생 자살의 원인을 살펴보면, 생활고, 신분에 대한 비관, 정부情婦의 학대, 삼각관계, 실연으로 인한 비관, 결혼의 좌절로 인한 남성과의 동반 자살 등이었는데, 그중에 실연으로 인한 비관과 연인과의 정사가 가장 큰 비중을 차지한 것으로 확인된다.

1923년, 기생 강명화와 장병천의 죽음은 근대 시기에 자유연애가 결혼으로 이어지지 못하는 상황에서 기생이 택한 비극적 정사의 전형이었다. 또한 이는 기생들의 순애보적 사랑이 봉착한 냉혹한 현실의 단면을 보여주기도 한다. 1926년 김우진과 함께 현해탄玄海灘에 몸을 던진 윤심덕의 경우처럼 유부남 문사와의 연애에서 결실을 이루지 못한 채 정사를 선택한 신여성도 있었지만, 오히려 당시 정사 사건의 실질적인 주인공은 기생이었다고 볼 수 있다. 강명화의 죽음에 대해 신여성 나혜석은 정사에 이르는 연애를 신비화하는 입장을 경계하면서도 "조선에 만일 여자로서 진정한 사랑을 할 줄 알고 줄 줄 아는 자는 기생계를 제하고는 없다."라고 하여 기생과 연애, 정사 사이의 특수한 관련성을 밝히고 있다.

실로 여학생계는 너무 이성에 대한 교제의 경험이 없으므로 다만 그 이성 간에 재在한 불가사의한 본능성으로만 무의식하게 이성에게 접할 수 있으나 오직 기생계에는 이성교제의 충분한 경험으로 그 인물을 선택할 만한 판단력이 있고, 중인衆人 중에서 오직 일인을 좋아할 만한 기회가 있으므로, 여학생계의 사랑은 피동적이요, 일시적인 반면에 기생계의 이러한 자에 한하여 만은 자동적이요 영속적일 줄 안다.[124]

나혜석은 위 글에서 이성교제의 경험이 부족한 여학생들에 비해 기생들은 직업상 수많은 이성과 접촉하는 과정에서 충분한 경험을 얻게 되어 제대로 연애할 수 있는 조건을 갖추게 되며, 적극적이고도 영속적인 사랑을 하는 연애의 실질적인 주인공들이었다고 기술한다. 이러한 나혜석의 진술은 전근대 시기부터 에로스의 공간에 배치되었던 기생의 특수한 입지가 근대 시기에 자유연애의 장으로 이어지는 일면을 보여준다. 하지만, 1920년대 초 조선을 휩쓴 근대 연애의 진정한 주체로 표상되는 이는 여학생이었으며, 기생의 연애는 문명적이지 못하고 제도의 지지를 받지도 못하는 열등한 사랑으로 간주되었다. 기생 집단에서 빈번히 일어난 정사는 근대 연애에서 소외된 기생의 처지를 상징적으로 드러낸다.

사랑을 위해 목숨을 내던지는 기생의 낭만적 선택 이면에는 요리점 밖의 현실에서 출구를 찾기 어려웠던 근대 기생들이 봉착한 생존의 막다른 골목이 가로놓여 있었다. 기생들의 정사는 결혼제도에서 소외되고, 독립적으로 경제적 기반을 마련하지도 못한 수많은 기생의 현실적 위기가 극단에 이르는 상황에서 비롯되었다.

어떤 기생 팔자 좋아 고대광실 높은 집에 돈 많고 인물 잘난 정든 남편 모셔놓고 밤낮으로 웃음 섞인 달콤한 가정을 이룬 이 하나요 둘이 아니며, 어떤 기생 팔자 궂어 정情드리고 못살게 되어 님의 손목 마주잡고 한강수 깊은 물에 풍덩실 떨어져 저 세상을 찾아간 이 또한 없지 않으리라.[125]

이러한 기생의 탄식에는 정실부인이든 첩이든 간에 운 좋게 결혼에 이른 기생이 있는 한편으로, 연애의 좌절로 인해 목숨을 던진 비극적 기생들이 양산되는 당시 화류계의 풍경이 투영되어 있다. 신분제가 폐지되고 자유연애가 확산되었던 근대에 기생들은 수백 년 동안 결혼제도 밖에서 살아가야 했던 신분의 장벽을 넘어 '스윗홈' 안으로 입성하기를 꿈꾸었다. 하지만, 기생은 근대의 기획 안으로 들어갈 수 없는, 잉여적이거나 결핍된 존재였다. 부르주아 계층을 모델로 한 근대 결혼제도의 형성과 맞물려서 기생은 '나쁘거나, 사라져야 할' 구시대적 존재로서 소멸하는 운명에 놓여 있었다.

모더니티의 타자로서의 에로스

기생들의 정사는 근대에 사랑을 통해 제도 안으로 편입되고자 한 그들의 욕망이 당시 사회의 메커니즘에 정면으로 부딪히면서 좌절하는 모습을 보여준다. 그런 점에서 식민지 시기 조선 기생들의 풍속을 기록한 요시카와 헤이스이吉川萍水가 남긴 기생의 정사에 대한 해석은 흥미롭다.

기생의 심각한 연애, 진실성이 농후한 표현은 아주 예외적인 경우이다. (……) 단순히 여성만이 아니라 전체 조선인은 생명을 바치는 연애, 순교적 신앙에 대해서는 굉장히 담담하다고 생각하는데 과연 그러한가. 치카마쓰 몬자에몬이 조선에 태어났더라면, 천재를 발휘할 기회를 못 가지고 유명해지지도 않은 채 죽었을 것이다. 수백 년간 폭압의 손에서 자유를 박탈당한 노예적 운명에 있었던 기생 생활에 불과 같은 사랑이 발현되는 것을 보려고 하는 것은 연목구어와 같다. 그렇다고 기생이 연애에 대해 취미가 없었다고 논하고 싶은 것은 아니다. 아무튼 요즈음 들어, 시대를 반영하여 조금씩 기생 세계에 심중心中 사건이 일어나기 시작했다. "이렇게 잘못 된 것이 많은 세상에서 죽는 것만이 진실이다"고 하여, (기생들이) 정사만이 유일한 진실이라 여겼을지도 모르지만, 거기에는 종래의 유장한 정조를 대표하는 기생계의 고풍은 아침 안개와 같이 사라지고, 그 후면에 쓰디쓴 현실이 채찍을 휘두르며 서 있는 것을 간과할 수 없다.[126]

요시카와 헤이스이는 위 책 『妓生物語기생 이야기』(1933)에서 조선인은 원래 목숨을 바칠 정도의 순교적 연애를 선호하지 않았으며, 조선시대 수백 년간 신분적 억압 속에 살았던 기생들도 사랑을 위해 생명을 바치는 극단적인 선택을 한 경우는 거의 없었다고 말한다. 또한, 메이지시대에 정사를 문학적 형식으로 구성하여 널리 유행시켰던 극작가 치카마쓰 몬자에몬이 조선에 태어났으면 전혀 재능을 발휘하지 못했을 것이라며 조선에서 정사는 별다른 문화적 의미를 지니지 못했다고 말한다. 그런데 근대에 이르러 기생 세계에서 사랑으로 인해 죽음을 선택하는 일이 발생하고 있음에 주목하면서, 이는 "이렇게 잘못된 것이 많은 세상에서 죽는 것만이 진실이다."라는 삶의 부조리에 대한 기생의 인식과 '종래의 유장한 정조를 대표하는 기생계의 고풍'을 사라지게 하는 '그 뒷면의 쓰디쓴 현실'에서 비롯되는 것이라 분석한다.

심각한 연애를 하지 않고 느긋한 정조를 유지했던 조선 기생이 현실의 급박함에 휘둘려 자살을 선택하는 것은 몸의 훈육을 통해 예를 실천했던 전근대 유교의 이념적 기제가 와해하면서, 하나의 상품으로 유흥 시장에 내몰렸던 기생들의 불안정한 정체성을 일차적으로 반영한다고 볼 수 있다. 한편, 이는 새롭게 재편된 근대 가족 제도 바깥으로 내몰렸던 기생의 위치와 아울러, 근대 연애결혼에서 조절되고 소외되었던 에로스의 위상을 드러낸다.

박태원의 단편소설 가운데 이상과 금홍의 자전적 이야기를 모델로 한 「보고報告」[127]라는 작품이 있다. 잠적한 친구 최군을 찾아다니다가 주인공이 다다른 곳은 '일즉이 꿈에도 생각하여 볼 수 없었든, 서울에서도 가장 기묘한 구획'이라는 관철정 삼십삼 번지이다. 최군이 '정자'라는 여인과 살고 있는 이곳은 '대항권번大亢券番'이라는 간판이 걸려 있는 집 안 맞은편에 열여덟 가구가 살고 있는 행랑채 건물로, 이는 이상의 단편 「날개」에서 18가구가 모여 사는 유곽과 같은 '33번지'를 연상시킨다.[128]

朴泰遠, 1910~1986

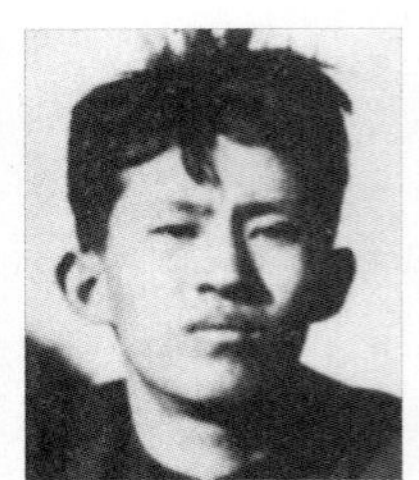

李箱, 1910~1937

여기서, '대항권번'이라는 공간은 식민지 시기 요리점과 극장을 무대로 가무음곡을 연행했던 예인 집단인 일급 기생들의 권번이라기보다는, 1916년 이후 공창 지역으로 선포된 신정(묵정동)이나 미생정(용산)에서 매음을 주업으로 했던 창기 권번(유곽)에 가까운 것으로 파악된다. 그 유곽 안의 '행랑채'라는 공간은 최군이 연인과 함께 마련한 일종의 사랑의 보금자리로 기능한다는 점에서 또 다른 상징성을 갖는다. 공간지리학적으로 매음의 장소와 사랑의 공간이 안채와 행랑채의 거리만큼이나 가까이 있다는 사실은 그들의 사랑이 신성한 결혼을 전제로 했던 근대 연애의 공식을 위반하는 위태로운 상황에 놓여 있음을 보여준다. 아울러, 이 작품은 매음하는 여성과 처자가 있는 남성을 사랑의 주인공으로 선정함으로써 규범적 잣대로는 설명할 수 없는 사랑의 이면을 드러내어 문제적이다.

이 작품에서 최군의 정인情人인 정자는 '시골 주막의 작부'였다가, '카페에서 카페로 떠돌든 계집'으로 묘사되는데, 이는 직업적 공창은 아니지만 생계를 위해 몸을 파는 일종의 사창私娼에 가까웠던 이상의 실제 연인 금홍의 처지를 연상하게 한다. 화자인 '나'는 화려함이나 로맨틱한 것과는 거리가 먼 친구의 궁핍한 생활 환경에 신산함을 느끼는 동시에 그들이 '행복스러워 하는' 모습을 도덕적으로 비난할 수만은 없는 감정과 오히려 '가슴 뭉클한 묘한 감격'을 느낀다. 이러한 화자의 아이러니한 시선은 식민지 당시 유곽 안에 존재했던 사랑의 형식을 문제로 제기한다. 현실에서 결혼으로 이어지기 어려웠던 이들의 사랑은 정사 사건이 빈번히 일어나던 당시의 정황을 상상하게 한다. 실제로 『매일신보』(1922. 11. 2)에는 신문기자였던 인텔리 지식인 남성과 신정 창기의 정사 기사가 실려 있다. 문학작품 「보고」나 신문 매체에 보도되었던 정사 사건 기사들은 당시 연애결혼 공식에 부합하지 않는 주변부의 사랑을 가늠할 수 있게 하는 역사적 자료로서 가치가 있다.

에로틱한 열정과 친밀감에 바탕을 둔 사랑의 감정이 가문 간의 정략결혼 형태를 취했던 혼인제도와 필연적으로 결합되지 않았던 전근대 시기와 달리, 근대 초기 조선에서 연애는 일부일처제 결혼을 위한 필수적

요건으로 작용한다. 하지만, 식민지 조선에서 근대적 사랑은 계급적·사회적·신분적으로 주변부에 있던 존재들의 사랑을 타자화하는 기제이기도 했다. 그 결과, 물적 토대가 부족했던 도시 하층 노동계급 남성이나 기생, 창기와 같은 주변부 존재들은 근대적 연애결혼에서 소외되고 정사와 같은 극단적 선택을 하는 주된 행위자가 되었다.

식민지 조선에 등장한 정사 현상은 원천적으로 연애와 결혼의 조화로운 결합을 욕망의 보편적 형식으로 제시했던 근대적 사랑에 계급과 성별의 기제가 작동하면서 균열이 일어나는 상황을 보여준다. 나아가 정사는 연애가 일종의 시대정신으로 가시화된 시기에 근대의 공리적 가치들로부터 에로스가 주변화하는 현상을 극적인 방식으로 드러내고 있다.

4-4. 향락되는 연애 : 룸펜 인텔리와 카페여급의 사랑

불안한 사랑의 탐색자, 카페여급

1910~20년대 근대 결혼의 주변부에서 기생이 사랑과 유희의 문제적 대상이 되었다면, 1930년대 조선에서는 연애의 또 다른 주인공으로 카페여급女給이 부상한다. 1930년대 번성했던 카페는 서구적 기호물과 취향을 바탕으로 새롭고 다양한 유희 양식이 개발된 도시 유흥 공간이었다. 재즈 음악과 웨이트리스로 대표되는 당시 카페는 일본 다이쇼시대 카페 문화에서 직접적인 영향을 받았는데, 무엇보다도 돈(팁)을 매개로 여급과 남성 고객 간의 유희적 만남을 제공했다는 점에서 특징적이다. 당시 카페

1920년대 일본 동경의 카페 **살롱 파리지엔**
1930년대 조선의 카페는 다이쇼시대 일본의 카페를 모방한 식민지 문화의 산물이라 할 수 있다.

고객은 실업가, 회사원, 은행원, 점원, 학생, 선생, 기자, 모뽀(모던보이), 부랑자, 지식인 문사 등이었는데, 카페는 이들 남성이 신여성의 외양을 한 여급과 '유사 연애'를 즐길 수 있는 공간이기도 했다.

여급은 1930년대 식민지 조선의 도시 공간에서 부상한 새로운 형태의 여성 노동자층이었다. 당시 여급 중에는 여학교를 졸업한 인텔리 여성이 많았는데, 지적 능력과 어느 정도의 교양, 도시의 새로운 문화적 감각을 지닌 이들은 남성들에게 근대적 연애의 욕망을 대리적으로 제공한 존재였다. 1920년대 초 연애의 주역이 신교육의 수혜자인 여학생이었다면, 1930년대 연애의 주체는 카페 여급이었다고 해도 큰 무리가 없을 정도였다.

1930년대 많은 소설에서 여급이 주인공으로 등장하고 '카페'라는 공간이 무대로 설정된 연애가 이루어지고 있다.[129] 박태원의 「길은 어둡고」(『개벽』 1935. 3), 「비량悲凉」(『중앙』 1936. 1), 이상의 「지주회시」(『중앙』 1936. 6), 「환시기幻視記」(『청색지』 1938. 6), 이효석의 「성찬聖餐」(『여성』 1937. 4), 「계절」

(『조광』 1937. 6), 「장미薔薇 병病들다」(『조광』 1938), 유진오, 「나비」(『創作 三十二
人集』, 문장, 1939), 정인택의 「동요動搖」(『創作 三十二人集』, 문장, 1939), 안회남,
「에레나 나상裸像」(『청색지』 1938. 6), 「애인」(『여성』 1939. 7~1940. 3), 「번민하는
잔룩씨」(『인문평론』 1939. 10), 「탁류를 헤치고」(『인문평론』 1940. 4~5) 등의 작품
은 1930년대 카페 안의 연애 풍경을 통해 연애가 결혼과 분리된 채 유흥
공간에서 소비되고 향유되던 세태를 보여준다.

　『조선일보』 1939년 8월 8일 자 기사에는 당시 카페와 연애 풍속 그리
고 문학의 상관관계를 반영하는 「여급문학(참마록)―여급을 주인공으로
한 단편소설이 압도적 [공명]」이라는 글이 실려 있다.

　연애는 어쩐지 삼각형을 그리려는 경향이 있다. 저 '피타고라스'도 미
처 생각지 못한 '성性의 물리物理'다. 그런데 현대의 모든 연애의 변邊의 하
나는 '카페―'나 '빠―'에 뻗치고 있다는 설도 있다. 그 증거로는 『문장文
章』 특집, 『三十二人集』의 단편의 대다수가 여급을 취급했다. 여급은 '유
행'을 지도하고 '부인婦人'을 지도하고 '파―마넨트'를 지도하고 '스타일
북'의 독자를 양성하고 드디어는 오늘의 단편소설에 압도적 여주인공으
로서 군림했다. (……) 작가가 가장 쉽사리 접촉하고 있는 여성이 첫째로
그 부인이고 다음은 아마 여급일 것이라고까지 삼단논법을 전개시키는
것은 아리스토텔레스의 악용이겠으나, 일세의 작가의 대부분이 붓을 들
어 여급을 주제로 한 소설을 쓴다는 것은 자칫하면은 오늘의 연애는 그들
에게 독점되었다는 인상을 주기 쉽고 아무리 사실은 그렇다 치더라도 '오
늘의 여성'의 전형이 그들이라는 인상을 점점 더 조장할 염려가 있다.

남촌의 한 카페와 여급들. 『조선일보』 1929년 10월 26일 자 르포 기사 「남촌을 차저」에 게재된 사진.

위 기사는 당시 문장文章사에서 발행한 『創作 三十二人集창작삼십이인집』(1939)을 '여급문학女給文學'이라는 표제를 붙여 소개하고 있다. 이는 당시 소설에 여급이 얼마나 빈번하게 연애의 주인공으로 등장했는지를 시사한다. 연애를 독점한 여급이 자칫 당시 여성의 대표적인 여성상으로 고착될 것을 염려하는 위 글은 1920~30년대 대중 담론에서 부정적 이미지로 재현되었던 여급과 카페 공간이 문인들의 연애 체험을 통해 문학 안으로 침투한 흔적을 보여준다. 실제로 위 작품집을 살펴보면, 많은 작품이 여학교 출신의 모던걸이나 여급, 기생을 등장시켜 자유연애의 문제나 사랑의 삼각관계를 이야기하고 있다.

1930년대 카페 여급을 주인공으로 하는 여타의 소설들에서 여급은 자유연애에 용감하게 뛰어들어 사랑의 의미를 탐색하는 주인공으로 재현된다. 박태원의 단편 「길은 어둡고」(『개벽』 1935. 3)에서 '하나꼬'라는 예명으로 불리는 스무살 여급 향이는 무능력한 인텔리 유부남과 동거하면서, 헤어질 수도 없고 첩이 될 수도 없는 처지에서 불안한 사랑을 이어가는 인물이다. 카페에서 고객들에게 시달리며 몸과 마음의 외로움을 느껴도, 집에 돌아가면 자신을 따스하게 맞아주는 연인의 품에서 시름을 다 잊어버렸던 향이는 반년 만에 자기를 사랑하던 남자가 마음이 변한 것을 알고 혼란에 빠진다.

남자의 마음이, 일찍이 그렇게도 자기를 사랑하던 남자의 마음이, 단 반년을 못가서 이렇게도 쉽사리 변하여 버릴 줄은 과시 몰랐다. (……) 남자는 본래의 그의 안해에게서 그렇게도 쉽사리 자기에게로 사랑을 옮겼던 것과 마찬가지로 이제 또 다른 여자에게로 마음을 주려는 것인지도 모른다.

사랑 때문에 번민하면서 유부남 애인과 결혼이 성사되기 어려움을 자각한 향이는 결국 그를 떠나기로 결심하고, 그녀의 마음은 '헤아릴 길 없는 어둠의 심연'에 빠진다.

등불없는 길은 어둡고, 낮부터 나린 때 아닌 비에, 골목안은 골라 드딜 마른 구석 하나 없이 질적거린다. 어둠 속에 길을 더듬으며, 마음은 금방 울 것 같았다. 그래도 자기 앞에 그 길밖에 없는 듯이, 또 있어도 하는 수 없는 듯이, 어둠 속을 안으로 안으로 더듬어 들어갔다.[130]

아무런 현실적 보증도 없이 '언제 변할지 모르는 사랑'이라는 불안한 여행에 자신을 던지는 여급 향이의 외로움과 위태로움은 등불 하나 없는 어둡고 비 오는 밤길을 혼자 더듬으며 걸어가는 갓 스무 살 난 여자아이의 모습으로 묘사된다. 이처럼, 근대 연애의 실질적인 체험은 결혼으로 이어지지 못하는 사랑의 변경邊境에서 방황했던 여급들에 의해 이루어졌던 것이다.

한편, 여급을 소재로 한 소설 중에는 경제력을 상실한 룸펜 지식인 남성과 자신의 몸을 팔아 애인이나 남편을 부양하는 여급 간의 전도된 관계를 다루는 일련의 작품들이 있다.『창작삼십이인집』에 실린 작품 중 하나인 정인택의「동요動搖」는 무능한 남편과 카페걸 사이의 기묘한 사랑을 다룬다. 여급 순자는 카페에서 많은 남자를 상대하면서도 남편에 대한 진실한 사랑을 끝까지 지키려 하지만, 남편은 그녀를 사랑하면서도 자신의 경제적 무능력과 아

鄭人澤, 1909~1953

내를 카페에 내보내야 하는 현실을 견디지 못해 이별을 선언한다. 결국, 사랑하면서도 헤어져야 하는 이들의 관계는 물적 궁핍으로 야기된 가정의 위기를 견뎌내지 못한 채 좌절을 겪는 여급의 사랑을 보여준다. 이러한 카페걸과 룸펜 인텔리 남성 사이의 전도된 관계는 당시 여급문학의 한 유형을 형성한다. 즉, 여급을 애인이나 부인으로 둔 남성이 경제적으로나 성적으로 여성을 지배해 왔던 가부장적 권력을 상실함으로써 직면하게 되는 자의식의 균열과 사랑의 파산을 극적으로 드러내는 소설이 다수 배출된다.

박태원의 「비량悲凉」(『중앙』 1936. 1) 역시 카페여급 영자와 룸펜 인텔리 남성간의 굴절된 사랑을 다루고 있는데, 여기에는 정조를 파는 애인에게 의존해야 하는 지식인 남성의 굴욕적인 심리가 강하게 드러난다.

참말이지, 계집이 얻어다라도 주지 않으면, 담배 한 대, 변변히 태우지를 못하고, 술을 따라, 아양을 떨어, 벌어온 몇 푼의 돈이 아니고는, 한끼, 설렁탕 한 그릇이나마…….[131]

촉탁교원 자리를 잃고 실업자가 된 인텔리 남성 승호는 생존의 밑바닥에서 여급으로 일하는 애인에게 의존하는 자신을 자책하며, '사나이가 계집에게서 받을 수 있는 가장 크고, 또 가장 추악한 굴욕'을 느낀다.

관습적 젠더 위계가 해체됨으로써 균열을 일으키는 남녀의 사랑에 주목했던 또 다른 작가 이상은 당시 여급과 연애하는 지식인 남성의 훼손된 자의식으로 깊숙이 들어간다. 그의 작품 「환시기幻視記」에 등장하는 순옥은 돈을 벌기 위해서라기보다는 자유연애를 즐기기 위해 카페로 나왔으며, 『고리끼 전집』을 교양 삼아 읽을 정도의 지적 능력을 갖춘 여급이다. 「지주회시鼅鼄會豕」(『중앙』 1936. 6) 역시 성性을 매개로 경제력을 확보하는 여급 아내와 그러한 여성에게 물질적·정신적으로 종속된 남편의 두려움과 혐오감이 교차하는 다중적 심리를 그린다. 밤 두 시쯤 영업을 마치는 여급 아내를 마중하러 나가는 남편의 시선을 따라가는 「지주회시」에서 이들의 관계는 '거미'라는 메타포를 통해 드러난다. 거미는 가해자와 피해자의 형상이 중첩된 부부의 중층적 관계를 암시하는데, 이들 부부는

'서로를 빨아먹으면서 야위어가는 거미'로 비유된다. '먹어야 산다는 철칙'에 의해 생존의 '끄나풀'과 같은 여급 아내에게서 벗어나고 싶지만, 꼼짝없이 포박되어 있는 남편의 자학과 공포는 아내를 층계에서 굴러 떨어지게 하는 가학적 상상을 통해 표출된다. 식민지 시기 카페여급과 지식인 남성 사이의 연애 또는 부부관계를 다루는 소설들은 이처럼 관습적인 젠더·성性 규범을 위반하는 남녀에 대한 낯설고 기괴한 상상을 펼친다.

1930년대 카페와 불륜의 형식

1930년대 여급과 남성 고객의 연애는 카페를 배경으로 결혼제도 밖에서 이루어지는 불륜의 형식을 가시화한다. 소설가 안회남은 여급과 유부남 고객의 불륜을 소재로 많은 작품을 남겼다. 그 대표적인 작품 「애인」(『여성』1939. 7~1940. 3)에 등장하는 여급 안나는 당시 카페여급의 전형적인 면모를 보여준다.

安懷南, 1909~?

안나의 말은 농담인가 진담인가 갈피를 잡기 어려운 일이었다. 말뿐 아니라 안나 같은 여자에게 있어서는 그 행동거지까지가 정말인 듯하면서 거짓이었고, 거짓인 듯하면서 정말이 있는 것은 광식은 알았다. 그렇기 때문에 그들이 사랑이란 말 한마디 안 쓰면서 넉넉히 사랑을 속삭이고 있는 것도 안나의 이러한 기교에 연유함이며 또한 광식이는 안나의 그런 점에 어느 정도로 영향을 받았다고 보는 것이 옳은 것이다.[132]

하는 말이 농담인지 진담인지 갈피를 잡기 어렵고, 행동이 거짓인지 진실인지 모호한 경계에 있는 여급 안나의 특징은 일차적으로 '카페'라는 공간에서 자신의 속마음을 숨긴 채 감정 노동을 하며 고객의 환심을 사야 했던 여급의 직업적 조건을 짐작하게 한다. 관능적 매력과 지적인 소양, 연애의 기교까지 겸비한 안나는 당시 카페의 남성 고객들을 매료시키는 팜므파탈femme fatale의 이미지를 보여준다. 가정이 있는 유부녀 안나는 처음에 유부남 광식과 관계를 맺을 때, 자신의 처지를 의식하여 사적인 만남을 주저한다. 그런데 점차 광식을 좋아하게 되면서 안나는 그에게 '격렬한 연애편지'를 보내는 등 앞뒤를 계산하지 않고 적극적으로 관계를 주도하기에 이른다. 하지만, 광식은 안나와의 관계를 '사랑은 숭고하고 아름답고 깨끗하고 위대하다는 관념'[133]을 통해 낭만적으로 미화하면서도 한편으로 끊임없이 안나와 아내 사이를 오가며 과거 아내와의 사랑과 현재 안나와의 사랑을 비교하고 저울질한다. 그는 아내와 안나를 두 부류의 여성, 즉 '정실부인' 유형과 첩의 위치도 마다하지 않는 '애인' 유형으로 범주화하는데, 이는 가부장제 안에서 구축된 남성의 '여성에 대한 이중 기준double standard'을 노골적으로 드러낸다. 광식은 남편의 외도를 의심하며 번민에 빠진 아내를 다음과 같이 위로한다.

당신 같은 여자는 남의 정분이라는 조건에서 결혼할 수는 있어도 첩이라는 이름 밑에서 연애할 수는 없는 사람이지만, 안나는 자기 뜻에만 맞으면 둘 다 할 수 있는 여자란 말이오.

여기서 광식은 결혼과 연애 사이에 뚜렷한 선을 그어놓고, 결혼 생활을 유지하면서 혼외 연애를 부가적으로 즐기려는 남성의 욕망을 드러낸다. 아내가 자신의 불륜 사실을 알고 괴로워하는 것을 의식하면서 광식은 점차 안나가 적극적으로 관계를 진척시키는 데에 두려움을 느끼고 물러서는 모습을 보인다.

이 작품은 근대 일부일처제가 뿌리내리기 시작한 1930년대 가족 안에서 충족되지 않는 에로스의 결핍을 외부에서 보충하려 했던 당시 남성들의 심리를 포착한다. 또한, 여급에 대한 지속적 수요는 가족 밖에서 여급과의 로맨스를 향유하고자 했던 가부장제의 이중적 욕망을 드러낸다. 전근대 양반과 기생과의 관계는 낭만적 사랑이 주조를 이루었고, 축첩제는 일부 기생이 가족제도 안으로 편입되는 것을 허용했다. 하지만, 근대 소설에서 남성 작가들이 재현한 여급과의 연애나 불륜은 사랑의 진정성이 없거나 철저하게 가족의 영역 밖에서 이루어지는 유희로 묘사되는 것이 지배적이었다.

한편, 남성 등장인물이 가족 범주 안의 아내와 가족 범주 밖의 애인 사이를 오가며 이중적으로 욕망을 추구한다면, 여급은 불륜 관계에서 적극적으로 사랑을 발견한다. 안회남의 「탁류를 헤치고」(『인문평론』 1940. 4~5)에서는 1930년대 '불륜'이라는 관계 이면에 있는 욕망의 공식이 더욱 뚜렷하게 가시화된다. 남편과 아이를 두고 부모까지 봉양해야 하는 가장家長 여급 순은 고달픈 삶에서 유부남 광과 연애에 빠지면서 그를 통해 '참 인생'의 의미를 깨닫는다. 순은 비록 카페에서 일하지만, 진정한 애정, 인격적 결합에 바탕을 둔 사랑의 의미를 추구하는 여성이다. 하지만 유부남인 광은 "아내는 아내대로 깨끗하게 독점하여 두고, 순은 순대로 여급의 애인을 장만하고 싶은 허영"을 노골적으로 드러낸다. 나아가 광을 궁극적으로 행복하게 해주는 사람은 아내도 애인도 아닌 자식들이다.

그는 사실 아내도 아니요, 순도 아니요, 오직 두 아이놈들을 위하여 그 앞에 꾸부려 말이 되어 가지고 그놈들을 등위에 태우고서 함께 낄낄대며 마룻바닥에서 뒹구는 그 세계만이 만족하고 좋았다.

결국, 광의 변심을 알아차린 순은 "사나이들은 여자 마음과 다르구나. 알 수 없다!"라는 쓸쓸한 깨달음을 얻고 도시를 떠난다. 작가는 애초부터 이들의 연애가 결코 이루어질 수 없는 동상이몽의 허구였음을 통렬하게 묘사하고 있다. 안회남의 소설에서 유부남과 연애하거나 동거하는 여급들은 사회적 규범을 위반하는 것을 두려워하지 않고 적극적으로 사랑의 의미를 탐색하고 관계의 지속을 열망하지만, 종국적으로 결혼제도 안으로 이입되지 못한다. 그들은 일부일처제의 결핍을 보충하는 유희적 성애 또는 낭만적 연애의 대상으로 소비되는 여급의 이미지로 수렴된다.

그런데 여기서 주목해야 할 점은 카페를 무대로 불륜을 다루는 소설이 대부분 여급의 좌절된 욕망을 재현하기도 하지만, 불륜이 상대 남성뿐 아니라 남성이 속한 가부장적 질서를 위협하는 원인이 되기도 한다는 사실이다. 안회남의 「번민하는 잔룩씨」(『인문평론』 1939. 10)는 여급 출신의 여성을 아내로 맞아 결국 신경쇠약에 걸리는 남자 주인공의 신경증적인 시선을 풍자적으로 묘사한다. 이 작품에서 다방을 경영하는 주인공의 아내 임순은 전직 여급 출신인데, 그녀의 과거 경력은 결혼 후에 지속적으로 남편을 불안하게 한다. 여급 출신의 부인을 '원체 홀게빠진 여자', '분방한 계집'으로 간주하는 선입견과 그녀에 대한 갖가지 괴이한 소문들로 늘 부심하는 남편은 언제부터인가 다방을 찾는 남성 고객 김영식과 아내 사이를 의심하면서 심각한 의처증에 시달린다. '아내에 대한 열 가지 백 가지 의심'으로 상상의 나래를 펴는 주인공은 '남이 상상할 수 없는 커다란 비밀과 번민과 우울'에 빠지고 급기야는 아내뿐 아니라 '여성'이라는 존재 자체를 전면적으로 부정하기에 이른다. 그는 자신을 낳은 어머니가 평양 기생 출신이었음을 상기하고 어머니를 의심하여 자신의 부계 혈통 또한 의심한다. 그리고 아내의 부정을 의심하면서 자기 아들에게까지 의혹의 눈초리를 보낸다.

영식이와 임순이가 사귄지는 얼마 안된다 치더라도 방종한 계집의 짓을 누가 알랴. 내 어린 자식이 과연 내 어린 자식이냐 아니냐 하는 것뿐만이 아니다. 나는 우리 아버님의 정말 아들이냐 하는 것까지도 믿을 수 없다. 임순이가 낳아놓은 아이가 나의 아들이 아니라면 그런 것 같이 나도 나의 아버지의 아들이 아니요, 그러면 내가 임순이 아이의 정말 아버지가 아닌 것처럼 나의 아버지도 정말 나의 아버지가 아닐 것이다.

아내 임순에 대한 주인공의 불신은 어머니와 아버지에 대한 의심으로 확대되고, 이는 자신의 근원에 대한 존재론적 불안을 낳는다. 결국, 다방의 고객 김영식이 아내 임순의 전 남편이었으며, 김영식에게서 아내를 빼앗은 가해자는 남자 주인공 자신이었다는 극적 반전으로 서사는 마무리된다. 이 작품은 여급이 내포한 일탈적인 존재성이 가족제도 속으로 침투할 때 기존 질서를 위협하고 가족 안에서 남성의 위치를 교란하는 상황을 희화적으로 묘사하고 있다. 1930년대 여급은 막 형성되기 시작한 일부일처 근대 가족제도를 한편으로 보충하면서 다른 한편으로 균열을 일으키는 이율배반적인 존재로 자리매김하고 있었다.

카페 안 연애, 친밀성의 거래

1930년대 카페의 연애 풍경은 1920년대 전후에 기획된 근대적 연애 담론의 이상이 식민지 조선의 현실에서 굴절된 양상을 첨예하게 보여준다. 카페에서는 결혼으로 이어지지 않는, 또는 결혼 밖의 유희의 형식으로 연애가 향유되었고, 화폐를 매개로 제공되는 유사 연애는 신성한 결혼에 배치되는 비도덕적인 행위로 간주되었다. 하지만, 1930년대 여급은 단순히 남성의 욕망을 채워주는 대상이 아니라, 직접체험을 통해 연애의 원리를 체득하는 자기 욕망의 주체였다. 또한, 당시 소설에서 재현되는 카페여급은 규범을 위반하는 급진적인 이미지를 통해 기존 사회를 바라보는 새로운 시선의 담지자로서 등장하기도 한다.

근대 초기 여급은 최첨단의 도시 문화를 주도한 '모던걸'의 일원이었다. 이들은 비록 직업적으로 카페에서 수많은 남성 고객을 상대해야 했지만, 고객과 연애에 빠지고 그들과의 결혼을 꿈꾸기도 했다. 당시 잡지에 게재된 카페여급들의 일기를 살펴보면, 특정 손님에게 연애 감정을 품고 그 사람만을 기다리는 모습을 흔히 볼 수 있다. 『신여성』(1931. 3)에 실린 김순애金順愛의 「웨트레쓰의 일기日記」에는 "손님이 적다…… K라도 왔으면…… 십여 일이 되도록 K를 보지 못했다."라고 적혀 있다. 『별건곤』(1933. 3)에 실린 김정자의 「카페여급 일기」에는 "혼자 온 손님. 이 카페에서 제일 정 들어온 손님. 직업은 모 신문사 기자. 반가운 김에 한번 툭 쏘다. 그는 웬일인지 나에게 제일 호감을 주는 이다. 더구나 양해해주는 그 점이 더욱 내 마음을 이끌었다."라는 기록도 있다.

오타 사부로, 「카페 여급」(1912~15)

「인테리 기생, 여우, 여급 좌담회」(『삼천리』 1936. 4)라는 기사에서 1934년 당시 낙원카페 여급이었던 정정화는 "언제나 마음은 진실한 남성을 만나 '쓰윗홈'을 꾸미려 하는 데 있지요."라고 말한다.[134] 하지만, 카페를 매개로 이루어지는 그들의 연애는 원천적으로 결혼으로 이어지기 어려운 상황에 놓여 있었으며, 안회남의 소설에서처럼 결혼이 전제되지 않는 유부남과의 일시적인 애정 행각으로 끝나는 경우가 허다했다. 이러한 조건에서 여급들은 누구보다도 빨리 연애를 둘러싼 현실과 욕망의 법칙에 눈뜨게 되었다.

안회남의 단편, 「에레나 나상裸像」(『청색지』 1938. 6)에서 여급 에레나는 "자꾸 여급으로서의 경력을 닦아 점점 능글차며 불순해지는" 여성이다. 그녀는 카페 안팎으로 갖가지 부정한 품행에 관련된 소문에 휩싸여 있지만, 자신에게 미혹된 남성에게 끊임없이 자신을 변명하고 거짓 환상을 불어넣으며 남성들을 사로잡는다. 그녀는 관능적 매력과 연애의 기술로 상대 남성을 현혹하고 가면을 쓴 채 연애를 일종의 게임처럼 즐긴다. 1934년에 발행된 여급잡지 『여성女聲』에서 "연애란 그네들의 일시적 유희물일 것입니다. 어느 순간에는 정열적이지요. 생명까지 바쳐도 좋겠다고 합니다. 그러나 그 순간이 지나면, 어느 때 그런 일이 있었던가 합니다……. 남자는 모두가? 요술사. 감언이설은 요술사의 도구이지요."[135]라고 말하는 백마白馬카페 여급 경자京子의 대남성관은 카페에서 이루어지는 연애의 유희적 본질을 간파한 여급의 모습을 시사한다. 카페에서 남녀 관계의 실상을 꿰뚫어보는 연애 전문가였던 여급들은 한편으로 연애의 신성성과 진정성에 의문을 품는 연애 회의론자들이기도 했다.

이효석의 단편 「성찬聖餐」(『여성』 1937. 4)에 등장하는 여급 보배는 카페 안 연애의 허위적 본질을 간파하고 근대적 사랑이나 결혼에 대한 인식을 전복시키는 인물이다. 같은 건물에서 일하는 바걸 민자와 신문기자 준보의 연애를 냉소적으로 지켜보는 여급 보배는 의도적으로 준보를 유혹하여 그들

李孝石, 1907~1942

의 관계를 파탄에 이르게 한다. 이는 일차적으로 동료 민자의 연애에 대한 질투에서 비롯되었지만, 그 이면에는 여급이 염원하는 연애결혼이 실현되기 어렵다고 보는 회의적인 시선이 깔려 있다. 보배는 지금껏 경험한 숱한 연애에 대해 다음과 같이 정의한다.

나는 한 사람 한 사람의 사내를 대할 때에 마치 한 상 한 상의 잔치상을 대하는 것 같이 준비된 성스러운 식탁을 대하는 것 같이밖에는 생각되지 않아서, 식탁 위의 것이 아무리 귀한 진미였다 하더라도 시간이 지나면 그 맛의 기억이란 사라져버리는 것이다. 그러기 때문에 제 앞으로 차려진 식탁을 대할 때에 마음껏 제 차지를 즐기는 것이 떳떳한 수지이다.

보배는 연애를 그때그때 일시적으로 풍성하게 즐기는 '식탁 위의 진미'로 비유하면서 낭만적 사랑의 판타지를 조롱한다.[136] 이처럼 연애에 대한 냉소적인 시선은 연애를 상품처럼 거래하는 카페에서 여급들이 겪은 특수한 경험에서 비롯된 것이지만, 그들의 경험은 근대 연애의 낭만적 언어가 은폐하고 있는 연애의 물질성을 가시화한다. 카페 안에서 이루어지는 여급과 남성 고객 사이의 연애는 감정적·성적 교류가 하나의 상품으로 유통되던 당시 현실의 부산물이었다. 이들의 연애는 신성한 결혼의 소명과 분리된 채 향락을 목적으로 하고 자본과 결탁하는 '불순한' 열정의 모델이었지만, 1930년대 역사적 지형에서 발현된 연애의 또 다른 존재방식이었음을 부정할 수 없다.

한편, 카페 안에서 거래된 연애는 연애 자체를 탈신비화하는 현상을 낳았을 뿐 아니라, 상품화된 유희와 자발적 연애의 모호한 경계에 자리하는 여급들을 양산했다. 이러한 양상은 유진오의 「나비」(『창작삼십이인집』, 문장, 1939)에서 잘 드러난다. 유진오의 「나비」는 1930년대 말 조선의 카페에서 일어나는 일상적인 사건들과 그곳을 드나드는 인간 군상을 매우 세밀하게 묘

俞鎭午, 1906~1987

사하고 있다. 또한, 이 작품은 성적 유희의 욕구와 직업적 서비스의 경계가 모호한 지점에서 발현하는 여급의 욕망을 문제로 제기한다. 이 작품에서 여학교 출신인 최명순은 백화점 숍걸로 일하다가 전문학교 출신이지만 생활 무능력자인 남편 대신 생계를 도맡고자 카페에 나와 '프로라'라는 이름으로 일한다. 남편 김대진은 카페걸 프로라의 바깥 생활을 알면서도 묵인하고, 오히려 프로라가 벌어다주는 돈으로 찻집이나 술집을 돌아다니며 현재의 생활에 만족하는 듯한 무기력한 태도를 보인다. 배우자에 대한 정절 의식이 희박해진 상태에서 프로라는 카페에서 그녀를 찾는 일곱 명의 고객(화가, 회사원, 부랑자, 부호, 월급쟁이, 인텔리, 광산업자 모뽀)과 복잡한 삼각, 사각 관계의 연애를 체험한다.

카페는 '눅진눅진하게 연애를 하자는 둥, 사랑을 하자는 둥 하는 시답지 못한 사내들만 들끓는 세계'였고, 프로라는 부랑자와 다름없는 남성들을 상대하면서 이전에 체험하지 못했던 관능적인 자극을 느끼고 스스로 놀라기도 한다. 카페에 나온 지 얼마 안 되어 "여자로서 손님 농락이 여간 아닌데다가 동무의 애인까지 가로챘다는" 부정적인 평판을 듣게 된 프로라는 카페 안에서 화폐로 거래되는 연애를 통해 다음과 같은 상념에

잠기기도 한다.

　도덕가에게 가지고 가면 무어니 무어니도 하겠지만 세상에 물질을 떠
난 순애정만의 남녀관계라는 것이 어디 얼마나 있는가. 아니 돈 이야기는
빼더라도 서로 좋아하는 남녀가 단순 솔직하게 서로 사랑을 고백하고 싫
어지면 담담하게 헤질 수 있다 하면 쓸데없는 쇠사슬에 얽매어 서로 미워
하면서도 언제까지나 질질 끌어가는 그따위 관계보다 얼마나 나을 것인
가 하고도 생각해본다.

　프로라는 카페 안에서 교환되는 연애를 인간 애욕의 한 방식으로 긍
정하고, 여급과의 유희를 바라는 사내의 야심에서 일말의 순정을 발견하
기도 한다. 또한, 이전에 권태로움을 느꼈던 남성 고객이 한동안 소원했
다가 다시 카페를 찾자, 그에 대한 색다른 감정을 느끼면서 "애정이란 줄
다리기 같은 것이라 할까. 이편이 한 발작 나서면 저편은 한 발작 물러서
고 이편이 한 발작 물러서면 저 편은 한 발작 나서는 것이다."라며 남녀
간의 감정적인 줄다리기를 체험하기도 한다. 이들이 카페를 나와 그녀의
집 앞에 이르러서 남성이 적극적인 공세를 펼치자, 프로라는 지금까지 눌
러 왔던 '에어 포켓' 같은 강렬한 정염의 폭발을 경험한다. 우연히 그 장
면을 목격한 남편에게 프로라는 처음으로 일말의 죄의식을 느끼지만, 끝
까지 모른 척하는 남편의 태도에 회심의 미소를 띠며 돌아선다. 도덕적
자의식이 점차 희미해지는 상태와 맞물려서 자신의 몸을 통해 쾌락을 발
견해 가는 프로라의 변화 과정은 근대 도시 공간에서 관습적 여성성의 지

표들이 깨어져 나가는 상황을 가시적으로 보여준다.

카페에서 프로라가 겪는 인간 애욕의 다양한 체험은 근대적 도시의 유흥공간에 배치된 여성의 타락으로 해석된다. 이 작품에서 여급 프로라의 연애 행각을 희화하는 작가의 재현 이면에는 규범에서 이탈한 여급에 대한 냉소와 적대적 시선이 깔려 있다. 하지만, 별다른 죄의식 없이 향락에 빠져드는 프로라의 모습은 자본과 공모한 쾌락의 원리가 근대 연애결혼의 강령을 훼손시키는 지점과 맞닿아 있다. 자본주의 기제에 의해 연애와 같은 친밀성의 영역이 상품화하는 근대 초기에 여급은 당시 사회가 요구했던 성적 유희의 양식들을 개발하고 탐색하는 역할을 하면서 자기 욕망에 눈뜨는 위태로운 행위자agent로 등장한다. 전통적인 젠더·성性 규범을 위반하는 카페여급은 여성으로 하여금 도덕적·사회적 금기를 넘어 쾌락의 거리로 나서게 하는 근대 자본주의 도시의 새로운 플롯을 형성한다.

1930년대 카페에서 남녀 간에 이루어지는 사랑과 성의 유희는 이전에 유입되었던 자유연애가 퇴조한 이후 도시적 유흥으로 흡수된 연애의 잔해라 할 수 있다. 상품 또는 불륜의 형태로 소비된 연애는 근대 국민국가의 이념과 부르주아 계층의 계급적 이익을 대변하며 재구조화했던 근대 연애결혼 제도의 신성성을 파기한다. 1930년대 카페 안 여급과 지식인 남성의 연애는 일제 파시즘의 시대를 견뎌야 했던 '식민지 도시의 우울한 향락'이라는 사회·정치적 코드를 제기하는 한편으로, 결혼에서 소외된 남녀 간의 열정을 경제적 거래를 통해 존립시켰던 근대 연애의 또 다른 풍경을 보여준다.

1) ‘연애’라는 용어가 등장한 것은『매일신보』에 연재된 일본소설의 번안작,『쌍옥루』(1912~1913)와 『장한몽』(1913)인 것으로 논의된다. 권보드래,『연애의 시대』, 현실문화연구, 2003, 12면.

2) 菅野聰美,「消費される戀愛論－大正知識人と性」, 靑弓社, 2001, p. 9.

3) 菅野聰美, 앞의 책, pp. 33~36.

4) 송혜경,『연애와 문명』, 도서출판 문, 2010, 35~87면.

5) 일본의 가족국가(family－state) 이데올로기는 남녀 간의 정애(情愛)를 가(家) 개념 속에 끌어들였 지만, 그것은 선조의 영(靈)을 제사(家祠)지내는 기능을 영속시키는 가부장적 가정이었다. (深谷昌 志,『良妻賢母主義の敎育』[1966], 東京: 黎明書房, 1981, p. 142)

6) 佐伯順子,『色と愛の比較文化史』, 東京: 岩波書店, 1998; 菅野聰美, 앞의 책, pp. 9~11.

7) 전근대와 근대를 포함한 한국 역사에서 사랑의 문제에 대해 학문적으로 접근한 사례는 거의 없다. 근대 초기, 조선에서 연애가 거의 최초로 사회적 이슈가 된 1920년대 ‘연애’의 유행 현상을 문화사적 으로 접근한 선행 연구로 권보드래의『연애의 시대』, 현실문화연구, 2003이 있다.

8) 에두아르트 푹스,『풍속의 역사Ⅰ－色의 시대』, 이기웅·박종만 역, 까치, 1999, 171면.

9) 앤서니 기든스,『현대사회의 성, 사랑, 에로티시즘』, 새물결, 1996.

10) 장징(張競),『사랑의 중국문명사』, 이용주 역, 이학사, 2004, 298~299면.

11) 근대 초기 자유연애결혼의 의미를 다룬 선행 연구로, 최혜실,「개화기 신분제 붕괴와 남녀평등, 자유연애결혼의 관련 양상」,『현대소설연구』9, 한국현대소설학회, 1998; 권보드래,「열정의 公共性 과 個人性~신소설에 나타난 ‘一夫一妻’와 ‘二妻’의 문제」,『한국학보』26, 2000; 고미숙,『한국의 근대 성, 그 기원을 찾아서－민족, 섹슈얼리티, 병리학』, 책세상, 2001 등이 있다.

12) 가정소설은 일본 메이지 중기(1890년대 후반~1900년대)에 유행한 통속 소설 장르로서, 가정에 서 읽힐 만한 소재를 취했으며 건전함, 도덕적 승리, 행복한 결말 등을 특징으로 한다.

13) 조중환,『쌍옥루』, 박진영 편, 현실문화연구, 2007, 22~28면;『장한몽』, 박진영 편, 현실문화연구, 2007, 46면.

14) 조중환,『쌍옥루』, 박진영 편, 24~25면.

15) 이에나가 사부로(家永三郎),『근대일본사상사』, 연구공간 ‘수유+너머’ 일본근대사상팀 역, 소명 출판, 2006, 114~124, 167면.

16) 무대에서 표현하기 어려운 야외 배경이나 활극 장면을 영화로 미리 찍어 연극 공연 도중 스크린 에 영사하는 독특한 형식.

17) 리타 펠스키,『근대성과 페미니즘』, 김영찬·심진경 역, 거름, 1998, 21~28면.

18) 조중환,『장한몽』, 박진영 편, 현실문화연구, 2007, 24면.

19) 조중환, 『장한몽』, 박진영 편, 29~30면.

20) "내가 그 사람을 사랑하는 마음은 비록 죽는 것으로써 위협하더라도 굴하지 않을 것이요 순애의 나를 사랑하는 마음은 서양 어떠한 여황의 머리 위에 장식한 세계에 다시 쌍이 없다 하는 금강석을 사고자 하여도 그 굳은 마음은 능히 움직이지 못할지니. 나와 저 여자 사이의 사랑은 진실로 진토 중에 싸인 백옥과 같도다. 나는 이 세상에 더럽지 아니한 한 사람을 취하여 여러 가지 더러운 것을 잊어버리로다."(조중환, 『장한몽』, 박진영 편, 73면.)

21) 조중환, 『장한몽』, 박진영 편, 100~101면.

22) 이상준, 『신유행창가』(3판), 삼성사, 1929, 10면.

23) 菅野聰美, 앞의 책, 51~52면.

24) 조중환, 『장한몽』, 박진영 편, 559면.

25) 볼프강 라트, 『사랑 그 딜레마의 역사』 장혜경 역, 이끌리오, 1999, 107면.

26) 사에구사 도시가쓰 편, 『이광수 작품선』, 이룸, 2003, 566면.

27) 「윤광호」, 『청춘』 13호, 1918, 69면.

28) 이광수의 초기 단편과 일본 메이지 문학에서 소년애의 영향관계 및 상관성에 대한 논의로 이승신, 「이광수 「사랑인가(愛か)」와 소년애」, 『일본학보』 67집, 한국일본학회, 2006, 208~210면 참조.

29) 이광수, 「어린 벗에게」, 『청춘』 9호, 1917, 『이광수단편선 – 소년의 비애』, 문학과 지성사, 2006, 41~42면.

30) 『禮記』 下, 이상옥 역저, 명문당, 2003, 1526면.

31) 이광수, "혼인에 대한 관견", 『이광수전집 10』, 삼중당, 1973, 41~42면.

32) 이광수, 『무정·꿈 – 한국문학대표작선집 10』, 문학사상사, 1999, 181면.

33) 앞의 책, 287면.

34) 엘렌 케이 연애론이 일본과 식민지 조선에 유입된 과정과 그것이 가지는 우생학적 논리, 이광수에게 끼친 영향 등을 고찰한 논의로 구인모의 『한일근대문학과 엘렌케이』(『여성문학연구』 12집, 한국여성문학학회, 2004)가 있다.

35) 『개벽』, 1921. 2, 50면.

36) "연애의 최고 전형은 도덕적으로나 지식적으로나 동일한 수평선상에 잇는 남녀간에만 존재한다. 이가티 남녀가 상호간 자기를 완성(Perfect)하기 위하야 상호간 사랑하는 것이 최고 전형일다. 이 완전한 연애는 당자 남녀간에 상호간 일원이 되려는 강렬한 갈망의 일념을 生케 한다. 그러나 오히려 이 연애는 남녀 2人을 피차간 독립케 하며서 다시 두 사람을 二者一體로 맨드는 大한 완전을 향하야 발달하는 것이다." (『개벽』, 1921. 2, 52면)

37) "자유이혼론이 어떠한 폐해를 함유하엿슬지라도 野卑한 性的 習慣, 가장 부끄러운 賣買的 性交, 가장 痛烈한 心靈의 虐殺, 가장 비인간적인 慘忍, 근대 생활에 나타나는 자유에 대한 가장 野卑한 侵害 등 이러한 害毒과 慘忍을 보라! 결혼으로 이미 釀出되고 또는 현재 釀出되랴는 폐해보다는 幾百倍 우월하리라."『개벽』, 1921, 3, 48면.

38) "여자의 女子된 所以는 그 母性에 잇다. 어머니로의 충분한 職能을 다하지 못하면 여자는 기타 어떠한 일을 하던지 결단코 훌륭한 일을 하엿다고 할 수 업는 것이다."『개벽』, 1921, 3, 49면.

39) 엘렌 케이는 "모성의 교육 내지 모성의 훈련"을 권유했는데, 여기에는 "一은 국민경제학이라던가 家庭調理上에 根抵인 위생이라던가 심미학 교육, 二는 위생학, 심리학, 건강상태, 並病的 性質을 가지고 잇는 小兒教育에 관한 學理的 과정, 三은 젊은 여자들이 어머니가 되기 전 또는 어머니가 된 후에 生理學上 及 心理學上의 의무의 學理的 과정 及 人種改良學 등의 근본원리의 과정" 등이 있다.(『개벽』, 1921, 3, 50면)

40) Ellen Key, *Love and Marriage*, Trans. by Arthur G. Chater, New York: G. P. Putnam's Sons, 1911, pp. 7-10.

41) 염운옥의 논의에 의하면, 19세기 유럽, 인구가 국력을 의미하는 근대국가 체제 속에서 인종 개량하는 것을 목적으로 하는 우생학과 페미니스트들의 결탁은 이중적 관계에 있었다. 우생학은 논리 구조상 적자의 생산과 양육을 담당하는 모성을 중시하지 않을 수 없었지만, 진화론과 우생학이 주장하는 성 선택의 논리는 여성의 역할을 긍정하는 듯하면서도 궁극적으로 여성의 몸을 건강한 차세대의 생산을 위한 도구로 간주하고 여성의 섹슈얼리티에 대한 억압하는 한계를 보인다. 한편으로 페미니스트는 우생학을 수용함으로써 모성에 특권적 신성함을 부여하고 여성의 사회적 권리를 확대하여 양성평등을 실현시키는 발판으로 삼고자 했는데, 모성의 권위에 호소하는 것은 빅토리아 시대의 가치관과 관습과 정면으로 충돌하지 않으면서 여성이 가부장적 권위에 도전할 수 있는 소극적이고 효과적인 방법이었다고 볼 수 있다.(염운옥, 「영국 우생학 운동과 모성주의 - 1907년에서 1930년대까지 '우생협회'의 활동을 중심으로」, 『서양사론』 84, 서양사학회, 2005, 105면)

42) 일본에서 구리야가와 하쿠손의『近代の戀愛』이 출판되고 대중들에게 수용되는 과정을 다룬 글로서 이승신, 「구리야가와 하쿠손(厨川白村), '근대의 연애관' 수용」, 『일본학보』 69, 한국일본학회, 2006이 있다.

43) 菅野聰美, 앞의 책, p. 15.

44) "영속성은 연애의 중요한 본질이 된다. 연애를 오직 변하기 쉬운 일상적 감정작용이라고 생각하는 것은, 구사상이다. 그것에는 지적 판단도 수반되며, 강한 의지의 작용이 움직인다. 전인격적. 그 연애의 완성은 인격의 완성, 자아의 충실이 아니면 안된다. 그것이 제도로 나타나는 결혼이다."(厨川白村,『近代の戀愛』, 東京: 改造社, 1922, p. 204)

45) 厨川白村, 앞의 책, p. 220.

46) 厨川白村, 앞의 책, p. 220.

47) 厨川白村, 앞의 책, pp. 112~161.

48) 가와무라 구니미츠, 『セクシュアリティの 近代』, 東京: 講談社, 1996, 160~164면, 송연옥, 『조선 신여성의 내셔널리즘과 젠더』, 『신여성~한국과 일본의 근대여성상』 문옥표 외, 청년사, 2003, 114~115면에서 재인용.

49) 송연옥은 근대가정을 신봉할수록 제국의 논리에 편입되는 모순을 보이며, 조선의 신여성은 근대가정이 내포한 함정에 포박되어 현모양처를 수용함으로써 제국의 내셔널리즘으로 회수되었다고 보았다.(송연옥, 앞의 논문, 117면)

50) 최학송,『전생명의 요구는 아니다~ 나의 연애관』,『朝鮮文士의 戀愛觀』, 雪華書館, 1926, 103면.

51) 宇海天, "연애의 계급성",『신여성』, 1931. 10, 26~29면. 그밖에 연애의 초계급성을 부정하는 글로,陳尙珠,「푸로레타리아 戀愛의 高調, 戀愛에 對한 階級性」(『삼천리』1931. 7. 1)이 있다.

52) 알렉산드라 콜론타이, 김제현 역,『붉은 사랑』, 도서출판 공동체, 1988, 85면.

53) 알렉산드라 콜론타이, 장지연 역,『삼대의 사랑』,『월요일』, 일송정, 1994, 129~130면.

54) 이정희,「알렉산드라 콜론타이(1872~1952)의 사회주의 여성해방 사상 – 공산주의적 성적 도덕과 섹슈얼리티를 중심으로 – 」,『서양사론』99, 한국서양사학회, 2008, 116면.

55) B. 판스워드,『알렉산드라 콜론타이–볼세비키 혁명과 여성해방』신민우 역, 풀빛, 1986, 237면.

56) A Holt, ed. Alexandra Kollontai: Selected Writings, Toronto, 1977, p. 244, 이정희, 앞의 논문, 117~118면에서 재인용.

57) B. 판스워드,『알렉산드라 콜론타이 – 볼세비키 혁명과 여성해방』신민우 역, 풀빛, 1986, 443~446면.

58) 이정희, 앞의 논문, 120면.

59) "『三代의 戀愛』지금까지의 연애는 령(靈)과 육(肉)이 일치함으로서 처음 의의(意義) 잇는 것으로 보앗고 다음로 사랑하기 전에는 육체적 관계를 맺는다는 것은 대단히 도덕에 어그러진 일이라고 하는 것이 우리들이 보통 알고 잇는 연애론의 상식입니다. 사랑함으로써 결혼하고 사랑하지 안음으로서 리혼한다는 것도 이러한 연애론에서 나온 것입니다. 그러나 코론타이 녀사 연애론에 의하면 연애에 잇서서는 령육을 둘노 가르고 본능의 향락만에 의의를 붓처 노흔 것이엿습니다... 간단히 말하면 연애긔상주의가 안입니다. 사랑하고 사랑하지 안은 것은 별 문제이고 성적 본능만 긔게적으로 만족하게 하면 좃타. 안이 그럴 수 밧게 업다. 연애는『만흔 시간과 정역이 든다』그러키 때문에 하지 안으면 안될 임무(任務)의 방해되게 한다. 일은 우리들의 사사로운 일이 안이다. 사회로서 유용한 일이다. 그리고『연애는 개인의 일이다』라는 녀사에 근본적 생각이엿다. 그의 소설『붉은 연애에 연애와 사업을 저울(秤)에 다라보고 드듸여 연애와 가정을 뿌리치고 사업을 취한다는 것이엿습니다."(『삼천리』, 1931. 11, 44, 112면)

60) 이는「問題人物의 問題~朝鮮의 코론타이스트 許貞淑」(『제일선』, 1932. 7), 실제로 글이 실리지는 않았지만 목차에 소개된 송계월의 "조선의 콜론타이: 허정숙론"(『신여성』, 1932. 11)과 같은 기사를 통해 확인할 수 있다.

61)「붉은 연애의 주인공들」,『삼천리』1931. 7.

62) 金熅,「코론타이 戀愛觀 批評」,『별건곤』29, 1930. 6, 93~94면.

63) "연애를 그냥 향락적으로만 맨드는 오날날 一群의 放縱한 청년들을 우리는 멸시하는 바이며 코론타이主義의 조종인『赤戀』의 주인공 왓시릿사에게 잇서서는 그 사회정세와 계급투쟁의 합리를 수

긍하나 그러나 그것을 盲信하고 戀愛를 오로지 玩具物로 취급하는 오날날 一群의 否塞한 청년들을 우리는 물리치는 바이다."(안회남, 「청춘과 연애」, 『신여성』, 1933. 5, 83면) "엇던 녀자가 성적 충동대로 이러나는 본능의 해방을 전후적이 안이고 향락적으로 행동할 때도 그들은 이것을 이것을 코론타의주의라고 떠들고 단입니다."(「'코론타이주의'란 엇던 것인가?」, 『삼천리』, 1931. 11, 44면)

64) "연애문제에 잇서서는 일정한 갈피를 찾지 못하고 전통적 봉건사상에 의한 奴隷的 관념 그대로를 死守하고 잇는 분자 뿌르조아 개인주의적 자유사상에 의한 연애지상주의에 기우러진 분자와 콜론타이즘에 물들어 가지고 무조건하고 性的 放縱에 흘으는 분자 등 무원칙하게 節調업는 性생활을 하게 되는 것이 今日의 朝鮮현상이라고 볼 수 잇는 것이다."(「푸로레타리아 戀愛論」, 『삼천리』, 1932. 4)

65) 『삼천리』, 1931. 7. 1, 75면.

66) 이태숙은 1930년대 콜론타이즘으로 대표되는 프롤레타리아 연애가 박화성의 『하수도 공사』, 『비탈』, 강경애의 『어머니와 딸』, 『인간문제』, 이기영의 『고향』 등과 같은 대표적 사회주의 작가들의 소설에서 개인의 성애적 열정을 무화시키고 계급적 이념을 중시하는 관념적, 금욕적 서사로 전개되는 양상을 분석했다. (이태숙, 「붉은 연애와 새로운 여성」, 『현대소설연구』 29, 한국현대소설학회, 2006, 159~179면)

67) 당신도 시대사상을, 조금이라도 이해하신다면, 나의 이 편지에, 많은 동정을 하시리다. 부부사이에, 제일 중한 것은, 사랑이 아닙니까. 그러나 당신과 나 사이에는, 그 중한 사랑이 없었습니다. 이 사랑이 없는 부부가, 어찌 부부며, 또는 남편이 되고 아내가 될 수 있습니까. 사랑! 사랑은 인생의 꽃이외다. 사랑을 모르는 자처럼, 불쌍한 자는 세상에 다시 없습니다. 그리하고, 사랑이 없는 가정처럼, 쓸쓸한 가정은 세상에 다시 없습니다. 사랑을 알고, 사랑을 담은 가정은, 그 사람이 복된 사람이오, 그 가정이 꽃피는 가정이며, 사랑을 모르고 사랑을 담지 못한 가정은, 그 사람이 불행한 사람이오, 그 가정이 사막의 가정이외다.

68) 김을한, "인생잡기", 『조선일보』, 1926. 8. 12: 이태숙, "1920년대 '연애'담론과 기획출판", 『한국현대문학연구』 27, 한국현대문학회, 2009, 14~15면에서 재인용.

69) 이 자료는 송연옥, 「조선 '신여성'의 내셔널리즘과 젠더」, 『신여성』, 문옥표 외, 청년사, 2003, 93~94면 참조.

70) 하쿠손의 연애론이 여성독자를 사로잡은 요인은 바로 그의 저작이 엘렌 케이의 시각을 계승하면서, 연애와 결혼을 둘러싼 여성들의 문제를 직접적으로 다루고 전망을 제시했다는 점에 있었다. 일본 내에서 하쿠손의 연애론이 여성해방을 논하는 '부인론'의 계보에서 논의되어 왔다는 사실이 이를 뒷받침한다. (이승신, 『구리야가와 하쿠손(廚川白村) '근대의 연애관' 수용』, 『일본학보』 69, 한국일본학회, 2006, 379면)

71) 오천석, 「『신여자』를 위하여~ 계급과 결혼" 잡지 『開拓』사로부터」, 『신여자』 창간호(1920. 3. 6).

72) 일본에서는 1913년 크라프트 에빙의 『변태성욕심리』가, 1915년에는 어거스트 포렐의 『성욕연구』가 번역되었는데, 1919년에 발간된 榊保三郎, 『성욕연구와 정신분석학』에서 동성애는 변태성욕의 하위항목으로서, 성욕대상의 변태에 해당하는 것으로 기술된다. 1920년대 초반까지 일본에서는 호모섹슈얼티의 번역어로서 동성성욕, 동성욕, 동성연애, 동성애 등이 경쟁하다가, 1920년대 중반에 이르면 '동성애'라는 어휘가 지배적으로 쓰이게 되었다고 한다. 이에 대한 논의는 신지연, 「1920~30년대 '동성(연)애' 관련기사의 수사적 맥락」, 『민족문화연구』 Vol. 45, 고려대 민족문화연구원, 2006, 266~269면 참조.

73) 식민지 시기 '변태성욕'으로 명명되었던 성적 도착 현상을 다룬 선행 연구로 차민정,『1920~30년대 '변태'적 섹슈얼리티에 대한 담론 연구』, 이화여대 석사학위 논문, 2009가 있다.

74) 윤치왕 외,「임신과 결혼좌담회」,『조광』, 1939. 11. 206면;「성교육으로 본 동성애의 피해」,『중외일보』1929. 11. 3.

75) 이명선은 이러한 여학생들간의 동성연애를 여성들 사이의 친밀감과 연대를 증대시키는 문화로 분석한 바 있다.(이명선, "식민지 근대의 성과학 담론과 여성의 성"『여성건강』제2권, 2호, 2001)

76) 覆面兒, "그 女子들은 웨 鐵道自殺을 하엿나?, 洪 金 兩女子, 永登浦鐵道自殺事件 後聞",『별건곤』1931. 5.

77) 1920년대 연애론을 포함하여 신여성 담론을 생산한 주축 세력은 당시 문화운동의 주도 세력인 신지식층이었으며, 다수가 일본유학경험이 있는 남성 지식인들이었다. 잡지『신여성』의 경우, 발행 및 편집인이었던 방정환을 위시하여, 김기진, 박영희 등의 사회주의 지식인과『개벽』의 편집진인 김기진, 이돈화 등이 중심 필자들이었고, 허정숙, 김옥엽, 최의순, 김활란 등의 여성필자들도 활동했지만, 그 비율은 남성필진의 1/2 수준이었다.(김수진,『1920~30년대 신여성 담론과 상징의 구성』, 서울대 사회학과 박사논문, 2005, 178~199면)

78) 이러한 경향은 여성교육가 박인덕(朴仁德, 1897~1980)의 경우에도 확연하게 나타난다.「박인덕 여사의 연애관, 연애란 우주의 미의 결정임이여」(『삼천리』, 1939. 1)라는 글에서 박인덕은 과거의 모든 연애가 불완전했기 때문에 우리 머리에 박힌 연애 관념이 실제의 연애를 더럽힌 것이라 보고 새로운 연애에 대한 관념을 형성할 것을 주장한다. "진정한 연애를 의미한 연애감정이야말로 온 우주에서 가장 아름다운 감정"이 아닐 수 없으며, "인류를 사랑하고 국가사회를 사랑하는 위대한 사랑도 이 높고 아름다운 연애감정을 토대로 하지 않고는 있을 수 없는 것"이라는 언급은 사랑에 대한 추상적인 인식을 드러낸다.

79) 김세성,「처녀독본- 제4과, 연애와 결혼」,『신여성』, 1931. 4.

80) 염상섭,『염상섭 전집』-9, 민음사, 1987, 75~77면.

81) "몸을 파는 것은, 오히려 용서할 수 잇겟지요. 그러나 정신까지 파는 것은 어떠케하겟습니까. 동정의 고뇌와 성욕의 압박으로 정조를 깨털엿다는 것도 용사(容赦)한다면 할 수 업지 안켓지요. 천품의 불량성과 음탕한 기질로, 창부적 불륜한 행위를 하얏다는 것도 용사한다면 할 수 잇겟지요. 그러나 거긔에 이해의 타산까지 하고, 남자의 재산에 눈독을 드리고 유괴(誘拐)하얏다는 데에 이르러서는 사람의 부류에도 참례(參例)못할 절망적 최후가 안입니까."(염상섭,『염상섭 전집』-9, 민음사, 1987, 77면)

82) "덕순이의 형님두 만세 이후로 급작실히 퍽 변한 모양입듸다. 게다가 글짜나 쓰는 사람들하구 추축을 하고 잡지니 문학이니 하게 되니까 딴 세상 가튼 생각이 나는게지. 그건 고사하고 '엘런 케이'니 '입센'이니 '노라'니 하는 자유사상의 맛을 보게 되니까 모든 것을 자긔의 처디에만 비교해보고 한층 더 마음이 움즉이지 안켓소.",(염상섭,『염상섭 전집』-1, 민음사, 1987, 190면)

83) 염상섭, 앞의 책, 197~198면.

84) "近日 우리 社會의 靑年男女사이에는 戀愛라는 말을 만히 하게 된다. 사실로 戀愛를 만히 하기도 하는 모양이다. 그러나 濫造된 戀愛는 歡迎하고 십지도 안타. 結婚은 眞正한 戀愛를 중심하여야 된다. 그런데 戀愛는 人格的 戀愛라야 된다. 에렌케이의 말과 가티『우리가 人格을 목적 삼고 거름을 거

를 때는 무엇보담도 먼저 戀愛와 戀愛의 正義에 대하야 스사로 生覺치 아니하면 안 된다. 엇재 그러냐하면 사람은 이와 가티 함으로써 다시 보담 놉은 人格的 境地에 到達할 수 잇슴으로써이다.』戀愛의 濫造는 罪惡이다. 眞正한 人格的 戀愛 중심의 結婚이라야 道德的 結婚이다. 엇더한 外的條件과 法律上 手術을 거친 結婚이라할지라도 戀愛를 중심으로 한 結婚이 아니면 不道德한 結婚이라고 하겟고 그것을 거치지 아니 하엿다 할지라도 그가 眞實한 戀愛에 基因된 것이라면 이것은 훌륭한 道德的 結婚이다. 戀愛는 오직 두 사람 사이에만 긋치는 것이오 複數的으로 되는 것이 아니기 때문에 戀愛를 기본으로한 結婚이라야 一夫一婦制를 實現할 수 잇는 것이다. 결코 戀愛를 結婚의 手段으로 하여서는 아니 된다."(『별건곤』1927. 12. 20, 148~149면)

85) 崔義順, 「나의 戀愛와 結婚觀」, 『삼천리』, 1929. 9. 1, 31면.

86) 「戀愛憲法」, 『별건곤』, 1929. 1. 1.

87) 沈熏, 「戀愛와 結婚의 側面觀」, 『삼천리』, 1929. 11. 13, 32면.

88) 金允經, 「戀愛觀」, 방인근 편, 앞의 책, 40면.

89) 식민지 당시 이혼 소송사건 관련 자료(『동아일보』)를 분석한 논의를 살펴보면, 1920년대 이혼 건수가 놀라울 속도로 늘어났지만, 실제 이혼의 사유가 신여성과의 연애와 관련되는 축첩이나 중혼(10%)보다는 남편의 행실불량(범죄로 인한 감금, 주벽과 아편중독, 행방불명, 학대, 구타)이 약 80%를 차지하고 있음을 확인할 수 있다. 또한, 애정이 없어 이혼하는 사례는 거의 희귀한 사례로 제시되고 있다.(권희정, 「식민지 시대 한국 가족의 변화: 1920년대 이혼소송과 이혼 사례를 중심으로」, 『비교문화연구』 11집 2호, 서울대학교 비교문화연구소, 2005, 48~52면)

90) 근대 자유연애의 결과로 첩이 되었던 신여성들의 모순된 현상과 '제이부인' 관련 논의에 대한 담론 분석은 김윤선, 「또 다른 '신여성' - 노처녀, 제2부인, 동성애자」, 『한국의 식민지 근대와 여성공간』, 여이연, 2004; 정지영, 「1920~30년대 신여성과 첩/제이부인: 식민지근대 자유연애결혼의 결렬과 신여성의 행위성」, 『한국여성학』 22집 4호, 한국여성학회, 2006 참조.

91) 위 좌담회는 신연애론의 좌표를 설정하면서 "시대의 호흡이 급박하고 사회 정세가 深切하니만치 연애 문제 가튼 것은 제 2차적 제 3차적 문제로 돌려지고 현실적 여러 난관에 모다들 몰두"(『삼천리』1938. 5. 1, 320면)하고 있는 처지라고 하고, 金明植의 「戀愛와 時代思潮 ~나의 素人的 戀愛觀」(『삼천리』1939. 6.1, 87~88면)에서도 日本 內地에서의 時局關係로 모더니즘적 연애관이 거의 形跡을 감추었지만, 시국관계가 완화되면 다시 이러한 연애관이 대두할 것이라는 지적하는 등에서 파시즘 체제의 당시 정황을 제기한다. 하지만 그러한 외중에서도 연애의 쾌락주의적, 물질주의적 경향이 만연했으며, 그 대안으로서 20~30년대에 담론화된 남녀평등적 신연애의 道와 유일하고 절대적 가치를 지니는 사랑의 이상이 여전히 논의되고 있었음을 확인할 수 있다.

92) "누구나 부부를 마짐에 당하야 연애도 성립됨을 企得하지마은 그것은 한갓 理想뿐이오 실제에 있어서는 夫婦者의 대다수는 가정생활의 편의라든지 우연한 동기의 충동으로 말미암는 것이오 연애로 성립된 부부는 극소수의 幸運男女에 限한 일이 아닌가 한다."(金明植, 「戀愛와 時代思潮 - 나의 素人的 戀愛觀」, 『삼천리』, 1939. 6. 1, 85~86면)

93) 염상섭, 『너희는 무엇을 어덧느냐』, 『동아일보』, 1923. 8. 27~ 1924. 2. 5 , 『염상섭 전집』-1, 민음사, 1987, 280면.

94) 실시학사 고전문학연구회 역주, 『이옥전집 2』, 소명출판, 2001, 224~227면.

95) 菅野聰美, 앞의 책, pp. 9~95.

96) 『동아일보』, 1923. 10. 30.

97) 『강명화 실기(實記)』(1924, 이해조 작, 회동서관), 『강명화전』(1925, 최찬식 작, 신구서림), 『(절세미인) 강명화의 설움』(1928, 박철혼 작), 『(절세미인)강명화전』(1935, 강의영 작, 영창서관), 『강명화의 애사』(1952, 세창서관) 등의 소설을 양산되었고, 기생 문명옥을 강명화 역으로 발탁하여, 「비련의 곡(曲)」(1924, 하야카와[早川] 作)이라는 영화가 만들어지기도 했다.(권보드래, 앞의 책, 187~190면)

98) 一記者, 『尹心悳, 金祐鎭 兩人의 情死事件顚末』, 『신민』, 1926. 9. 1, 50면.

99) 權悳奎, 『정사 자체로 보면 신성할지 모르나』, 『신민』, 1926. 9. 1, 74면.

100) 大道和一, 『情死の研究』, 東京: [s.n], 1911, pp. 1~11.

101) 大道和一, 앞의 책, pp. 1~11; 이원희, 『일본인과 죽음』, 영남대출판부, 2000, 170~183면.

102) 三上參次, 「歷史上より見たる自殺, 特に情死論」, 『史學雜誌』第 241號, 1909 川瀨絹, 「尹心悳 '情死' 攷」, 『한국연극학』 Vol.11, No.1, 한국연극학회, 1998, 382면에서 재인용·)

103) 메이지와 다이쇼시대 일본의 情死觀과 이로부터 윤심덕과 김우진이 영향을 받은 정황에 대해서는 川瀨絹, 앞의 논문, 383~392면 참조.

104) 홍승구, 「情死란 不義의 죽엄」, 『新民』, 1926. 9. 1, 71~72면.

105) 홍승구, 「情死란 不義의 죽엄」, 『新民』, 1926. 9. 1, 71면.

106) 권보드래, 앞의 책, 110~119면

107) 이광수, 『社會의 罪人』, 『新民』, 1926. 9. 1, 72~73면.

108) 이 기사는 남의 집 첩과 사랑에 빠진 남성이 이를 비관하여 자살을 감행하자, 그 첩도 정인을 따라 죽는 내용을 담고 있다. "남촌 리무경의 첩 초동집이 방년이 이십여 셰오 화용월틱 요조혼데 종로 은방호는 김모가 상종호야 운우의 졍이 지극호더니 김모가 그 녀인과 갓치히로치 못홈을 분히 넉여 작년 가을에 약을 먹고 죽으니 초동집이 김모를 쥬야에 싱각호고 하종호기를 쇠호다가 슈일 젼에 아편을 먹고 죽엇다더라."(「痴哉情死」, 『제국신문』, 1903. 2. 23)

109) 『동아일보』 1928. 12.10, 1928-12-12, 1928. 12.18, 1929. 1.15 일자 기사에 네 차례에 걸쳐 보도된다. 결국 이들은 정사미수에 그친 채 살아났는데, 여성의 자살에 공모했다는 이유로 남성은 살인죄로 법정에 서게 된다.

110) 「情死と時代色」, 『朝鮮思想通信』828, 朝鮮思想通信社, 1928.

111) 하시야 히로시, 『일본제국주의, 식민지 도시를 건설하다』 김제정 역, 모티브, 2005, 75-77면.

112) 高田保馬는 중국이나 조선과 달리 일본에 정사가 특유한 이유로 일본 전근대 막부시대의 문화에서 찾고 있는데, 전통적으로 혈연적 통일을 추구한 섬나라의 폐쇄적인 사회 규범으로 인한 개인의 압박감, 봉건시대 무사정치의 무력적 시스템에 대응하는 개인의 불교신앙이 결합한 결과물로 보았

다. 무사도와 정사는 일본 공동사회로부터 생겨난 쌍생아'로 기술되지만, 다이쇼 이후의 정사는 도시
적 성향에 기반 한 근대적인 성격을 강조한다. 즉, 근대 시기의 정사는 이익사회를 추구하는 도시사
회의 특성(이득 추구)과 잔존하는 공동사회적 특성(인정, 의리 추구)의 충돌의 산물인데, 상업과 도
시의 발달이 정사의 성행과 깊은 관련을 가지게 된다는 것이다. 가령, 에도 막부시대는 상업이 발달
했던 오사카에서 정사율(情死律)이 가장 높았음에 반해, 근대 다이쇼시대에 이르러 동경에서의 정사
율(情死律)이 가장 높은 데에서 이를 확인할 수 있다.(高田保馬, 「情死の新研究」, 『中央公論』, Vol. 46,
No. 5(516), 1931, pp. 44-61)

113) 高田保馬, 앞의 논문, p. 45, p. 57.

114) 이서구, 『풍류의 뒷골목 – 구수한 화제의 산실』, 삼중당, 1967, 48~49면.

115) 孤帆, 「기생염사일대기」, 『별건곤』, 1931. 2, 139~140면.

116) 신일선, 앞의 글, 506~513면; 柳興台, 「銀幕暗影속에 喜悲를 左右하든 當代 人氣辯士 徐相昊一
代記」, 1938. 10, 126면.

117) 식민지 당시 대중매체에서 '사랑을 때에서 팔고 있는, 화류계에도 마음은 있다'라고 하여 경성
에서 유명한 기생의 마지막 소원은 '따뜻한 가정', '남과 같이 따뜻한 가정'을 이루는 것이었다고 기
술하는 기사를 빈번히 확인할 수 있다.(「妓生들의 꿈꾸는 따뜻한 家庭生活」, 『매일신보』, 1925. 12. 6)

118) 이난향, 『남기고 싶은 이야기들』, 중앙일보·동양방송, 1977, 587면.

119) 『매일신보』, 1914. 2. 3.

120) 『매일신보』, 1914. 2. 5.

121) 金如山, 『가희(歌姬)의 예술(藝術) 연애생활(戀愛生活)」, 『삼천리』, 1935. 6, 142~143면.

122) 민족지도자 손병희 선생의 반려자가 된 주산월(주옥경), 초대 중국대사를 지낸 신석우의 부인
의 된 기생 최홍련(崔紅蓮), 그밖의 언론인 내조자가 된 기생 이난향 등이 바로 그들이다. 『동아일보』
(1926. 1. 8)에 실린 기생 춘외춘의 회고에 의하면, 결혼에 성공한 기생으로 대궁대감 남작 이재국의
정실부인 된 이영월, 애인을 따라 우국지사가 된 현계옥, 기부 박한영 소속이었던 장소도, 부호의 정
실부인이 된 정경패 등이 현모양처가 된 사례라 할 수 있다. 『삼천리』(1932. 10)의 「장안명기 영화사
(長安名妓 榮華史)」에서도 현계옥을 포함하여 일본인 부호와 결혼하여 근대 문화주택에서 스윗홈의
주인공이 된 평양기생 이금선, 중국인 부호와 결혼한 요리점 유일관(唯一館)[황금정] 기생 이옥연,
외국에서 유학하고 돌아온 명사의 아내가 된 박봉선 등을 결혼에 성공한 기생으로 소개하고 있다.

123) 이난향, 앞의 글, 588~590면.

124) 나혜석, 「강명화(康明花)의 자살에 대하여」, 『동아일보』, 1923. 7. 8.

125) 「名妓榮華史」, 『삼천리』, 1936. 8, 195면.

126) 吉川萍水, 「妓生物語」(1933), 『古蹟と風俗/朝鮮風俗資料: 韓國地理風俗誌叢書(178)』, 경인문화
사, 1991, p. 178.

127) 『女性』, 1936, 9, 16~19면.

128) 李箱, 「날개」, 『조광』, 1936. 9, 『李箱문학전집 – 2』, 김윤식 편, 문학사상사, 1991, 319면.

129) 이 작품들에 대한 해석은 서지영, 「근대유흥풍속과 섹슈얼리티 – 기생과 카페여급을 중심으로」, 『사회와 역사』 65집, 한국 사회사학회, 2004; 「카페, 근대 유흥 공간과 문학」, 『여성문학연구』 14호, 한국여성문학학회, 2005. 12 참조.

130) 박태원, 「길은 어둡고」, 『성탄제』 을유문화사, 1988, 229면.

131) 박태원, 「悲凉」, 『소설가 구보씨의 일일』, 슬기, 1987, 137면.

132) 안회남, 「애인」 제4회, 『여성』, 1939. 10, 197면.

133) 앞의 책, 197면.

134) 김동환, 이서구 사회, 「인테리 기생, 여우, 여급 좌담회」, 『삼천리』, 1936. 4, 166면.

135) 일기자, 「여급의 남성관 – ‘백마’의 京子를 차자서」, 『女聲』, 1934. 4, 38면.

136) 이효석, 「성찬(聖餐)」, 『여성』 2권 4호, 61면.

'사랑'이라는 환상 또는 이데올로기

이 책은 한국의 역사에서 시간의 흐름에 따라 변화를 겪어 온 사랑의 계보를 추적하고자 했다. 사랑과 결혼을 둘러싼 관습은 전근대와 근대 사이에 크나큰 패러다임의 전이를 겪었다. 전근대 유교의 전통 속에서 오랜 기간 통용되었던 중매혼이 근대 시기에 자유연애결혼으로 바뀐 지점이 바로 그것이다. 하지만, 그 외형적 틀의 변화가 당시의 사랑과 결혼의 형식을 온전히 설명할 수 있는 것은 아니다. 문학을 통해 재현된 사랑은 오히려 시대마다 제도에 반발하면서 금기시 된 본원적 열정을 드러내거나, 제도가 선언한 사랑의 공식에서 어긋나고 파행을 겪는 사랑의 실상을 그리고 있다. 조선시대 소설은 지속적으로 부모가 결정하는 중매혼에 반기를 들고 남녀 간의 자발적인 사랑을 옹호했으며, 자유연애결혼이 채택되는 근대 시기 소설이나 대중매체 속의 사랑과 결혼은 오히려 연애 외적인 요소들에 지배되거나 연애결혼이 파산을 겪는 사례들을 더 많이 보여준다. 어쩌면 제도와 욕망, 이상과 현실 사이의 화해되지 않는 간극에서 각 시대의 사랑이 실재했는지 모른다.

19세기 서유럽에서 부르주아 계층의 주도하에 발현되었던 '낭만적 사랑'은 '연애'라는 기호로 근대 초기 동아시아에까지 파급되었다. 인간의 성, 사랑, 결혼의 욕구를 정교하게 결합시킨 근대 연애는 '사랑해서 결혼한다'는 자유연애결혼의 공식을 만들었으며 인류 역사상 가장 진화된 결혼제도로 간주되는 일부일처제의 근간이 되었다. 하지만, 20세기 전반 한국 사회에 유입된 근대 연애는 새로운 사랑의 모형을 제시하는 동시에 한국의 역사적 현실과 조우하면서 굴절과 변형을 겪는다. 본고가 주목한 바는 문학이 재현하고 있는 당시인의 연애에 대한 상상과 그 이상으로부터 어긋나는 불완전한 사랑의 풍경들이었다.

한국의 역사에서 남녀 간의 사랑이 공적 의제로 채택된 최초의 시기는 문명화를 위한 사회 계몽의 불길 속에서 연애를 논했던 1920년대 초중반의 정도일 것이다. 그 이후로 사랑은 다시 하찮은 감상주의나 사적인 담론의 커튼 속으로 잠행해 들어갔다. 하지만, 성, 사랑, 결혼의 영역에서 일어나는 변화, 열정의 역사적 형식들은 애초부터 공사公私를 가로지르는 중요한 의제였다. 특히 사랑은 여성 또는 여성적인 것과 긴밀히 연계되어 왔기에 사랑에 작동하는 젠더의 동학은 더욱 문제가 된다.

사랑의 판타지에서 여성은 늘 열정적인 사랑의 주체로 재현되었다. 전근대 시기 성애적 충동에 충실한 '열정적 사랑'이나, 친밀성과 정신적 가치가 보다 중요한 '낭만적 사랑' 모두에서 여성은 능동적인 주인공으로 소환되었다. 여성들은 늘 순수하며 시대가 원하는 이상적 사랑의 모델이 되도록 요구받았다. 동시에 사랑을 끊임없이 신비화하고 이념화했던 판타지 속에서 사랑을 배반하는 여성은 비난받았다. 하지만, 사랑을 지탱하는 토대는 생각보다 훨씬 더 물질적이고 정치적이며 이념적인 것임에 주목해야 한다. 사랑의 역사에서 보다 깊이 심문되어야 할 것은 사랑에 실패한 자들의 오류가 아니라 오히려 시대마다 사랑의 환상을 양산하는 물적·사회적 기반과 사랑을 구성하는 이데올로기의 구조임을 직시할 필요가 있다. 사랑의 보편성과 낭만적 신화를 해체하는 지점은 사랑의 역사에 대한 탐색이 이른 종착역이자 새로운 사랑을 구성하는 출발점이기도 하다.

양립 불가능한 인간의 욕망들이 교차하고 경합하는 '사랑'이라는 기호 앞에서 진실은 단지 하나의 얼굴만을 보이지는 않는다. 사랑에 대한 절실한 열망으로 가득하지만 사랑이 부재하는 동시대에, '판타지' 또는 '이데올로기'로서의 사랑의 외피를 걷고, 열정의 참모습을 바라볼 때가 아닌가.

참고문헌

1차 자료

『詩經』, 김학주 역주, 명문당, 2002.

『詩經集傳』, 성백효 역주, 전통문화연구회, 1993.

『禮記』, 이상옥 역주, 명문당, 2003.

『개벽』,『근우』,『동아일보』,『매일신보』,『문장』,『별건곤』,『삼천리』,『신민』,『신여성』,『신여자』,『女性』,『女聲』,『인문평론』,『長恨』,『제국신문』,『제일선』,『조광』,『조선문단』,『朝鮮思想通信』,『조선일보』,『중앙』,『중외일보』,『청색지』,『청춘』,『한국학보』,『학지광』

김경미·조혜란 역,『19세기 서울의 사랑』, 여이연, 2003.

김만중,『구운몽』, 송성욱 역, 민음사, 2006.

남영로,『옥루몽-1』[세창서관 한문현토본], 김풍기 역, 그린비, 2006.

박태원,『소설가 구보씨의 일일』, 슬기, 1987.

______,『성탄제』, 을유문화사, 1988.

방인근 편,『朝鮮文士의 戀愛觀』, 雪華書館, 1926.

성현경 역주,『춘향전－이고본』, 열림원, 2002.

송시열, 이인상 외,『빈 방에 달빛 들면』, 유미림·하승현 역, 학고재, 2005.

신해진 역,『조선후기 해체소설선』, 월인, 1999.

심경호 역,『금오신화』, 홍익출판사, 2000.

심노숭,『눈물이란 무엇인가』, 김영진 역, 태학사, 2001.

유몽인,『어우야담』, 신익철·이형대·조융희·노영미 역, 돌베개, 2006.

이광수,『이광수전집 10』, 삼중당, 1973.

______,『무정·꿈－한국문학대표작선집 10』문학사상사, 1999.

______,『이광수작품선』, 이사에구사 도시가쓰 편, 이룸, 2003.

______,『이광수단편선－소년의 비애』, 문학과 지성사, 2006.

李圭景, 『국역분류 伍洲衍文長箋散稿-Ⅴ』, 민족문화추진회, 1982.

이능화, 『朝鮮解語花史』(1927) 이재곤 역, 동문선, 1992.

이상, 『李箱문학전집-2』, 김윤식 편, 문학사상사, 1991.

이상구 역, 『17세기 애정전기소설』, 월인, 1999.

이상준, 『신유행창가』(3판) 삼성사, 1929.

이옥, 『이옥전집 2』, 실시학사 고전문학연구회 역주, 소명출판, 2001.

염상섭, 『염상섭 전집』1, 9, 민음사, 1987.

황패강 역주, 『한국고전문학전집 – 5』, 고려대 민족문화연구소, 1993.

『創作三十二人集』, 문장, 1939.

알렉산드라 콜론타이, 김제현 역, 『붉은 사랑』, 도서출판 공동체, 1988.

_________________, 장지연 역, 「삼대의 사랑」, 『월요일』, 일송정, 1994.

Ellen Key, *Love and Marriage*, Trans. by Arthur G. Chater, New York: G. P. Putnam's Sons, 1911.

厨川白村, 『近代の戀愛』, 東京: 改造社, 1922.

吉川萍水, 「妓生物語」[1933], 『古蹟と風俗/朝鮮風俗資料: 韓國地理風俗誌叢書 (178)』, 경인문화사, 1991.

2차 자료

단행본

강명관,『조선시대 문학예술의 생성 공간』, 소명출판, 1999.

고미숙,『한국의 근대성, 그 기원을 찾아서-민족, 섹슈얼리티, 병리학』, 책세상, 2001.

권보드래,『연애의 시대』, 현실문화연구, 2003.

김수진,『1920-30년대 신여성 담론과 상징의 구성』, 서울대 사회학과 박사논문, 2005.

김은희,『십이가사의 문화적 기반과 양식적 특성』, 성균관대 박사논문, 2002.

라깡과 현대정신분석학회 편,『우리시대의 욕망읽기』, 문예출판사, 1999.

문옥표 외,『신여성-한국과 일본의 근대여성상』, 청년사, 2003.

박무영·김경미·조혜란,『조선의 여성들, 부자유한 시대에 너무나 비범했던』, 돌베개, 2004.

박일용,『조선시대 애정소설- 사실과 낭만의 소설사적 전개양상』, 집문당, 1993.

송방송,『한국음악통사』, 일조각, 1984.

송혜경,『연애와 문명』, 도서출판 문, 2010.

이난향 외,「남기고 싶은 이야기들」, 중앙일보·동양방송, 1977.

이서구,『풍류의 뒷골목- 구수한 화제의 산실』, 삼중당, 1967.

이원희,『일본인과 죽음』, 영남대출판부, 2000.

이화어문학회 편,『우리 문학의 여성성·남성성- 고전문학편』, 월인, 2001.

정창권,『홀로 벼슬하며 그대를 생각하노라』, 사계절, 2003.

차민정,『1920-30년대 '변태'적 섹슈얼리티에 대한 담론 연구』, 이화여대 석사학위 논문, 2009.

최기숙,『환상』, 연세대출판부, 2003.

태혜숙 외, 『한국의 식민지 근대와 여성공간』, 여이연, 2004.

한형조 외, 『전통예교와 시민윤리』, 한국정신문화연구원 편, 청계, 2001.

아니카 르메르, 『자크 라캉』, 이미선 역, 문예출판사, 1994.

에두아르트 푹스, 『풍속의 역사 Ⅰ - 色의 시대』, 이기웅·박종만 역, 까치, 1999.

앤소니 기든스, 『현대사회의 성, 사랑, 에로티시즘』, 새물결, 1996.

B. 판스워드, 『알렉산드라 콜론타이-볼세비키 혁명과 여성해방』, 신민우 역, 풀빛, 1986.

볼프강 라트, 『사랑 그 딜레마의 역사』, 장혜경 역, 이끌리오. 1999.

로즈메리 잭슨, 『환상성-전복의 문학』, 서강여성문학연구회 역, 문학동네, 2001.

리타 펠스키, 『근대성과 페미니즘』, 김영찬·심진경 역, 거름, 1998.

필립 아리에스 외, 『성과 사랑의 역사』, 김광현 역, 황금가지, 1996.

갈조광(葛兆光), 『도교와 중국문화』, 沈揆昊 역, 동문선, 1993.

유달림(劉達林), 『중국의 성문화-상』, 강영매 외 역, 범우사, 2000.

이에나가 사부로(家永三郎), 『근대일본사상사』, 연구공간 '수유+너머' 일본근대사 상팀 역, 소명출판, 2006.

장징(張競), 『사랑의 중국문명사』, 이용주 역, 이학사, 2004.

하시야 히로시(橋谷 弘), 『일본제국주의, 식민지 도시를 건설하다』, 김제정 역, 모티브, 2005.

大道和一, 『情死の研究』, 東京: [s.n], 1911.

深谷昌志, 『良妻賢母主義の教育』[1966], 東京: 黎明書房, 1981.

川村邦光, 『セクシュアリテイの近代』, 東京: 講談社, 1996.

佐伯順子, 『色と愛の比較文化史』, 東京: 岩波書店, 1998.

菅野聡美, 『消費される戀愛論-大正知識人と性』, 靑弓社, 2001.

논문

강상순, 「구운몽에 형상화된 남녀관계의 소설사적 계보와 역사적 성격」, 『우리어문연구』 32집, 우리어문학회, 2008.

구인모, 「한일근대문학과 엘렌케이」, 『여성문학연구』 12집, 한국여성문학학회, 2004.

권희정, 「식민지 시대 한국 가족의 변화: 1920년대 이혼소송과 이혼 사례를 중심으로」, 『비교문화연구』 11집 2호, 서울대학교 비교문화연구소, 2005.

김경미, 「19세기 소설사의 한 국면 – 성표현관습의 변화를 중심으로」, 『한국고전연구』 9집, 한국고전연구학회, 2003.

______, 「젠더위반에 대한 조선 사회의 새로운 상상 – '방한림전'」, 『한국고전연구』 17집, 한국고전연구학회, 2008.

권보드래, 「열정의 公共性과 個人性 – 신소설에 나타난 '一夫一妻'와 '二妻'의 문제」, 『한국학보』 26, 일지사, 2000.

정도원, 「유가 욕망론의 기본적 특성에 관한 고찰 – 현실의 본연성과 욕망의 도덕적 승화 – 」, 『종교교육학연구』 31집, 한국종교교육학회, 2009.

박희병, 「'금오신화' 창작의 연원과 배경」, 『고전문학연구』 10집, 한국고전문학연구회, 1995.

박수밀, 「18세기 우도론의 문학, 사회적 의미」, 『한국고전연구』 Vol. 8, 한국고전연구학회, 2000.

박일용, 「'금오신화'와 '전등신화'에 나타난 애정모티프의 형상화 방식과 그 의미」, 『민족문화연구』 35집, 고려대민족문화연구원, 2001.

______, 「'만복사저포기'의 형상화 방식과 그 현실적 의미」, 『고소설 연구』 18집, 고소설학회, 2004.

______, 「'이생규장전'의 밀회 장면에 나타난 환상성과 그 현실적 의미」, 『고소설연구』 20집, 고소설학회, 2005.

안대회, 「18세기 여성화자시 창작의 활성화와 그 문학사적 의의」, 『한국고전여성문학연구』 4집, 한국고전여성문학회, 2002.

서지영, 「조선시대 기녀 섹슈얼리티와 사랑의 담론」, 『한국고전여성문학연구』 5집, 한국고전여성문학회, 2002.

______, 「조선후기 중인층 풍류공간의 문화사적 의미 – 서구 유럽 살롱과의 비교를 중심으로」, 『진단학보』 95호, 진단학회, 2003.

______, 「식민지 근대 유흥풍속과 섹슈얼리티 – 기생과 카페여급을 중심으로」, 『사회와 역사』 65집, 한국 사회사학회, 2004.

______, 「카페, 근대 유흥공간과 문학」, 『여성문학연구』 14호, 한국여성문학학회, 2005.

______, 「규범과 욕망의 틈새: 조선시대 소설 속의 섹슈얼리티」, 『한국고전연구』 15집, 한국고전연구학회, 2007.

______, 'Women on the Borders of the Ladies' Quarters and the Ginyeo House: The Mixed Self-Consciousness of Ginyeo in Late Joseon', ***Korea Journal*** Vol.48, No.1, 2008.

______, 「계약과 실험, 충돌과 모순: 1920-30년대 연애의 장」, 『여성문학연구』 19호, 한국여성문학학회, 2008.

______, 「근대적 사랑의 이면: '정사(情死)'를 중심으로」, 『한국문화』 49호, 서울대학교 규장각 한국학연구원, 2010.

신지연, 「1920-30년대 '동성(연)애' 관련기사의 수사적 맥락」, 『민족문화연구』, Vol. 45, 고려대 민족문화연구원, 2006.

염운옥, 「영국 우생학 운동과 모성주의-1907년에서 1930년대까지 '우생협회'의 활동을 중심으로」, 『서양사론』 84집, 서양사학회, 2005.

이명선, 「식민지 근대의 성과학 담론과 여성의 성」, 『여성건강』 제2권, 2호, 대한여성건강학회, 2001.

이상구, 「구운몽의 구조적 특징과 세계상」, 『민족문학사연구』 25집, 민족문학사학회, 2004.

이승신, 「이광수의 '사랑인가(愛か)'와 '소년애'」, 『일본학보』 67집, 한국일본학회, 2006.

______, 「구리야가와 하쿠손(厨川白村), '근대의 연애관' 수용」, 『일본학보』 69집, 한국일본학회, 2006.

이정희, 「알렉산드라 콜론타이(1872~1952)의 사회주의 여성해방 사상 – 공산주의적 성적 도덕과 섹슈얼리티를 중심으로 –」, 『서양사론』 99집, 한국서양사학회, 2008.

이태숙, 「붉은 연애와 새로운 여성」, 『현대소설연구』 29집, 한국현대소설학회, 2006.

______, 「1920년대 '연애' 담론과 기획출판」, 『한국현대문학연구』 27집, 한국현대문학회, 2009.

정지영, 「1920-30년대 신여성과 첩/제이부인: 식민지근대 자유연애결혼의 결렬과 신여성의 행위성」, 『한국여성학』 22집 4호, 한국여성학회, 2006.

조혜란, 「'포의교집' 여성주인공 초옥에 대한 연구」, 『한국고전여성문학연구』 3집, 한국고전여성문학회, 2001.

최수경, 「재자가인류소설 유형 연구」, 『중국소설논총』 11집, 한국중국소설학회, 2000.

정동보, 「재자가인소설에 보이는 佳人의 형상 소고-「平山冷燕」, 「玉嬌梨」를 중심으로」, 『중국인문과학』 31집, 중국인문학회, 2005.

최혜실, 「개화기 신분제 붕괴와 남녀평등, 자유연애결혼의 관련 양상」, 『현대소설연구』 9집, 한국현대소설학회, 1998.

川瀨絹, 「尹心悳 '情死' 攷」, 『한국연극학』 Vol. 11, No. 1, 한국연극학회, 1998.

高田保馬, 「情死の新研究」, 『中央公論』 Vol. 46, No. 5(516), 1931.

역사에 사랑을 묻다

1판 1쇄 발행일 2011년 8월 25일

지은이 | 서지영
펴낸이 | 임왕준
편집인 | 김문영
펴낸곳 | 이숲
등록 | 2008년 3월 28일 제301-2008-086호
주소 | 서울시 중구 장충동 1가 38-70
전화 | 2235-5580
팩스 | 6442-5581
홈페이지 | http://www.esoope.com
블로그 | http://blog.naver.com/esoope
ISBN | 978-89-94228-23-5 03810

◆ 이 책은 한국간행물윤리위원회의 '2011년 우수저작 및 출판지원사업' 당선작입니다.

◆ 이 책은 환경보호를 위해 콩기름으로 인쇄했고, 재생종이를 사용하여 제작했으며 한국간행물윤리위원회가 인증하는 녹색출판 마크를 사용했습니다. (본문-그린라이트지 80g)